Eulalio Ferrer Rodríguez nació en Santander, España, en 1920. Participó en la guerra civil española dentro del bando republicano. Al final de la contienda y tras permanecer durante un tiempo confinado en campos de concentración, emigró a México donde inició una exitosa carrera como publicista. Fue fundador de Anuncios Modernos y de Publicidad Ferrer y Comunicología Aplicada. Es miembro de número de la Academia Mexicana de la Lengua. Funge como presidente emérito del Academia de la Publicidad. Es doctor *honoris causa* por la Universidad Complutense de Madrid y por la Universidad de Cantabria. Recibió en 1980 el Premio Internacional de la Publicidad y en 1982 la Gran Cruz de la Orden del Mérito Civil. Ha escrito más de cien trabajos y artículos de investigación sobre temas de comunicación. Es autor de cuarenta libros, entre los que destacan: *El lenguaje de la publicidad, Entre la publicidad y la propaganda, De la lucha de clases a la lucha de frases, Entre alambradas, Enciclopedia mundial de lemas publicitarios, Publicidad y comunicación, Responder a lo que se dice, Los lenguajes del color. Háblame en español* es su primera novela.

PARA ESTAR EN EL MUNDO

Háblame en español

Háblame en español

Eulalio Ferrer Rodríguez

OCEANO

HÁBLAME EN ESPAÑOL

© 2007, Eulalio Ferrer Rodríguez

D. R. © 2007, EDITORIAL OCÉANO DE MÉXICO, S.A. DE C.V.
Boulevard Manuel Ávila Camacho 76, 10º piso,
Colonia Lomas de Chapultepec, Miguel Hidalgo,
Código Postal 11000, México, D.F.
☎ (55) 9178 5100 📠 (55) 9178 5101
✉ info@oceano.com.mx

PRIMERA EDICIÓN

ISBN 978-970-777-355-4

IMPRESO EN MÉXICO / PRINTED IN MEXICO

*A Rafa, mi esposa, sin cuyo aliento
no hubiera sido posible esta novela*

1

Algo inusitadamente excepcional ha tenido que suceder para que se conmueva la vida de un territorio, como Hong Kong, regido por una suma impresionante de excepcionalidades innatas y adquiridas. Hong Kong no son solamente las más de 200 islas, unidas a la península de Kowloon, nervio central de su vida, las que con sus 1,084 kilómetros cuadrados arrojan el promedio mundial más alto de densidad demográfica, 4,500 habitantes por kilómetro cuadrado. Horizonte creciente de edificaciones verticales, junto a los incontables sampanes que infectan sus aguas y las llenan de toda clase de colores; cada barquito poblado de los acentos diversos del lenguaje humano.

Hong Kong, situado al sur de China, goza desde 1842 del protectorado de colonia británica con vigencia hasta fines del siglo XX, en que deberá ser declarado territorio chino. Hong Kong, con su costa en forma de dragón danzante, y los entornos de su Puerto Victoria, no sólo compite con Río de Janeiro por el título de la bahía más bella del mundo, sino que es uno de los lugares de mayor atracción turística, "la ciudad que nunca duerme", según se ha escrito. Se trata del puerto que registra el mayor movimiento comercial de barcos en todo el mundo. Se dice que es la capital donde se concentra el mayor número de multimillonarios, lo que equivale al porcentaje de la mayor cantidad de millonarios por kilómetro cuadrado. Baste señalar que es la isla con la cantidad más densa de Rolls Royce, según su población, y de acuerdo con la misma, el mayor consumidor de coñac francés en el mundo. No se discute que Hong Kong es la capital donde se concentran los reinos del hedonismo universal. Es el Hong Kong que ha sido comparado con el viejo Shanghai, cuando Shanghai era llamado "el París de Oriente", por su influencia europea. Es el Hong Kong del que se ha propalado que es un gigantesco bazar, donde todo lo que crece o nace bajo el sol encuentra comprador y vendedor. Es el Hong Kong despilfarrador, cita de placeres, aventuras y encantamientos. Los cinco millones de hongkoneses de hoy han trepado a las pequeñas montañas y se han extendido por zonas ganadas al mar. Y ese es su futuro. El mar mismo es una especie de hábitat flotante de filigranas inverosímiles. Un hormigueo humano que convive dentro de espacios mínimos de vecindad, compartidos con más de cuatro millones de visitantes al año, sin faltar el número incontable de aventureros que ahí se instalan y prosperan. En Hong Kong, que en cantonés —su idioma— significa *puerto perfumado*, no hay manjar, entre los más raros, ni glotonería del gusto, entre los más exóticos y codiciados, que no figure en el menú mejor surtido y complaciente de la Tierra. Torneo competitivo del alarde y del consumo, donde el dinero es, a la vez, supremacía e insignificancia. Todo lo que con él puede adquirirse está al alcance de la moneda privilegiada y abusiva, caprichosa y corruptora, hasta empalagar los sentidos con su aroma hedonístico. Pequeño territorio, habitado por la inmensidad de los placeres humanos y sus fetichismos, reverente de la mayor estatua de Buda al aire libre. Su prosperidad creciente se refleja lo mismo en los grandes proyectos, como el puente más largo del mundo, como en su concurrido y típico mercado de pájaros. Hong Kong parece que achica el mar que le rodea a fuerza de arrebatarle orilla tras orilla para dar cabida a su expansión territorial con sus construcciones verticales, avaras constantemente de nuevos espacios. La imagen total está reflejada en la película que lleva el nombre de la isla, *Hong Kong*, con la interpretación de Donald Reagan, un actor poco conocido en los medios profesionales de Hollywood.

La noticia que ha estremecido la curiosidad y el asombro de los habitantes de Hong Kong no es simplemente la muerte de un multimillonario, sino la del hombre más rico de su historia reciente, inserto por sus realizaciones en las páginas de la posteridad. Se explica que la resonancia del acontecimiento esté recogida y alentada en todos los medios de información. Es un día con fecha: 29 de agosto de 1970. Una noticia con nombre propio la destaca: Lee Cheng-Xiao. Por si no bastara, a ella se agrega el de su esposa, conocida con el nombre familiar de Ita, heredera universal y, desde ahora, la mujer más rica de Hong Kong. Lo que de inmediato la sitúa entre las diez mujeres más afortunadas del mundo.

El diario más influyente de Hong Kong, *South Morning Post*, que ha implantado el record asiático de dedicar el 65% de sus páginas a los ingresos por publicidad, es el que mayor espacio dedica al perfil biográfico de Lee Cheng-Xiao, muerto a los 64 años de un ataque cardiaco fulminante mientras dormía, sin sospecha alguna de esta amenaza, pese a sus revisiones anuales en las clínicas estadunidenses de Rochester y Houston. Forma parte de una historia que arranca del tiempo en que los grandes capitales de Hong Kong fueron formándose espectacularmente con los negocios de bienes raíces, el metro cuadrado como símbolo de riqueza y especulación. Los tres hermanos chinos Cheng-Xiao, originarios de Shanghai, se instalaron en Hong Kong a finales del siglo XIX. Población mayoritaria de las islas, los chinos desafiaron las desventajas y la serie de limitaciones decretadas en exclusivo beneficio del colonialismo británico, al que han impuesto su lengua preferida, el cantonés, enfrentándolas con su tradicional habilidad, mezcla poderosa de inteligencia, diligencia y persistencia, sin extravíos utópicos. Fueron días alargados de laboriosidad, vigilias de noches en celo continuo. En este caso se rinde homenaje a los hermanos Cheng-Xiao —Tung, Deng y Lee—, los tres distinguidos por sus caracteres diferenciados, pero comunes en todo lo esencial, siendo Lee el más joven de ellos y el de mayor estatura física, por encima de la media de 1.66 metros. Un cuerpo ligero de carnes, pero rebosante de una energía expresada tanto en el ritmo dinámico de todo su ser como en la potencia dominante de una mirada abierta a la intensidad de sus reflejos, de la superficie a la hondura perceptiva. Una energía reflejada, sin embargo, en el culto complaciente del trato cordial. Había en su intimidad mucha sabiduría acumulada, como engendro de la sensibilidad humana y del estudio acucioso. Lee, además del cantonés y mandarín, dominaba el inglés y el francés. Lector avariento, experto en economía e historia, tenía un aire raro de bohemio moderno, degustador de las artes y de los placeres de la vida, de la realidad a la insoslayable imaginación creativa.

Los tres hermanos Cheng-Xiao, sin sospecha alguna de que pudieran dedicarse al clandestinaje del opio, imperante entonces, y aún después, habían heredado del padre de la dinastía, un maestro sin nombre, huido de Shanghai por sus ideas conservadoras, un pequeño terreno, producto de ahorros y de los cobros de sus clases y traducciones al mandarín y al inglés. Pero el pequeño terreno, no tan pequeño, algo más de dos mil metros cuadrados, habría de convertirse, a la vuelta de algunos años, en un verdadero filón de oro al encontrarse situado en las proximidades de lo que sería el aeropuerto de Kai-Tak, así nombrado en recuerdo de dos famosos empresarios que impulsaron los atractivos turísticos de la isla en que nacieron. Un aeropuerto que, sin tardar mucho, se convertiría en el más activo del mundo. Los hermanos Cheng-Xiao supieron negociar el terreno heredado por otro mucho mayor, candidato, también, en el futuro, a una alta plusvalía. Como, a la vez, recibieron una jugosa cantidad de dinero en efectivo, invirtieron ésta y un préstamo bancario en la construcción de un hotel de lujo. Inversión afortunada, pues antes de terminarlo lo vendieron ventajosamente a una cadena estadunidense del ramo. Las ganancias les permitieron una gran liquidez de recursos para dedicarse de lleno a las especulaciones, en pleno auge, de los bienes raíces, en una época en que el ingreso promedio per cápita se acercaba a los 22,000 dólares. No tardarían en comprar el banco local del que recibieron el primer préstamo y una compañía de seguros asociada a él. Los tres hermanos, en sus amoríos y seducciones, pronto quedaron incorporados a las selectas esferas de la vida social de Hong Kong. La preocupación preferente de los Cheng-Xiao fue la de acrecentar y diversificar sus negocios. Unidos los tres, con una visión certera del futuro, les fue fácil alcanzar respeto y prestigio, la prosperidad multiplicada, sin fisuras de intereses entre ellos y ajenos a las interferencias habituales que minan el alma humana cuando la someten a prueba las tentaciones del egoísmo y la vanidad. Vislumbraron rápidamente que Hong Kong no era lugar adecuado para la plutocracia ociosa.

La narración periodística, se detiene en una fecha trágica, la del 2 de mayo de 1946. Los dos hermanos mayores de Lee mueren entonces en un accidente aéreo, a bordo de su propia avioneta, minutos antes de aterrizar en Manila, capital filipina en la que acababa de inaugurarse el tercero de sus hoteles de la cadena "Mandarín", título creado para honrar la memoria de su padre. La triste noticia sorprendería a Lee en la mañana en que había cerrado la compra del principal grupo de emisoras radiofónicas de Hong Kong. Ellas, precisamente, serían las primeras en transmitir la fatídica noticia. Un Lee, abatido por la pesadumbre, apenas pudo decir en una apresurada entrevista algunas palabras surgidas de un lenguaje cultivado: "El dolor nubla mis ojos. Miran a quienes me enseñaron a mirar y compartir el futuro de la aventura humana". Lee, el hermano menor, a los 40 años de edad, se convierte así en heredero de todos los bienes, según las escrituras legales de sucesión firmadas por los tres hermanos.

El dolor pasa a ser una cicatriz simbólica de tres corazones en la memoria de Lee. No de inacción o de parálisis; es cicatriz trinitaria de impulso, de fuerza, de reto con el destino, más entrañado que nunca, como si los hermanos desaparecidos continuaran a su lado, imperiosos en el mandato, irrompible el compromiso que los había unido. Viva la semejanza de sus esperanzas; acrecentada la práctica pujante de la pragmática. La vida, contemplada con los cien ojos homéricos de Argos, abarcando los éxitos de la audacia y la visión generosa de sus resultados.

Ahora, entre los rasgos biográficos de Lee Cheng-Xiao, el heredero, se destaca admirativamente la senda de grandes logros que honran tanto la fidelidad familiar al recuerdo paterno, como el significado social de su propia obra, inspirada por un espíritu ambicioso de superación y una inteligencia activa y sensible, marco selectivo y humanista de lo trascendente, más allá de los límites gananciales o especulativos. La proyección de estos logros abarca negocios múltiples: bienes inmuebles, cadenas de hoteles, participaciones bancarias y de la línea aérea Cathai Pacific, así como del nuevo Hipódromo, extensivas al desarrollo del parque industrial de Chan Wang, incluyendo en los medios de información el periódico que publica su crónica fúnebre. Los intereses se extienden al campo internacional, vinculados a empresas textiles, bienes raíces, negocios bursátiles y telefónicos. No falta quien ha escrito que se trata de una fortuna equivalente a la cifra del Plan Marshall, eje económico de la recuperación europea, después de la última guerra. Pero lo que más glorifica la presencia y la fuerza activa de Lee Cheng-Xiao, es la Fundación del Centro de Investigación y Combate contra la Pobreza, idea suya desde sus orígenes. Apoyado financieramente, en sus comienzos, por el tradicional diezmo, o sea 10% de las utilidades de todas sus empresas, el Centro, bajo el impulso entusiasta de Lee, se ha transformado en los últimos 15 años en una de las instituciones filantrópicas más ricas del mundo, verdaderamente inédita, por sus características, sus recursos económicos incrementados prontamente con el triple diezmo, esto es, la tercera parte de las ganancias de todos sus negocios, como si su prosperidad fuese un secreto aliento o un premio justo a los derechos generosos de la solidaridad humana. Símbolo de su magnitud son las instalaciones del Centro de Investigación y Combate contra la Pobreza, las cuales ocupan los 33 pisos de una soberbia torre, análoga a la del edificio Mandarín, sede centralizada de las empresas de Lee Cheng-Xiao, próximo al hotel Península, otra de sus propiedades, en Kowloon, corazón de Hong Kong. Se trata de un Centro, dotado de un presupuesto anual de 1.500 millones de dólares, que cobija a más de 600 empleados de diversos niveles y nacionalidades, todos ellos dedicados a las tareas de la gran institución filantrópica, cuyos fundamentos y fines fueron asesorados por nueve premios Nobel y cuyas corresponsalías, entre otras, comprenden capitales como Nueva Delhi, Islamabad, Tokio, Manila, Singapur, Nueva York, Londres, París, Sao Paulo y Barcelona. Creador de las Becas Alimenticias para comunidades de extrema pobreza, junto con las Becas Escolares y Universitarias para estudiantes calificados de bajos recursos económicos, así como de los Talleres de Artes y Oficios para imposibilitados de aprenderlos por sí mismos, y de los Cursos Académicos de Convivencia y Superación para el fomento de la fraternidad humana, el Centro de Investigación y Combate contra la Pobreza, además de otras múltiples actividades —entre ellas una orquesta sinfónica y un conjunto de cámara— es asociado a los méritos y reconocimientos luctuosos de este hombre recordable, Lee Cheng-Xiao, que hizo del servicio a los demás una luz de vida y de la riqueza un gozo compartido. Se comprende que, entre las manifestaciones del duelo, se haya incluido el desfile de varias docenas de veleros enlutados de proa a popa, con banderines negros, sobre el azul plomo de la bahía, en homenaje a un hombre que adoptó el mar como su verdadera patria.

No falta en las notas periodísticas una amplia y significativa referencia a Ita, la única e inseparable esposa de Lee. Se realza su belleza singular y, sobre todo, su refinamiento cultural, emparejado con las vocaciones de su difunto marido. Los dos, amantes del arte, especialmente de la pintura y la música. Lee, con licenciatura en economía, degustador de la historia y el cine. Ita, versada en literatura y lenguas. Ambos, lectores incansables y ángeles tutelares de los empeños talentosos y de los descubrimientos del saber. Ita, abreviatura de Margarita —Margarita Cugat O'Farrill para sus relaciones formales—, conocida en los círculos sociales de Hong Kong con el título de "La Bella Española", es tratada con suma discreción en las notas necrológicas sobre Lee Cheng-Xiao, lo que pudiera contribuir a cierto halo misterioso que rodea a esta mujer para la gente interesada en su pasado. No se le regatean méritos personales, entre ellos el de haber influido decisivamente en su esposo para dar a su riqueza económica un toque acentuado de humanismo y cultura, allí donde los bienes espirituales preservan los desbordamientos de los intereses mercantiles. La reseña alude a otros méritos de "La Bella Española", como su elegancia en el vestir, las grandes y selectas recepciones tanto en el Real Jockey Club, como en su mansión —una de las más deslumbrantes en Hong Kong—, sus frecuentes relaciones con mujeres de primer nivel mundial, como las dos Jackelines, la de Picasso y la de Kennedy, su cercanía con los reyes de Suecia y la reina Isabel de Inglaterra. Una cita final y más escueta concierne a otra particularidad familiar, la del hijo único del matrimonio, Olíber Cheng-Xiao Cugat. Líber, según la abreviatura maternal. Su figura atlética destaca, junto a la de su madre, acentuando el interés referencial de la pareja.

Los funerales de Lee Cheng-Xiao constituyeron una magna manifestación de duelo, inédita en un territorio perfumado por el aroma hedonístico y dominado por el apresuramiento de las especulaciones económicas y de todo género de competencias. Millares de personas, representativas de todas las clases sociales, participaron en un duelo sin lágrimas, pero sobrado de emoción auténtica, entre los silencios de la simpatía respetuosa y los gestos conmovidos de la gratitud. En esa recatada intimidad han sonado las notas del *Réquiem* de Mozart, a cargo del conjunto de cámara del magno centro creado por Lee. No faltaron algunos de los nombres más relevantes en el ámbito de los negocios internacionales, ni tampoco los testimonios apesadumbrados de infinidad de figuras famosas de la política, la cultura y las artes. Un coro de voces anónimas, esparcidas por diversos países, entonaron las oraciones sentidas del dolor y el amor en su diversa suma de acentos religiosos y humanos. Lee era ya historia, esa clase de historia que perpetúa la memoria de los hombres buenos que supieron conquistarla directamente, al margen de cualquier tipo de corrupción, incluida la de la soberbia.

Convertidas en símbolo de memoria perdurable, las cenizas de Lee fueron trasladadas a la segunda planta de su mansión, la gran Sala Hexagonal del museo-biblioteca, acopio de tesoros y deslumbramientos del arte y la creación. Contenidas en una urna de caoba, enmarcada con filetes de oro, las cenizas de Lee se confundirán, en su momento, con las de su esposa Ita, de acuerdo con el pacto amoroso de su matrimonio. La urna se ha instalado sobre un antiguo mueble de madera de cerezo, con marcos de marfil, precisamente junto a una pequeña escultura en bronce de Cellini, dos manos entrelazadas hacia arriba, en imploración acaso de la paz divina. Fue la primera adquisición importante de Lee en París, en 1927, cuando sus ahorros personales se lo permitieron. Sería su pieza más querida y entrañable entre las maravillas artísticas que fue reuniendo a lo largo de su vida. Ante esa urna, al pie de un Jesucristo barroco, de puro marfil, se han escuchado las oraciones y homilías iniciadas en las tres misas celebradas en una iglesia protestante, cercana a la mansión, en memoria de Lee. Ambiente de intimidad religiosa y humana; Ita y su hijo Líber, acompañados por los amigos más estimados y los principales colaboradores y ejecutivos de sus empresas. Clima de sencillez y humildad, mínimamente invadido por los signos inocultables de poder y fortuna del hombre considerado más rico de Hong Kong.

La bella imagen de Ita, la viuda inconsolable, se ha magnificado en este escenario de dolor y resignación, soportando las miradas escrutadoras de cuantos han desfilado por él, atentos a la vez al paso majestuoso de una mujer ennoblecida por un duelo impensable para ella. Como si nunca hubiera imaginado que la muerte de Lee precediera a la suya. A su hijo Líber, incontenido el sollozo íntimo, le dice que su padre fue un hombre que le enseñó los secretos de la vida, cuyos misterios él conocía mejor que nadie. Gran señor, su inteligencia estuvo a la altura de su generosidad en todos sus dominios y meridianos.

La última mansión de los Cheng-Xiao, terminada de construir a principios de 1951, ocupa un lugar privilegiado en la zona de Lévele, con espléndida vista al mar, no interceptada por las altas edificaciones que han comenzado a inundar la isla, con ritmo incontenible, en una lucha furiosa por el espacio vital. Construida lejos de la influencia victoriana, todavía en boga entre las clases más pudientes, la residencia de los Cheng-Xiao es un testimonio de arquitectura clásica y toques modernistas. Con sus tres plantas y su enorme jardín japonés de 3,000 metros cuadrados, habla el lenguaje del estatus económico, de representaciones privilegiadas y poderosas, sin el cual no podría entenderse socialmente la posición preferencial de una familia rica entre las más ricas. Un lenguaje que tiene que expresarse en los cánones obligados de los atributos externos. De ahí que esta mansión impresione desde la primera vista: un frontispicio semicircular, adornado por altas columnas de mármol de Carrara con remates semijónicos y dos pedestales que reproducen en tamaño natural, en el mismo mármol, de uno y otro lado de las puertas de entrada de bronce verdoso, veteadas de azules mediterráneos, el *David* de Miguel Ángel y *El pensador* de Rodin. Un lenguaje de deslumbramientos visuales, convocando el secreto cautivador de los sentidos, sin limitaciones ni rubores. El paso del vestíbulo a los interiores de la magna residencia, rica en maderas de sándalo, cada planta con una superficie de 600 metros cuadrados, combinada la luz natural con los efectos decorativos de la luz eléctrica, es un ingreso al halago envanecedor de todo género de bienes y gustos, incluidos los toques selectivos de las reconditeces humanas, las que hermanan la riqueza material y la espiritual.

Madre e hijo, más allá de la pena que les acongoja, justifican la curiosidad que despiertan. Forman una pareja llamativa y es difícil no reparar en ella, conjugadas la distinción y la sencillez. Ita es una mujer esbelta, de pechos generosos, más bien alta, de tez muy blanca y cabello rubio oscuro, ligeramente encanecido en ambos lados de su cabeza erguida, como si fuera una pincelada natural para resaltar la belleza de un rostro de ojos claros y mirada luminosa, penetrante y sosegada a la vez; cejas visibles, recta y bien dibujada la nariz; boca de labios carnosos y entreabiertos, quizá dibujando la filigrana o el boceto de una leve sonrisa. Un rostro sin retoques, de expresión serena y cálida, con esa fuerza inocultable que da la vida vivida, con un toque de primavera sobre la serenidad otoñal; algo hay de seducción y encanto en la pupila de unos ojos de mirada intensa. Líber es un muchachote de 1.85 metros, de ojos oscuros, de piel avellanada, cabello ensortijado de color castaño claro y hebras rojizas. De mirada frontal y firme, como si la iluminara el sol humano de la energía. Educado desde su infancia en colegios suizos y estadunidenses, ha coronado una brillante carrera al doctorarse hace dos años como profesor de literatura en lengua española en la Universidad de Harvard. El fallecimiento repentino de Lee le ha sorprendido cuando disfrutaba de sus vacaciones en el clima de calor húmedo de Hong Kong.

2

Como todas las mañanas, a lo largo de los días recientes, Ita y Líber desayunan en el petit comedor de la planta baja de la espléndida mansión. El gran comedor ha estado reservado siempre para los selectos agasajos del matrimonio Cheng-Xiao. En ambos comedores de una casa convertida en museo, se exhiben pinturas impresionistas exclusivamente. Acostumbrado Líber a que sus padres le visitaran cada año en Boston, no conoce los cambios hechos en el interior de la casa, por iniciativa de Lee, con la idea de acomodar y clasificar mejor las nuevas pinturas adquiridas y otras, más antiguas, a fin de que todas ocupen el sitio que, a su juicio, merecían. Así, la madre explica al hijo estos cambios, empezando por el petit comedor, dedicado a la visión de los impresionistas de un tema tan pródigo y revelador como es el de las naturalezas muertas, los bodegones. Entre éstos destaca Ita el de *Frente a la rosa*, de Renoir; *Dos flores en un jardín*, de Monet; *Fruta y madera*, de Manet; *El vaso de flores*, de Chagall; *Fruteros, vasos y manzanas*, de Cézanne; *Entre las flores de lis*, de Gauguin; *Ramillete de flores salvajes* y *Naturaleza muerta con cebollas*, de Van Gogh; *Peras y manzanas*, de Braque; *Crisantemos en un jarrón*, de Henri Fantin-Latour... Sin faltar una rareza, la del *Cesto de frutas*, de Caravaggio, considerada por muchos críticos como la más bella naturaleza muerta de toda la pintura italiana en un famoso pintor que no cultivó este género. Los 33 bodegones, distribuidos en ambos comedores, seguramente forman una de las colecciones particulares más valiosas del mundo en esta especialidad. Entre el asombro de sus miradas, hay una pequeña pausa que Ita aprovecha para dar una explicación a su hijo Líber:

–Has de recordar que la naturaleza muerta preferida de tu padre era *Las manzanas grandes*, de Cézanne, que fue una de sus primeras adquisiciones, admirando especialmente a este pintor que hizo de las manzanas la fruta preferida de sus numerosos bodegones. Muchos, pero no tantos, como los de Van Gogh, alrededor de 194, una suma registrada puntualmente por el propio Lee. Y agregaría:

–Lee era un infatigable comprador de pinturas. Tenía comunicación con los principales anticuarios de París, Londres, Ginebra y Nueva York. Nunca olvidaré su júbilo cuando ganó en reñida subasta una de las pinturas más famosas y perfectas del mundo, *Vista de Delf*, del holandés Vermeer. Otra de sus celebraciones fue la compra de *Madona y el niño con san Juan*, un cuadro de Correggio muy buscado por ciertos coleccionistas, y *La consagración de la primavera*, la obra maestra de Kandinsky.

En otro aparte, madre e hijo comentarán la colección de 21 marinas que Lee logró reunir, a lo largo de su vida. Entre ellas, *La hora del baño*, de Sorolla; el *Paisaje marino*, de Turner; *El dique del Havre*, de Monet; *La playa de Pouldu*, de Gauguin; *El mar*, de Renoir...

–¿Por qué las marinas? —inquiere amablemente Líber.

–El mar —le responde una Ita pensativa, con los ojos entrecerrados, como si quisiera aprisionar las imágenes— era la gran pasión de tu padre. El mar, la sangre de nuestra tierra, el horizonte infinito de nuestra vida, solía decirme. Nada le atraía tanto como el mar: le gustaba nadar entre sus misterios.

Ita, hará una ligera pausa, abriendo sus bellos ojos ante la mirada absorta de su hijo:

–Entre la serie de bodegones de los dos comedores y la serie marina del gran Salón Hexagonal se transparenta algo más que una aproximación estética: el gusto y el entendimiento de un coleccionista de cuerpo entero. Para Lee, las cualidades técnicas están a prueba en el dominio de la perspectiva, la precisión y creación de los bodegones, y en el equilibrio del color, entre la fuerza y la delicadeza, de las marinas. Si en unos las frutas y sus complementos parecen estar al alcance de las manos, reflejando la magnificencia de la naturaleza, en las marinas la quietud y el movimiento, combinados, arrancan los esplendores de la luz. Creía que con la música, la pintura contribuye a enriquecer la existencia humana, sacudiendo sus resortes más íntimos.

Líber no deja de indagar:

–¿Podría entender que las pinturas que se conservan en la tercera planta, las de nuestras habitaciones y el salón de lectura y entretenimientos, eran las preferidas de mi padre?

–Algunas podrían serlo, como la *Adoración de los Magos*, de Mantegna, *El retrato de Petronella Bus*, de Rembrandt y *Julieta y su nodriza*, de Turner. Pero junto a estos cuadros están otros que llamaríamos íntimos, por las circunstancias en que los adquirió o por alguna razón especial de sus gustos, como *La muerte de Séneca*, de Rubens; *Las bailarinas rusas*, de Degas; *Tiempo de lluvia al mediodía*, de Pissarro; *Bandera blanca*, de Jasper-Johns; y el *Jesucristo*, de Dalí. Apreciaba mucho, tanto por lo que le inspiraba como por las veces que lo perdió en sus tentativas de compra, *La Sagrada Familia*, de Poussin. A ese espacio pertenecen algunos dibujos relevantes de Durero y Daumier.

La curiosidad de Líber anima los recuerdos y los recuentos de su madre. Y le pregunta:

–¿Qué lugar ocupó Picasso en las preferencias de mi padre?

–Picasso es punto y aparte en la vida de nuestro Lee. Nadie como Picasso, el artista proteico por naturaleza. Sus cambios de estilos, la fusión de ellos en su concepto de la línea y el color, su curiosidad por todas las cosas, han hecho de él un pintor mágico, el más universalista de su tiempo. Lee lo admiraba como el pintor genial que es pero, sobre todo, como amigo, eran muy amigos. Lo conoció en uno de sus primeros viajes a París, siendo soltero, y la relación se ahondó, cuando nos casamos. Quiso conocer mi vida, republicano de corazón como lo era, simpatizando plenamente. "Tu vida —me dijo— es única en la historia del exilio español." Nos divertíamos mucho con sus humoradas. Decía de Dalí que era un buen nombre para una marca de papel higiénico. Hablaba con el encanto y la audacia que transparentaba su arte, convertido en máxima pasión. Cada una de sus frases era un bombón delicioso. Le gustaba jugar con las palabras, entre la ironía, que algunos calificaban de mal humor, y su ingeniosa cordialidad que arrollaba todo y a todos. En varias ocasiones navegamos por la Costa Azul y el Mediterráneo en nuestro yate, el que tu padre quiso que llevara mi nombre.

Ita aclarará a su hijo que los nueve Picassos expuestos en el centro de la gran Sala Hexagonal, donde ahora se encuentran, fueron comprados a los anticuarios que manejaban avaramente la obra del pintor malagueño. Pero la intervención directa de Picasso fue decisiva para que quedara en manos de Lee uno de sus cuadros más representativos, *El acróbata y el joven arlequín*, el que está situado a espaldas de su despacho privado. Regalos de Picasso, aclara Ita, fueron los bocetos de esta pintura y *La jaula del pájaro*. En nuestro álbum fotográfico, precisa, encontrarás también los dibujos que a mí me obsequiaba mientras charlábamos o tomábamos nuestros tragos. Picasso sigue siendo infatigable, incapaz de tener las manos ociosas. Es un ser nacido para los grandes honores de la posteridad.

A Líber le atrae la personalidad y la vida de Picasso, hurgando en los recuerdos de su madre. Ésta queda pensativa y quiere ofrecer a su hijo una anécdota picassiana. Las tupidas pestañas de Ita se arquean para dar cabida a un esbozo de sonrisa nostálgica.

—Verás, le dice a Líber. Cuando visitamos a Picasso en un verano de los años finales de los cincuenta, en su residencia de La Californie, en Cannes, nos llamó la atención de que entre los cuatro o cinco automóviles que llenaban su garage, un Citroën azul sobresaliera por su preferente sitio. En aquellos días asistimos a una nueva entrevista del periodista mexicano Manuel Mejido, con quien pronto simpatizamos. Ese Citroën, nos dijo, "es el mismo que hace dos años nos transportó a Cannes." Picasso, más que por nuestro oficio, nos recibía como exiliados españoles, título que en México inventamos, sin serlo, aunque muy vinculados a ellos, a sabiendas de que para el republicanismo de Picasso era un título improvisado que nos abría de inmediato las puertas de su residencia, sin reserva alguna. El Citroën no era nuestro, aclara Mejido, lo habíamos alquilado. Pero esto no le importó a Picasso, quien ordenó que el automóvil no saldría de La Californie, y para compensar su pérdida nos entregó un montón de miles de francos, en calidad de compra, con los que pagamos al dueño del automóvil y nos sobraría. El desenlace anecdótico, continuó Ita, es que el Citroën azul, es el único automóvil que Picasso incluyó, a su manera, en una de sus pinturas, precisamente en *Las guirnaldas de la paz*.

–¡Genial! —fue la exclamación reiterada de Líber.

Con palabra entusiasmada, contagiada por la luminosidad del rostro de su madre, Líber sigue preguntándole.

–¿Cuáles serían las obras que mi padre hubiera querido tener?

–No es fácil, pero intento imaginármelas. Seguramente, una trilogía de obras supremas que Lee mencionaba frecuentemente: la *Mona Lisa*, de Leonardo, *El nacimiento de Venus*, de Botticelli, y el *David*, de Miguel Ángel.

–Ahora sí la última porque no acabaríamos nunca —anuncia Líber.

–Te comprendo...

–¿Cómo te has hecho experta en arte?

–Al lado de tu padre. Él me enseñó con enorme paciencia; muchas veces asistí a sus nuevas adquisiciones, apreciando los valores y la delicadeza de su espíritu negociador. Pude compartir con él una experiencia inolvidable. Me enseñó que Velázquez pintó como nadie la atmósfera humana. Aprendí los claroscuros de Rembrandt, el colorido de Tiziano, el dibujo de Miguel Ángel, el alarde impetuoso y vital de Tintoretto, la originalidad de Goya, la calidez solar de Van Gogh, el amarillo del Greco, el azul de Renoir...

–Bien, Líber, tú sabes de arte porque te gusta y has heredado de tu padre el amor a la pintura. Ahora soy yo, la que pregunta a tu imaginación.

–¿Qué obras famosas hubieses adquirido o adquirirías de contar con los recursos económicos adecuados, partiendo hoy de lo posible y casi lo imposible?

Líber no esperaba la pregunta. Pero se repone pronto de la sorpresa.

–Por supuesto, *Las Meninas*, de Velázquez, a quien considero el pintor de los pintores; la *Adoración de los Reyes Magos*, de Rubens, el mago del color; *Sansón y Dalila*, de Rembrandt, el gran maestro de la luz; *La Anunciación*, de Tintoretto, el pintor relampagueante; toda la serie de los *Caprichos*, de Goya, el más genial de los pintores españoles; *Los girasoles*, de Van Gogh, el pintor agónico... Y, naturalmente, *Las señoritas de Avignon*, de nuestro Picasso, el pintor rey del siglo XX. Pienso en estos pintores singulares por haber sabido enviar la luz a las profundidades del corazón humano. Así como en música prefiero *La flauta mágica* de Mozart, que revela el genio de un enorme compositor, que empezó a serlo a los seis años de edad y vivió creando hasta los últimos momentos, paradójicamente olvidado antes de su prematura muerte.

–Lee pensaba —apunta Ita— que la música es el más humano de los lenguajes, la gran depositaria de sus secretos. Me has recordado al citar a Mozart, el *Don Giovanni* que era, para él, acabado retrato de un seductor, como el *Otelo* de Verdi lo es de los celos.

Madre e hijo, Ita y Líber, en el curso de los días recientes, han tenido conversaciones intensivas, a mañana y tarde, interrumpidas tan sólo por desplazamientos, juntas y compromisos de la nueva situación. Dentro de ella se encuentra la cuantía de la herencia, secretos ignorados por Líber,

sobre todo en lo que concierne a su propio destino personal.
Madre e hijo están entrañablemente unidos en sus sentimientos y pensamientos. Ambos comparten, desde siempre,
amor y gratitud sin límites por Lee y le recuerdan como un
ser humano auténticamente excepcional. Por supuesto, han
clasificado los testimonios de pésame llegados de todos los
rincones del mundo. Uno de estos mensajes de condolencia
ha llamado, especialmente, la atención de Líber. Lo firma Mao
Tse-Tung, el emperador comunista de China, en el cual,
además de las condolencias, invita a Ita a visitarlo, como
huésped de honor. El hijo, siempre curioso y sorprendido,
pregunta a su madre:

–¿Y esta invitación...?

Ita le responde con acento suave, casi confidencial:

–Verás. En 1960 se produjo en China una de sus terri-
bles hambrunas que causó 25 millones de muertes en la llamada marcha del Gran Salto Adelante. Y tu padre, anteponiendo
su espíritu generoso, ordenó de inmediato, por conducto de
su Centro de Investigación y Combate contra la Pobreza, el
envío de tres millones diarios de becas alimenticias, entre
las previstas para catástrofes similares, durante tres meses
consecutivos, en un despliegue espectacular de ayuda y mo-
vilizaciones de transportes y personal.

–Sí, pero mi padre no simpatizaba con Mao —comenta Líber.

–Efectivamente, pero no fue un acto de simpatía con
Mao, sino de solidaridad con su pueblo. Prueba de ello,
agregó Ita, es que en su testamento Lee ha previsto que la
donación de su colección de arte, tan valiosa, se haga a la
"China liberada".

–¿Entonces?

–Es una parte cuidadosa de su testamento, sobre la
cual los dos deberemos pensar muy bien. Desde ahora te lo
encargo. Por el momento no haremos nada si a ti te parece,
pero ése es el secreto de la invitación de Mao, sin duda.

Una especie de perplejidad ha cortado la conversación.

Ita y Líber dialogan en silencio desde el lenguaje íntimo y amoroso de sus miradas. La luz del mediodía se ha colado por el único ventanal del museo-biblioteca, la gran Sala Hexagonal, justamente situada a espaldas de madre e hijo, puestos ahora de pie. La figura espigada de Ita, parece vibrar desde sus grandes ojos azulados. Son de ternura y firmeza a la vez, como si en ellos se transparentara una fuerza interior de asombros y experiencias, de recuerdos y gratitudes. Líber abraza a su madre con una ternura que contrasta con un cuerpo atlético, más de deportista que de un catedrático de literatura. Hablan un español de palabras precisas, con algunas salpicaduras de inglés, cuyos acentos son más evidentes en Ita que en su hijo.

La emoción ha turbado la palabra serena de Ita y ésta prosigue:

—Lee tuvo todo para sucumbir en la lucha despótica de los intereses creados, del pragmatismo pagano del dinero. Y no sucumbió, pese al difícil equilibrio entre la exigencia competitiva y sus compromisos económicos y la influencia de su vocación humanista. No cayó en el desbocamiento de la tiranía social, ni fue prisionero de las jaulas musicales del oro. Fue un hombre espléndido, único. La generosidad fue su virtud y ejerció con honor el oficio de empresario victorioso.

El breve y sustancioso discurso de la madre conmueve nuevamente a su hijo, profundizando las evocaciones de su propia memoria. Al hilo de estos sentimientos, la voz abaritonada de Líber parece adelgazarse:

—Entiendo y comparto tu emoción. Admiro como tú y, quizá más, las cualidades humanas de Lee. Me sobran motivos...

La voz de Líber se entrecorta. Acerca su rostro al de su madre y se interroga a sí mismo: ¿Cómo podría agradecerle que a ti te reconociera como mi madre y a mí como su hijo, adoptándome desde muy pequeño, rodeando mi vida de todos los privilegios posibles, entre ellos el de haber estudiado en una de las más codiciadas universidades de Estados Unidos?

Más sereno, Líber sigue preguntándose: ¿Cómo no valorar su gesto incomparable de hacerte heredera universal de su inmensa fortuna y que yo sea, ahora, parte de ella, porque así lo quiso él?

Un corto silencio, rompe la voz recuperada de Líber:

–Sí, mi deuda es impagable y me exige honrarla. No son palabras de circunstancias, sino de arraigo en ese sentimiento vital en que se funden la emoción y la razón. Es un compromiso que tengo contraído con Lee, pero sobre todo con mi madre. No puedo fallarte...

Siguen conversando en la gran Sala Hexagonal, Ita y Líber, a solas, tras haber recibido los duelos de amigos y autoridades. Ahí, en el sitio siempre preferido por Lee y su esposa, madre e hijo se han reunido con los principales dirigentes de los consorcios y empresas heredados. El hombre principal, el que maneja la sede centralizadora, es un chino nacido en Pekín, Tuny Che-Zhisnui, hombre de absoluta confianza de Lee, mezcla brillante de economista y sociólogo, cabeza de un grupo de directivos en su mayor parte ingleses y australianos, a los cuales se debe esencialmente la cadena de éxitos y beneficios obtenidos en un tiempo corto y pródigo en oportunidades. Su segundo en jerarquía, de origen japonés, es Yuzo Kato Katananga, a quien se considera uno de los grandes genios financieros de Hong Kong. El primero, rondando los 70 años, con esposa francesa y dos hijos. El segundo, cuarentón, casado con japonesa y una hija. Líber ha escuchado, de su madre, disimulando el asombro, una síntesis actualizada de las dimensiones de los negocios y bienes que constituyen el Grupo Mandarín. Más de veinte mil personas trabajan a su servicio, tanto local como internacionalmente. Sólo las propiedades inmuebles, en Hong Kong, suman 9,000 millones de dólares. Las inversiones totales suman alrededor de 15,000 millones de dólares. A las cantidades mencionadas deben agregarse los activos líquidos del Centro de Investigación y Combate contra la Pobreza, por valor de 1,700 millones de dólares. Madre e hijo ratifican la confianza a los dos directivos y sus equipos respectivos, pidiendo que todo siga funcionando como si viviera Lee. Una maquinaria perfectamente engranada para producir dinero.

Ya de vuelta a la intimidad, la madre confiesa a su hijo que ignoraba la cuantía de estos bienes, secreto guardado celosamente por Lee. Lo que éste confesó a su ahora viuda es que tenían un fondo personal compartido de 100 millones de dólares en un banco de Nueva York y 500 onzas de oro en un banco de Ginebra.

En el testamento abierto, 30% de las acciones en el Grupo Mandarín son donadas al Centro de Investigación y Combate contra la Pobreza. El resto corresponde a Ita, como heredera universal y a Líber, a su muerte, como hijo legítimo.

Sobre el espacio de la amplia habitación pareciera reflejarse, impulsada por un sentimiento común, la imagen de Lee, con su mirada de águila en alerta continua, y el misterio de una sonrisa complaciente. Un prolongado silencio ha interrumpido el diálogo de Ita y Líber. Éste lo rompe para decir a su madre:

—Me doy cuenta de que me necesitas y debo estar a tu lado. Pero no quisiera perder mi profesorado en la Universidad de Harvard, ni el ambicioso plan académico que me compromete con ella. Tengo que volver a Boston y he de meditar a fondo esta imprevista situación. Hablaré con mi compañero más íntimo, el profesor Roberto Mariscal, el cual te he citado frecuentemente en mi correspondencia. Es un maestro, sabio y comprensivo, cuyos consejos me han sido extremadamente útiles. Creo que entenderá mi problema y me ayudará a resolverlo. Y aunque nada me has preguntado sobre Evelyne, mi novia, quiero decirte que nos casaremos al término de su carrera. Juntos, nuestro apoyo será más fuerte a tu lado.

Ita, que a la vez ha tenido en su memoria al niño desamparado que rescató en el bombardeo de Figueras, en el epílogo mortal de la guerra civil española, dice a su hijo:

–Claro que te necesito y comparto la idea de tu matrimonio. Pero respetaré tus decisiones, sabiendo que tú lo eres todo para mí y que te quisiera cerca, muy cerca. Algo te pediré desde ahora...

–Dime —casi interrumpió la voz ansiosa de Líber.

–Por tu formación universitaria, por ser la obra que más quiso y ennobleció a tu padre, te pido que tomes ya, de inmediato, la presidencia del Centro de Investigación y Combate contra la Pobreza. Estoy segura que podrás atenderla y ensanchar sus horizontes generosos.

–No lo dudes. Cuenta conmigo desde ahora.

Ita besa cariñosamente a su hijo y asiente con la cabeza, como señal de gratitud. Sus ojos claros se iluminan, sin abandonar la tristeza del instante confidencial que viven desde los temblores ocultos del corazón.

Por teléfono, Líber ha concertado una cita con el vicepresidente ejecutivo del Centro de Investigación y Combate contra la Pobreza, un experto en problemas sociales, con doctorado en economía. Nacido hace 40 años en Londres, Jimmy Otegui Simpson, hijo de padre español y madre inglesa, lleva diez años al frente del Centro y desde él controla las delegaciones exteriores. Líber está deseoso de conocer el funcionamiento y exigencias de una empresa tan generosa. Mientras llega Jimmy y su gente, Ita lo toma del brazo y recorren juntos los espacios del Hexágono, la gran sala donde se celebrará la reunión. Líber no pierde palabra ni detalle. Recuentan las 43 obras que integran la pinacoteca de la gran sala y se detienen en la biblioteca, de no muchos volúmenes, pero cuidadosamente encuadernados en piel, seleccionados al gusto de Lee y de ella misma. Es la biblioteca, le dice, de un hombre culto, escondite frecuentado en sus horas íntimas, de sus huidas del mundo de los intereses económicos y compromisos sociales. Predominan las ediciones en inglés, el idioma que le enseñaron de niño, con sus hermanos. Entre ellas, dos que apreciaba mucho, joyas bibliográficas de la literatura española en su versión inglesa, ediciones que antecedieron a las mejores ediciones españolas: El Quijote de Jarvis y el Quijote de Smoleth. Junto a ellas, los cuatro tomos de la edición Ibarra, en español, lengua que Lee ha aprendido como una de sus ofrendas amorosas a Ita. No faltan algunos libros en francés y chino y abundan numerosas enciclopedias y diccionarios en diversos idiomas.

–¿Por qué tantos diccionarios? —pregunta Líber, observador.

–Porque, dentro de su formación educativa, a tu padre le preocupaba, aunque fuera en síntesis, el conocimiento básico de los grandes temas. No olvides el campo de sus relaciones personales con gente distinguida y de alto nivel cultural, sobre todo desde la presidencia del Centro de Investigación y Combate contra la Pobreza. Suya fue la idea de buscar la asesoría de los nueve premios Nobel que fundamentaron y encauzaron la existencia del Centro.

Y agregará:

–Tu padre no sólo leía, sino que escribía páginas que él llamaba de intimidad. Alguna vez, con amigos de confianza, se atrevía a leerlas. Pero yo era su lectora exclusiva, en una relación afortunada y de continuos alicientes. Déjame que te muestre algunas de sus reflexiones.

Ita abrió una de las gavetas inferiores del librero principal y tomó al azar uno de los textos que contenía, escrito en un inglés de clara caligrafía, con todo y sus enmiendas marginales. Líber puso su mano derecha sobre los hombros de su madre y devoró las tres cuartillas de apretada letra.

Recuerdo haber leído que de los veinte mil gladiadores que Calígula tenía en su escuela de entrenamiento solamente dos no pestañeaban. Por eso eran invencibles. Un dato quizá exagerado, pero sin duda indicativo. Esa zona de nuestro rostro que va de las cejas a los ojos es la más explorada por escritores y novelistas, los que suelen hablar del pozo sin fondo de las pupilas. Ahora he leído un ensayo de Charles de Brun, gran estudioso de la expresión humana. Para él las cejas son indicadoras del carácter humano. Dudo que sea exactamente así. Estoy con los que sostienen que la mirada es el medio ideal para entender la vida de los seres humanos. Los ojos son su órgano central, clave de sus fulgores, elocuencia silenciosa del pensamiento. Conjunción suprema del mirar y el ver, los ojos son el vértice simbólico de la vida. Flechas para explorar cuanto nos rodea son los ojos con los que miramos y nos miran. Nos descubren a los demás y somos descubiertos por los demás. Ojo de águila es referencia al único animal que mira de frente al sol. Comer con los ojos se dice de la mirada plena, exhaustiva. El ojo avizor está entre lo divino y lo humano. Recordemos que el nombre de cíclope significaba para los antiguos ojo redondo. Y por algo Platón dijo de los ojos que son el espejo del alma.

Nuestro amigo Picasso, que domina como nadie la mirada imperiosa y directa, nos confesaba en nuestra última reunión en Cannes, que para él dibujar un ojo es el comienzo del arte y que nada supera la capacidad receptiva y expresiva de la mirada femenina, desde el desdén y la decepción hasta la ilusión y la entrega. Nunca se me olvidará la mirada de toro bravo de Picasso, como él la llamaba. Según pasan los años, a título de curiosidad y de observación insistente, he ido anotando una especie de vocabulario o catálogo de las miradas que mejor identifico o que más me atraen. Traduzco algunas ahora y dejo otras para después.

- Es una mirada tan desbordantemente acariciadora que parece un susurro al oído del corazón.
- Puede ser fácil escapar de un grito, pero no de la mirada centelleante de unos ojos dominantes.
- No necesitó mover el cuerpo. Bastaron los reflejos instantáneos de una mirada conmovedora.
- ¡Pobre del rostro en que los ojos no digan nada!
- Pronto percibí que estaba ante una mirada totalitaria: todo lo abarcaba.
- Era una mirada poderosa, acostumbrada a hacerlo de frente, sin pausa ni desmayo.

- Mirada tentadora, como si fuera la rúbrica natural de un rostro pleno de gracia.
- En el banquete de las miradas golosas suelen prevalecer las de ida y vuelta.
- Había una especie de fragancia visual en aquella mirada de azules intensos.
- Tanta era la fuerza de su mirada que hacía vibrar las aletas de su nariz.
- Las miradas de urgencia obedecen al apremio de los instantes.
- Nada tan elocuente como las pupilas cuando tiemblan.
- Lo que define a un retrato o a un autorretrato es la mirada expresiva de los ojos.
- ¡Cuánto mundo habita en una mirada de tiempo vivido!
- Era la suya una mirada madura en un rostro demasiado joven.
- Hay miradas que se licúan por exceso de luz.
- ¡Cada mirada suya era un mordisco de tentación!
- Hay miradas tan delicadas que parecen de porcelana.
- Si hay besos carnales, también hay miradas que son como besos de dulzura infinita.
- El cruce de miradas, de cara a cara, es un lenguaje primario que sigue vigente.
- ¡Tuve que encontrarme con Ita para saber que en los ojos afloran y dialogan los misterios más profundos del amor!

–¡Un padre inmensamente rico y con una veta humana de intenso romanticismo! —declara Líber, admirado e incontenible. No conozco un caso semejante. Y lo digo, viviendo en un país caracterizado por grandes historias de filántropos. De gente excepcional, acumuladora de enormes fortunas que han creado universidades y centros hospitalarios de los más altos niveles, que han contribuido decisivamente al progreso científico y a las asistencias solidarias. Gente que ha legado su herencia como un fin natural de la vida adinerada y, también, de reconciliación de conciencia, sin una formación cultural, acaso lejos del escrutinio cotidiano de la generosidad como vocación y del ideal conjugado del ser y el hacer. Lee es un testimonio ejemplar de una sensibilidad renacentista, en la línea de los grandes señores de la historia.

La conversación se ha interrumpido con la llegada de Jimmy Otegui Simpson, el vicepresidente ejecutivo del Centro de Investigación y Combate contra la Pobreza, con sus cinco principales colaboradores. La sintonía de la cordialidad funciona de inmediato en la relación con Líber. A Líber le interesa conocer, más que los detalles orgánicos, cómo se ejecutan los programas y sus contenidos, así como los pendientes más inmediatos del Centro. Le asombra saber que a lo largo de su existencia éste ha distribuido más de mil ochocientos millones de becas alimenticias y que en la actualidad hay una asignación fija, anual, de doscientos millones, que se distribuyen en los países más necesitados, según las variantes de las circunstancias. Jimmy habla coherentemente y de memoria, después de haber puesto en manos de Líber un grueso dossier en el que se contienen los 25 años de historia del Centro, con sus módulos reguladores de funcionamiento en cada una de sus divisiones. El lenguaje de Jimmy es de voz clara, pausada, natural, sin apostaciones, recurriendo a tonos de énfasis sólo en los giros adecuados. Siente la obra en la otra voz, la del corazón. Líber, con su mirada vivaz y su oído afinado, escucha con un interés que llega al arrobamiento. Nunca imaginó las dimensiones que dan tantas singularidades al Centro. Y pregunta y repregunta. Las respuestas son precisas, no sólo las de Jimmy, sino las de sus colaboradores. Entre ellos destaca Roberto García, un filipino sesentón que sirve al Centro desde sus principios, encargado de la división de las Becas Alimenticias. Sobre éstas explica con fluidez.

–El nombre de beca alimenticia se le ocurrió a Lee Cheng-Xiao, en analogía con las becas universitarias, considerando que la pobreza y su hija natural, el hambre, es el problema mayor de la humanidad. Cada beca contiene cinco kilos de alimentos básicos y una dotación de complejos vitamínicos, conforme a estipulaciones de la Organización Mundial de la Salud, que oscilan entre las 2,000 y 3,000 calorías. La distribución se hace con fundamento en investigaciones de la situación de cada país, salvo las emergencias catastróficas, para las cuales se mantiene una reserva fija de 250 millones. Estudiar las hambrunas que padece nuestro tiempo es una de las labores más tristes y nobles, a la vez.

–¿Qué tan grande es el presupuesto de las becas alimenticias?

–Representan alrededor de 50% del presupuesto total del Centro.

–¿Cuál sería el país más favorecido hasta ahora?

–La India, junto con China.

–¿Cuál es el programa de mayor urgencia en estos momentos?

–La hambruna de Somalia, profundamente estremecedora, en esa diferencia mínima que va de lo terrible a lo horrible, además de las asistencias regulares a Bangla Desh, Etiopía y Uganda —subraya Jimmy.

Líber indaga sobre las becas universitarias. Le contesta el doctor Geraldo Pascoe, un brasileño formado en la universidad estadunidense de Stanford, especializado en estudios científicos y de comunicación:

–Las becas universitarias funcionan dentro del módulo selectivo establecido por los nueve premios Nobel que diseñaron el Centro de Investigación y Combate contra la Pobreza. Contamos con la asesoría de diez rectores de las universidades principales de Estados Unidos, Gran Bretaña, Francia, Japón, España, Brasil, México, la India, Suecia y Hong Kong. Hasta ahora se han otorgado 25,000 becas y en este año de 1970 tenemos funcionando 3,500 becas, incluyendo un 25% para las becas independientes de Artes y Oficios.

Algo más quiere saber Líber:

–¿Qué carreras predominan?

–Las de medicina, literatura y ciencias.

—¿Y cómo funcionan ésas para mi raras becas de artes y oficios?

Toma la palabra otro de los ejecutivos que acompañan a Jimmy Otegui. Es el profesor hongkonés Jacques Lennox, también de los fundadores del Centro:

—El estudio de las solicitudes para las becas universitarias fueron tan numerosas y diversas, que nos obligaron a un estudio más profundo, teniendo en cuenta un marco de referencia eminentemente social. De ese estudio se dedujo, que no pocas de las solicitudes pecaban de insuficiencias, sobre todo las de los países de mayor subdesarrollo. Entonces se pensó en otro tipo de becas, las que podrían formar a profesionistas competentes. El resultado ha sido maravillosamente útil. En él ha influido decisivamente el haber dejado la tarea a cargo, en gran parte, de la representación japonesa, en un país tan experto en toda clase de habilidades profesionales. De esos talleres han surgido no sólo oficios tradicionales, como maestros carpinteros, electricistas, pintores de brocha gorda y maestros albañiles, sino músicos, cantantes, cirqueros y profesiones diversas.

Jimmy se considera obligado a hacer un resumen:

—Como una gran peculiaridad de nuestro Centro, tenemos constituidas tres brigadas móviles —las llamadas brigadas blancas— integradas cada una por doce especialistas en análisis y soluciones de problemas contra la pobreza, con sus equipos auxiliares respectivos, además de un par de médicos y enfermeras jóvenes. Son de carácter móvil por cuanto se desplazan continuamente a los lugares que requieren urgente atención. Estudian los problemas y diseñan, a través de una experiencia activa, nuevas fórmulas e ideas para enfrentarse de una manera práctica a los problemas de esa plaga en aumento y desbordamiento que es la pobreza, con su secuela de enfermedades, conscientes de que por muchos que sean los recursos son mínimos en tanto los países ricos no se unan en un compromiso de fondo, coordinado y total, bajo la previsión lógica de que la amenaza a su propio destino puede darse en un plazo inexorable de tiempo.

—¿Y cómo operan estas brigadas blancas? —inquiere Líber, cada vez más atraído por el tema.

—Tienen, desde luego, un censo al día de los países más afectados, los que clasificamos, generalmente, en grados de pobreza primaria y extrema. Han estudiado las alternativas posibles, centradas en la salud, alimentación y educación. Hay países en los que se aplican programas tripartitas y otros en que se concentran en un sólo componente, el más grave. En todos los casos, el Centro duplica en inversiones las que se obtengan directamente por otros medios, gobiernos o empresas privadas. En salud se va de la construcción y reconstrucción de centros hospitalarios al reparto de medicamentos. En alimentación no sólo se distribuyen permanentemente las becas alimenticias, sino que se investigan mezclas y producción de nuevos artículos nutricionales y regímenes dietéticos, ajustados a las particularidades étnicas y culturales de cada región o país. En educación se instalan escuelas, lo mismo construidas en recintos cerrados que al aire libre, seleccionándose tanto candidatos para becas universitarias como para las becas de los Talleres de Artes y Oficios.

Jimmy Otegui Simpson, en su depurado inglés, abunda en otras explicaciones significativas. Entre ellas, el de un barco crucero de 20,000 toneladas, construido especialmente en los astilleros de Hamburgo —el "Nautilius"— que es sede de los Cursos Académicos de Convivencia y Superación, concebidos como travesías culturales por los mares de Oriente y Occidente, con duración de 15 días, en las que participan 50 becarios sobresalientes. La convivencia es animada, en formato de diálogos abiertos, no sujetos a ninguna rutina, por profesores universitarios y líderes sociales de alto nivel humanista. Asistir a estos encuentros marinos, que se repiten cuatro veces al año, es uno de los más bellos espectáculos de colorido fraterno, mezclados jóvenes de ambos sexos, de países e idiomas distintos, unidos por el afán de aprender sin dogmatismos de ningún género.

Jimmy concluye con una afirmación, en la que le envuelve la fe en su tarea y un orgullo que no quiere disimular:

–El Centro de Investigación y Combate contra la Pobreza no sólo cumple fielmente sus fines; dentro de ellos, es hoy la institución privada más importante del mundo. Practica el oficio del honor y el honor del oficio.

Líber saluda efusivamente a Jimmy y le reitera toda su confianza para continuar adelante. Su única duda, la del mantenimiento del triple diezmo, queda disipada. Todo seguirá igual. Toma, después, el dossier recibido y abraza a su madre, que ha presenciado silenciosa el encuentro, fija su mirada penetrante, como si a su lado estuviera la de Lee, en los ojos de su hijo, en sus gestos, en sus preguntas. Desde el fondo de su alma reza porque Líber responda noblemente a este reto de su destino de amor y de solidaridad humana. Es el mismo deseo de Líber, adivinando el de su madre.

La estancia en Hong Kong se ha prolongado tres semanas y Líber debe regresar a Boston. Recuerda con su madre el último viaje, hace cinco años, con un Lee en plena salud, optimista. Disfrutaron la música de Bizet en *Carmen*, con la nueva voz de Plácido Domingo. Estaba entusiasmado con la lectura de *La Alhambra* de Washington Irving y buscarle una traducción al español. Acostumbrado a las visitas frecuentes de sus padres a Nueva York y Boston, las suyas a Hong Kong, además de breves, no pasaban de media docena. Con Lee e Ita no sólo conocería Ginebra, San Francisco, Los Angeles y Nueva Orleans, sino que viajaría a París, Londres y Madrid. Vivir en la intimidad el amor de sus padres, sentirse alentado por ellos, fue para Líber su gozo más entrañable. Ahora volvería a Boston con la conciencia de que su destino le enfrentará a un giro de más de 180 grados.

La despedida, con la pena reflejada en cada mirada, deja unidos a madre e hijo con más fuerza que nunca.

Algo íntimo sacude todavía a Líber:

–¿Podré conocer, al fin, tu Diario, esa historia que me has prometido y que tanto deseo?

La respuesta de Ita brota de unos ojos húmedos, más que de su garganta.

–A tu regreso lo conocerás, aquí... Aquí te espero.

Todavía, antes de la cena que les espera con los altos ejecutivos del Grupo Mandarín y el Centro de Investigación y Combate a la Pobreza, madre e hijo conversan en un atardecer decorado por la belleza y el aire suave del jardín, entre pinos de todos los rincones del mundo, adaptados por la sabiduría japonesa al clima de Hong Kong, de igual manera que las rosas fragantes de delicados matices en la armonía de sus colores. Respiran olores de plantas cultivadas con esmero, como si quisieran ser dignas del privilegiado jardín en que han crecido dentro de un territorio en que los jardines son un exceso de lujo. A Líber le llama la atención un olivo solitario, algo envejecido, situado en el centro del jardín, de forzoso encuentro con la mirada.

Ita devela el secreto a su hijo: Lee lo plantó como si fuera un dios de la naturaleza, símbolo de riqueza y esperanza, guiado por la sentencia oriental de que los olivos despiertan a la vida a la luz de la luna. Tu padre era un hombre afecto a las curiosidades. Entre ellas, su preferencia por el tres, como un número cabalístico de la perfección humana, al mediar entre el uno y el otro, siendo referencia reiterada de las principales religiones y de los primeros pensamientos filosóficos. En los hipódromos de Londres y París jugaba al tres y solía ganar. La misma fortuna le acompañó en el gran Casino de Mónaco, donde era conocido como "El matemático", atribuyéndole una sabiduría que era, en realidad, simple intuición.

El recuerdo de Lee, con el dolor fresco de su ausencia, continúa vivo en el diálogo íntimo de madre e hijo. ¿Sabía Lee que estaba enfermo del corazón? Ita aclara a Líber que su padre se revisaba cada año con un diagnóstico de perfecta salud. Nunca dieron mayor importancia a una pequeña deficiencia en la periferia del miocardio y a una baja esporádica de glóbulos blancos. Por lo que hacía una vida normal, sin restringir sus hábitos de buen gourmet, gran degustador de caviar y ostras, de vinos y champaña. Tan a gusto se sentía en la última visita a Houston que fuimos de compras a las Galerías, un centro comercial diseñado paralelamente al centro médico; como si uno fuera el complemento del otro, el ánimo dispuesto a celebrar las buenas y las malas noticias. Cenamos en nuestro sitio preferido, el restaurante italiano Trulock, con sus cangrejos moros y su pastel de zanahoria. El día de su fallecimiento, Lee se reunió con sus ejecutivos, a hora temprana, como era su costumbre, comimos una zarzuela de mariscos preparada por doña Julieta, la cocinera catalana que trajimos de Barcelona hace veinte años, y una compota de frutas. Vimos la televisión y nos acostamos a la media noche. Me extrañó que Lee no se levantara antes de las ocho de la mañana, como era habitual. Lo vi muy dormido y no quise despertarlo. Pero no estaba dormido. Su cuerpo frío, sin reacción alguna, me alarmó. Vino nuestro médico y certificó su muerte por un infarto total. Su rostro tenía la bondad que marcó su vida. Gozaba intensamente de ella, alerta a sus secretos más recónditos. Líber contempla a su madre, reteniendo unas lágrimas a punto de explotar en sollozo, lo que rompe la serenidad que hasta ahora había sabido conservar. Percibe, más claramente que en ningún otro momento, el amor que unía al matrimonio. En su soliloquio, Ita menciona que el suyo era un amor impregnado fuertemente de gratitud. Sin él, musita, hubiera sido fusilada por Franco. La revelación turba, aún más, a Líber. Su madre, sin duda, caso único de una exiliada española convertida ahora en una de las mujeres más ricas del mundo, a punto de ser fusilada por Franco. ¿Es novela? ¿Qué historia encierra el Diario que le ha ofrecido conocer a su regreso a Hong Kong?

Ita le tranquiliza:

—Te lo he prometido, y cumpliré la promesa, rompiendo el compromiso que me había hecho a mí misma de que sólo lo leyeras después de mi muerte.

Ha llegado el instante final de la despedida. Al tiempo que besa a su hijo, Ita le entrega un sobrecito y le dice:

–Es, Líber, otra página que he encontrado en estos días, al revisar las gavetas de los papeles íntimos de Lee. Es la página de amor que explica nuestro primer encuentro en París con el cambio imprevisible de nuestra suerte.

3

"El Mandarín", el avión personal de Lee, que sigue en servicio, emprende el vuelo hacia Estados Unidos, con sus escalas imprescindibles. Líber busca sosiego, convocado por la confianza en sí mismo, como si ella fuera una marca grabada con fuego en la raíz de su vida. El instinto heredado parece protegerlo. Tras tomar asiento, lo primero que hace Líber es abrir el sobrecito que contiene la página escrita por su padre. Lectura detenida y repetida:

Desde que entré en la boutique de Madame Chanel, me sentí atrapado por la mirada luminosa de esta bella mujer. Es la mirada imantada del amor, la que he esperado desde hace tanto tiempo. Aunque elusiva, creo que la mirada suya ha dialogado secretamente con la mía. Es la coincidencia que no respeta razas, ni culturas, ni la seducción interesada. Siempre he creído que el lenguaje mágico de los ojos pertenece al misterio donde se anidan los mandatos del corazón. Lo cierto es que la mirada espontánea resulta incontenible cuando el amor manda y lo dice todo. No necesita el cortejo de las palabras, ni la cita complaciente, ni el sondeo de los caminos rituales, ni el mensaje puntual que se vuelve tardío, ni el secuestro de la corrupción. Es un lenguaje todavía no descifrado, de claves inéditas, acaso en el enlace centelleante de lo humano con lo divino. Los ojos parecen saber más de lo que se ignora, seguramente llegan mucho más lejos dando mayor autenticidad al lenguaje. Ver, sin duda, es el mayor acontecimiento de la vida humana, desde que los ojos se abren al nacer. Estoy, pues, ante la mujer de mi vida.

Líber vuelve a preguntarse: ¿Cómo un hombre tan poderoso en los negocios, ha sido capaz de escribir una página tan poética? Se imagina la escena vivida por su madre en la boutique de Madame Chanel y admira el estilo de Lee y su fe en el lenguaje transparente de las miradas. Se imagina la escena de aquel encuentro en que sus padres fueron unidos por los ojos del amor. ¡Divino encuentro!, repite al releer nuevamente el romántico mensaje.

Durante las horas del largo vuelo, una especie de ensimismamiento ha dominado la mente de Líber. En veintidós días ha tenido que vivir en Hong Kong una cadena de acontecimientos inesperados, de sorpresa en sorpresa, las emociones en pleno hervor. Según las va recordando, como si fueran parte de un sueño, el asombro y el azoro parecen anonadarle, se le escurren las palabras que tratan de explicar a la conciencia las magnitudes que la estremecen. Cuando despierta y se enfrenta a la realidad vivida, recupera, hasta donde le es posible, los sentidos de la razón, ante un futuro pródigo en interrogantes. ¿Hasta dónde podrá atender el compromiso contraído con su madre sin interferir su carrera universitaria? ¿Cómo podrá ayudar a su madre a administrar los grandes negocios y la enorme fortuna heredados? ¿Deberá posponer o anticipar su promesa matrimonial con Evelyne, después de dos años de noviazgo? ¿Cuáles son los secretos que guarda o devela el Diario de Ita y quién era él, Líber, antes de ser adoptado tan generosa e indeleblemente? Algo vislumbró en su primer internado en Ginebra, en el paraíso de Suiza, y después en Nueva York, según Ita le fue revelando que Lee era su padre adoptivo, en una historia que sólo conocerá completamente cuando pueda leer el Diario que su madre le ha prometido en la despedida de Hong Kong.

Quizá, por eso, Líber recuerda a Lee con un cariño que

excede posiblemente al verdadero cariño, para él inédito, de un padre de sangre. Tanta generosidad suya, la entrega amorosa tan absolutamente plena a su madre, su comportamiento de gran señor de la vida, es memoria que supera y desafía cualquier definición genética. Toda la energía que se desprende del cuerpo atlético de Líber es pequeña cosa ante la fuerza que inspira la admiración de un ser tan cabalmente humano como Lee. La cercanía espiritual, lejos de menguarse por la distancia geográfica, se ha acrecentado con nostálgicas presencias y resonancias íntimas. De lo que no duda Líber, lo que percibe con las transparencias de la realidad, es que su vida estará condicionada no por el proyecto que había vislumbrado, sino por otro muy cercano a lo imprevisible. Pero piensa que el temple de su carácter y la colmena de sus esperanzas han de superar todos los retos. Nunca ni nada podrán encerrarlo en la jaula del desaliento. Es consciente de sus privilegios y quiere serlo de sus obligaciones. Lo que más le preocupa, sobre todo, es el compromiso irrompible que le une a su madre, cuanto ésta necesita de él. Es un inmenso vínculo filial con todos los signos de la gratitud humana. ¡Imposible defraudarle!

De regreso ya en Boston, cuya placidez ha añorado tanto, se comunica con Evelyne —Evelyne Clark—, su novia, hija menor de una familia pudiente, originaria de Houston, enriquecida por una herencia petrolera y varios negocios propios. Dos años de relaciones han puesto a prueba su noviazgo, hasta situarlo en una promesa matrimonial, a punto de cumplirse, pues Evelyne terminará su carrera de diseño e historia del arte en tres meses más. Líber, con cierta impaciencia, le pone al corriente de los acontecimientos ocurridos en Hong Kong, algunos de los cuales conoce Evelyne, por sus diálogos telefónicos, y le anuncia que mañana la visitará en su casa para hablar de todo en detalle. La impaciencia no rebaja el acento amoroso, sino todo lo contrario, lo exalta, lo excita, lo ennoblece.

Paralelamente, Líber, empujado por la ansiedad, busca de inmediato, a su maestro, diríase que su tutor, Roberto

Mariscal, que acaba de regresar, también de sus vacaciones en las Islas Canarias de España, donde nació. Es otro de los exiliados ilustres de la guerra civil española que encontraron refugio en la selecta Universidad de Harvard. Su profesor está casado con Rosa Sabrinas, hija de un poeta de la generación de García Lorca que, a diferencia de éste, escapó de ser asesinado por la barbarie fratricida de la guerra civil. Líber admira a su tutor, y a él acude siempre que necesita de sus sabios consejos. Lo que el profesor escucha le impresiona profundamente y advierte el ritmo vertiginoso de cuanto ha sucedido en Hong Kong, en el relato apresurado de Líber, preso de lo inesperado, entre el dolor y el deslumbramiento, entre lo inverosímil y lo real. ¿Cómo podrá, sin abandonar su carrera académica, estar al lado de su madre, a la cual adora con algo más que la gratitud obligada, en una atadura irrompible de pensamiento y conciencia? Líber no oculta a Roberto Mariscal la magnitud y extensiones de la fortuna heredada y de la trascendencia humanitaria, que tanto le seduce, del Centro de Investigación de Combate contra la Pobreza, cuya obra también cautiva al ilustre profesor. El semblante juvenil de éste, habitualmente despreocupado y ajeno a los bienes materiales, no deja de mostrar asombro. Ningún signo externo, ningún alarde u ostentación en el comportamiento inquieto y activo de Líber, en el severo ambiente de Harvard, pudieran haber delatado algún antecedente de semejantes privilegios, mucho mayores de los que el propio Líber pudiera sospechar. El querido profesor, que entiende entre sus sabidurías que conocer el proyecto de vida es esencial para saber cómo alcanzarlo, se hace cargo del dilema que agobia a Líber, cuyo ideal universitario es más fuerte que cualquier otra tentación. ¿Cómo conciliarlo, momentáneamente, con el compromiso adquirido y su deseo ardiente de cumplirlo? Se le ocurre algo difícil, pero que podría intentarse: gestionar el anticipo del año sabático de Líber. No está previsto, porque apenas lleva dos años de haber cambiado la condición de profesor auxiliar por la titularidad, pero Roberto Mariscal tiene manera de acercarse y gestionarlo con uno de los hombres clave de la rectoría universitaria. Líber se siente aliviado por esta posibilidad. Medita sobre ella y se le ocurre apoyar la gestión con el ofrecimiento de crear una beca extraordinaria con el nombre de Lee Cheng-Xiao, dentro de las normas establecidas por la Universidad de Harvard, con dotación mínima anual de un millón de dólares.

–¡Mi madre se sentirá feliz con la creación de esta beca! —exclama Líber con cierto optimismo, confortado por la aprobación de su profesor.

Líber se reúne con Evelyne y le hace partícipe de su estado de ánimo. Al arraigado enamoramiento de Evelyne todo le parece bien. Aún más, cuando Líber le propone matrimonio al término de sus estudios. Lo toma como una garantía de seguridad para el futuro común, lejos de las diversas aventuras sentimentales que llenan la juventud briosa de Líber, un ser de atractivos encantos en el mundo estudiantil y también en los ámbitos sociales de Boston. Evelyne ganaría su corazón con el imán de su belleza física: un cuerpo más bien delgado, de largas piernas y suaves caderas, de busto firme y cuello alto, como su estatura. Su cabello acentuadamente rubio, peinado hacia atrás, descubriendo un rostro de tez más que blanca y unos ojos azules de mirada suave y envolvente; conversadora amena y de risa fácil, lejos del acartonamiento plástico de la mujer contemporánea. Y una inteligencia tejida con los finos hilos de la sutileza crítica y la percepción rápida. Ver andar a Evelyne, de tranco largo y al mismo tiempo majestuoso, fue rasgo notorio que embelesó a Líber. La lujosa y moderna casa de la familia de los Clark abrió pronto sus puertas a la cordialidad natural de Líber y pronto sedujo a los padres y los dos hermanos menores de Evelyne. No es de extrañar que, al conocer la propuesta matrimonial de Líber, la aceptación familiar se haya convertido en celebración. Howard y Ruth, los padres de Evelyne, sólo dejaron escapar una pregunta, pensando en el lugar de la boda: ¿Boston o Hong Kong? El espléndido jardín de la casa bostoniana podría ser un escenario adecuado, pensó rápidamente la señora Ruth.

Líber se apresuró a comunicar la noticia, por teléfono y por carta, a su madre. Ita la celebra con generoso cariño, tanto como saber que su hijo, ya casado, podrá permanecer, todo un año, en Hong Kong, a su lado. Aunque sólo conoció a Evelyne, cuando todavía no era novia de Líber, tenía de ella una grata impresión. La más durable, quizá, entre las chicas que Líber cortejaba y las que le cortejaban a él, en ese ambiente universitario de Boston, donde el amor duraba menos que los relámpagos placenteros del sexo compartido. Ita ha hablado por teléfono con Howard y Ruth Clark y su hija Evelyne para congratularse del acontecimiento, sin ocultar el elogio apasionado a las virtudes de su hijo. Debe imaginarse que la noticia de la anticipación matrimonial, aunque esperada, fue una sorpresa para Ita, quien la aceptó con elegancia y comprensión, desde el fondo de una memoria de vida que podría justificar, en las circunstancias de su origen y de su soledad actual, el egoísmo de madre. Le alivia la idea de tener junto a sí, el próximo año, a su hijo y a su esposa. Los dos aceptaron alojarse en los dormitorios y espacios de la tercera planta de la mansión hongkonesa. Ita adecuará la estancia con la doble idea de respetar la independencia y la comodidad de la pareja.

Incorporado a las clases de la Universidad de Harvard, feliz de su ascenso a profesor titular de literatura española, Líber las reinició con verdadero entusiasmo, del que contagió a sus 15 alumnos. Lo que no había hecho nunca, recitar en clase, lo hizo ahora, como gozo personal y estimulación didáctica: recitó en español y en su versión inglesa el "Poema de la soledad", de Juan Ramón Jiménez, en el año de su premio Nobel. Líber siente, con más plenitud que nunca, que las letras españolas y la enseñanza de ellas son su vocación. Domina particularmente el llamado Siglo de Oro y tiene un conocimiento completo y actualizado del tema. No sólo lo ha estudiado, ha sido desde siempre motivo y centro de sus lecturas. Por Harvard han desfilado en cursos periódicos los grandes maestros y protagonistas vivos, como Borges, Reyes, Nicol, Altamira, Imaz, Salinas... Con algunos, Líber hizo amistad personal, entre ellos, Francisco Ayala, Octavio Paz, Carlos Fuentes...

Las semanas han transcurrido sin que cristalice la idea del año sabático para que Líber pueda acompañar a su madre, en Hong Kong, durante el próximo año. El maestro Roberto Mariscal no ha tenido éxito en sus gestiones y así se lo informa a Líber, lo que preocupa mucho a ambos porque del éxito de esta fórmula depende el futuro inmediato de Líber y los planes que sobre él ha construido e imaginado Evelyne. "Pero cuenta conmigo para resolver este 'quo vadis'. Soy teórico y experto", imagina más que asegura, consolador, el maestro. Pero el secreto desasosiego de Líber es mayor, atizado por una sorprendente carta de su madre que le ha llegado en estos días, sorpresa que comparte con Roberto Mariscal. El mensaje materno, escrito con letra manuscrita, de inconfundible trazo, sin expresar la angustia que es fácil de adivinar, dice:

Muy querido Líber: ¿Recuerdas el asunto de Mao? Pues ayer recibí la visita de uno de sus hombres de confianza, Han Yu-Xent. Me trajo el regalo de una pieza de porcelana, con la efigie de Mao en color rojo, filiteado de oro; una pieza muy bella por cierto, acompañada de una versión en inglés de la nueva biblia de China, *El Libro Rojo*. Con una cortesía muy ostensible, me expuso que tenía el encargo de Mao de reiterarme su invitación para que le visite. Como recibí al enviado en la Sala Hexagonal, quedó impresionado con todas sus obras de arte. Yo creo que las tenía en la memoria, pues me preguntó por las 950 registradas, ni una más, ni una menos, que integran la colección de Lee. El dato revela que están muy bien informados y que somos objeto de la vigilancia de los agentes chinos que pululan por la isla. Contesté con evasivas, pero el tal Han Yu-Xent me apremió y me dijo que Mao me había concedido el privilegio de ser su invitada de honor en la celebración de sus 77 años de vida. Prometí contestarle la próxima semana. Quizá debiera aceptar la invitación para no irritar a Mao.

Comprendo muy bien que es imposible que tú me acompañes y por eso te consulto. No temo a Mao y podría viajar sola. ¿Cómo lo ves? Háblame por teléfono con cierto cuidado. Sospecho que nuestros números están controlados y que tienen infiltrado algún confidente entre nuestro personal de confianza. Te quiere mucho, tu madre.

Ciertamente esta consulta de Ita viene a complicar de algún modo el estado de incertidumbre en que se encuentra Líber, con un matrimonio en puerta y sin un resultado favorable en el plan del año sabático adelantado. Ni puede viajar a Hong Kong, ni oponerse a la inclinación de su madre de aceptar la invitación de Mao. Acaso la tranquilice conocer al nuevo emperador de China y saber lo que se propone para preverlo. Líber no tarda en tomar el teléfono para decir a su madre que está de acuerdo en que sea invitada de honor en el cumpleaños de Mao. Tan sólo la aconseja que la acompañe Jimmy Otegui, el vicepresidente ejecutivo del Centro de Investigación y Combate contra la Pobreza. A Ita le parece excelente la sugerencia de su hijo. Hay que ganar tiempo, piensa.

Al hilo de estos acontecimientos, Líber alterna las horas diurnas de clase con las reuniones nocturnas con su tutor Roberto Mariscal. Éste ha insistido en su gestión por distintos caminos sin abrir ni siquiera un pequeño hueco en la dura y rigurosa muralla interna de la Universidad de Harvard. Ha andado por los viejos caminos de la indolencia y la insolencia, tratando de conciliar lo posible con lo probable. Ha rechazado algunas recomendaciones de gente importante, propuestas por Líber, al considerarlas contraproducentes por experiencias similares. Evelyne, que está al corriente de la situación, la contempla con menos angustia. El asunto ha sido comentado en las cenas de familia a las que suele concurrir Líber. El rico padre de la prometida, Howard Clark, si bien ajeno a los intereses universitarios, conoce el asunto, se da cuenta de las dificultades a vencer y no ha permanecido ocioso frente a ellas, en el fondo porque le simpatiza el matrimonio de su hija y porque, además, quisiera demostrar que es un hombre poderoso, tanto o más de cómo hubiera podido serlo Lee Cheng-Xiao, figura mítica ya en las conversaciones familiares. Nada ha dicho, pero como Howard tiene noticia de que el equipo universitario de rugby necesita patrocinador de varios millones de dólares, se ha acercado al hombre clave del equipo, que lo es también de la Universidad, para ofrecerle la cantidad requerida. En ello anda con la idea de que éste pudiera ser un camino eficaz para favorecer el proyecto de Líber.

La visita de su madre a Mao es un suspenso que apasiona. La nueva carta de Ita es sustanciosa.

Muy querido Líber:
Te cuento mi visita a Mao y deseo que todo vaya bien en tus gestiones para tenerte pronto por aquí. Te necesito de verdad, sin querer apremiarte por ningún motivo. La estancia en Pekín se prolongó por tres días, contra mis previsiones. El 77 cumpleaños de Mao, anticipado en honor nuestro, según nos dijo, todavía debe seguir celebrándose. Por falta de aguante suyo no faltará. En un alarde de resistencia física, ya debilitado por los castigos del tiempo, nos llevaron a las orillas del río Songhua, junto con invitados de diversos países, a contemplar a un Mao nadando a buen ritmo cerca de una hora. Han sido tres días abrumadores. Delegaciones y grupos folclóricos de toda la nación. Discursos de todos los líderes comunistas ensalzando las virtudes del Gran Timonel y deseándole largos años de vida. Impresionante el desfile interminable del ejército chino con toda clase de armamentos y de los grupos escolares con sus banderitas y retratos de Mao. Hurras y vítores, repitiendo rítmicamente el nombre del homenajeado. La tarde de nuestro tercer día nos recibió en sus habitaciones particulares. Sólo

él. El cuarto contiguo era el de su dormitorio. Confesó que le gustaba mucho la cama y que es el lugar donde se le han ocurrido sus grandes ideas y decisiones. Ambiente austero. En el salón de recibimiento, sobrio y muy amplio, sonaba de fondo una música de valses. Mao, ligero de ropa, me dijo que le gustaba bailar al ritmo de esa música. No vaciló en solicitarme amablemente que bailara con él, como invitada de honor que era. Con la misma amabilidad decliné la solicitud, alegando que no sabía bailar. Me fue útil en este caso, como en otros, la compañía de Jimmy Otegui, el vicepresidente ejecutivo del Centro de Investigación y Combate contra la Pobreza. Con sus intervenciones discretas ha sido mi ángel tutelar. Cuando detalló a Mao las actividades del Centro, cautivó la atención del Gran Timonel, quien recordó perfectamente el auxilio recibido por China cuando la terrible hambruna de 1960. Elogió la labor del Centro y no vaciló en clasificarla como una avanzada de justicia social dentro del sistema capitalista. Y aprovechó el tema para pedir ayuda para la región del sureste chino, castigada por la extrema pobreza. Jimmy le prometió, sin dudarlo, una remesa de diez millones de becas alimenticias y refiriéndose a los seis años de Revolución Cultural que han estremecido al pueblo chino, se atrevió a preguntar a Mao por qué no había decretado, en sus años de gobierno, la prohibición total de la pobreza en China, en lugar de permitir una caótica socialización de ella, como evidenciaba la realidad. Con el mismo atrevimiento le dijo que el lema del Banco Mundial —"Nuestro sueño es un mundo sin pobreza"— no debiera ser únicamente un sueño del pueblo chino, sino una promesa cumplida. El Gran Timonel miró con cierto desprecio a Jimmy, a la vez que le agradecía su idea, ofreciéndole que la pondría en práctica al término inminente de la Revolución Cultural; no sin recordarnos el proverbio chino en que apoyó su ideología: "Una buena persona no puede ser rica. Una persona rica no es buena". Al fin, Mao con refinada cortesía me abordó con el asunto que se ocultaba en la invitación de nuestra visita. Tenía una minuciosa ficha de Lee Cheng-Xiao y de su testamento, donando a China su colección de arte. Ignoraba o quiso ignorarlo que la donación estaba condicionada a la existencia de una China democrática. De su parte, no había inconveniente de titular la donación con el nombre de Lee Cheng-Xiao. Hube de aclararle, apoyada por Jimmy, que nuestro proyecto, en principio, es el de abrir un museo, en Hong Kong con toda la obra heredada. Mao no se contrarió aparentemente con nuestra respuesta y nos dijo que estaba abierto a una negociación para tratarlo en una nueva visita. Le indiqué que tú me acompañarías en su momento. Piénsalo. Seguramente se te ocurrirá algo, haya o no negociación. Tuya será la última palabra. Nuestras conversaciones se alternaron entre el mandarín y el cantonés, con algunos monosílabos en el inglés de Mao, que lo entiende mucho más de lo que aparenta. Con todo el cariño de tu madre.

La carta de Ita ha dejado pensativo a su hijo. ¿Qué negociación sería posible dentro o al margen de la voluntad testamentaria de Lee? ¿Cuál será la estratagema planteada por Mao? Habría que hilar fino. Mao se ha consolidado como gobernante del país más poblado de la Tierra, mereciendo el respeto, aunque no la simpatía, de casi todos los países del mundo, de cara al futuro asiático, inconcebible sin la presencia de China. A Líber le parece acertada la nueva visita a Mao, un personaje que le intriga y al cual desearía conocer. Sin embargo, todo se encontraba supeditado al permiso sabático de la Universidad. Don Roberto, su profesor mimado, consideraba totalmente fracasadas sus gestiones y aconsejaba a Líber prolongar unos días más las próximas vacaciones navideñas en Hong Kong. Transcurrido ya mes y medio del regreso a Boston, la impaciencia comenzaba a hacer estragos en el ánimo de Líber. Había pensado en el aplazamiento del matrimonio. Pero no se atrevió a consultárselo a Evelyne, sobre todo después de haber convenido con Ita que la boda se celebraría en Boston en la segunda semana de diciembre, como era deseo de los padres de Evelyne, en la más pura tradición social de Boston. Hong Kong es para ellos un lugar remoto, de difícil acceso mental y geográfico. Evelyne, a la vez, es para Líber, ante todo, un enamoramiento completo e intenso, una especie de oasis de sus muchas experiencias femeninas. La última de ellas, la de una bella bailarina española, Lucero Alba, fabricada al estilo de Hollywood, se volvió escándalo periodístico en Los Angeles y Nueva York, al ser manipulada por los representantes de la nueva estrella, casada actualmente con un rico productor de espectáculos de Broadway, habitando un lujoso piso frente al Central Park de Nueva York, donde recibe a su antiguo amor.

Líber había dado por cancelado el asunto. Pero Lucero Alba, al enterarse de su próximo matrimonio, le ha obligado a viajar a Nueva York. La bailarina española sigue enamorada de Líber. ¿Cómo olvidar al hombre al que entregó su virginidad, en una ofrenda de soltera, ante el Jesucristo de la Catedral de san Patricio, en un atardecer que culminó en un rincón del Central Park? Le reprocha Lucero, con el acento fiero de una mirada ciega, su hipocresía. Sin dejar que reaccionara Líber, Lucero, bajando el tono de voz, con un intento imposible de dulzura, seguirá acusándole:

–Me cuesta aceptar tu olvido, a diferencia mía que recuerdo aquel día como el más hermoso de mi vida. No te recibo para pedirte cuentas, ni para acusarte de abuso de una jovencita de 16 años. Estoy consciente de lo que hice y volvería a repetirlo. Lo que quiero saber es si en tu memoria esa entrega mía ha quedado como una aventura frívola, como una vuelta de página del muchacho rico y poderoso —Líber titubea, ciertamente la entrega virginal de Lucero es un episodio de su vida que ha recordado muchas veces, sin analogía posible. Acaricia y besa a Lucero, en la esplendidez de su bella figura femenina y le musita al oído:

–Tampoco yo lo he olvidado. Es un recuerdo que ha llenado de experiencia mi vida, la ha marcado más de lo que supones. Pensé que tu matrimonio lo borraría todo. Te pido que en nombre de ese pasado, comprendas ahora el mío. Perdóname si hay egoísmo. No te daré dinero, porque conozco y valoro tus escrúpulos. Pero te suplico que aceptes esta medalla de la Virgen del Pilar, que llevo al cuello, desde que mi madre me la impuso, cuando me dejó estudiando en Ginebra —Lucero sucumbe a la emoción del instante. Se deja besar y acepta la medalla de oro de la Virgen del Pilar. A los dos les ronda la tentación sexual. Pero Líber, el que más la desea, la rehuye ante la mirada incitadora de Lucero, que se despide de Líber, sin ocultar su propio deseo, conteniéndole:

–Este encuentro no es comprensible en el medio artístico en que vivo. El romanticismo es un estorbo. Pero yo he querido revivir el romanticismo que nos unió y que ninguno de los dos olvidamos. ¡Líber, que seas venturoso en tu matrimonio! Esta noche en mi recital de baile del Andrew's lo dedicaré íntimamente a tu felicidad.

En un remate que no esperaba, Líber tarda en encontrar su automóvil, camino de regreso a Boston. También él es un romántico, pese a sus aventuras del pasado. ¡La vida, finalmente, está hecha de ellas! ¿Debía acostarse con la triunfante bailarina de hoy, como lo pedían el deseo y el cuerpo de los dos, con el arrobamiento de un ayer inolvidable? ¿De repente me he convertido en un ser cobarde, insensible a mi propia historia personal? —se pregunta un Líber intranquilo y confundido. Líber se responde a sí mismo, pensando que el delicado planteamiento de Lucero Alba lo desarmó por completo, a fuerza de vivir aventuras femeninas y de escuchar las de sus amigos. Para él, tal como la entrevista ha sucedido, será una página excepcional de su memoria amorosa. Lo contrario no le hubiese hecho más hombre ni hubiera dignificado su conciencia ética, más allá de un encuentro perdurable y digno de la religión ya prescrita del romanticismo.

Esta incidencia transcurre mientras ha seguido manejándose la opción del año sabático. Evelyne, que igualmente ha comprendido que nada se logra sin la insistencia del esfuerzo, busca a Líber y le llena de besos y caricias. Le pide que le invite a cenar al Sans Souci, un restaurante de buena comida y de música viva para bailar. En ese restaurante formalizaron hace dos años su noviazgo. Evelyne irradia la felicidad del rey de todos los astros, el del amor, y quiere anticiparle la noticia que mañana dará su padre a Líber. No sabe cómo, pero Howard Clark ha conseguido lo imposible: que la Universidad de Harvard autorice anticipadamente el año sabático de Líber. La madre de Evelyne ha comunicado a su hija, confidencialmente, la noticia. Los novios, jubilosos, brindan con champaña francesa y bailan incansablemente, más encariñados que nunca, hasta que el restaurante cierra sus puertas.

Líber dormirá poco. Le desvelan los asaltos de su imaginación. En Hong Kong le esperan muchas tareas y responsabilidades. ¿Cómo van a seguir funcionando los negocios heredados por Lee, de forma que estén seguros y sigan activos en un mundo cada vez más competitivo, sin que compliquen la vida de su madre y sin que interfieran su carrera y su matrimonio en Boston? ¿Qué hacer con la enorme fortuna personal heredada, de la que Ita ha transferido a Líber, para atención de sus gustos y necesidades particulares, un depósito revolvente de tres millones de dólares? ¿Cómo ampliar y perfeccionar una idea tan singularmente generosa como el Centro de Investigación y Combate contra la Pobreza? Los acontecimientos ocurridos y el nuevo destino de su vida alimentan la ilusión obsesionada por conocer el Diario de Ita, con todas sus obsesivas interrogantes y respuestas. ¿Quién fue realmente su padre y cómo murió su verdadera madre en España? De ella sólo recuerda su nombre anarquista, Libertaria, el mismo nombre suyo, transformado por Ita en el de Olíber para seguir conservando la abreviatura acentuada de Líber en su niñez. ¿Cuándo y cómo surge Lee como esposo de su madre y como padre adoptivo suyo? Hay vértigo en su corazón que le asedia día y noche. De él forma parte, como si aún fuese una fantasía, y no tanto una realidad, la reunión concertada con Mao, con todas sus leyendas y su estrategia oculta para apoderarse de la colección artística de Lee, en el momento más culminante, quizá, de quien es historia contemporánea en un territorio casi tan grande como Canadá, pero con muchísimos más habitantes. Y no desprende de esa especie de visión caleidoscópica de su vida, el inesperado encuentro en Nueva York con la bailarina española Lucero Alba.

La cena en que Howard Clark hace saber a Líber la noticia prevista de su año sabático, será también inolvidable. Howard y Ruth, su esposa, se han vestido de smoking y gala, al igual que sus dos hijos, Paul y Richard. Evelyne luce un vestido largo, blanco y negro, con diminutas perlas y un lazo lila suelto, alrededor del cuello, resaltando la esbeltez de su alta figura, con su rostro endulzado por la mirada de unos ojos casi celestiales. Cena de tres platos, langosta del Maine, pavo a la bostoniana y puntas de filete de carne a la texana. Sobre la mesa, el vino tinto preferido por Howard, Romané Conty, cosecha de 1960. Líber no ha tenido tiempo de cambiarse de ropa y lleva la habitual del profesor, americana azul cruzada, pantalones grises y camisa blanca con una corbata rojo Burdeos. Ocupa su asiento entre el anfitrión y Evelyne. Es en los postres, con champaña Dom Perignon, cuando Howard, sin exageraciones solemnes, anuncia a Líber el éxito de su gestión anónima para que se anticipe su año sabático universitario, el correspondiente a 1971. Líber corresponde con palabras cumplidas, desde un rostro gozoso.

Es el rostro gozoso con el que hoy ha dado su clase en Harvard, al recordar a uno de los más ilustres maestros que han enseñado en su Universidad, estudiado a fondo por Líber: George Santayana. Un escritor y filósofo olvidado en los recuentos actuales, particularmente en el país donde nació, sin cancelar nunca su pasaporte español aunque su obra y su origen se hayan atribuido al inglés. Sólo uno de los alumnos pudo identificarlo, porque habita una casa vecina del barrio de Longive, en la que vivió Santayana, autor, recordó, de una de las novelas mejor escritas y articuladas, *El último puritano*. Líber exalta las purezas del lenguaje de este pensador, tanto en español como en inglés, y recuerda las dos condiciones que propuso para vivir racionalmente. Una, la de conocerse a uno mismo, como clave de la herencia socrática para la sabiduría. Otra, la del suficiente conocimiento del mundo para percibir qué alternativas hay abiertas para uno y cuáles de ellas son favorables a los verdaderos intereses propios. Es el Santayana que habla del héroe griego que renunció a la mitad de lo que podría haber tenido para que la otra mitad fuera la de la perfección humana. Obviamente la lección de Líber está influida por la experiencia personal en que vive. En los oídos de su alma, vibra el "quo vadis" del profesor Roberto Mariscal. Pero cree que ya tiene la respuesta al histórico: ¿Qué hacer?

Líber y Evelyne se han puesto de acuerdo con sus padres para que el matrimonio sea en la última semana de diciembre. Ella, terminada su licenciatura en diseño y él gozando del privilegio de un año sabático que rompe con todos los precedentes de su prestigiada Universidad. La digna y noble ciudad de Boston, fundada en 1630, conocida como "Cuna de la Libertad", por su relevante participación en la guerra de Independencia, será escenario de una ceremonia que los dos han pedido que sea sencilla, sin excesos sociales, lo que no deja de contrariar, sin confesarlo, a mamá Ruth, partidaria de una boda por todo lo alto, como reclama la tradición familiar.

Ita está conforme con los planes de los novios y volará a Boston a mediados de diciembre. Su regalo de bodas será una casa en las afueras residenciales de Boston, según el gusto de la pareja. Ita y Ruth se han puesto de acuerdo en todos los detalles. Durante el año sabático, el nuevo matrimonio ocupará las antiguas habitaciones de Líber en la tercera planta de la mansión de Hong Kong. A ella se ha agregado la pintura de Chirico *La conquista del filósofo*, un cuadro que estaba enmarcándose cuando Lee falleció.

Líber se ha preocupado de tener al corriente a su profesor Roberto Mariscal de todos los acontecimientos. Pasea con él por los patios de esta centenaria Universidad de Harvard, la más antigua de Estados Unidos, con el sistema universitario de bibliotecas más grande del mundo. Los dos, maestro y discípulo, están enamorados de su Universidad y son conscientes de sus privilegios, de su respaldo tutelar en la vida académica, del entorno mismo de la alta tecnología representada por el MIT —el Massachusetts Institute of Tecnology— y los colegios adyacentes. Líber ha gozado, además, de sus primeros estudios en la Boston Latin School —la llamada escuela "ante-Harvard"—, al igual que el español George Santayana, uno de los maestros que más ha influido en su formación. En la corta distancia que va de Boston a Cambridge ha quedado en la memoria visual y sentimental de Líber un paisaje que se ha hecho referencia indeleble de su vida. Da escolta a una palabra que para él dice mucho más que su nombre, Harvard, como si fuera emblema o raíz de su destino personal, indesprendible de su existencia. Artículo de fe, quizá. Pacto existencial de amor y fidelidad, seguramente.

El profesor escucha atentamente a su discípulo, incrédulo todavía por el logro anticipado del año sabático, pues no recuerda un caso similar y lo inscribe en ese catálogo secreto del poder del dinero en un país en que el dinero es una especie de dios. La enorme fortuna que Líber ha de compartir con su madre es posible que desvíe su proyecto actual de vida, pero se abstiene de insinuárselo. Piensa íntimamente que el futuro no es una residencia segura, sino ámbito de lo impredecible, como lo demuestra la aventura sorprendente que ha marcado el de Líber, hasta donde él la conoce. No deja de pensar sobre la incidencia de Mao, un personaje que le atrae, igualmente, por sus hazañas y por su largo dominio en la nación más habitada de la Tierra. Líber ha contado a su profesor, con todo detalle, el asunto de Mao, el cual le intriga igualmente, acaso más por el significado que tienen en la historia algunos acontecimientos importantes que no lo parecen. A sus preguntas, Líber le contesta que la idea suya y de su madre es que se respete la voluntad testamentaria de Lee, lo que impide una entrega a la China de Mao de la colección de pintura heredada. Pero Mao, apunta Roberto Mariscal, habla de una negociación. ¿Habéis pensado en ella? La contestación de Líber es incierta y se interroga a sí mismo:

–¿Cuál podría ser esa negociación?

–El hecho de que Mao la haya planteado, a sabiendas de que Hong Kong será pronto territorio chino, pudiera significar la posiblidad de una concesión a cambio de otra. Habría que concretarla y discutirla.

Y el profesor agrega:

–Como estamos en el campo minado de las hipótesis, donde no siempre se puede hablar de una resolución para llegar a una solución, acaso lo aconsejable sería escuchar a Mao y tener en mente una propuesta que implique una especie de cambio histórico, al que tan adictos son los dictadores. Para entonces, si quieres consultarme, podría hacerte alguna sugerencia.

–¿Cuál sería? —pregunta Líber con algún apremio.

–Déjame que desde hoy comience a pensarla por si llegaras a necesitarla.

Profesor y discípulo se abrazan cordialmente, cada uno entregado a su tarea. Líber se siente orgulloso de la amistad y confianza que le une a Roberto Mariscal, en una Universidad donde han estudiado los Roosevelt y los Kennedy, los Rockefeller y los Summer. Esta Universidad que ha dado a Estados Unidos el mayor número de premios Nobel. La conversación con su profesor ha estimulado el espíritu siempre animoso de Líber. El estilo un tanto rapsódico del lenguaje de su profesor suele ser el de un alma resplandeciente de sabiduría y bondad. ¿Es cierto que vivimos en una época, como él sintetiza, que tiende a hacer oro del barro y convierte el oro en barro? Le preocupa por su formación ética y como heredero de una gran fortuna. El ejemplo generoso de Lee, su padre, está vivo en su memoria, como un antídoto. Fue un hombre cabal, totalmente inmunizado contra los espejismos de los que, en su clase social, promueven el mal, muchas veces sin saberlo, creyendo que hacen el bien, desbordados por el exceso de bienes.

Los torbellinos del corazón agitan la vida de Líber en ese tiempo lunar y de deslumbres ardientes a que convoca el amor en vísperas de su próximo matrimonio. Entre clase y clase de la Universidad, está cerca de Evelyne, saboreando la fruta sabrosa de los días por venir. Según éstos se acercan, acelerados por las brisas juveniles, ha crecido el pacto amoroso que los une, mucho más allá que en cualquier otro tiempo anterior. La constante comunicación personal, salvados los detalles de rutina —casamiento católico, bienes separados, nombres de padrinos y de invitados...—, ha enriquecido sus afinidades. Evelyne es un ser dialogante, de imaginación despierta, con una cultura por encima del promedio femenino en un ámbito tan exigente como es el de Boston. Se ha propuesto aprender el español y habla francés e italiano, con estudios especiales en París y Florencia, amante de la música sinfónica y de las artes plásticas. Lo que ha contribuido a liberarse, en lo esencial, de los convencionalismos sociales de su propia familia. Ama a Líber, en la suma de sus atributos ideales, belleza de alma y fuerza física. Cuando Líber analiza los de Evelyne, piensa que su seducción mayor, desde el primer día del noviazgo, nace del encanto de un rostro en el que los ojos son delicada pieza de orfebrería, con su dominante y suave mirada, imposible de olvidar. Entre los dos han levantado, inteligentemente, una pirámide de armoniosas coincidencias, batida por los ritmos orquestales del amor. Líber piensa e intuye que una comunión de tantas intensidades le ayudará a sortear los envites de su futuro, ligado a los secretos de un pasado que todavía le falta por conocer, en medio de los vientos afortunados que le han rodeado, bajo la luz ardiente de una juventud dorada.

Los días transcurren rápidos. Se han prodigado las reuniones familiares en la casa de los padres de Evelyne. Howard y Ruth, sobre todo Ruth, inquieren detalles de la vida en Hong Kong, un lugar geográfico que nunca han visitado en sus frecuentes viajes alrededor del mundo. Lo perciben como un país lejano y confuso, lleno de especuladores y delincuentes, sin estilo propio de vida, donde los aventureros mandan más que las leyes inglesas, siendo foco de consumo y distribución internacional de drogas. Líber aclara pacientemente lo que hay de verdad y de falso en estas apreciaciones, destacando su alto nivel económico de vida y la modernidad generalizada de sus construcciones y de sus centros culturales, con la alta importancia de su movimiento bursátil y el gran desarrollo de su industria turística. La curiosidad de Ruth se extiende a aspectos más íntimos y pregunta si es cierto que Ita, la madre de Líber, es conocida en Hong Kong como "La Bella Española". Líber lo confirma y lo atribuye a la discreta aparición de Ita en los medios sociales como esposa de un hombre tan conocido como Lee y su inesperado matrimonio en París con una hermosa mujer nacida en España. Lee fue el de la idea de simplificar con sabor oriental el nombre de su esposa —Margarita— con la abreviatura de Ita, término que se ha impuesto familiarmente a lo largo de los años. La señora Clark se interesa por la historia de Ita hasta ser heredera universal de una fortuna tan cuantiosa, como se ha divulgado en el diario local *The Boston Globe*, al anticiparse la noticia de la inminente boda de la hija de los Clark, dado el relieve social de Howard en los círculos económicos de Boston. Líber evade, como puede, este delicado tema y lo que hace es destacar la figura de Lee, el éxito de sus negocios, su sensibilidad y realizaciones humanísticas, su paternidad generosa y su amorosa devoción por las artes plásticas. Pero su próxima suegra quiere saber más, inquiriendo con falso disimulo:

–Entiendo que tú naciste, también, en España y que eres el único hijo...

–Así es —contesta Líber sin pensarlo. Pero está a

punto de morderse los labios, ante la mirada irónica de la señora Clark.

–¿Y luego viviste y estudiaste en París...?

Evelyne, que sabe por confesión de Líber que había nacido antes del matrimonio de su madre Ita con Lee, rompe suavemente el interrogatorio:

–Ita te va a encantar; es una gran señora, como tú. La conocí aquí, en Boston, antes de que Líber fuera mi novio formal, y quedé impresionada, no sólo por su belleza, sino por su distinción y sencillez, por el cariño desbordado a su hijo en una relación filial verdaderamente maravillosa.

Ruth ha comprendido a su hija y gira la conversación sobre los avanzados preparativos de la boda, pendientes tan sólo de los comentarios de Ita. La ceremonia religiosa tendrá lugar en el templo católico de la Santísima Trinidad, últimamente restaurado, en donde los padres de Evelyne celebraron, hace 25 años, su propio matrimonio, con el mismo sacerdote que ofició aquella misa. Para el banquete de bodas, limitado a una concurrencia selectiva, según el deseo de Líber y Evelyne, se ha dispuesto la sala de juegos de la casa, con capacidad holgada para doscientas personas. A la señora Clark le ha extrañado que entre los familiares del novio no venga ninguno de España y que con tal título se considere al profesor Roberto Mariscal. Desde Hong Kong acompañarán a la madre de Líber los matrimonios de los principales directores de Grupo Mandarín. Ita, en señal de duelo por la muerte de Lee, ha prescindido de invitar a las celebridades que abundan entre sus cercanas amistades.

La comunicación telefónica de Líber con su madre es continua y está al corriente por ella de lo que sucede en Hong Kong. Ita, siempre cuidadosa de no complicar la vida de Líber, en las actuales circunstancias. El asunto principal concierne a los nuevos mensajes de Mao, apremiando un arreglo para el destino de la colección de pintura de Lee, cuyo valor se va multiplicando a precios insospechados, comparados con los de su adquisición.

En vista de todo ello, Ita ha prometido visitar a Mao, junto con su hijo, en la última semana de febrero. Podrán estudiar la estrategia a seguir durante los días de estancia de Ita en Boston. Por lo que respecta al Centro de Investigación y Combate contra la Pobreza, le informa que se mantiene intacto el fondo de reserva, y que se están atendiendo de nuevo las hambrunas incesantes de los depauperados países asiáticos y africanos. Algunas remesas de bastantes millones de becas alimenticias se han hecho al sureste de China, conforme al compromiso contraído con Mao. Las becas de artes y oficios se han incrementado un 30%, sin exceder el presupuesto general. Son las más solicitadas, según la pobreza no disminuye en el mundo y hay más gente dedicada al campo estéril por carecer de oficio, sin acceso a la educación primaria. Una noticia que particularmente le agrada a Líber es la de saber que en las becas universitarias cada vez es mayor el número de los que prefieren las carreras de letras españolas y que el porcentaje más alto corresponde a estudiantes del área asiática, muchos de origen chino y no pocos de Hong Kong. En el Grupo Mandarín todo funciona como en los años de Lee. La cadena de hoteles, cada vez mayor, ahora extendida a Singapur y Australia. Líber admira el temple y la capacidad de su madre; está convencido, a medida que pasa el tiempo, de lo muy útil que ella fue para Lee.

El recordatorio de Mao y la reunión concertada para la última semana de febrero, le suenan a Líber con carácter de apremio insoslayable. El fondo enigmático cede su espacio a lo concreto, por más que Mao no pierda la categoría de mito, con todas sus atracciones, entre la contradicción y el mérito. Ese nicho de la historia en que el limbo de la fama borra lo literal para quedar prisionero de la percepción de los demás, los ojos ejerciendo su mando distintivo. Líber hace partícipe de estas inquietudes al profesor Roberto Mariscal. Éste le confiesa que ha estado pensando en el asunto y que relee la historia milenaria de China en busca de claves contemporáneas. Ha puesto especial atención en ese singular personaje que es Mao en la medida en que la suerte rige el destino de los hombres. Tiene ya alguna primera conclusión que va más allá de uno de los principios en que cree, en cuanto a que la experiencia no es propiamente lo que sucede a un líder, sino lo que el líder hace con lo que le sucede. "Me estoy aproximando al papel que el lenguaje juega en el destino fundamental de un pueblo y sus peculiaridades en el futuro de China", le dice a un Líber más tranquilo y, a la vez, más intrigado.

Los días siguen corriendo presurosos y el frío decembrino del invierno azota a Boston. Evelyne y Líber están en permanente contacto, cercana la hora que precede al alba, la luz de la vida en el zenit de sus sentidos gozosos. Evelyne, más que jubilosa, porque ha pasado con éxito sus exámenes finales de diseñadora. Líber, cumpliendo más allá de sus límites las obligaciones universitarias, con el nombre de Harvard hecho marca de identidad de su vida. Los dos se han puesto de acuerdo en el proyecto de casa, básicamente de una sola planta y jardín amplio, con el compromiso del arquitecto de construirla durante el año en que se encontrarán fuera de Boston. Esperan que también sea del gusto de Ita, como su regalo de bodas. Han concretado finalmente su viaje de luna de miel a Italia, en su eje triangular de Roma-Florencia-Venecia. A instancias de Evelyne han programado tres días en Nápoles, influida por su maestro de historia del arte, nacido en esa ciudad "la más misteriosa de Europa, la que no ha perecido en el naufragio de las antiguas civilizaciones".

Mamá Ruth se ha encargado de todos los demás detalles de la gran ceremonia respetando, no sin resistencia íntima, el marco de sobriedad impuesto por Líber y su madre y la propia Evelyne. Papá Howard se muestra feliz por todo lo que ocurre y lo que sigue, sin disimular el mérito personal de haber hecho posible el permiso del año sabático de Líber. Suya es la iniciativa de viajar a Hong Kong cuando los novios hayan quedado debidamente instalados. En el fondo desea comprobar la magnitud del Grupo Mandarín y sus extensiones. La personalidad y los logros de Lee, como empresario y persona, acaso se le hayan exagerado o le parezcan aconteceres muy remotos, dentro de su mentalidad típicamente estadunidense.

Muestras de la simpatía de que goza Líber en la Universidad de Harvard son las varias reuniones y cenas que le han brindado profesores y alumnos. Una de estas últimas ha tenido lugar en un restaurante de la zona vieja de Boston, conocido no sólo por su buena cocina, sino por su nombre de Royalty, propiedad de don Fidel —Fidel Lagartúa— un exiliado español de origen vasco que abandonó los estudios de filosofía en la Universidad de Harvard, por su personal estilo burlesco en el trato con los profesores, haciendo gala de su imperdonable erudición en griego y latín. Repite una de las ideas más válidas, a su juicio: "Que la obligación del ser humano es comprender las razones de la realidad y la sinrazón del prejuicio: la razón del sentimiento frente a la sinrazón del presentimiento". Líber y sus amigos cercanos han frecuentado este restaurante para disfrutar, más que de la comida de las sátiras ingeniosas de don Fidel, quien quiere celebrar el próximo matrimonio de Líber en unión de sus tres amigos preferidos. Con ellos, se ha sentado en la mesa donde suele ejercer su *profesorado*. Son tres contemporáneos de Líber con ligeras diferencias de edad; son prototipos del mundo universitario de Harvard. Uno, el francés André, brillante catedrático de filología; otro, el estadunidense Francis, prestigiado maestro de economía; y el mexicano Isaac, el más joven de los tres, a punto de terminar su carrera de medicina. Los tres, hijos de familias prósperas, con un espíritu abierto de pensamiento y pragmatismo. Don Fidel tiene el auditorio ideal para soltar sus ironías y sarcasmos. Lo primero que hace es autocriticarse. "Al llegar a los 70 años —dice— la virtud de la buena memoria conduce a la soledad del escéptico: del tránsito obligado de las irritaciones del vientre a la risa alborotada de los desvíos seniles. Me acerco, cada vez más, al anuncio crispante de mi amigo Arthur Kloester cuando confiesa que el sitio de Dios ha quedado vacante en nuestra civilización desde el siglo XVIII y recuerda las lecciones aprendidas de la insolidaridad humana y los excesos de la palabrería con su rebaño de adictos, viudas esperanzadas, enemigos primerizos de tantas ideas después aceptadas, cuando las cosas han dejado de ser o han sido condenadas al ostracismo." Se considera, antes que crítico, que lo es incansablemente, testimonio aleccionador de la experiencia vivida. De ella confiesa que una parte de su juventud se consumió en la entrepierna de una mulata cubana, en ese viaje camaleónico en el que uno parece alimentarse sólo con el aire que se respira en el clima obsesivo del erotismo. Resulta curioso en un hombre que habla el inglés, casi como lengua propia y un español, bien cuidado, que las erres sean tropiezo de su acento, como si con ellas se hurgara la nariz y rascaran su garganta. Lo que no deja de contribuir a la amenidad de su verbo fácil y confidencial. El de un hombre desbocado y desbordado, que ha aprendido a diferenciar la ambición y la codicia, señala con énfasis. Luego, para lucimiento de sus ocurrencias, interpela a sus convidados. A André le pregunta si le dio clases el maestro Lindberg. A la contestación afirmativa, comenta que Lindberg ha sido un buen maestro, con un vocabulario lleno de agujeros por donde se escurren las ideas, algo masoquista, ese tipo de víctima gozosa de sí mismo. Del maestro Fourestier, el de Francis, que también lo fue suyo, destaca su enorme sabiduría, de largos tentáculos, inmune al tropel de los oropeles, pero con una boca de caimán, capaz de devorar todos los bostezos. No recuerda al doctor Lieberman, maestro de Isaac. Por referencias de algunos contertulios sabe de su rigor científico y de su anarquistoide preocupación por los avances genéticos, preñado de descubrimientos revolucionarios para el porvenir de la especie humana. "¡Lástima que se dé un aire de premio Nobel!", según dicen sus colegas. Don Fidel es respetuoso con don Roberto, el maestro tutelar de Líber. De él asegura que lleva en sus venas españolas la música de la sangre caliente, raíz natural de la espontaneidad bondadosa y de la sabiduría compartida. Don Roberto, hombre de sentimientos, no de resentimientos, es de tanta paciencia que una vez me dedicó más de una hora para explicarme que el elefante, contra lo que se cree, tiene menos pelo que el hombre. Hace pocos días me mostró una investigación de avales numéricos con la advertencia de que el público es propenso a dar más credibilidad a las palabras que llevan un signo numérico. Es decir, no basta la palabra sola, por muy elocuente que sea.

La cátedra de don Fidel ha embebido a sus amigos, tan literalmente, que en el curso de ella se han tomado seis botellas de vino tinto californiano, casi olvidados del menú gastronómico preparado especialmente por el chef francés del Royalty, cosa inadvertida igualmente por don Fidel, prisionero de su charla. Lo contrario hubiese sido, quizá una ofensa. Desafiar al tiempo antes de que llegue la mirada moribunda del final de la vida, es su platillo predilecto. Pone énfasis en que la fama que se hereda de Harvard no puede ser traicionada por ninguna de las tentaciones de la infamia. Admirador de la vida estadunidense, con su mezcla colosal de inmigrantes competitivos, don Fidel se despide del cuarteto, augurando que el destino de Estados Unidos es el de un nuevo imperio al que sobrará poder y le faltará sabiduría para gobernar un mundo de rebeliones y conflictos, dominado por el monstruo devorador de las tecnologías y su influencia determinante en la brevedad de los ciclos históricos. El hombre, resume, como marca comercial, los intereses económicos por encima de los intereses políticos o amparados por éstos. Líber y sus amigos, sueltos ya de lengua, celebran con júbilo exaltado la cena y prolongan la noche hasta el amanecer protísbular: la despedida hecha fiesta del placer carnal. Quien más la disfrutó, seguramente, fue Isaac, habituado en su vida universitaria a delegar secretamente en las aventuras de sus amigos la suya propia.

El gran acontecimiento familiar es la llegada a Boston, en la fecha prevista, de la madre de Líber, a bordo de "El Mandarín", en un vuelo de tres etapas. La acompaña quien no ha dejado de ser su secretaria, Madame Lauron, una francesa criada en Hong Kong, cuyo esposo murió días antes que Lee. Su viudez la ha acercado mucho más a Ita no sólo como una secretaria eficaz con su doble título de socióloga y economista, sino también como consejera y confidente, muy identificada con el carácter señorial y amable de una mujer a la que quiere y admira, más aún desde que, gracias a ella, ha podido conocer las claves esenciales de su vida íntima. A su lado ha aprendido el silencioso lenguaje de las miradas transparentes y transparentadoras. Pero no sólo eso: en el juego de casualidades que marca el destino humano, se da la circunstancia de que el padre de Madame Lauron fue cónsul honorario en Hong Kong, durante la guerra civil, del gobierno republicano de España.

Líber y Evelyne han recibido a Ita con el cariño natural —a la hora en punto del reloj de sus emociones— y la han transportado a casa de los Clark. Mamá Ruth ha querido tenerla como huésped de honor en los días de su estancia en Boston. Su amplia mansión dispone de la recámara VIP, destinada a los grandes personajes que suelen visitar a Howard. Madame Lauron ha quedado instalada en un hotel próximo. Los ejecutivos del Grupo Mandarín arribarán al mismo hotel días antes de la fecha de la boda, fijada para el 20 de diciembre. Una cena ligera a base de exquisiteces y champaña Dom Perignon, dio la bienvenida a Ita. Presentes en la cena, además de los novios, Paul y Richard, los dos hermanos de Evelyne. Mamá Ruth llevó, como de costumbre, la conversación entre lo familiar y lo trivial. Lucía un vestido de noche cargado de lentejuelas. Howard habló del desarrollo próspero de Boston, en el siglo XX, centro de la sabiduría académica y de los grandes negocios. Ita recordó su primera visita a Boston, confirmando tales progresos, año con año. Mamá Ruth le explicó detalladamente los preparativos para la boda, incluido el menú de la cena y una orquesta de cuerdas, en lugar de una orquesta de baile, para respetar el duelo que impone la reciente muerte de Lee. Ita estuvo de acuerdo en todo con palabras de gratitud que pusieron énfasis en la referencia a Howard por el difícil logro del año sabático de Líber. Howard no ocultó una sonrisa de conciencia tranquila. Sus silencios fueron compensados largamente por la locuacidad de mamá Ruth y sus notorios deseos de impresionar a Ita. A la madre de Líber le bastó una mirada de aterciopelada cortesía para captar las intenciones y el perfil íntimo de su complaciente consuegra, de una edad coincidente con la suya, la edad otoñal de los 53 años. Ita no perdió de vista a Líber y Evelyne, congratulada de su efusividad amorosa. Se sintió a gusto con la nueva familia, en una convivencia que Ruth y Howard intensificaron en los días posteriores.

La concertación del año sabático y los compromisos derivados de él, además de sus clases, ocupan el tiempo de Líber. Atiende por encima de todo a su madre. Evelyne lo comprende y es feliz cuando los dos se reúnen con ella, atraída por los esplendores de su personalidad tan pródiga en inteligencia y belleza. Admira la distinción serena que refleja su semblante y el fulgor luminoso de su mirada, llena de alientos juveniles y madurez. Pero madre e hijo buscan los momentos en que pueden estar a solas en el diálogo entrañable de sus confidencias. Líber comprende cómo él se ha transformado en el motivo principal de la vida de su madre, a la vez que ésta le ha confesado que "vive de lo mucho que queda de Lee en su corazón". Siendo una de sus mayores preocupaciones, Líber se ha anticipado a informarla que mañana cenarán los dos con el profesor Roberto Mariscal en el restaurante Royalty. El encuentro con Mao, fijado ya para la última semana de febrero, en Pekín, es el gran tema a tratar. Don Fidel les ha destinado el único reservado de su comedor, y les ha recibido con la exuberante cordialidad de sus erres. Al oído le dirá a Líber, antes de sentarse: "¡Con razón llaman a tu madre, en Hong Kong, 'La Bella Española'!".

El profesor escucha a Ita con las últimas incidencias ocurridas. Han sido varios los mensajeros que le ha enviado

Mao, siempre con algún presente de las refinadas artesanías chinas. Al Gran Timonel le interesa el destino de la pinacoteca de Lee y, obviamente, la desea para China, ignorando o no la última voluntad de su esposo. Su actitud, hasta ahora, es de sinuosas cortesías, al más puro estilo oriental. Al conocer por sus mensajeros que uno de los alimentos predilectos de Mao es la carne de cerdo, Ita, por su parte, le ha enviado un jamón español. Su sabor casi ha enloquecido a Mao, según le cuentan, al extremo de tener ya un proveedor directo en España. Ita no ha podido rehuir la entrevista que ha confirmado con su hijo para fines de febrero. Ita repite al profesor Mariscal la pregunta que reiteradamente se ha hecho a sí misma. ¿Qué puede explicar que en medio de su Revolución Cultural Mao conceda tanta importancia a la posesión de un museo que, por muy valioso que éste sea, no justificaría el interés despertado en uno de los gobernantes más poderosos del mundo actual? El profesor Roberto Mariscal confiesa que también se ha hecho esta pregunta sin estar seguro de sus respuestas posibles. Una, puede ser la recomendación de alguno de sus asesores en virtud de que en la colección legada abundan los pintores de la escuela impresionista, monopolizados en gran parte por los museos estadunidenses, los que han contribuido al alza inusitada de su cotización en los mercados artísticos. Otra hipótesis sería la de que Mao sí conoce la cláusula que condiciona la entrega del Museo a una China liberada, entendiéndolo como un desafío a su gobierno. Y la otra, quizá menos probable, es la de la actitud del hombre poderoso que no consiente que tan valiosa colección pueda quedar en manos de los ingleses.

—¿Entonces? —inquiere Líber, adivinando el pensamiento de su madre. El profesor se ha preparado para contestar la pregunta, clave de sus propias reflexiones:

—En cualesquiera de las circunstancias creo que hay un campo abierto para la negociación, como se ha pensado desde un principio. Lo que aconseja llegar a la cita de febrero con una idea definida. La que se me ha ocurrido entraña una concesión a cambio de una condición que los tranquilice como herederos, y honre la memoria de Lee por su trascendencia histórica, más allá de la importancia del Museo, no rebajándola, sino exaltándola. La concesión que sugiero es la de proponer a Mao que acepte sin mayores demoras la creación en Hong Kong del Museo de Pintura Lee Cheng-Xiao, que pasaría a ser propiedad de China en el año 2000, teniendo en cuenta que, a partir de 1997, Hong Kong será transferido al gobierno chino, en cumplimiento de los tratados internacionales. ¿Perdurará entonces el actual gobierno comunista de China? Nadie lo puede garantizar a la velocidad con que hoy se producen toda clase de cambios. Las tendencias que vivimos muestran un panorama dominado por los intereses del poder ideológico sobre los principios políticos, bajo la hegemonía creciente del otro gran poder, el económico. Por supuesto, es una alternativa con riesgo, atenuado en algo por la lógica evidente de que Mao no vivirá en el año 2000, ni puede predecirse qué tipo de régimen le sucederá. No olvidemos que la cultura de masas es siembra, también, de la ignorancia de las masas.

–¿Y si a Mao le sucede otro Mao?

–La incertidumbre —prosigue el profesor Mariscal— persistirá de uno y otro modo. Hay que admitir que si pasa algo, aunque se crea que no pasará nada, debemos estar preparados para más de una opción. Concentrarse en una sola genera angustia. Y la angustia no ayuda a la razón. Pero queda a vuestro criterio si vale la pena correr el riesgo, a cambio de una concesión, que Mao podría aceptar en vida por la resonancia histórica que alcanzará, independientemente de la que tenga para vosotros, como continuadores del espíritu generoso y de verdadero alcance social que guió a Lee al fundar y mantener con tanto éxito el Centro de Investigación y Combate contra la Pobreza. Es una obra cuyos ideales humanistas ha experimentado Mao de cerca y la respeta. Se trata de proponerle que adopte el español como una segunda lengua de China. El mandarín, que es su lengua oficial, tiene problemas entre como se escribe y como se pronuncia en una geografía inmensa, multiplicada en dialectos, y donde en algunas regiones el mandarín se alterna con el cantonés, situación molesta que el propio Mao ha denunciado en alguno de sus discursos, como conocedor, en sus estudios de juventud, de la génesis y problemas del lenguaje. El español no es la lengua única de un país, sino de más de 300 millones de personas, que en el año 2000 pueden ser cerca de 500 millones, más los que entonces sumen los hablantes chinos. ¿Mil millones? Difícil calcularlo, pero de todas formas sería la lengua más usual, una lengua franca, en un mundo de países multiculturales, influenciados decisivamente por el destino político y económico de los nuevos tiempos. Es la simplificación de una idea, cuya operación compleja no se me oculta. Tampoco mi optimismo en sus grandes posibilidades. Como comprenderéis el término de concesión es un entendido entre nosotros. Los hombres poderosos no toleran imposiciones. La idea se presentaría a Mao como un instrumento de defensa y acoso frente al imperialismo yanqui y su dominio económico y tecnológico, incluido el nuclear. Astuto como un zorro, es posible que Mao asocie la idea, desde sus adentros, al principio de la revolución universal que propugnaron Lenin y Trotsky, la que traicionó Stalin. No se le escapará que el solo eco de la noticia volverá a estremecer al mundo al conjuro de un nombre, el de Mao.

Ita y su hijo han escuchado en un común ensimismamiento el discurso del profesor Mariscal, olvidándose de las exquisiteces de la cena, sin que nadie los interrumpa, ni siquiera don Fidel en sus intermitentes asomos. Los ojos de Ita fijos en los del profesor y en la cara de Líber, apoyada en su mano derecha. Es éste el que exclama finalmente:

—¡Qué maravilloso sueño, don Roberto! ¿No ha reparado que rebasa nuestras posibilidades, aun aceptando la primera parte?

La réplica del profesor es inmediata, como si la tuviera prevista:

–Si a Mao le interesa el planteamiento conjunto, como sospecho, el problema esencial quedaría en sus manos, al margen de la burocracia del gobierno chino. El papel del Centro de Investigación y Combate contra la Pobreza sería de respaldo y apoyo de la idea, dentro de sus propios recursos. Obviamente, el planteamiento será acompañado de análisis y datos comprensibles que hagan del sueño una realidad, medida en extensiones y tiempos. Convencido Mao, la responsabilidad del gobierno chino y del Partido Comunista se encargará de la logística interna, en tanto que el Centro moverá las relaciones externas, especialmente en el área vital de los miles de profesores que se necesitan. El tránsito del mandarín al español requiere tiempo y paciencia, el lenguaje preferido de los chinos. Pero el proyecto vale la pena y tú, Líber, por tu formación universitaria, tendrías que aportarle el manantial de tus energías y talento. Las cosas trascendentes no son sólo como las vemos, sino como han de recordarse. La velocidad de los instantes que vivimos, convertidos en memoria perdurable.

Madre e hijo se miran de nuevo con asombro, como si ambos evocaran la imagen de Lee, tratando de adivinar su pensamiento. El de ellos está ganado por el inesperado planteamiento del profesor Roberto Mariscal. Ita se atreve a preguntarle si pudiera acompañarles en la reunión de febrero con Mao. El profesor, sin dudarlo, contesta afirmativamente con una solicitud encarecida: que el proyecto esbozado quede como un secreto entre los tres, sin comentarlo con nadie. Cualquier indiscreción podría malograrlo.

Don Fidel despide a los comensales con su acostumbrada gentileza. A Líber le indica que la persona que ocupaba la mesa vecina es la de un profesor de química muy renombrado. "Un ignorante reiterativo, con todo y su fama, con una pasión digna de compasión." Ha divulgado la idea de que el combate a la pobreza avanzaría si algunos de los muchos ricos aprendieran a ser pobres.

Líber lleva a su madre a la casa de los Clark. Por el camino comentan con elogios la presentación del profesor Roberto Mariscal. Les ha impresionado. Ambos se preguntan cuál hubiera sido la reacción de Lee. "Le hubiera entusiasmado, como creo que a nosotros" —contesta Ita y pide a su hijo que lo medite, pues la decisión final será suya, contando con todo su apoyo. Líber así se lo promete; está consciente de los compromisos que entraña. En la noche cerrada de Boston, la mirada cariñosa de su madre es un planeta de luz a la hora de despedirse.

La fecha nupcial del 20 de diciembre de 1970 ha llegado. Están aquí los ejecutivos de Hong Kong con su carretada de regalos. Rinden honores a los novios y a una Ita que luce esplendorosa en un entallado traje de azul oscuro y una gargantilla doble de perlas que dan majestad a su cuello de cisne. Tras la breve ceremonia civil, sucede la religiosa oficiada por el Obispo, sacerdote mayor de Boston, a quien a ratos se le acalambran las palabras de tantas que quiere decir, entre lo tierno y lo eterno. El señor Clark está enfundado en un vistoso jacqué, sobresaliendo el colorido de su chaleco rojo. Mamá Ruth, con su aire de reina de la fiesta, llama la atención con un modelo exclusivo de Sacks en negro puro y un cuerpo ricamente enjoyado. Los novios, centro de la curiosidad, ajenos a las caretas solemnes que les rodean, ríen entre ellos; la blancura de piel de Evelyne y su figura entallada, en bello contraste con el rostro avellanado de Líber y su cuerpo musculoso. Orquesta y cantos rituales. Un aplauso de silencio prolongado, así pedido por el Obispo, acompaña la bendición nupcial, con su cosecha de obligaciones y promesas, como velas encendidas en el corazón de los novios. Ya son esposos Evelyne Clark Levingston y Olíber Cheng-Xiao Cugat.

En el pórtico del restaurado templo, entrada de pecadores confesos y salida de pecadores perdonados, Evelyne y Líber reciben los achuchones de los abrazos y los besos. Nadie quiere ser incógnito, empujados por ese airecillo que une la vanidad y la banalidad. Frases congratulatorias, dichas a empellones y sorpresas de reencuentros personales.

Las limitaciones impuestas no cuentan, en la cena de gala, para las grandes familias, encabezadas por la que queda de los Kennedy, ni para las autoridades y los personajes empresariales y políticos. El *todo Boston* no podía faltar. Tampoco el profesor Roberto Mariscal y su encantadora esposa Rosa, cuya mesa visita Líber con un "¡Hasta Hong Kong!" El profesor piensa que su idea ha ganado el entusiasmo de Líber, por lo que se siente obligado a perfeccionarla. Don Fidel, con un smoking alquilado y su tercera esposa estadunidense, se acerca a los novios y les felicita por la música que está escuchando, la sinfonía dedicada a Don Quijote por Ravel, el gran compositor francés.

A hora temprana del día siguiente los novios emprenden su viaje de bodas a Italia, según lo previsto. Antes se despiden de los padres de Evelyne, gozosos de la ceremonia vivida. Con Ita la despedida es más entrañable. Por primera vez la pareja advierte una lágrima en su mirada serena, cuando Líber le recuerda que espera leer su Diario al llegar a Hong Kong. Ella asiente con la cabeza, desbordada por la ternura. Nada la hace perder su empaque de gran señora. Los Clark ya no lo dudan.

Transcurrida la luna de miel, Líber y Evelyne han arribado a Hong Kong, después de su viaje, según lo convenido. Han gozado la Italia moderna y eterna que querían recorrer. Venecia —y sobre todo Florencia— no fatigan, por muchas que sean las repeticiones. Venecia es la misma, pero siempre parece diferente, por mucho que se hundan en el agua los antiguos palacios y perseveren las góndolas con sus trovadores. Quizá sea el turno de las nuevas generaciones y su mezcla chisporroteante con las viejas. Quizá los signos cambiantes de los turistas que, al mismo tiempo que se dejan influir, influyen y alteran la postal fija de una Venecia levantada como monumento marino a los aires de la universalidad desde sus poderosas raíces históricas. Florencia es otro mundo. Nunca se termina de conocerlo. Quizá porque el mundo del arte es infinito, pródigo en descubrimientos y claves. Y sólo hay una Florencia en el mundo, con su constante reto a la memoria visual y al entendimiento estético. Evelyne se destapa y exalta a Nápoles como la tierra adorada del sol y del ocio, donde ser napolitano es un título; el Vesubio, más que volcán, le parece un monumento geográfico firmado por Bernini, hijo de esta tierra como Caruso y Scarlatti, con una lengua propia que suena universal y canta en el Teatro de Ópera San Carlo, el más antiguo de Europa. ¡Y qué variada gastronomía la suya! Nápoles tiene las pizzas más ricas del mundo y las mujeres más agradables a la vista y al trato.

La pareja luce espléndidamente, más acentuado el contraste de color de piel, el blanquecino de Evelyne con su cabello áureo, como el color de las espigas del trigo maduro y el avellanado de Líber con su cabello oscuro de hebras rojizas. Ita les ha recibido con su proverbial cariño y contempla con cierto arrobo la imagen de felicidad que irradian los recién casados. Afloran a su mente los secretos de un pasado que sólo ella conoce hasta ahora. Pareciera un canto al misterio de la vida, a los nobles que la honran, como hizo Lee. Hay en su paladar los sabores celebratorios del pan y del vino, de la sal y el azúcar... Himno jubiloso a la sobrevivencia, simbolizada en el marco que ofrece a la vista —y a su corazón— el recuerdo de la Laureada, una de las últimas condecoraciones de guerra que otorgó a Ita el gobierno republicano de Negrín, en aquellos días postreros en que los honores tenían sabor de muerte.

Luego de instalar a la pareja en la tercera planta, ampliado el espacio de la recámara de Líber y sus anexos, para que puedan hacer una vida independiente, a su entero gusto, Ita les invita a tomar el té en una de las sombrillas del jardín. Son los primeros días del año 71 y el clima es fresco pero agradable. A Evelyne le han impresionado los grandes rascacielos, al estilo de Nueva York, que dan a Hong Kong un sello moderno de ciudad cosmopolita, que ni ella ni sus padres se imaginaban. Claro que el tráfico automovilístico es denso y con no poca de la anarquía que caracteriza hoy a las grandes capitales del mundo. Todo es presagio de una satisfactoria estancia en Hong Kong, como en el fondo desea vivamente Ita, que habla de los mercadillos exóticos y los nuevos mercados contemporáneos de Hong Kong. Pone especial énfasis en los aspectos que más pueden llamar la atención de Evelyne, como es el mercado de las flores, que se nutre prácticamente de todas las que se producen en el mundo, de los centros comerciales en que contrastan las mercancías occidentales y orientales. ¡Más de cien variedades de pan y el doble de variedades de queso y todas las clases de foie-gras y caviar...! Líber siente en lo íntimo que está logrando su objetivo, el de las sorprendentes seducciones de Hong Kong, para una Evelyne que acaricia la atractiva cabellera de Líber. Cenan en El Mandarín, restaurante afamado del grupo de hoteles que fundaron los hermanos Cheng-Xiao. La orquesta de cuerdas los saluda con el arreglo musical de *Le mer*, de Debussy, en recuerdo de Lee. Ya tarde se retiran a descansar, transportados en el automóvil Mercedes asignado a Líber y Evelyne con su chofer preferido, Johnny, un inglés que desertó del ejército británico en la guerra del 39. Un hombre tan hábil, que suele sonarse las narices con su pañuelo azulblanco cuando identifica, no importa donde, a alguien sospechoso o que le cae mal. "Ríanse —dice— así salvé de dos atracos a Mister Lee y así gané y retuve mi fabela en los más bajos fondos de Hong Kong." Un ser de vida agitada y de anécdotas y fantasías incansables. Evelyne y Líber celebran las habitaciones que Ita les ha asignado con timbres y pantallas por todos los sitios para llamar al servicio doméstico y línea directa telefónica para comunicarse con la propia Ita. Líber encuentra valiosa la pintura de Chirico, última adquisición de Lee y tan representativa de su estilo propio en las analogías inconfundibles de la escuela impresionista. Deja para mañana la contemplación de las otras pinturas escogidas que ocupan la tercera planta. Besan los dos a mamá Ita para despedirse, no sin antes soltarle la pregunta que obsesiona a Líber:

–¿Cuándo podré leer tu Diario?

–Lo tendrás en tus manos, para que lo leas en trozos, sin atragantarte. Pero primero te sugiero que mañana realices una visita al Grupo Mandarín. Tuny Che-Zhisnui vendrá a buscarte. Yo me encargaré de Evelyne.

–Perfecto.

Para Ita es importante que Líber, como heredero universal que es, junto con ella, tenga un conocimiento directo y real de los negocios en marcha. La inteligencia de Lee consistió en hacer partícipes de los resultados de las empresas a los directivos de ellas, dándoles una autonomía que ha funcionado estupendamente, en la época de Lee y después. Se trata de gente talentosa y de una honestidad ejemplar. Pero a Ita le preocupa que algo pueda sucederle o que surjan problemas derivados de las circunstancias cambiantes de nuestro mundo o del estatus internacional de Hong Kong. China lo va a reclamar en el tiempo oportuno.

A Líber le simpatiza y le seduce, por razones comprensibles, cuanto se refiere al Centro de Investigación y Combate contra la Pobreza. Sin embargo, el Centro, aún dentro de las seguridades que garantizan su existencia, no puede ser ajeno a la suerte del Grupo. Con menos detalle y dramatismo ha confesado sus inquietudes a Evelyne, remarcando intencionalmente la riqueza económica de lo que es ya un patrimonio familiar, que será el suyo y de sus hijos en el futuro. Evelyne ha comprendido el mensaje y piensa que la influirá. El tiempo ha pasado volando, han comido en la primera planta, la de los bodegones, que les ha hecho olvidar lo que comían para hablar exclusivamente de arte, el terreno de Evelyne, un tanto desbordada por la presencia real de algunas de las piezas más representativas del género. Líber llegaría tarde, gratamente impresionado por el tour del Grupo Mandarín, conducido por Tuny Che-Zhisnui, a quien felicitó en forma ostensible. Ita deja a la pareja en su nido. Líber volverá a la carga con su madre.

–¿Y tu Diario?

–No tengas prisa. Tendrás mañana en tu mesita de noche, el primer cuaderno. Podrás leerlo a ratos, tranquilamente.

Mientras Evelyne oye música sinfónica, Líber repasa las conversaciones de Tuny Che-Zhisnui, hombre al que admira por la sabiduría y eficacia con la que gobierna los negocios del Grupo Mandarín. Le hizo una consulta, de cierta transcendencia, cuya respuesta ha dejado en sus manos. Se trata del ofrecimiento de la primera cadena de hoteles de Estados Unidos para comprar los 19 hoteles, propiedad del Grupo Mandarín. La oferta es de nueve mil millones de dólares, pagadero 50% a la firma de la escritura y el resto en el plazo máximo de doce meses. Tuny Che-Zhisnui ha señalado las ventajas de esta operación, la cual multiplica por tres el valor actual de los 19 hoteles. Construir éstos al día de hoy equivaldría a la utilidad ofertada, sin los intangibles de marcas y servicios por acumular, que en los hoteles Mandarín constituye un logro de más de treinta años.

–¿Qué hacer? —preguntó Líber, en lo que sería su segunda decisión como sucesor de Lee, después de haber autorizado que el Centro de Investigación y Combate contra la Pobreza siguiera beneficiándose del triple diezmo sobre las utilidades producidas por todas las empresas del Grupo. Al requerir cuánto representa el valor de los hoteles Mandarín con respecto al total de los negocios, Tuny Che-Zhisnui le ha informado con seguridad, como si no le sorprendiera la pregunta: 16%. Piensa que la oferta es favorable desde un punto de vista especulativo. Pero, aunque la liquidez del Grupo es muy sana y no necesita reforzarla, valdría la pena considerarla desde un enfoque más concreto. Si se decidiera la venta, ¿en qué inversión mejor podríamos traspasar su importe?

Líber ha entendido el planteamiento y, a la vez, quiere apurarlo. Reproduce mentalmente su diálogo con Tuny, cuando éste concrete la posible decisión:

–Tendríamos dos opciones de cara a un futuro poco

previsible para Hong Kong, como colonia y centro de prosperidad. Una, adquirir 50% de la principal red telefónica de Japón, aunque la recuperación utilitaria sea hoy menor que el de la hotelería, pero con una perspectiva enorme para el mañana, si consideramos que el porvenir de la economía mundial es el de las tecnologías electrónicas. La segunda opción sería no resolver de inmediato la oferta hasta emparejarla con el rendimiento hotelero, sin variar el objetivo electrónico.

–Podríamos inclinarnos por la primera de las opciones. Pero me parece prudente dejar la decisión para el próximo año. Quizá surja algún otro ofrecimiento.

–Totalmente de acuerdo —concluye el hombre clave del Grupo Mandarín, aunque Líber ha intuido que Tuny es en el fondo partidario de la venta total y deja el asunto para conversarlo con su madre... Ita expresa su conformidad con la prudente decisión de Líber, sorprendida de su pronta adaptación al mundo de los negocios. La confianza en Tuny Che-Zhisnui es plena de madre e hijo. Sin expresarlo, la venta de los hoteles, base de la prosperidad del Grupo, no habría honrado la memoria de Lee.

Ita, atenta a su promesa, le indica a Líber que en su mesita de noche encontrará un sobre con la primera parte de su Diario, que ha dividido en cinco entregas por sugerencia de Madame Lauron. Líber busca rápidamente el refugio de su despacho, en la tercera planta de la casa y pide que nadie le interrumpa, ni su propia esposa. Se trata —le dice a ésta— de un documento de máxima trascendencia, convencido de que en él hallará su verdadera fe de bautismo, la razón misma de su vida. Lo lee con los ojos del alma.

4

Empujado por una impaciencia incontenible, Líber lee y relee en el despacho anexo a la recámara, solo, abstraído de todo y de todos, la primera parte del ansiado Diario de su madre. Una lectura iniciada al atardecer y concluida al amanecer. Evelyne, aún dormida, abraza una almohada, como si fuera el cuerpo de Líber. Es un texto claro, sin filigranas, escrito en español con letra menuda de colegiala, limpio de correcciones, siguiendo los vaivenes de un destino en guerra, lleno de dramatismos y ternuras. A Líber le parece estar escuchando, en cada página, la voz suave de su madre, Ita, sacudiendo las raíces profundas de sus sentidos, en un concierto emocional de todos ellos, cada nota en constante increscendo. Estaba frente a su verdadera fe de bautismo, la razón misma de su vida, piensa obsesionadamente.

He encontrado tiempo, entre los atardeceres de las clases alternas de mandarín y cantonés, para escribir este Diario y corregirlo con las llamadas ocultas del recuerdo. Los atardeceres de Hong Kong son encantadores y su tranquilidad aterciopelada es propicia para la tarea. Me remonto a mi adolescencia catalana, cuando leía mucho y quería competir con Joan, mi primer pretendiente, que tenía bastante de poeta y la costumbre de criticar nuestras lecturas y sus tendencias. Lectora infatigable sigo siéndolo y devoro los libros que me compra Lee. Pero lo único que ahora escribo son mis cartas a Líber y algunas notas íntimas que me encarga Lee. No aspiro a un Diario trascendente, sino más bien, a un Diario íntimo, dedicado a mi hijo, cuya sensibili-

*dad e inteligencia admiro tanto. Después de haberlo pensa-
do mucho he resuelto escribirlo. (A mi secretaria Madame
Lauron he encargado que ponga orden en mis notas y las
revise para su mejor lectura, sin alterar mis confesiones.)
Mi hijo debe conocer, por encima de los relatos circunstan-
ciales y fragmentados que le he contado, la historia de mi
vida que, en definitiva, es la historia de su vida.*

*Algo que me ha preguntado insistentemente es por qué me
incorporé, siendo de una familia de derechas, al bando republicano de la guerra civil española. En la perspectiva del
tiempo, me parece que fue una opción inevitable. En aquellos días, enseñoreados por la violencia ciega y los anticipos
de una guerra cruel, mi respuesta, compulsiva e incontenible, era la de una joven de 19 años que había visto morir a
toda su familia, mis padres y mis dos hermanos, en un
atroz bombardeo de Barcelona de los aviones italianos al
servicio de Franco. Yo me salvé de milagro. Había ido con Joan
al cine para ver una película que nunca olvidaré: El Bolero
de Ravel. Pertenecía a una familia burguesa, conservadora
y catalanista, sobre todo. Me habían educado en un colegio
de monjas y en junio de 1936 había regresado de un internado de Ginebra, en Suiza, con un francés bien aprendido,
más el inglés, lengua original de mi madre, oriunda de Ir-
landa. El asesinato aéreo de mis padres fue el primer domingo de enero de 1937. Con ellos perecieron mi hermano
Cristóbal, que quería ser director de orquesta, y mi herma-
nita adorada, Primavera, nombre que seguramente le ins-
piró a mis padres el de la hermana de Maquiavelo.*

*Huérfana, al cuidado de la abuela paterna, me enrolé a
los pocos días en una unidad sanitaria de retaguardia de
las milicias catalanas. Era una actividad muy pasiva. Pedí
entonces que me destinaran al frente y me incorporaron a
una unidad de médicos y enfermeras que el gobierno de Cataluña enviaba al asediado frente de Madrid. Fue un cambio demasiado duro. El hotel Palace, convertido en hospital
de urgencia, estaba lleno de heridos y moribundos. Se cor-
taban miembros humanos como si fuera una carnicería.
Faltaba sangre para las transfusiones, mientras la sangre
de los heridos empapaba las sábanas. Más que gritos, escu-*

chaba alaridos de dolor, el paladar y el olfato invadidos de sabor a cloroformo, de todo lo terrible a lo horrible. Me tuve que hacer fuerte ante la mirada desesperada de los que pedían la muerte y la de los amputados que llevaban en las manos crucifijos como si fueran puñales. Un médico al que ayudaba, el otorrinolaringólogo Fumagallo —el hospital congregaba doctores de todas las especialidades—, intervino para que regresara a Barcelona. Pero, impresionada por lo que había vivido en las semanas de Madrid, arraigado mi odio contra el ejército franquista, tampoco me conformaba con mi destino anterior. Quería un puesto más combativo y directo. Con la ayuda de Joan, ya más amigo que novio, activo militante socialista, hice examen para ingresar en la más radical policía de la República, el SIM (Servicio de Inteligencia Militar). Me dieron el nombre de clave, "Lorena-3". Mi jefe era "Facundo-3", un panadero madrileño al que los servicios secretos de Moscú habían convertido en un oficial más implacable que inteligente. Afortunadamente, no estuve en misiones arriesgadas, viajando frecuentemente a Valencia y a un Madrid que era, todo él, un frente de guerra, de una guerra casi de cuerpo a cuerpo y con una retaguardia incesantemente bombardeada por aviones y artillería.

Sin embargo, en octubre de 1938, por mis conocimientos del francés e inglés fui asignada a la embajada de España en París. Me obligaron a vestir de lujo, de día y de noche. Madame Chanel, que había iniciado su carrera de éxitos, se encargó de ello. Los restaurantes y centros nocturnos de primera clase eran parte decisiva de mi misión. A veces, sola, a veces, acompañada del primer secretario de la embajada española. Estaba alojada en un hotel de primera clase, el Royal-Monceau, cercano al Arco del Triunfo y los Campos Elíseos. Seguía la pista del agregado militar de la embajada alemana, cargo que disimulaba a un importante agente secreto del gobierno nazi. Frecuentaba el mismo hotel. El objetivo asignado era el de seducirlo. Tardaría más de un mes en lograrlo. Gracias a una habilidad que me desconocía, pudimos descubrir una red de contactos de agentes alemanes y oficiales franquistas que habían organizado en

Barcelona una quinta columna para apoyar la ofensiva del ejército rebelde. El SIM desmontó la conspiración y fueron detenidos medio centenar de implicados, algunos protegidos por carnets de militantes anarquistas y comunistas, incluido un coronel del Ejército de Tierra de Cataluña. Al regresar a Barcelona recibí trato de heroína y fui ascendida a oficial, lo que me daba derecho a automóvil y chofer. La conspiración descubierta estaba asociada a una falsificación de la moneda de la República española por muchos millones de pesetas. Se me otorgó la Laureada, la medalla de mayor mérito de guerra. Y la recibí, nada menos, que de manos del jefe del gobierno, el doctor Juan Negrín, un tipo de hombre cálido y de energía desbordante. Su beso en los labios me encandiló instantáneamente, con su sabor varonil y su mito de gobernante heroico. Me sentó a su lado en la cena que me ofrecieron. Compartí con el doctor Negrín copas especiales, abundantes de caviar ruso, de su gusto preferido. Probé por primera vez el vodka. Mezclado con el cava catalán, me turbó por completo. No tanto como para no sentir, halagada, las caricias que el jefe del gobierno dispensaba a todo mi cuerpo. Al día siguiente, el doctor Negrín me habló por teléfono a mi nueva oficina en la Bonanova, declarándome su amor, sin más preámbulos, en ese lenguaje apremiante de los tiempos de guerra. Quedó en que comeríamos juntos en un domingo próximo que nunca llegó. Las batallas del Ebro, desgastado el ejército republicano, fueron continuadas por las tropas de Franco con una ofensiva directa y triunfal, primero hasta Barcelona y después hasta las fronteras pirinaicas. El doctor Negrín se comunicaba telefónicamente conmigo de vez en cuando, sin que le notara desánimo alguno por la derrota de su ejército. Uno de sus hombres de máxima confianza, Aureliano Garcés, jefe del SIM, me cuidaba y me transmitía sus recados. El último de ellos, lleno de urgencias, en la mañana del 24 de enero de 1939, era que lo buscara en el Castillo de Figueras, a donde se replegaba el gobierno, cuyos sótanos servían de refugio contra los ataques aéreos de la aviación enemiga y los valores y documentos oficiales del gobierno republicano.

El ejército franquista desfilaría por las calles de Barcelona dos días después. Hacia Figueras encaminé mi Dodge 1934, de azulada y polvorienta pintura, conduciéndolo por la carretera pegada al mar, sembrada de pánico por la derrota y el éxodo. Ya sin chofer —Adolfo quiso quedarse en Barcelona con sus padres ancianos—, hube de abrirme paso entre los vehículos y caravanas de mujeres, viejos y niños, con los temores contagiosos de la desesperación. Caminos con soldados en retirada, coches oficiales y diplomáticos, carromatos con enseres domésticos, algunos tirados por caballos y burros, gente, mucha gente, en filas que parecían interminables de uno a otro lado de la carretera, cubriéndola por entero en algunos tramos. Escenas de locura cuando sonaban los motores de los aviones enemigos, ametrallando con furia, segando vidas, holocausto de la barbarie. No sé cómo pude llegar a Figueras, después de seis horas de viaje, en una tarde, anochecida y con lluvia ligera. Dormí en una masía, en las afueras de Figueras, cuartel provisional del SIM. Temprano me dirigí al viejo castillo militar del siglo XVIII, como parte de un paisaje gótico, al igual que el templo de san Pedro. Su famoso penal, cárcel elegida para los anarquistas más acérrimos, era ahora una prisión atiborrada de fascistas y adversarios de la República. Este Figueras, rico centro comercial y cultural del Alto Ampurdán, me recuerda la ciudad en la que pasé algunos veranos con mis padres. Hoy, machacada por los constantes bombardeos aéreos, congestionada por un ejército en retirada y por una multitud doliente en busca de la frontera francesa, es sólo un paisaje sombrío de muerte, de destrucción material y de terror colectivo. En el castillo de sólidas construcciones, me identifiqué con el jefe de guardia, un capitán imberbe y afable, que se asombraba visiblemente cuando le rendían honores unos fantasmas políticos llamados diputados, últimos vestigios de la República española. No tardó en aparecer Aureliano Garcés, con un abultado sobre que me entregó con estas palabras: "El jefe del gobierno le pide que se presente en Perpignan con el cónsul de España y que se vaya cuanto antes, porque de caer en poder de las tropas franquistas será fusilada". El miedo domina-

ba el cuartel del SIM y no encontré a nadie que me diera instrucciones. Dormí temprano en la misma masía. Antes,
abrí el abultado sobre. Contenía un pasaporte diplomático
a nombre de Margarita Cugat O'Farrill y cinco mil francos en billetes. Deposité en mi Dodge algunas botellas de
agua de Vich, varias tablillas de chocolate y latas de con-
servas, junto a mi pequeña maleta. Pegué bien en el para-
brisas el letrero que me salvaguardaba en el territorio leal:
"Misión de Guerra. Estado Mayor del Ejército de Tierra".
Enfilé el coche hacia Port-Bou, en medio de un tránsito en-
demoniado, desordenado; jefes y soldados mezclados con la
multitud civil en huida incontenible, el polvo de las calles
como una nube letal. En pleno centro de la ciudad me detuvo
un fuerte bombardeo de la aviación franquista, que atacaba
diariamente Figueras, a toda hora. Quedé inmovilizada en
mi automóvil, rodeada del pánico de la gente, bajo el silbido
aterrador de las bombas cercanas. Sin ser una mujer va-
liente, me resigné a esa rutina sonámbula de los tiempos de
guerra en que la muerte se acepta como un riesgo inevitable. Al desviarme forzosamente de mi ruta fui a parar a una
plazoleta de árboles quebrados y de escombros humeantes,
no lejos de Las Ramblas, el paseo principal de la ciudad.
Entre los cascajos de dos casas, totalmente destruidas, restos humanos aún calientes, brazos sanguinolentos, el cuerpo
de una niña decapitada, una guitarra intacta y destripado
el libro Corazón, de Edmondo de Amicis. Los gritos sono-
ros del odio ascendiendo al cielo. Me sumé a los voluntarios
que buscaban sobrevivientes. Mi mono azul pronto se em-
polvó y mi rostro compartió la angustia general, próxima a la
locura. Entre los sobrevivientes, intacto, sin rasguño alguno,
acogí en mis brazos a un niño como de poco más de dos años,
de ojos oscuros y piel ligeramente morena, que lloraba, implo-
rando: Mamá... Mamá... "¡Visca la Libertat!" Y repetía: "¡Visca
la Libertat!". Le pregunté su nombre y me contestó: "Soy
Líber". Calmé al niño con una chocolatina. Aferrado a mis
brazos le inquirí: ¿Y tu mamá? Está ahí —dijo señalando
los escombros humeantes. Un anciano, con tipo de pescador,
contento de que la casa de enfrente, la suya, no hubiera sido
tocada hoy por las bombas asesinas, nos interrumpió:

–La madre de este niño se hacía llamar Libertaria, nombre también de su hijo. Su cadáver, terriblemente mutilado, fue de los primeros que ha recogido la Cruz Roja —el anciano, parsimonioso, como si nada sucediera, terminó de liar un pitillo y antes de darle la primera chupada, exclamó con voz todavía potente y marcado acento catalán: "A la salud de la vida", que tenemos las horas contadas. Y guardó silencio. Quise saber más y, con reticencias, agregaría: "Llevaban apenas dos semanas aquí. Vinieron de Barcelona y debían ser gente importante de la FAI, porque en unas horas desalojaron el piso de los Martí para que lo ocuparan la madre y su hijo. Ella portaba un brazalete con los colores rojinegros del anarquismo. Y a los Martí les advirtió que el padre de su hijo era nada menos que Durruti, el jefe anarquista más conocido de España. Pero este niño es sospechoso. En lugar de decir madre, dice mamá, que es una palabra 'fascista'".

No quiso decir más. ¿Durruti? —me pregunté. Por supuesto que sabía quien era. Su columna de milicianos combatió al principio de la guerra en el frente de Aragón, donde declaró el comunismo libertario. Es de suponer que entre las mujeres milicianas que integraban su columna tuviera más de una aventura. Es posible, pensé, que la madre del niño pudiera haberse atribuido la paternidad de Durruti para apresurar la incautación del piso, en uno de esos juegos del destino que deciden en la guerra la suerte de los seres humanos. Entre tanto, Líber se había agarrado a mi cuello y era a mí a quien ahora llamaba mamá, cada vez más angustiado y lloroso. Pedí a la Cruz Roja que se hicieran cargo del niño, a fin de continuar mi viaje. La Cruz Roja se negó; no era su misión, pretextaron. El tiempo corría velozmente, con neblina de polvo y olores fúnebres. Líber seguía gritándome: Mamá... "¡Visca la Libertat!". La emoción terminó apoderándose de mí, en un rasgo de ternura que quería protegerme, quizá, de la tragedia que me rodeaba. Mi conciencia, en el fondo, asociada al recuerdo de mi orfandad, cuando perdí a mis padres y hermanos, precisamente en un bombardeo aéreo. No lo dudé más. Envolví al niño con una de las mantas que llevaba, lo senté en el asiento delantero del automóvil y enfilé hacia Port-Bou.

Las sirenas anunciaban de nuevo la presencia de los aviones franquistas. Nunca olvidaré ese breve trayecto a la frontera que se hizo trágicamente interminable. Ojos perdidos en la desesperación y voces gritando su odio. Viento huracanado de las palabras malditas. La gente despojada de sus atributos naturales, gente nómada en una huida del terror colectivo, sin meta de llegada, entregada ciegamente a los azares de la desesperación. Había llovido de nuevo y el agua empapaba los cuerpos humanos que obstruian la carretera. En las cunetas, vehículos y tanques despanzurrados, ametralladoras y fusiles abandonados, gente enloquecida con las miradas del pánico, imposibles de borrar. Se hizo de noche; noche fría y pesarosa. Me envolví en la otra manta para descansar en el asiento de atrás del coche, mientras Líber dormía inquieto a mi lado. Al amanecer, mi sueño ligero fue conmovido por el grito de Líber: Mamá... Mamá... "¡Visca la Libertat!".

Buscó mis brazos y lo besé repetidamente. Su grito de mamá ya no era de desesperación, sino casi de ternura. La misma ternura que yo experimentaba al ser llamada mamá. La gendarmería tardó en abrir la frontera hasta mediada la mañana. El Dodge verdoso había perdido su color entre el polvo acumulado y la escarcha de la helada nocturna. El capitán Poincaret, del ejército francés, revisó mi pasaporte diplomático y acredité a Líber como mi hijo. Con alguna resistencia, me dejó continuar el viaje a Perpignan con mi automóvil. Hube de dejar mi pistolita del 7.25 entre el amasijo de armas que llenaban un enorme montículo, como separando el límite de las dos banderas territoriales: la tricolor de Francia y la tricolor de la República española. Al contemplar ésta, con la tristeza de la derrota, me cuadré, casi sin darme cuenta, el orgullo escoltando el dolor. El oficial galo, al devolverme el pasaporte, ante el asombro de lo que observaba, me interrogó:

–¿Cuándo terminará esta invasión de refugiados? Llevamos más de ochenta mil y las tropas franquistas tardarán en llegar a la frontera sólo unos días más. Aproveche su pasaporte diplomático. Dentro de muy poco no le servirá para nada.

La visión que nos esperaba al avanzar a duras penas por la carretera francesa, al pie de los Pirineos Orientales, no podía ser más sobrecogedora, por si no fuera suficiente lo que acabábamos de ver. Milicianos en marcha desordenada, algunos con la manta terciada, oficiales del ejército con sus gorras destronadas de barras horizontales y doradas, marchaban a pie en un desfile que se antojaba fantasmal. Junto a ellos, mujeres, niños y ancianos. Las imprecaciones y lloros visibles se confundían con los cánticos de guerra, como si el término de ésta fuese alegría más que duelo. El "Ay Carmela", el "Anda jaleo" y el "Vuela paloma" resonaban entre los gritos repetidos de la gendarmería gala: Allez... Allez... Allez... Una muchedumbre de sombras humanas que convertían en noche oscura el atardecer. La voz solitaria y quejumbrosa de un miliciano extranjero repetía el estribillo de "En el frente de Gandesa". Disparos aislados de pistola entre los conjurados a morir, suicidándose, antes de ser humillados por la derrota. Y los gritos, como de animales heridos, de las mujeres que buscaban a sus hijos perdidos. Algunos camiones recogían a los heridos. No a todos. En las cunetas quedaban otros con sus vendajes ensangrentados, casi inermes, como si esperaran o desearan la muerte. Lo que se respiraba era olor a muerte, el olor familiar de la guerra, cuando el aliento pierde su oxígeno y la lengua su saliva. Imposible olvidar las maldiciones de ese dolor punzante de las heridas abiertas y chorreantes. En uno de los obligados altos, se nos acercó un miliciano, apoyado en una tosca muleta, a falta de la pierna derecha, perdida en la batalla de Teruel, para que transportáramos al que fue su jefe, en la 226 Brigada Mixta del XV Cuerpo del Ejército, el comandante Otero, que luchó en Asturias y cayó herido en el frente del Ebro, escapando del hospital de Barcelona horas antes de que cayera en manos de los facciosos el 26 de enero. Acomodamos a los dos en el asiento de atrás. El comandante Otero tenía dos heridas, una en el pecho y otra en un muslo. Respiraba con dificultad; sus ojos goteaban sangre más que lágrimas. En su boca, palabras deshilvanadas: "No tengo miedo a la muerte. Tengo miedo a seguir viviendo...". Húmeda la mirada, cobijada por una *frente sudorosa. Pudimos entregarlo a una ambulancia de la Cruz Roja en el pueblecito de Banyuls. Allí hubo de bajarse el miliciano cojo, encaminado al campo, de concentración de Argelés. El mismo que nos soltó como despedida: "Si alguien os pregunta por mí, decirle que morí arrepentido de ser héroe. Agur". Líber no entendía, afortunadamente. Y traté de explicarle: "Este hombre pasará a la historia como uno de los héroes que supieron dar su vida por una guerra perdida". La gendarmería tenía prácticamente sitiado Banyuls, junto con soldados senegaleses, para desviar a cuantos llegaban, sin diferenciación alguna, a los campos de concentración cercanos de Argelés, Barcarés y Saint-Cyprien. Todavía creo oír las voces autoritarias del Allez... Allez... Allez... La maldición de la derrota y el lamento de la humillación, mascullados, en tono de insulto. Pudimos seguir, consternados, el camino de Perpignan. Líber, que no ha dejado de proferir, por la ventanilla abierta, su grito de "¡Visca la Llibertat!", trataba de hacer sonar la pequeña sinfonía que le había regalado el miliciano cojo que acompañaba al comandante Otero. Se había aprendido con su memoria de niño precoz mi nombre que pronunciaba con su sílaba final, simplificándolo. Y me repetía su pregunta: "¿Mamá Ita, a dónde vamos?". Su voz impregnaba por entero mi corazón, como si agitara una emoción nueva. "A comer y descansar, y a cambiarte de ropa", le repuse.*

Líber, acurrucado a mi lado, seguía acosado por los días de asombro que estaba viviendo. En un Perpignan congestionado de españoles en éxodo, el cónsul de la República, el doctor Benigno Méndez, nos atendió entre decenas de personas, impacientes y alocadas que aspiraban a lo mismo. La instrucción recibida del doctor Negrín es que siguiera mi viaje a París y que lo esperara en el hotel Mont-Thabor. Expliqué al doctor Méndez mi particular situación con el niño. La comprendió, aconsejándome que aprovechara el automóvil y el pasaporte diplomático para trasladarme a París. Allí debería hablar con Egocheaga, hombre de confianza, en las oficinas abiertas por el SERE, un organismo creado con fondos del gobierno español, con alrededor de 250 millones de francos. Antes, nos alojamos en el hotel

Montpellier, en el centro de Perpignan. Comimos en su restaurante, todo por cuenta del consulado. Vestí a Líber y yo misma me compré una falda y una blusa de abrigo, para alternar con la ropa de circunstancias que llevaba en la maleta. El mono azul quedaría en la habitación del Montpellier. Hubiera querido llevármelo y conservarlo como un trofeo de guerra. Pero instintivamente entendí que me esperaba una nueva vida. Tenaz como era, Líber aprendió a repetir una especie de estribillo con su armónica. Se había quedado en sus oídos el estribillo disonante de "Ay Carmela", repetido una y otra vez: "¿A dónde vamos, mamá Ita?". No había olvidado la abreviatura de mi nombre y ahora lo prodigaba para acentuarlo como si quisiera cerrar el candado sentimental que nos unía. "Pronto lo verás y vas a estar muy contento", le repuse. Pero me hizo otra pregunta, mirándome fijamente: "¿Y mi otra mamá?". No la esperaba y se me ocurrió una infantilada: "Te espera en el cielo". Guardó silencio y tardaría en decirme: "Pero el cielo está muy lejos y vamos a tardar mucho en llegar".

A partir de la estación de San Lázaro pude orientarme en París para llegar a las oficinas del SERE, que estaba relativamente cerca, en el número 94 de la rue Saint-Lazare. Hablé con Egocheaga, un socialista asturiano que aún creía en el triunfo imposible de la República, cuyo gobierno, encabezado por el doctor Negrín, se había instalado en lo que quedaba de la zona leal. Me confirmó la reserva, por cuenta del SERE, en el hotel Mont-Thabor —el hotel preferido por Indalecio Prieto, el hombre pesimista que por eso dejó de ser ministro de la Defensa, en el gabinete de su antiguo admirador, el doctor Juan Negrín—, me aclaró de paso. En cuanto al automóvil no habría problema: el SERE se quedará con él y si lo vendemos, que no será fácil, le entregaremos el importe, dijo. En cuanto al niño, después de que le explicara lo ocurrido en el bombardeo de Figueras, Egocheaga lo resolvería de inmediato: "Desde mañana, mientras se aclaran las cosas, se quedará en mi casa, donde le hará compañía a mi hijo de ocho años". Respiré aliviada, pero, a la vez, experimenté un tirón fuerte del corazón: me había encariñado con Líber y me había acostumbrado a ser llamada mamá Ita. Esta fórmula me tranquilizaba al permitirme estar cerca de él y cuidarlo. Ignoro, por lo pronto, qué me espera a mí misma. Líber no deja de mirarme. Ya no llora. Es un niño avispado y con carácter, sin duda. En una guerra, los niños viven por encima de su edad. En el hotel Mont-Thabor, en la calle de este nombre, me habían reservado una habitación especial, de las que tenían baño propio y aparato de radio. Acosté conmigo a Líber, que se durmió abrazado a mi cuerpo, acariciado por unas manos que querían ser de madre. Al día siguiente lo llevé con Egocheaga. En la oficina me esperaba su esposa Amapola. Juntos los tres, el automóvil del SERE nos llevó a un pisito de la calle Budapest, cercana al barrio de Pigalle, famoso por sus cabarets y sus libertinajes. Allí vivían los Egocheaga con su hijo Ramoncín, caracterizado por las huellas de una quemadura en el lado derecho de su rostro. Huellas de un bombardeo aéreo en el puerto asturiano de Gijón. "Nos salvamos de milagro", me comentó Amapola. Líber preguntará por la habitación de su mamá Ita. Le aclaro que yo no quepo en el piso, pero que vendré a verlo por las tardes. Llora desesperadamente. Le acojo en mis brazos y le beso cariñosamente, yo misma conmovida por la escena. Amapola y su hijo me ayudan a consolar a Líber, cuyo grito repiquetea en mis oídos: "¡Mamá, Visca la Libertat!". Apresuro mi salida. Ignoro lo que es el amor de un hijo. Pero el que siento por Líber, acaso por la aventura que me une a él, sacude mis entrañas y lagrimeo, de regreso al hotel Mont-Thabor. Líber despierta todas mis ternuras, después de una guerra reñida íntimamente contra ellas. En el restaurante del hotel he convivido con Enrique Puente, otro de los panaderos madrileños, como Garcés, de los grupos de choque de las juventudes socialistas de antes de la guerra. Es una especie de jefe de escolta de Negrín. Fuma incansablemente, cigarro tras cigarro; sus palabras huelen a nicotina. Me habla de una misión misteriosa que le ha encomendado el jefe de gobierno y que ha de llevarle a México a bordo del "Vita", un yate con joyas expropiadas en la guerra y otros valores. Para Enrique Puente la guerra está perdida. A Negrín sólo le alienta que la otra guerra, la europea, para la que se ha preparado Alemania, estalle en cualquier momento. España, lo que quede de la España republicana, será aliada de Francia e Inglaterra. Conoce desde luego mi situación, pero nada me aclara sobre ella, como si yo fuera, desde su mirada evasiva, un recuerdo remoto de su memoria. ¿Cuánto debo esperar? ¿Estaré viviendo una ilusión en un clima confuso de desilusiones? El tal Enrique Puente se me acerca, ya de pie, y de salida, para decirme con tono malicioso: "Suerte Lorena-3-1". Mis dudas aumentan. No soy dueña de mi anonimato.

Egocheaga sigue tratándome con especial deferencia y en su casa Líber es atendido con cariño. Le han comprado ropa de invierno y algunos juguetes. Le visito todos los días en la tarde. Me espera impaciente en el portal de su vivienda y cuando me ve corre hacia mí con los brazos abiertos al grito de: "Mamá Ita ¡Visca la Líbertat!" Amapola, la mujer de Egocheaga, me dice que a cada rato repite ese grito. "¿Por qué?", inquiere. No esperaba la pregunta y me confundo al contestarla. Cuando el tiempo lo permite, llevo a Líber al parque Monceau, el parque donde solía pasear y leer el filósofo Rousseau, según me ha contado uno de los guardianes. Es un parque hermoso, de jardines armónicos y muy floridos en sus colores contrastantes. Líber corre y juega y yo con él. Es un niño muy despierto, lleno de viveza. Y guapo. Jugamos a las escondidas y pronto da conmigo. Lo celebra con una risa estrepitosa, como si emanara de un manantial de fuerza arrolladora. A cada rato lo estrecho más entre mis brazos, celebrando sus ocurrencias, acariciándolo, besándolo y haciéndolo mío a cada instante. A veces pienso que vuelco en él una sed de amor, que no he sentido nunca, prisionera de los odios y las resequedades del alma que han alimentado, sin yo percibirlo, los desenfrenos y las irracionalidades de una guerra, a partir de mi propia experiencia. Lo cierto es que mi vida se ha hecho dependiente de la de Líber. Pienso en él constantemente, busco los chocolates que tanto le engolosinan, le llevo rompecabezas y como le gusta dibujar le he comprado cuadernos con catálogos de colores, en cuya identificación y mezcla revela una gran facilidad. Se ha aprendido ya algunas palabras en francés y las pronuncia *con mucha soltura. Amapola, la mujer de Egocheaga está encariñada con Líber, lo mismo que su hijo Ramoncín, que lo vigila. En el barrio y sus alrededores habitan mujeres llamadas de la calle, cuya presencia es notoria en las horas de la noche. Líber se ha entendido muy bien con los niños franceses de su edad, y aun mayores, sin que le falten enfrentamientos. El despreciativo "réfugié espagnol" no le gusta y, como está dotado de fuerza natural, se impone en las riñas. Ramoncín, que lo trata de cerca, que tampoco ha podido descifrar su grito de "¡Visca la Libertat!", lo atribuye a un carácter independiente y algo rebelde. Es un niño que se deja querer por todos. Habla de su madre en tono de advertencia y amparo, invocándola con un amor fuera de lo común.*

Los días transcurren sin que tenga noticias del doctor Negrín. Ningún aviso telefónico, ningún mensaje en el casillero del hotel, donde percibo que soy centro de curiosidad entre los franceses y los abundantes españoles que se reúnen y vociferan en pequeños grupos. Líderes políticos y jefes militares o de milicias. También, algunos intelectuales, abatidos y silenciosos. He rehuido los diálogos y no falta quien sospeche que soy una espía franquista. Me lo dice un hombre, casi anciano en su aspecto —cabello y bigote blancos, grueso de cuerpo y de mirada fatigada—, a cuyos saludos corteses he correspondido. Me ha invitado a sentarme con él, en el rincón del vestíbulo, donde diariamente lee los periódicos parisinos. Hoy comparte su breve espacio con una señora miope, de gruesos lentes y ademanes enérgicos. Me la presenta. Es Matilde de la Torre, diputada socialista por Asturias, nacida en la provincia de Santander y emparentada ligeramente con Concha Espina, autora esta de El metal de los muertos, *una novela espléndida leída en plena guerra. La diputada elogia apasionadamente a Negrín y sostiene que él sigue combatiendo y nunca se rendirá a Franco. El hombre de cabello y bigote blancos se identifica: se llama Manuel Cordero, es miembro de la Ejecutiva del Partido Socialista. Estima que la guerra está perdida y gestiona su entrada en la Argentina. Es de los que creen que la guerra europea será la consecuencia inevitable del triunfo del nazismo y su implantación europea.*

Cada vez estoy más confundida. Tengo que resolver mi problema y el de Líber. Los acontecimientos se precipitan. En el Mont-Thabor me han avisado que sólo tengo pagado el hotel hasta el 10 de abril. Me entrevisto con Egocheaga. Le encuentro desolado. Las tropas franquistas han entrado en Madrid. El primero de abril "cautivado y desarmado el Ejército Rojo...", según el parte final de los vencedores. Los puertos mediterráneos se congestionan de gente en busca de barcos para salir de España. Se repite en grado menor, pero más trágico, nuestro éxodo pirinaico. Muchos miles no podrán abordar los pocos barcos disponibles. Egocheaga y cuantos le rodean parecen enloquecer. Antes de despedirse, acierta a decirme que continuarán teniendo a Líber en su casa hasta que pueda arreglar mis asuntos. Seguiré paseándole en las tardes, como si nada ocurriera. Claro es que siento el apremio de mi situación y la necesidad imperiosa de solucionarla. Aislada y decepcionada como estoy, pero sin desesperarme, he leído las páginas de anuncios de los diarios franceses con ofertas y demandas de empleo. Mis reservas de dinero son otro aviso, apenas dispongo de 500 francos. Y no quiero quedarme como una guitarra sin cuerdas.

Entre sueños me ha surgido una idea. Madame Chanel me vistió con esmero, a su entero gusto, durante mi estancia en París, meses atrás, cuando la aventura del agente secreto del gobierno nazi. "¿Y si la visito, por si puede emplearme en su boutique?" Decido hacerlo y la suerte me acompaña. Madame Chanel me recuerda perfectamente. Me mira y me remira. Me pide que me quite los zapatos y con mucha delicadeza mide mi estatura y dice para sí: "1.72... ¡Perfecto!". Seré empleada de mostrador y modelaré cuando así se necesite. No oculta su satisfacción al informarla que, además de español y el francés, hablo inglés. Me pregunta por mis papeles y le muestro mi pasaporte diplomático. Su observación es tajante "Este pasaporte vale menos que los que se expedían en la guerra del 14... ¡Nada! No te preocupes, lo arreglaremos". Trató de consolarme. Luego quiso saber donde vivía. Le dije que estaba a punto de dejar el hotel Mont-Thabor y que buscaba una pensión. De inmediato se asomó al taller, llamando a Lilly, una de sus modistas pre-

feridas, y le encargó que me buscara alojamiento en el hotelito de confianza, a espaldas de la avenue Montaigne. El de
las modelos que lucen la marca de Chanel. No supe cómo
explicarle que tenía adoptado un hijo de guerra. "Mañana
te espero a las diez en punto y nos pondremos de acuerdo
en nuestro trato." Ordenó a Lilly que revisara mis medidas, "porque desde mañana sólo vestirás la ropa que vas a
vender aquí", agregó antes de despedirme con cuatro besos, dos por cada carrillo.

El mundo ha cambiado para mí, un canto secreto de júbilo conduce mis pasos por un París con sol acariciante de
atardecer, a diferencia de los días recientes que han sido de
frío húmedo. Líber me espera lloroso. Me he retrasado bastante en mi acostumbrada visita. No había manera de cal-
marle, me dice Amapola. Ha estado subiendo y bajando las
escaleras a cada rato y ha salido a la calle en busca de su
madre. Le tranquilizo y le llevo a merendar a un restaurante familiar de la plaza Pigalle, tumultuosa y sonora, mezcla
de gentes de todos los colores y acentos, donde todo se ven-
de o alquila. Las tahonas sexuales junto a las tiendas de
moda. Líber, recuperado y contento, me escucha ávido. Le
narro dos o tres cuentecillos, de los que le gustan; ríe y me
hace preguntas, como siempre. Habla de la tía Amapola y
del primo Ramoncín, en tono familiar y festivo. Si no fuera
por la rotundidad con la que habla, dudaría de la edad que
me dijo tener en el bombardeo de Figueras, la de dos años
expresada con sus dedos simbólicos; creería en el doble. Su
carácter oscila entre la firmeza y la ternura. Me asombra
su capacidad de percepción y su inteligencia. Cuenta en español y francés, es fuerte y ágil físicamente. Líber es ya
parte de mi vida. Me preocupa la que ahora nos espere, el
nuevo giro de ella. Hoy he acudido puntualmente a la cita
con Madame Chanel. Tardó en llegar unos cuantos minutos y me saludó con toda familiaridad. Y me explicó: "La
moda es todo y nada; deseo y capricho. Es imperio y prisión
de la mujer. Contra lo que se cree, la moda no es producto
de la publicidad, sino al contrario. Hay que saber venderla.
Algunas mujeres saben lo que quieren, son las más difíciles. También las mejores porque no discuten los precios,

por muy altos que sean. La mayor parte de las mujeres no saben lo que quieren, aunque lo parezca. Dependen por completo de la vendedora, la que adivina el tipo de precio más adecuado, sin olvidar que Chanel es siempre una prenda de lujo. Hay un secreto que comparten todas las mujeres, aunque no lo confiesen: el de seducir. La seducción pasa por la estampa del modelaje. Cada una se ve en el espejo de la modelo, olvidando la distancia estimulada entre compradora y vendedora". La consigna es clara. "Nadie debe salir de la tienda sin comprar algo." Hizo una pausa en espera de alguna pregunta mía. Le dije que entendía todo muy bien. Tan sólo le pedí que fuera tolerante conmigo, por tratarse de un oficio nuevo para mí. Me lo prometió y escuché muy atenta la proposición final: "El horario será de las diez de la mañana a las cuatro de la tarde y tendrás un sueldo mínimo, suficiente para pagar tu hotel y tu alimentación. Además 5% semanal de comisiones sobre el importe de las ventas que hagas, con el cual podrás vivir desahogadamente si las cosas van bien". Iba a recordarle el asunto de mi hijo adoptivo, pero Madame Chanel se anticipó y llamó de inmediato a Lilly, su conocida modista de confianza, quien me informó de la existencia de un antiguo colegio en la zona baja de Montmartre, el Colegio Montford, donde podía internar a Líber en condiciones económicas bastante accesibles.

La misma Lilly me probó uno de los modelos que habría de vestir en la tienda. Un traje de dos piezas de entretejido blanco-sepia, con el que me sentí a gusto. La jornada fue tranquila, atendí a un par de alemanas que no compraron nada. Madame Chanel no me reclamó, al contrario me felicitó por mi selecto comportamiento, augurándome un buen porvenir. Para mi sorpresa puso en mis manos 300 francos como un anticipo para que atendiera mis gastos más urgentes. Me relevó otra modelo, Dominique, una joven negra de La Martinique, de singular belleza. Me enteraría así que es costumbre de la boutique tener un turno adicional de las cuatro a las siete de la tarde, de cara principalmente a las digestiones imprevisibles del turismo, del que París es la capital del mundo.

No voy a olvidar este día: 28 de abril de 1939. Siento que mi vida sale de una bruma de oscuras confusiones, de limitadas perspectivas. La guerra, reina de lo inmediato, la supervivencia a un costo cruel, las relaciones humanas trastocadas y sumidas en los subterráneos de la irracionalidad imperativa. Hasta ahora he podido entender que la ilusión amorosa despertada en un guerrero seductor, víctima de su propio destino, ha sido una nube frágil y tentadora. Tan densa ha sido esa bruma que hasta ahora recuerdo que el 26 de febrero cumplí 22 años. He llevado a la familia Egocheaga un fino surtido de chocolates franceses, estupendamente empaquetados, como muestra de gratitud por sus imborrables atenciones a Líber. Hay lágrimas en el rostro curtido de la asturiana Amapola, en una despedida a la que se suma el duelo por la incertidumbre de su futuro. Todo transcurre tan rápido que Líber, extrañado sí, pero conducido por la mirada cariñosa de su madre, apenas se despide y simplemente larga a Amapola un "¡Hasta mañana, tía!". No pierdo tiempo y me encamino en un taxi a la cita que tengo con el Colegio Montford. Durante el trayecto he explicado a un inquieto Líber que he empezado a trabajar, que he cambiado de vivienda, por no decirle que de vida, y que necesito internarle en un colegio donde va a aprender muchas cosas. Los domingos los pasaremos juntos. Lloriquea un buen rato; yo también lloriqueo, pero le transmito un intenso amor de madre como jamás lo había sentido, hasta tranquilizarle. Cumplo los requisitos del Colegio Montford. La influencia de Madame Chanel ha permitido el ingreso a medio curso. Pago por adelantado el trimestre de Líber, y éste me besa y me musita al oído: "¡Visca la Libertat!". El amor se ha hecho lágrima cuando Líber me ha llamado "mamá Ita", su abreviatura de mi nombre.

He cambiado mi ropa y mis cosas a la habitación sencilla y aireada, cama amplia y dos grandes espejos. El hotelito es de dos pisos con doce habitaciones. La mitad de ellas ocupadas por personal de Madame Chanel. En la primera planta se encuentra la tina-baño de uso general por turnos de días y horas. Ambiente aseado y perfumado. Ceno un bocadillo de queso y jamón, hojeo una revista de modas y duermo tranquila. A las diez en punto estoy en la boutique. Es una rutina que repetiré los seis días de la semana, bajo la mirada vigilante de Madame Chanel. Me he ido especializando en las ventas de "las mujeres que saben lo que quieren", quizá por el uso deliberado de palabras en los idiomas que domino, quizá porque inspiro confianza por lo que Madame Chanel llama "belleza recatada". "Eres una vendedora con gancho", me dice con cierta picardía. Bueno, lo cierto es que soy la que más comisiones recibe en las liquidaciones semanales, al extremo de que Madame Chanel me ha condonado su préstamo de 300 francos. Con las demás modelos suelo coincidir en la mañana a la hora del desayuno, en el café con leche y los deliciosos croissants franceses con mermelada y mantequilla. Entre mis nuevas compañeras hay una belga, una sueca y una húngara. Las tres restantes son francesas. El trato entre nosotras es abierto y sin reparo alguno. Suelen salir en las noches a los grandes restaurantes, invitadas por gente adinerada y divertida. Hacer el amor es rutina entendida y puede ser un gozo o un fastidio, según las circunstancias. Sin embargo, para ellas no existen límites, se divierten y al día siguiente intercambiarán experiencias y desvergüenzas. En una de las noches pasadas fui invitada al Maxim's por Ruth y Dominique, ambas francesas, y sus parejas respectivas. A mí me tocó un parisino simpático que se había hecho rico importando naranjas valencianas. Bailamos y cantamos, bebimos y brindamos sin pasar de allí. Volveremos a reunirnos para escuchar a Maurice Chevalier, el gran astro de la canción francesa.

En medio de estos signos favorables de vida, casi olvidados los días ilusos de espera, mi pensamiento se ha concentrado en Líber por encima de todo. El Colegio Montford para internos ha sido un acierto. Está estupendamente atendido y después de unos días de tempestuosa rebeldía, Líber se ha ido adaptando y sobresale por su inteligencia y carácter, según me informa la directora del Colegio. Por su nivel de comprensión, por la facilidad con la que está aprendiendo el francés y por su destreza en los juegos que se practican, le han situado en el segundo grado de párvulos, el de los más adelantados. Los encuentros dominicales son para mí la gratificación mayor, fiesta de los sentidos, alboroto de las emociones. Me conmueve cuando busca mis brazos y repite, como si fuera una plegaria "mamá Ita... mamá Ita". Me he ido acostumbrando a su abreviatura y me suena en clave de amor, de posesión exclusiva, el oído pegado a la memoria evocadora del corazón en el día a día de mi nuevo oficio. Le llevo al parque Monceau, que se ha hecho referencia y cita de nuestro recuerdo común. Los domingos, el parque se llena de público de todas las edades, pero en él reinan los niños y la visión celebratoria de las flores enjardinadas, con la suavidad y la fuerza de sus colores. Tan despierto como es he llevado a Líber a comer a un restaurante típicamente francés, la Brasserie Lorraine, próximo al parque. Ha probado tan campante un marisco de mi predilección, las ostras, y ha repetido. Ha disfrutado especialmente las patatas fritas que acompañaron a su filete de carne y el Charlot, un sabroso postre concentrado de chocolate. Y le ha divertido mucho el negrito, vestido a la usanza tunecina, encargado de servir el café oloroso. Gozo las ocurrencias de Líber, entreveradas, a veces, de las aventuras de los personajes de Julio Verne, que les cuentan en el Colegio Montford. No aspira a representarlos, sino a ser un Julio Verne y emprender con él un nuevo viaje alrededor de la tierra, bajando en Hong Kong. ¡En Hong Kong, precisamente!

El trabajo en la boutique ha ido muy bien y Madame Chanel me pide frecuentemente que modele sus vestidos y trajes. Mujer aleccionadora no me regatea sus enseñanzas. Y me recuerda: "Tienes un cuerpo ideal para hacer lucir cualquiera de mis prendas. Las grandes señoras suelen creer que el modelo probado lucirá en su cuerpo como si fuera el tuyo. Respeta la ley y no te apiades de las señoras aparentemente piadosas. Ellas lo necesitan para competir venturosamente con las exigentes señoras de París o Londres o seducir al caballero en turno, soltero o casado".

Al mes aproximadamente de mi trabajo ocurre algo que me sorprende y halaga a la vez. A la boutique, a la hora del mediodía, ha llegado una pareja china, de habla francesa y de buen aspecto. De mediana estatura él, relativamente joven y elegantemente vestido; ella de bella estampa, pechos y trasero opulentos, también de mediana estatura, tímida y muy pendiente de las indicaciones de su acompañante. En un santiamén, Madame Chanel se ha adelantado a recibir efusivamente a los visitantes, con todos los alardes de la cortesía francesa. Signo indiscutible de que se trata de clientes de clase superior. En efecto, sobre el mostrador se han ido acumulando compras inusuales. Faltaba un vestido de noche. Madame Chanel pide mi auxilio, pese a la diferencia de tallas. Pruebo varios modelos hasta que el señor chino elige uno, de color perla, el más exclusivo y único, por su alto precio. Lilly se encargará de ajustarle a las medidas de la tímida señora, que habla en un idioma desconocido para mí, creo que es el cantonés. El señor chino no ha dejado de mirarme hasta el difícil punto de turbarme. Paga con un cheque y advierto que con él ha dejado un papelito escrito en forma de recado, después de conversar misteriosamente y en voz muy baja con la patrona. Reverencias y merci, merci, merci con tonada de estribillo en la despedida. Madame Chanel me lleva a la trastienda, contagiada del gesto misterioso del hombre que acababa de salir. Me dice que el señor Cheng-Xiao es un acaudalado empresario de Hong Kong, uno de sus primeros clientes, con sus dos hermanos. Me ha preguntado quién eres y le he contado lo que sé de ti y las buenas notas de tu comportamiento. Le has impresionado profundamente y me ha dejado este papelito, invitándote a cenar mañana en La Tour d'Argent, que es uno de los más famosos restaurantes de París. Me aclara Madame Chanel que es la primera vez, desde que le conoce, que procede así y "ten en cuenta que mi boutique se distingue por sus guapas modelos y los grandes magnates". Dudo, no sé qué contestar. El hombre viene acompañado de una espectacular mujer, y esto me huele a la aventura de un clásico turista oriental de ostensible riqueza. Madame Chanel me aclara que tanto el señor Cheng-Xiao como sus hermanos tienen la costumbre de viajar con mujeres distintas, a las que agasajan y exhiben en una especie de concubinato que es habitual en Hong Kong y por aquellas tierras. Me suplica, finalmente, que acepte la invitación. Dudo mucho, pero no puedo negarme.

El señor Cheng-Xiao me recoge, a bordo de su Rolls-Royce, con chofer uniformado, entre las miradas curiosas y pícaras de mis compañeras de hotel, deseosas seguramente de análoga aventura. Prefiere hablar en inglés al saber que es un idioma que domino. Para él, el inglés es su lengua acostumbrada, aprendida desde niño. En el automóvil nuestro diálogo ha sido escaso, de cumplimiento social. Sólo al pasar ante el Museo de Louvre ha roto esta frialdad para demostrarme que lo conoce muy bien y hablarme entusiasmado de los pintores impresionistas y los grandes maestros del Renacimiento. Le gustaría que aceptara una nueva invitación para descubrir por afuera y por adentro los secretos del Museo y el proyecto arquitectónico de transformarlo. En La Tour d'Argent nos esperaba la mesa reservada con su espléndida vista de la noche parisina. Me atreví a preguntarle por su señora y su respuesta rompió lo que hasta ese momento era una conversación convencional. Me repitió la explicación que me había dado Madame Chanel —dama de compañía únicamente—, y que no tardaría en confesarme que era soltero, libre de todo compromiso, con el deseo de casarse pronto "con una mujer como usted". Mientras digería este nuevo asombro de mi existencia, a salvo ya de aturdimientos y decepciones, quise evadirme. Ese tipo de trato no iba conmigo, ni estaba dispuesta a aceptar sus riesgos, no sin agradecerle su imprevisible propuesta. Y le dije: "Usted no sabe nada de mí, ni yo de usted. Hong Kong es para mí un territorio lejano e ignorado todo él, salvo que es gobernado por los ingleses y será traspasado, a fin de siglo, a China". Ante la mirada penetrante de mi anfitrión, agregaría: "Los multimillonarios imponen su poder absoluto y mandan por completo en el mercado de los gustos más extravagantes. Las señoras son las compradoras principales de las famosas boutiques de París y los señores sus asiduas víctimas". Agregaría que: "de China sólo conozco dos novelas de Lin-Yu Tang. Soy una española que ha participado en la guerra civil, en el bando republicano, y todavía no me repongo de sus traumas. Mi desamparo hipoteca mi independencia". Para mi sorpresa el señor Cheng-Xiao estaba al corriente de lo sucedido en España y no simpatizaba con Franco. Uno de sus mejores amigos en París es Picasso, precisamente enemigo de Franco. No niego que esta coincidencia animó la conversación. Nos miramos sin parpadear. Pero no quise engañarme. Rota la distensión, mi nombre Margarita pronunciado suavemente en español con las dificultades de sus erres, prestaría oído atento a lo que Cheng-Xiao explicaba como su teoría de la mirada, un lenguaje que según él, va derecho a la verdad de los sentimientos y los identifica mejor que las palabras. Al menos, en su experiencia personal, las grandes decisiones las había tomado, con éxito, guiado por las claves secretas de la mirada. "Cuando ayer la vi en el probador de la boutique, antes que en su lindo cuerpo me fijé en sus ojos, y sus ojos me transmitieron el mensaje que he venido esperando desde hace años, el del amor. Si usted es tan libre como yo, le propongo un matrimonio para el que desde ahora acepto todas sus condiciones." Me tomó delicadamente las dos manos y luego me invitó a brindar con las últimas copas de Dom Perignon. Antes de despedirnos, ya tarde, me insistió en un punto que apenas había abordado en la cena: la guerra europea es indetenible y las ventajas estaban del lado de los alemanes. Hay que salir pronto de Europa. "Volveré, Margarita, para regresar juntos a Hong Kong", me dijo, afirmando que él era un hombre serio y yo la mujer de su vida.

He tardado mucho en dormirme. No es el hombre frívolo que temía. Creo en lo del lenguaje de la mirada. Siendo una mujer fuerte, la mía al encontrarse con la suya, acaso por la energía que irradiaba, ha puesto a temblar mi corazón. La proximidad de otra guerra europea es tema de periódicos y de las conversaciones de cada día. Si Hitler triunfa, como anticipa mi pretendiente, es un aviso de algo que no había pensado hasta ahora: la Laureada con que me premió la República será una segura condena de muerte si caigo en poder de los esbirros franquistas. Ni Francia se salvaría, ni nos salvará. Que la cena empezara con caviar, gustándome, me hizo recordar por unos instantes el caviar del doctor Negrín y las ilusiones nacidas a su conjuro. Obviamente, lo que más me preocupa es la suerte de Líber. No puedo abandonarlo de ningún modo. Soy su madre, me siento su

madre a todos los efectos. Desperté tarde y me sentí aver-
gonzada. Por primera vez sería impuntual más que impun-
tual. Son las doce del día, la hora de comer de los franceses.
Pero, contra lo que sospechaba, me ha recibido una Mada-
me Chanel sonriente, cariñosa. No tardo en saber el moti-
vo. Mister Lee Cheng-Xiao acaba de despedirse de ella con
un doble encargo: el de que me convenza de que se ha ena-
morado de mí y que desea formalmente el matrimonio, y el
de que mientras él regresa a París, en cuestión de 30 días,
me instale por su cuenta, en una habitación del Grand Hô-
tel, en la plaza de la Opéra. La escucho contagiada con ese
espíritu de magia cautivadora que inspira París. Madame
Chanel es una de sus fieles intérpretes y despliega todos
sus encantos para hacerme ver las ventajas del porvenir que
se me ofrece. "Mister Lee Cheng-Xiao es de padres chinos,
nacido en Hong Kong y Hong Kong es uno de los países
más cosmopolitas del mundo. No debiera aconsejarte esta
nueva situación de tu vida, porque con tu marcha, es mo-
mento de que te lo diga, voy a perder a mi mejor vendedora.
Pero he tenido la oportunidad de conocerte y admirarte por
tu sencillez y talento, como si no supieras que eres una mu-
jer bella y muy atractiva. La guerra española posiblemente
ha dejado cicatrices dolorosas en tu alma." Hizo un peque-
ño silencio, como de diálogo con ella misma, para después
aconsejarme: "Debes superarlo todo y convencerte de que,
siendo una mujer joven, tienes que vivir de cara a tu futuro
y no a tu pasado. Decídete; si no lo haces podrías hundirte
en el arrepentimiento. Este caso tuyo es único y debes apro-
vecharlo".

Percibo la sinceridad y el repentino cariño de Madame
Chanel. Es, además, por razones de destino, la única perso-
na cuyo consejo hubiera buscado de todos modos. Me da re-
paro el cambio de hotel, porque pienso que equivale a un sí
anticipado, a una hipoteca. El mes de mayo, en sus últimos
días, ofrece una primavera retardada que disfruto en un
París pródigo en encantamientos, ajeno a las amenazas de
la guerra, cada vez más insistentes. Ya no recordaba que
fueran tantas las cosas que me gustaban y seducían. En la
guerra, la memoria es una facultad que se eclipsa rápida-

mente, dejando su espacio a los resentimientos, a las venganzas. Madame Chanel me apremia, considera exceso de egoísmo, y no un temor propio de mi inexperiencia, que aspire sin ningún riesgo a una decisión de tanta importancia personal. Irremediablemente, desde mañana, habitaré el Grand Hôtel. La noticia ha trascendido entre mis compañeras de trabajo, que la festejan, al igual que Madame Recamier, la dueña del hotelito que presume de una tina de baño de uso común para toda su clientela. La higiene siempre ha llegado tarde a Francia. Quizá, por eso, han inventado tantos perfumes. Soy el sueño de cuantas me rodean, incluida Lilly, que me habla de su novio, Pedro, un refugiado español de Valladolid, que diseña anuncios luminosos. Le ha contado mi caso. Influidos por él, han resuelto vivir juntos desde la próxima semana, sin más noviazgo ni trámites.

Absorto, la mente arrinconada en la intensidad de lo conocido, el cuerpo como acalambrado, la lectura del primer capítulo del Diario de su madre a él dedicado, ha puesto a Líber en trance gravitacional, en esa resaca donde la voluntad humana desaparece y convierte todo en nebulosa, en estado inerte, exhausto y confuso. Algo había vislumbrado, pero nunca una realidad o aventura tan sorprendente y apabullante. Líber ha renunciado a dormir. Sería un intento vano. El amanecer, sin percibirlo, le ha envuelto en sus claridades. Deja a Evelyne en su sueño prolongado de mujer feliz y prefiere darse una ducha de agua fría que aviva sus sentidos y lo reinstala en la memoria. Baja al comedor de la intimidad, donde su madre, previsora, ha esperado a su hijo con un desayuno tempranero a sabiendas de que la lectura de las páginas iniciales de su Diario habrían de calar hondo en la sensibilidad de Líber, estremeciéndole como a ella la estremecieron al escribirlas desde la lejanía de un Hong Kong que no había borrado de su memoria la retirada de Barcelona y el encuentro con Líber, superviviente del terrorífico bombardeo aéreo de Figueras.

Líber envuelve a su madre en sus brazos atléticos y la

besa con pasión, en un diálogo silencioso, como si en él cada uno quisiera expresar su pensamiento de enfoques propios, hijos de una experiencia distinta, pero fundidos en una misma emoción. Ambos quieren hablar, pero es Líber el que rompe el prolongado silencio, con pulso todavía tenso:

–Rotos los enigmas que ahora explican mi destino, todavía no me repongo de lo que ellos significan en el rumbo de mi vida. Todas mis intuiciones, algunas soterradas por tus confidencias, se han disuelto en esas horas de lectura, verdadero desafío a la imaginación frente a su realidad. A ratos, más que mi aventura, que nuestra aventura, creía leer una novela cinematográfica, en que todo se volvía imagen, con una heroína de guerra y de paz: Ita, mi madre. ¡Qué lección, la tuya, de ternura amorosa y de abnegación inteligente! Ella ha gobernado mi vida, pero hoy estoy consciente más que nunca de lo muchísimo que te debo. Tu Diario es ya, para mí, un evangelio de generosidad y gratitud, sin esperar a leer las páginas que siguen.

Una mirada resplandeciente de plenitud, el tono azulado de sus ojos embelleciendo el instante, acompañan las palabras de Ita:

–Tu reacción, Líber, justifica mi Diario y vence las dudas que pudieran asaltarme al escribirlo. Hubiese sido un acto de egoísmo que no me habría perdonado. Eres el hijo soñado, como Lee ha sido un esposo impar, con el cual todo ha sido posible. Seguramente, en el fondo, este episodio pertenece a la historia anónima de una guerra civil, en la que no todo fue odio y crueldad. Dentro de sus fanatismos y excesos, los que defendimos la bandera republicana, más aún en mi antecedente familiar, fuimos en gran parte, seres con ideales.

Más serena, Ita le dice a su hijo que las páginas por leer completarán la aventura vivida con sus nuevas sorpresas. Algo le inquieta, de su parte, y le pregunta a su hijo:

–¿Qué ha quedado en tu memoria, qué momentos recuerda el niño precoz que fuiste?

Líber cierra los ojos, como en una ensoñación, y va desprendiendo de ella las imágenes que su madre desea:

–Tengo un recuerdo confuso del ruido de las bombas y del estrépito de las casas al derrumbarse. Me veo llorando solo, en la calle, después de que alguien me extrajo de debajo de una cama, por lo que he deducido que tal circunstancia salvó mi vida. Casi ahogado por el polvo, sin poder respirar, entre los escombros de nuestra casa y la casa vecina, traté de buscar a Libertaria, la madre que me engendró y me enseñó a gritar: "¡*Visca la Libertat!*". De ella conservo borrosamente un rostro quemado por el sol y un cinturón del que colgaba un pistolón amenazante. Cuando caí en tus brazos, creía que eras mi madre. Me veo, envuelto en una manta, dentro de un automóvil, conducido por ti. Un miliciano cojo me regaló su sinfonía, la cual fue mi primer juguete. A ti te identifico, sin dejar de llamarte madre, cuando comimos y dormimos en el hotel de Perpignan. Enseguida me encariñé contigo con lloros y risas de un hijo que ignoraba tu propia aventura. Me acuerdo de mis peleas en París con Ramoncín, al que llamaba "Cara Quemada", olvidando que él también había sido víctima de un bombardeo aéreo en Gijón.

A punto de concluir el espaciado desayuno, repetidas por Líber las tazas del excelente café colombiano, apretó las manos de su madre y dudó antes de hacerle una pregunta que le parecería delicada. Ita no quiso que la callara:

–Por tu Diario comprendo claramente, porque no lo ocultas, tu situación al encontrarte a un niño que no pudiste dejar en Perpignan, ni en París. ¿Qué ocurrió dentro de tu intimidad para cambiar el curso de mi vida?

–He necesitado que transcurra el tiempo, acumulando reflexiones y experiencias, para explicarme a mí misma esta situación.

–Verás —continuó Ita tras de una larga pausa. Cuando llego a Figueras sufro la confusión de la derrota, guiada por la imprevisión de los acontecimientos. El mito seductor de Negrín me prendió en sus garras. Al entregarme la Laureada, acaso envanecida por tal honor y el no menos fuerte del aparente enamoramiento del jefe del gobierno, con evidencias superiores a la mente de una novicia como yo, me produjo una turbación inédita en mi vida, asediada por la calidez de un hombre de exuberantes energías, con esa irradiación que emana del poder político, sobre todo bajo los apremios arbitrarios de una guerra, a punto de perderse. Así de confusa andaba al encontrarme contigo, pendiente de una cita que nunca se realizó.

–Entiendo

–Pero algo, incluso más profundo, me ataba a ti, según pasaba el tiempo. Sin percibirlo entonces, depositado en los secretos de la conciencia, tú eras un niño superviviente de un bombardeo aéreo, como yo también lo era, en otra circunstancia, el que acabó con mis padres y mis dos hermanos. Esta sensación de orfandad, por analogía solidaria de sentimientos, fue la que impidió realmente que te alejara de mí. ¡Eras mi hijo! Lo eras con la misma firmeza con que me enrolé en la causa republicana, siendo de una familia conservadora, una niña bien al estilo catalán, en protesta compulsiva por su trágico asesinato y la impresión que me produjo, como explico en el Diario. La cercanía de la muerte genera un imparable enloquecimiento, donde las cosas se hacen sin pensarlas o despreciándolas.

–¿Puedo hacerte una pregunta final, cuya curiosidad sabrás comprender?

–Por supuesto, Líber.

–¿Hasta qué punto es cierto que mi padre fue Buenaventura Durruti?

–Ésa fue una versión del viejo catalán que te vio salir indemne del bombardeo de Figueras, creyendo quizá algún dicho de Libertaria, tu madre, para justificar el poder e influencia con que tan rápidamente fuisteis instalados en la casa que destruyó el bombardeo de la aviación franquista. No eché en saco roto tal versión e investigué varias pistas, incluido el viaje especial a Toulouse y México para hablar con los anarquistas cercanos a Durruti. Lo leerás más adelante, en mi Diario. No encontré un testimonio enteramente válido de que Durruti pudiera ser tu padre. Alrededor de su leyenda, declarado el amor libre en la columna que mandaba en el frente de Aragón, la anarquía no sólo fue el nombre de una ideología, sino madre de todas las dudas, hazañas, heroísmos y excesos. Tampoco, por lo mismo, deseché totalmente la versión, como comprobarás después.

Evelyne se ha incorporado al desayuno en el sitio que le estaba reservado, y escucharía como algo ajeno a su interés la explicación que Ita daba a Líber sobre el resto de la familia, al morir sus padres y hermanos:

–El único apoyo familiar que me quedó fue la abuela paterna, doña Montserrat, sorda e indiferente a todo lo que acontecía, fallecida a los pocos meses. Mi abuela materna y sus dos hijas vivían en Dublín, en el castillo de los O'Farrill y nunca supe nada de ellas. El hermano Aurelio de mi padre, con su esposa y un hijo menor, se habían pasado a territorio franquista, bando a cuya sublevación contribuyó económicamente, pues era la rama familiar más adinerada. Nunca me preocupé de ella. Luego supe que, a su regreso a Barcelona con las tropas nacionales, anduvo buscando a su sobrina roja, agente del SIM.

Y sin más se reanudó la charla *oficial*. Líber lee entusiasmado un informe último que habla del éxito de los talleres del Centro de Investigación y Combate contra la Pobreza. Por tercera vez, un estado estadunidense, ahora California, ha solicitado el envío de dos mil carpinteros y albañiles, con contratos de honorarios vigentes en el país, con la opción de nacionalizarse después de dos años de trabajo. Al margen de otras inmigraciones, Estados Unidos ha preferido los servicios profesionales, especializados del Centro de Investigación y Combate contra la Pobreza por su aportación de obreros calificados, con buenos antecedentes, de origen diverso, con predominio de hindúes, filipinos y brasileños. Además, Líber ha autorizado la compra de un excedente de ochenta mil toneladas de cereales de Estados Unidos, a 50% de su precio en el mercado, con destino a las becas alimenticias del Centro. Ita no disimula su satisfacción por la forma en que Líber está cumpliendo el compromiso que contrajo con su madre. Evelyne admira a su esposo, un catedrático de letras en Harvard, metido en Hong Kong en tan importantes actividades especulativas.

Durante la cena, el asunto que más les preocupa es la cita con Mao dentro de dos semanas. Sus mensajeros se lo han recordado a Ita. Líber se ha puesto en contacto telefónicamente con su profesor Roberto Mariscal, quien no ha olvidado el asunto y ha estado trabajando sobre él, anticipando con gran seriedad que la entrevista con Mao tendrá trascendencia histórica, más allá de la simple donación de una colección artística. Es un anticipo que acrecienta la atención y el interés de madre e hijo ante la curiosidad y algún asombro de Evelyne. ¿Qué salida ha encontrado el profesor Roberto Mariscal que justifique un anuncio tan rotundo? Confiemos en él —dice Líber a su madre—; es un hombre nada fácil al optimismo y a la exageración. En días posteriores se afinan otros detalles. Mao ha avisado que estará solo en la entrevista, con su intérprete, porque ha comprobado que Ita domina muy bien el mandarín y, en caso necesario, el cantonés. Líber y el profesor Roberto Mariscal, formarán parte de la cita, fijada para los días 28 y 29 de febrero. Líber ha hecho una súplica encarecida a su madre, que ésta sabe comprender: que antes de la junta planeada pueda leer el segundo cuadernillo de su Diario.

Con la ansiedad del que busca agua para una sed insaciable, Líber acomete la lectura del segundo cuadernillo del Diario de Ita, recordando la frase del sabio inglés de que estar vivo es sacarse la lotería en cada minuto.

He seguido visitando a Líber, paseando con él. Le he llevado conmigo a un concierto musical a la Salle Pleyel, en homenaje al compositor francés Maurice Ravel y, lejos de abu-

rrirse, ha compartido conmigo el interés musical, imitando mi entusiasmo, sin perder de vista la reacción del público que abarrota la sala. El Bolero de Ravel es para mí un recuerdo de infancia, porque era una de las pruebas de piano en mis estudios escolares de Ginebra. Luego, en los comienzos de la guerra civil, cuando salvé la vida milagrosamente, fue la película que me conmovió entre el estallido de las bombas asesinas. De paso, comimos en Brasserie Lorraine, el restaurante del tunecino negro que sirve ceremoniosamente el café, el buen café de la casa. Líber devoró un plato de patatas fritas, diciendo al camarero que eran el mejor invento de Francia. El camarero, nacido en Bruselas, le rectificó y en voz baja le informó que eran un invento belga. De regreso, la directora del Colegio Montford ha vuelto a felicitarme: "Su hijo se comporta excelentemente, ha aprendido con rapidez el francés, es un niño de iniciativas y pensamientos impropios de su edad. Si sigue así, obtendrá diploma de honor". Mi hijo... Cuando lo oigo mi conciencia se halaga nuevamente y me apropio de lo que debe ser un amor de madre en la plenitud natural del título. Por supuesto, Líber cuenta prioritariamente en el diálogo que tengo entablado conmigo misma, como parte inseparable de nuestro mismo destino, a la hora de hablar con Mister Lee Cheng-Xiao. No he dejado de cumplir mis horarios de trabajo en la boutique, por más que Madame Chanel ha querido liberarme de ellos, a lo que me resisto porque estoy consciente y agradecida de ser la vendedora estrella de la tienda, "la joya de las modelos", conforme el título que me ha adjudicado la exigente patrona. Lo que me ha permitido reunir unos ahorros suficientes para atender desahogadamente mis necesidades inmediatas y planear unas vacaciones veraniegas de quince días por Italia en unión de Líber. La ropa femenina, que es lo más caro, no me cuesta nada. Me he comprado un collarcito de perlas cultivadas y una sinfonía alemana en sustitución, por inservible, de la que le regaló a Líber el miliciano cojo que transportamos en Banyuls, camino de Perpignan. Leo a Víctor Hugo; me ha interesado su biografía, tan apasionante en sus amores y tan rica en sus anécdotas. Comparto la creencia de quienes le consideran la más alta *figura de la literatura francesa. No me extraña que su entierro convocara en París a la mayor multitud antes reunida, más de un millón de asistentes de todas las clases sociales. Mi curiosidad me ha llevado a visitar su tumba en el cementerio de Père Lachaise. En las noches estoy pendiente de las llamadas telefónicas de Cheng-Xiao, a quien agradezco los hermosos arreglos florales que me envía al hotel, lo que contribuye a que los conserjes —dueños, confidentes o alcahuetes de los secretos hoteleros— me traten con especial deferencia, intentando averiguar más de lo muy poco que saben de mí. Cheng-Xiao me reitera su amor, me recita y me dedica ofrendas poéticas de Víctor Hugo y Baudelaire. El hombre de negocios, me parece que está siendo reemplazado por un ser romántico, a cuyos testimonios soy sensible. Todavía no me ha arrancado el sí que aguarda, pero tiene la delicadeza de saberlo o presentirlo por la vía de los hechos y las percepciones consecuentes. Me anuncia que el 15 de junio llegará a París y le confirmo que Madame Chanel tiene arreglada mi visa de salida de Francia, en caso de que la necesite, porque ya nadie duda en Europa de que estamos en vísperas de una nueva guerra, inevitable como él me lo anunció en La Tour d'Argent.*

Necesitada de amor, después de una guerra que me ha destrozado la vida, llenándola de soledad, he ido cambiando de actitud con respecto a Lee. He creído ver en la persistencia de su mirada limpia, sin atavismos de engaño, al hombre que puedo amar, después de no haber amado a nadie, hasta ahora, de una manera efectiva. Me atengo no sólo al diálogo selectivo de los ojos, en el que tanto confío, sino a las reiteradas recomendaciones de Madame Chanel, una mujer experta que ha conquistado rápidamente mis sentimientos por encima de su fama de alcahueta. Pero hay un factor decisivo que he ocultado a Lee y que éste quizá no adivine, al dar el paso que ha dado. Se trata de mi situación en Francia, protegida por un documento de trabajo que carecerá de validez ante los agentes de Franco si me capturan, desplegados ya por Francia, ante el pronóstico de una guerra victoriosa de Hitler.

Lo que pesa en mí, ante todo, es el destino de Líber, de Lí-

ber al que ya he adoptado como hijo, libre de toda orfandad.
Es una adopción hecha con mucho amor que ha crecido en
mis entrañas, día a día, en cada una de las horas compartidas. Deberé planteárselo a Lee. Será, también, una medida
de su amor y comprensión.

Un ramo de doce docenas de rosas, preparadas con la estética propia de las florerías francesas, ha anticipado en el
Grand Hôtel el arribo de Lee a París. Pero yo no he interrumpido mi rutina de trabajo y Lee acude a buscarme a la
tienda de Madame Chanel, todos halagados por el Rolls-Royce y el chofer de librea que ha transportado a Lee, provocando otra vez el revuelo natural entre mis compañeras
y clientes. Trato de esconderme, huyendo del espectáculo
que sólo yo provoco, hasta que Madame Chanel me empuja, prácticamente, a los brazos de Lee que me aprieta entre
ellos y me besa en los labios con tanta intensidad que me
conmueve, en una impresión inédita de mi vida, después
de haber experimentado tantas. Mi corazón está más que
propicio a este amor que recibo en el tránsito zenital de mi
destino. Bien sé, muy adentro del corazón y de mi porvenir, el instante inesperado que estoy viviendo, como si me
tutelara el milagro de una luz divina, entre los escombros
que amenazan borrarla. Ha transcurrido mes y medio desde la cita anterior en La Tour d'Argent. Allí acudimos de
nuevo mientras languidece el mes de mayo de 1939, el año
triunfal de Franco y el de la humillación de Chamberlain
por Hitler. El restaurante, como de costumbre, se encuentra
pleno de comensales, el placer digestivo de su famosa cocina unido al placer visual del paisaje nocturno de un París
que sigue siendo la capital refinada del mundo, capital
también del reino literario, como si nada pudiera turbarla.
Brindamos con Dom Perignon. Mi inocultable sonrisa está
en plena sintonía con la sonrisa abierta y dominadora de
Lee, en la que ambos, sin disimulos, nos hemos acercado a
una comunión amorosa, impensable para mí tan sólo hace
unos días. Tras de elegir el delicado menú —delicias de salmón marinade con anguila ahumada y relleno oriental de
pavo—, Lee me entrega un estuche de Cartier que abro con
cuidado extremo, bajo su mirada terminal, como de novio

ganador. Es un brazalete de oro blanco, montado en finos brillantes. Él mismo se encarga de ajustármelo en la muñeca izquierda. Yo envuelvo en un pañuelo el reloj que mis padres me regalaron al cumplir 15 años. Un beso suave corona el brindis de efectiva gratitud. Lee no dejará de tomar champagne, repitiendo una y otra vez el tintineo de las copas de Baccarat al chocar entre sí. Así, llega el momento en que me ofrece un matrimonio inmediato, compartiendo su nueva residencia en Hong Kong. Como sus dos hermanos, está soltero y en la mejor edad para casarse: 33 años. Casi sin respirar, me informa de un seguro de vida con garantía de seis millones de dólares y, en caso de divorcio, por cualquier causa, una indemnización de 20 millones de dólares. Dando por aceptado todo, Lee ya ha hablado con el representante diplomático de Hong Kong en París para formalizar el matrimonio civil la próxima semana y celebrar el religioso un mes después en la iglesia protestante, que es la de su familia en Hong Kong. Serena, controlando mis nervios, he escuchado sin decir palabra, entre el deslumbramiento y el azoro, fijos mis ojos en los de Lee con los efluvios entusiasiastas del éxito. Lee no ha captado, quizá, mi silencio alargado, mientras hemos saboreado con deleite la cena; él lleva la cuarta botella de Dom Perignon. Antes de hablar he tomado con delicadeza las manos de Lee. Le agradezco el precioso brazalete y cuanto hay de generosidad en la propuesta que me ha hecho. Entiende, sin decirlo, que pese a la calidez de su mirada, la mujer que le habla no puede ocultar la imagen de un raro hombre de negocios, como sello de origen. Le disculpo y creo que para nada piensa que trata de aprovechar la situación desventajosa en que me encuentro. Su enamoramiento, me parece, es real, en tanto que el mío apenas se ha iniciado. Le digo también sin disimulos que no me preocupa el seguro de vida, ni la indemnización en caso de divorcio, ni si la boda será por la religión protestante, ni los millones de dólares que representa la fortuna de Lee. Lo que me preocupa es la situación particular de Líber, mi hijo... ¡Mi hijo! Y lo subrayo con toda la firmeza y la dulzura de mi voz. Lee procura consolarme:

–Líber no será problema, te lo aseguro. Le internaremos en un buen colegio de Suiza, donde será espléndidamente atendido. Y después lo llevaremos a una de las mejores universidades de Estados Unidos. Te aseguro que nada le faltará... No me turba la resistencia para llegar a mi verdad. "Fíjate que al hablar contigo de Líber lo he tratado siempre como a un hijo legítimo. Lo que significa que deberá llevar mi apellido y el tuyo, si nos casamos. No quiero, Lee, que Líber sea un huérfano de guerra, sepultado en la riqueza. Me he encariñado con él y lo amo como si lo hubiera parido."

Es Lee quien ahora busca el silencio, ante una situación que no tenía prevista o que no había sabido valorar. Más delicada de lo que a simple vista pudiera parecer, porque el compromiso legal con sus dos hermanos no contempla una sucesión hereditaria que no sea la de entre ellos mismos. Incluso, el matrimonio de cada hermano está sujeto a una cláusula legal que condiciona los derechos patrimoniales. En este punto comprendo que la primera propuesta de Lee carece de objeciones. Pero el hijo, más aún en el caso particular de Líber, no puede entrar de inmediato en el compromiso matrimonial. Habría que estudiarlo.

Los ojos de Lee se han empequeñecido aún más. En ellos leo la consternación y la sorpresa. Tanto había estudiado Lee su plan que le contraría mi revelación, sin dejar de desalentarse. En el fondo, imagino, es la puesta a prueba de una mujer a la que no le basta la belleza física, sino la otra, la que Lee más admira, la belleza espiritual. Me niego a considerarme un despojo de la guerra civil española. En las circunstancias actuales, la de una mujer que tiene reservada una sentencia de muerte, es peligro que no la arredra. Es un episodio histórico que estoy dispuesta a protagonizar con valor y sin odio, a la vez. Lee me habla, sorbiendo la última copa de champagne, conmovido por el acento dramático de mis palabras.

–Ita, existe un impedimento legal en el contrato que por inspiración de mi padre suscribimos los tres hermanos al recibir su herencia. No dudo que fue elaborado para evitar los riesgos y maldades que suelen ocurrir en Hong Kong en los frecuentes casos de las herencias familiares. El dinero y sus codicias separan más que unen. En nuestro caso no ha surgido este tipo de diferencias. Todo lo resolvemos de común acuerdo y se nos cita como un ejemplo en nuestra clase empresarial. Somos distintos, pero hemos aprendido a ser iguales, reto el más difícil de la vida.

Y continúa:

–En realidad no estudié bien la situación de Líber y no medí lo que Líber significa para ti. Lo único que puedo decirte es que eres una mujer única y que ahora te quiero más que antes. Déjame que regrese a Hong Kong y encuentre con mis hermanos la fórmula más adecuada. Te pido sigas en el Grand Hôtel y no te separes de Madame Chanel, pero conservando nuestra conversación en el máximo secreto.

A las puertas del Grand Hôtel, sin atreverse a subir a mi habitación, como en principio creo que tenía planeado, Lee me besa con efusión y me despide con una promesa, la voz casi entumecida pero clara:

–Volveré por ti antes de que se declare la guerra.

No dormiré en toda la noche. ¿He desbaratado una solución de vida de la que tendré que arrepentirme? Ni Madame Chanel ni mis compañeras sabrían entenderlo. ¿Volverá Lee o su buena voluntad será derrotada por sus hermanos, insensibles a su planteamiento? ¿Me habré excedido? Si así fuese, estoy segura que nunca me hubiese perdonado el abandono de Líber. Es un niño que se ha hecho carne de mi carne. La aventura que nos une es más poderosa que la de un hijo natural. El parto puede ser un sello de legitimidad, pero no garantía del sentimiento depurador que le sigue, en el escenario de una guerra, cuando la muerte borra cruelmente el derecho a la vida. ¿Podría olvidar en el remoto Hong Kong, envuelta en las redes de la riqueza, a aquel niño superviviente único que se me apareció en aquella mañana imprevisible de Figueras, entre nubes de polvo mortífero, con su grito desgarrador: "Mamá, Mamá, ¡Visca la Libertat!"? ¿Puedo olvidar que mis padres y hermanos desaparecieron todos en uno de los primeros bombardeos masivos de Barcelona? De haberlo permitido, habría hecho de mi vida la peor de las miserias.

Desvelada, me aproximo en este domingo primaveral al

Colegio Montford. Líber me esperaba y se echó en mis brazos más fuertemente que nunca, como si quisiera reiterar el cariño que siente por su madre. De ella habla a sus compañeros de escuela, ensalzando sus virtudes. Pocos ponen en duda que es la mamá más guapa y generosa. A todos les toca el reparto de chocolatinas que suelo dejar a Líber. Hoy, Líber ha pedido a su madre un paseo por la Torre Eiffel, nombre que frecuentemente citan en el Colegio. Subo con Líber hasta el último piso y desde una altura de 274 metros contemplamos las esplendideces de la ciudad de París. Líber no cesa de dar vueltas, arrobado por un panorama que nunca olvidará. Tampoco yo lo he olvidado desde una de nuestras excursiones escolares. París sin la Torre Eiffel no sería el mismo. Es un estereotipo que ha perdurado, consagrado por el turismo. Lo que nunca me he explicado, ni entonces ni ahora, es porqué un grupo de intelectuales, encabezado por Alejandro Dumas, hijo, y Guy de Maupassant, rechazaron el proyecto de la Torre Eiffel, que fue emblema de la Exposición Universal, y mirador del París majestuoso de los 25 puentes. Lo digo en voz alta, como para mí misma, pero Líber escucha y retiene lo que pregunta:

—¿Y por qué esos señores intelectuales no quisieron que se construyera la Torre Eiffel?

—Seguramente —le aclaré— porque ellos no vieron desde abajo lo que nosotros hemos visto desde arriba. O quizá por el desdén con el que algunos vanguardistas intelectuales rechazan muchas audacias para provocar la polémica, que es su oficio.

—¿De manera que la Torre Eiffel estuvo a punto de no construirse? Hubiera sido muy triste, ¿verdad?

Intento atenuar la tristeza de Líber:

—Los grandes proyectos generalmente son polémicos. En el caso de la Torre Eiffel alguien observó en aquel tiempo que entre los opositores figuraban algunos novelistas, que suelen ser mentirosos por naturaleza y oficio.

Comimos en uno de los restaurantitos de los alrededores. Ya me conozco el plato favorito de Líber: un bistec con muchas patatas fritas. Y de postre, un hojaldre relleno de chocolate. Después le llevaría al cine para que viera La vuelta al mundo en 80 días, *novela de Julio Verne, cuyo nombre empieza a serle familiar. Al dejarle en el Colegio Montford, advierto que Líber ha crecido y que es de una fuerte constitución física. Aparenta más de cuatro años, impresión que comparten las profesoras por sus grandes adelantos escolares. Su tez ligeramente morena, y sus ojos oscuros, algo parpadeantes, perfilan a un niño guapo, de carácter, difícil de olvidar. Me siento orgullosa de él y le beso con ternura de madre. Pasar juntos el día ha sido un verdadero bálsamo, después de la noche agitada de la víspera. ¿Qué podrá arreglar Lee con sus hermanos, sin conocerme, Líber de por medio? No dudo de su amor, ni del que me ha contagiado, sensible como soy a sus delicadezas, situándole en ese plano sentimental donde la duda carece de semilla. Sería terrible que me equivocara, pese a las lecciones de vida que llevo acumuladas. Pero en el fondo hay un problema de intereses. Y los intereses son origen de las peores traiciones. Mi confianza pende del hilo misterioso que se hizo fluido energético, como si rozara la piel, cuando nuestra primera mirada llenó de resplandor el alma de nuestras pupilas. Ésa es la confianza que me anima. Lo demás es contingencia.*

De regreso con Madame Chanel atendí a dos ricas clientas que me esperaban para conocer el vestuario de verano. Aunque de diferente edad, se inclinaron por los modelos de color amarillo, uno más suave que el otro. Me consultaron los tipos de blusas más adecuadas y también acerté. Pagaron con cheque y Madame Chanel me hizo uno de sus guiños habituales para indicar la cuantía satisfactoria de la compra. Luego me llamó a su pequeño despacho de pruebas para envanecerse por haber acertado en su pronóstico de que sería la primera vendedora. Está al tanto de mi economía personal y ha visto cómo han crecido mis liquidaciones semanales.

–¿Qué vas a hacer con tus ahorritos? —me pregunta la gran patrona.

–Quiero asegurar una carrera a Líber y mantener una cuenta personal de ahorros, pues soy de las que desconfía del futuro.

–Vamos, Ita, hablas como si fueras una solterona o una viuda. Conmigo no se vale. Si alguien sabe que vas a casarte con un hombre muy rico, soy yo. Y conste que he dado los mejores informes tuyos, a cambio de perder la mejor vendedora de mi boutique.

Lo reconozco, agradecida. Pero contra lo que imagina Madame Chanel, todavía no hay nada seguro con Lee.

–Por favor, Ita, no juegues conmigo. Ese hombre está perdidamente enamorado de ti y me ha vuelto a encargar que te cuide y que siga pagando las cuentas del Grand Hôtel. Cuentas pequeñas y sin lujos, en lugar de las que se acostumbran en este París de mis pecados. ¡Si tú supieras la mitad de lo que yo sé!

Madame Chanel me ha pedido que me siente a su lado con ese aire de confidencia que es propio de las mujeres expertas en los negocios y las experiencias de la vida. Trata de saber lo ocurrido en la última cena de La Tour d'Argent, pues de acuerdo a sus cálculos ya debería estar en camino de Hong Kong. No rompo mi hermetismo y el único comentario que expreso es el de que todo se encuentra pendiente de trámites legales. A la pregunta de Madame Chanel de si amo a Lee, contesto con un sí sobrio. No le contenta a la gran patrona y vuelve a indagar en la vida íntima, más allá de lo mucho que sabe de ella. Es un cerco del que no sabe escapar una mujer sin picardía y sin dobleces. Y la Chanel, diestra como es en estos terrenos esquivos, lo intuye fácilmente. Para ella, un enigma que todavía no ha podido descifrar, en sus varios intentos, es mi pasado amoroso. No concibe cómo la mujer tan atractiva que yo soy, a su juicio, carezca de pretendientes o aventuras sensacionales. Le cuento que cuando estalló la guerra civil española tenía sólo 19 años y que fui educada en colegios muy religiosos en Barcelona y Ginebra. Las chicas de entonces más bien jugábamos a los novios. El que me cortejó en los primeros días de la guerra fue más bien al que quería con cierta inocencia infantil y de ahí no pasó. Sin embargo, Madame Chanel no se contenta con mis explicaciones y hurga que hurga, no creyendo en mi virginidad, llegó a arrancarme, sin poder evitarlo, el único secreto que mi memoria ha *guardado bajo mil llaves. Sí, en mi servicio de enfermera en el hotel Palace de Madrid, me tocó cuidar a un joven moribundo, héroe de guerra por haber derribado doce aviones alemanes. El capitán Redondo, casi barbilampiño, de ojos azules, era visitado por toda clase de jefes militares y autoridades civiles. Los médicos habían recibido órdenes de salvarle la vida a como diera lugar. Él lo sabía y se enamoró de mí, más bien nos enamoramos en una relación íntima casi de cabecera. Su hazaña había llenado las primeras planas de los periódicos de la España republicana. Rafael Alberti y Pedro Garfias le habían dedicado versos inolvidables. Solos en la habitación, mientras le reponía el suero, tuvo fuerzas para besarme con pasión y yo le correspondí. Luego me pediría que hiciéramos el amor. No me negué, atraída por la emoción del instante, conmovida por una petición reñida con cualquier posible razonamiento. Era el adiós a la vida de un héroe. Entregarle mi virginidad, que de hecho no se realizó por imposibilidad física del héroe en vísperas de su muerte, entre feroces bombardeos que podían acabar con una misma, fue una ofrenda de amor y de valor. Así lo recuerdo. Madame Chanel está más emocionada que yo al evocar aquel dramático episodio de guerra. Me rodeó con sus brazos con ternura para mí desconocida, me dio a beber una copa de champagne y me dijo algo así: "Te guardaré el secreto. Nunca he escuchado una aventura igual. Desde que viniste por vez primera, vi en tus ojos que eras una mujer singular. Bien mereces los premios de la vida". Madame Chanel me permitió retirarme, entre orgullosa y avergonzada interiormente, pero sin falsos arrepentimientos.*

He paseado varias horas por las Tullerías, cuya belleza no consiente analogía, acaso sólo simbólica, con el Central Park de Nueva York, según me enseñó mi madre. Olvido por completo la hora de comer, prisionera de mis abstracciones. No sé cómo Madame Chanel me ha hecho confesar el mayor secreto de mi vida. Sin darme cuenta, esta mujer inquisidora me arrancó una página de un pasado que he querido olvidar, porque ahora comprendo mejor que me ha marcado para siempre, despojándome de la careta humana en la que quieren ocultarse los olvidos. He tardado tres días en regresar a la boutique, pendiente de las noticias de Lee. Por teléfono me informa que está tramitando un documento legal con sus dos hermanos para dejar resuelto nuestro matrimonio como yo deseo. El asunto tardará de dos a tres semanas por el tipo de trámite que han impuesto las autoridades inglesas. "Te amo, cuídate", es su despedida. He vuelto a la boutique. Madame Chanel me ha recibido con redoblado y visible cariño, sin aludir para nada a los días de mi ausencia. Mis compañeras de trabajo se muestran orgullosas de mi suerte. Cada una, a su manera, me pregunta si la mujer rica que voy a ser recordará a quienes ahora la acompañan. Les tranquilizo. Les prometo que en mi primer viaje a París les reuniré para compartir recuerdos.

El mes de mayo ha quedado atrás, desbordado por los acontecimientos que he vivido. Líber me espera con impaciencia y me inquiere por qué no vine a verle la semana pasada. Le invento algunos problemas en mi trabajo y me cuenta sus buenos exámenes en lengua e historia. Me pregunta si los españoles no les son simpáticos a los franceses. Le aclaro que en todas las historias se reflejan guerras e invasiones y que cada país las explota a su manera, con favoritismos inevitables. Líber se da por satisfecho, aunque no mucho, porque en una de las clases se peleó con un francesito que abominaba de los españoles, calificándolos de bárbaros por haberse matado entre ellos durante tres años de guerra. Damos nuestro consabido paseo por el parque Monceau, más enflorado y bello que nunca y dejo que Líber corra y participe en un corro de niños y niñas que cantan a la primavera sin que Líber desentone. Diría que su acento francés es casi perfecto. Como estamos cerca del restaurante del negrito tunecino, allá nos vamos. De milagro encontramos una mesa para dos, en un lejano rincón. Líber ya ha aprendido a comer ostras y compartimos una docena. Hoy se le ocurre pedir una ración de patatas fritas exclusivamente y luego un lenguado a la plancha. Yo me inclino por una bullabesa, que es una de las especialidades de Brasserie Lorraine. Para él, un helado de chocolate, y para mí un café servido por el tunecino que divierte a Líber con su esmerado ritual y su gorro. Al salir a la plaza de Thermes, alguien *nos llama. Es Egocheaga, el hombre del* SERE. *Me presenta al doctor Otero, uno de los dirigentes de la entidad, persona de la confianza de Negrín. Como me ve muy elegante, celebra que me haya ido muy bien en París. Egocheaga acaricia a Líber, quien enseguida reconoce a su "tío". Por mi parte, cuento que trabajo con Madame Chanel. Lo que les causa algún asombro. Egocheaga, que conoce bien mis antecedentes, me pregunta si ya tengo arreglado el viaje a América. Extrañado, al no contestarle con la rapidez que espera, me pide que le visite sin demora, comentando con el doctor Otero: "Esta mujer corre peligro y si se declara la guerra no hay quien la ampare". Dejo a Líber en su colegio, disimulando la alarma que me ha causado el aviso de Egocheaga. Mientras, tomo un St. Pellerino, en la concurrida terraza del Grand Hôtel, habitualmente asediada de turistas. Me extraña haber ignorado el riesgo que corro de ser fusilada por Franco si los alemanes se apoderan de Francia, atenida como estoy ahora a un destino incierto, en manos de Lee.*

Sin consultar a Madame Chanel, por supuesto tampoco a Lee, no tardo en personarme en el número 94 de la rue St-Lazare. Me pasan al despacho del doctor Otero, del que ahora depende Egocheaga. Revisan listas, amontonan papeles y llegan a una conclusión: puede haber un lugar en la expedición del "Winnipeg" a la República de Chile. Les aclaro que los lugares son dos, con mi hijo Líber. El doctor Otero cambia una mirada con Egocheaga y asienten. Este último me informa que el doctor Negrín se halla en Londres y que a su paso por París preguntó por mí. "No pudimos localizarte en el hotel Mont-Thabor." Guardo silencio y les entrego mi pasaporte diplomático. Y ¡oh casualidad! sirve. Chile es de los países que, como Mé ico, reconoce todavía a la República española. Me despiden con especial cortesía y quedan en avisarme pronto. Para evitar confusiones dejo la dirección y el teléfono de Madame Chanel, con mis horas de trabajo. Hoy me las he saltado, previo permiso de la patrona, pendiente de la llamada telefónica de Lee, después de mi entrevista con los señores del SERE. *Medito en lo que he hecho, lamentando que hubiera omitido esta oportunidad, alejada como me encuentro de los núcleos de los exiliados españoles. El viaje a Chile me asegura una salida de Francia, que no había previsto, si las cosas se complican con la guerra, antes de que Lee resuelva sus dilemas. Su llamada me ha espabilado cuando estaba a punto de dormirme. Su voz me transmite optimismo. Y me anuncia que nos veremos en París los primeros días de junio, entre las demostraciones reiteradas de su cariño. Me estabilizo mentalmente. La guerra europea, que al principio me parecía un fantasma, es una amenaza real que se ha apoderado de mí, inquietándome, como si fuera una soga alrededor de mi cuello. Hasta ahora tengo claro que fui clave para estrangular una conspiración nazifascista y que los participantes en ella pueden andar tras de mi pista para sentenciarme o asesinarme. Los nazifascistas que han hecho posible el triunfo del ejército franquista son los mismos que ahora quieren dominar Europa. Lo que me convierte en una especie de rehén suyo.*

Líber se siente invadido por una enorme gratitud. El Diario de Ita, cada página, cada revelación quedan en su memoria como una especie de huellas digitales. Así entran y quedan en ella. Evelyne no entiende la turbación de Líber, ni alcanza a imaginarla. Lo que percibe en su actitud absorta, en un raro brillo de su mirada, es que está bajo una conmoción que domina un rostro habitualmente tranquilo y sereno, de confianza en sí mismo, transparentando la firmeza de su carácter. Evelyne deduce que se enfrenta a algún problema delicado entre tantos negocios heredados, acaso aviso de que el profesor universitario puede quedar desbordado. La única que realmente conoce el secreto de este súbito cambio es Ita. Lleva a su hijo a uno de los rincones floridos del jardín y ahora es ella la que pregunta, aliviando una tensión que es mutua.

–¿Qué es Líber, lo que te ha impresionado tanto?

–¡Cómo no ha de impresionarme una aventura tan sorprendente y tan vinculada a mi propio destino y a la pleamar de tu belleza!

Líber abraza a su madre, con una mirada de humedades escondidas, y le dice:

—Hay un sentimiento que supera a todos, siendo todos tan admirables: el de tu ternura y entrega a un niño que elegiste como hijo. Pudieras haberme abandonado en cualquiera de las encrucijadas que se iniciaron en Figueras. Y no lo hiciste, uniendo mi suerte a la tuya, cuando tan fácil era atenerte exclusivamente a tu personal destino. Lo que he leído, amada madre, es algo que estaba ya en mi conciencia, como si me hubieras inyectado ese gran misterio de la vida que es la comunidad de la sangre más allá de todo fenómeno biológico.

—Gracias a ti, hijo.

—Me atrevería a hacerte otra pregunta, no obstante que tu Diario rezuma claridad y transparencia:

—¿Cuál?

Líber toma aliento y la suelta:

—¿En algún momento te sentiste influida por nuestra orfandad en la similitud casual de nuestro destino? Tú perdiste en un bombardeo a tus padres y hermanos. Yo, en otro bombardeo de los mismos criminales, perdí a mi madre y no conocí a mi padre.

—Pudiera ser —repuso Ita—, porque uno no manda sobre el subconsciente, sino al revés. Imposible no pensar en aquella trágica situación, la muerte de por medio, el móvil de no soltarte de mis brazos cuando buscaste en mí a tu madre. La urgencia y la tragedia del instante creo que lo decidieron todo, como antes te confesé.

—¡Qué hermosa lección de nobleza la tuya! ¡Y qué impagable la deuda de gratitud la que tengo contraída contigo, más allá de que tu sangre no sea la mía!

Líber ha dejado para el final una pregunta que le turba y sacude hasta el fondo de su curiosidad.

—A Madame Chanel revelas un secreto demasiado íntimo, lo que indica el valor de que está llena tu vida. Pero, como imaginarás, no ha dejado de impresionarme, y mucho, ese romántico gesto tuyo de acceder al deseo carnal de un héroe de la República, en vísperas de su muerte...

–Fue un gesto compulsivo —interrumpe Ita. Sobre él he pensado bastante y es lo único que oculté a Lee. He evocado aquellos momentos trágicos del hotel Palace convertido en hospital de guerra. A él llegaban los heridos más graves, envueltos en sangre y dolor. Los médicos, y los había de toda clase, cirujanos, ginecólogos, hasta dentistas, reflejaban sus crisis de nervios, entre el olor del cloroformo y el eco de los cañonazos y bombas sobre un Madrid martirizado, cercado por las tropas franquistas. Enfermeras improvisadas como yo, íbamos de un lado a otro, de las camillas a las camas, contagiadas por los gritos del dolor y de la impotencia, en una confusión total, entre la parálisis y la sobreexcitación, una completa anarquía emocional difícil de describir. Más cerca del sonambulismo que de la razón, nadie reparaba en nada con tal de ser útil. Me rendí ante la imagen de aquel aviador heroico, cosido a balazos en plena juventud, y todo sucedió con la instantaneidad de un impulso invencible, como si el acto sexual se hubiera en verdad realizado.

Un silencio, como religioso, ha cortado el hilo de las palabras. Impresionado por lo que acaba de escuchar, Líber se reúne con Evelyne, que ve recuperado el rostro amable de su esposo, y le avisa que es hora de recoger en el aeropuerto al profesor Roberto Mariscal que ha querido viajar a Hong Kong con tres días de anticipación para exponer la mejor estrategia posible en la inminente junta con Mao. Aunque ajena a estas carambolas de la vida, Evelyne, se da cuenta de la significación histórica de esta visita al emperador de China. Comprende sus complejidades, de cara a un futuro que ignora en su totalidad, pero del que son anticipo la televisión y el automóvil.

Camino del aeropuerto, conduce el Mercedes Johnny, el chofer de las ocurrencias que divierte a Evelyne, que es la que más utiliza sus servicios en su afán de conocer un Hong Kong que la tiene arrobada. Se da cuenta de las ocupaciones de Líber, no sólo por lo que él le explica, sino porque se da cuenta de la magnitud de las empresas heredadas y de la diversidad de sus intereses. La variedad de tiendas y boutiques, con su colorido propio, entre el lujo y sus atractivas ofertas, en nada envidian a Nueva York. Sin duda, las aventajan en refinamiento.

El Mandarín ha aterrizado a la hora prevista. Líber quiso que el avión estrella del Grupo trasladara al profesor Roberto Mariscal desde Boston.

Una vez acomodado en el automóvil, sentado entre Líber y Evelyne, don Roberto comenta:

–El vuelo, aunque largo, ha sido cómodo. He dormido a gusto en la cama mecánica de El Mandarín y he leído dos biografías de Mao, que me dan el perfil del personaje. Piensa que los antecedentes de Mao como hombre estudioso, maestro y bibliotecario no se han analizado correctamente, dominado por su mito del ser poderoso e implacable en sus objetivos. Tratar con un Mao de formación intelectual y pragmática, quizá nos ayudará en la negociación, sin calcular que Mao puede haber olvidado sus orígenes, víctima de su endiosamiento inevitable y deseable.

Líber ha dispuesto que Johnny quede a las órdenes del profesor con su automóvil, y le lleve a casa con su gran maleta y las demás cosas, mientras acude a una reunión urgente del Centro de Investigación y Combate contra la Pobreza. A la vez, ha previsto que un helicóptero del Grupo Mandarín vuele con don Roberto y Evelyne en un recorrido panorámico sobre Hong Kong, gozando la belleza visual de la isla y su puerto. Tanto Evelyne como el profesor se maravillan del hormiguero urbano y marítimo de Hong Kong, los rascacielos dominando la microgeografía de un territorio inverosímil, con sus manos agarrotadas sobre el mar, tratando de aprisionarlo. Don Roberto deja caer la ironía rápida de su visión: "Si alguna vez tuviera que ingresar al reino de la locura, me gustaría ser alcalde de esta ciudad o consignatario de su puerto". Evelyne ríe y celebra la frase. El helicóptero aterriza en el helipuerto adjunto a la gran mansión. Allí, Ita y su secretaria, Madame Lauron, reciben cordialmente al visitante.

Líber ha regresado de su junta con el Consejo del Centro de Investigación y Combate contra la Pobreza. La urgencia de la junta estaba relacionada, precisamente, con la solicitud del gobierno chino de 20 millones de becas alimenticias para atender una nueva emergencia en el sur del país. Tan pronto llega a casa pregunta a Madame Lauron si algún periodista ha tratado de entrevistar últimamente a la señora Ita. Su secretaria alude, sin darle mayor importancia, a dos reporteros estadunidenses que querían un retrato social de "La Bella Española", título que no escuchaba desde la muerte del señor Lee. Les dije que la señora Ita andaba de viaje en Europa. Líber la instruye para evitar cualquier entrevista periodística, por razones muy especiales.

El profesor Roberto Mariscal ha sido alojado en la antigua habitación de la tercera planta, reservada a los invitados especiales. En ella lucen dos pinturas que de inmediato cautivan al profesor: *El retrato de Petronella Bus*, de Rembrant, y *Las bailarinas rusas*, de Degas. Pronto advierte que está alojado en una casa museo. Por eso, abren paso a su curiosidad los nueve Picassos del Salón Hexagonal, de los cuales tiene referencias muy entusiastas de Líber. Por supuesto, su mirada queda atrapada por *El acróbata y el joven arlequín*, la pintura que es fundamental en la historia de Picasso. Se detiene a contemplar el retrato que hizo a Lee, síntesis de color y línea, seguramente para captar mejor la personalidad de su amigo, cabalmente lograda para el gusto de Lee. El profesor quiere ahondar en la vida de éste y Líber la exalta con elocuencia espontánea: "Fue inteligente en el hacer y generoso en la manera de ser. Supo amar y ser amado".

Según lo convenido con Ita, Evelyne y Líber cenan y conversan con el profesor Roberto Mariscal, dejando para mañana la agenda y estrategia de reunión con Mao, varias veces confirmada desde Pekín. La mesa de El Mandarín se encuentra lista desde hora temprana. Junto a la servilleta del profesor brilla una onza de oro con la inscripción de "Bienvenido a Hong Kong". Líber le advierte que es un recuerdo del restaurante para los invitados especiales. A sabiendas de su predilección por los buenos vinos, el maître descorcha, en honor suyo, dos botellas de Petrus, cosecha de 1960, que el profesor paladea con infinito placer, sus ojos brillando como un cristal de Baccarat. La charla es un regalo a los oídos de los anfitriones. Líber, viva en su memoria la lectura del Diario de su madre, quiere saber la opinión de don Roberto sobre Juan Negrín, el último jefe del gobierno republicano español, personaje estudiado por el profesor.

–Ha sido una figura paradójica, difícil de entender. Abandonó la medicina con una carrera brillante, alumno muy apreciado por Ramón y Cajal, premio Nobel, distinción que Juan Negrín podría haber alcanzado de dedicarse por entero a la medicina, según su compañero de estudios, el doctor Severo Ochoa, candidato al Nobel. Negrín fue acusado de comunista, porque Rusia era la única proveedora del gobierno republicano, cuando en realidad se trataba de un hombre conservador, descubierto para la política por el líder socialista Indalecio Prieto, quien se alejó de él, después de ser su ministro de Defensa, por inconformidad con los excesos soviéticos, a cambio de la ayuda bélica. Negrín, desamparado del apoyo de las naciones supuestamente democráticas, atenido a la bien pagada provisión de armas y alimentos, la de la URSS, fue el jefe de la resistencia, enemigo de rendirse, a sabiendas de que la guerra estaba perdida, tan sólo con la esperanza de que en la guerra contra Hitler los aliados acabaran con Franco. Le faltaron unos meses para que esa guerra estallara. Se refugió en Londres, donde el general De Gaulle le brindó su apoyo sin resultados prácticos. No dudo que fue un español entero, incapaz de que una dictadura fuera sustituida por otra.

Líber no reprime una pregunta con riesgo de incomodar al profesor.

–¿Son ciertos las amoríos del doctor Negrín?

–En una guerra son inevitables los excesos. El de las comidas pródigas fue uno de ellos. Dominaba el secreto de vomitar los alimentos para poder comer y cenar varias veces en un mismo día. Con su facilidad de políglota, Negrín tuvo enredos con una rusa y una francesa, entre otras mujeres que yo sepa, seductor de mujeres y hombres. Pero su verdadero amor fue la actriz española Rosita Díaz Jimeno, esposa posteriormente de su hijo Juan, afamado neurólogo instalado en Nueva York.

Evelyne, admiradora de Picasso, como el profesor Mariscal, solicita a don Roberto su opinión sobre el *Guernica*. Fue una pintura de circunstancias propicias, le dice, para la popularidad rápida de un mensaje contra la bárbara agresión de la aviación alemana, simbolizando en ella el horror a la guerra y la destrucción. Don Roberto precisa que fue un óleo muy estudiado por Picasso en sus 45 bocetos para un tamaño de cuatro por ocho metros. Algunos críticos han expresado que se trata de una pintura a la técnica de la tinta china. Fue una obra monumental contratada y pagada por el gobierno republicano con fines de propaganda en un aparador adecuado, la Exposición Universal de París. Desde luego, cumplió su cometido, divulgando frente a un mundo acobardado el criminal bombardeo de Guernica, con la abierta intervención del ejército germano en la guerra civil española. En el año en que Picasso pinta *Guernica* ya está considerado un genio. Y a los genios se les permiten todas las licencias.

La cena transcurre entre las exquisiteces de la comida china y los brindis con el Petrus. Evelyne, inexperta, no aguanta más de dos copas y Líber soporta algunas más, tratando de igualar a su profesor, a quien ambos escuchan dispuesto a librar "la batalla de Mao", como él la llama, sin disimular cierta euforia. Sabe que van a contender con un hombre acostumbrado a vencer, tan inteligente como poderoso. Con este tema en los labios se retiran del restaurante El Mandarín, despedido con los honores de un conjunto de violines interpretando música de Albéniz. Evelyne está contenta, con ganas de llegar a sus habitaciones para disfrutar, con un Líber impetuoso, otra de sus noches de luna de miel.

5

La cita, a media mañana, es en el Salón Hexagonal, justamente en el rincón preferido por Lee, contando ya las horas que les separan de su viaje a Pekín. Ita, vestida con su lujosa sencillez, el azul oscuro como color preferido en su viudez, tiene dispuesto todo con ayuda de su secretaria Madame Lauron, la cual desaparece de la escena al arribo del profesor Roberto Mariscal, cargado de libros y papeles. No tardan en llegar Líber y también Evelyne, cuya presencia ha considerado necesaria su esposo, dada la importancia del asunto y sus posibles repercusiones en el futuro familiar. El profesor Roberto Mariscal considera conveniente hacer un resumen histórico de China, partiendo de la base de su extensión territorial, más de nueve millones de kilómetros cuadrados y sus más de setecientos millones de habitantes, el país más poblado de la tierra, con su río vertebral, el Yangtse, el más largo de China.

–Si miramos al pasado —agrega el profesor Mariscal— repararemos en las potencialidades de este pueblo. Por ejemplo, en el año 1600, bajo la dinastía Ming, China venía a representar la tercera parte de la riqueza mundial. Ya en el siglo XVIII China era no sólo el Estado más grande con una superficie entonces de trece millones de kilómetros cuadrados, sino el más rico. Valga un dato: por entonces la población china era 40 veces superior a la que tenía Europa al industrializarse. Durante siglos, China caminó a la cabeza de la tecnología mundial: suyos fueron, entre otros, los inventos de la imprenta, la medicina, el papel, la pólvora, la brújula, el hierro, los barcos de vela, entre otros adelantos. Es muy significativo que los jesuitas, tan admiradores del veneciano Marco Polo y de su patria, eligieran la imagen de China como el centro del mundo en uno de sus primeros mapa mundi, a pesar de la oposición de los papas. Aparte figuran las debacles de todo género que convirtieron a China en una presa fácil de Inglaterra, Japón, Rusia y Alemania con concesiones y robos descarados de territorio, alentados por las guerras internas que debilitaron aún más a una China decadente, borrados los 250 años de la dinastía Ming por el imperialismo japonés, que llegaría a apoderarse de Taiwán —For como fue bautizada la isla por los portugueses—, conquistando el norte de China y creando Manchukus como Estado independiente (Manchuria).

—¿Y cómo ve la China actual? —pregunta Líber, en medio de la atención con la que escuchan al profesor Mariscal.

—Por encima de la adversa situación de hoy —prosigue el profesor Mariscal— las potencialidades de China están vivas. Que ahora permanezcan ocultas y sean sólo visibles sus hambrunas y sus contradicciones internas, lejos de estorbar nuestro objetivo de fondo, lo favorece en este momento histórico, cuando su debilidad es patente. Una situación mejor, con un nivel más fuerte en lo económico, lo político y lo militar, nos impondría dificultades de trato imprevisibles. En el entorno universitario en que Líber y yo nos desenvolvemos, las miradas de los economistas prestigiados, los llamados futurólogos, coinciden en que el futuro camina hacia el Pacífico, con China en primer término y con una población que se acercará a los mil millones de personas en el año 2000. China puede ser entonces una potencia económica, su ideología comunista adaptada a las leyes inexorables del mercado, superado por otros dirigentes, el actual dogmatismo marxista de Mao. Síntomas, aunque pequeños, no faltan. Todo inclina a suponer que tras la crisis y los cambios que ya se gestan, China será una de las grandes potencias globales. Más aún, si logra una alianza con la India, como se asegura. El dragón chino y el elefante hindú, símbolos unidos de un nuevo poder. El poderoso Mao, sin esperar a la anexión británica, ha acometido la construcción de un nuevo aeropuerto internacional, que será el más grande del mundo para pasajeros y carga. Le han extendido a una isla, apoyada en una serie de puentes y túneles. Una generación de ingenieros, algunos extranjeros, se están encargando de la magna tarea.

Se detiene el profesor Mariscal, paladea lentamente una copa de vino y concluye su primera intervención:

–Las diferencias entre Mao y Stalin tienen más de una lectura. Y hay que seguir de cerca lo que sucede en las zonas costeras, especialmente en Shanghai, antiguo centro de la burguesía china y de su cosmopolitismo, donde ya se evade el absolutismo comunista con todas sus represalias.

Con la sencillez de su personalidad, Ita deja oír su voz:

–Bueno, pero el asunto a tratar con Mao es la donación a China de la colección de pinturas de mi esposo Lee, respetando la condicional de su testamento.

No tarda en contestar el profesor Roberto Mariscal, como si se tratara de una lección pendiente:

–Recordemos nuestra conversación de Boston. Una negativa frontal, irritaría a Mao. Es demasiado el interés, tan reiterado, que demuestra en la donación de la pinacoteca de Lee Cheng-Xiao hasta el punto, para mí inconcebible, de invitarnos a la reunión personal que va a celebrarse. Sin duda, está esperando la decisión que desea. Como todos los dictadores vive en la gloria divina del poder. Sin embargo, hábil y astuto como es, tal parece que ha abierto una posible negociación.

Y sin más entra de lleno en lo concreto de su plan:

–Procurando respetar el espíritu testamentario del inolvidable Lee, lo que en primer término sugiero es una idea que podría ser aceptable desde ambos puntos de vista. Se propondría el compromiso de abrir en Hong Kong el Museo de Pintura Lee Cheng-Xiao, a cargo del Centro de Investigación y Combate contra la Pobreza, construcción a realizarse en un plazo máximo de cinco años, quedando en propiedad definitiva de China en 1997, año en que Hong Kong pasará a ser territorio continental. Obviamente, en 1997 quizá ya no vivirá Mao Tse-Tung, aunque este dato pase desapercibido para Mao, en la línea de los dictadores que se consideran inmoribles, como Stalin, Franco y los demás. ¿Quién gobernará China en 1997? ¿Cómo se cumplirá el pacto con los ingleses por el cual la República Popular China garantiza el modo de vida y el sistema socioeconómico al dejar de ser Hong Kong una colonia británica? ¿Cuál será la posición de Estados Unidos, cada día más cerca de su propia ambición de ser imperio mundial? Son, entre otros, enigmas indescifrables en un mundo cambiante y de apresurados desarrollos de las tecnologías más decisivas, las de la comunicación.

Se produce un mutis que deliberadamente alarga don Roberto, esperando las observaciones de sus oyentes. El mutis lo interrumpe Evelyne, que no ha perdido la atención en los discursos empalmados del profesor, en un inglés bastante puro, y se anticipa a Líber, con una propuesta no esperada por su esposo:

–Esto les va a parecer una simpleza, pero en nombre de mi derecho a soñar, sin entrar en los laberintos de este tema, digo que me gustaría ser la directora del Museo de Pintura Lee Cheng-Xiao...

–Bien, Evelyne, aplaudo tu sueño —interviene Líber. De cara a la realidad del planteamiento de mi profesor Roberto, creo que es muy inteligente y que viene a salvar una situación de inmediato, que es lo que nos inquieta, pero me gustaría escuchar la opinión de mi madre:

–Comparto la tuya —contesta Ita, con voz tranquila, envolviendo con una mirada de cariño a su hijo.

Líber aliviado en su preocupación principal, tras la breve y solidaria intervención de su madre, quiere puntualizar:

–De entregar una colección de pinturas al gobierno

chino, como es el deseo de Mao, a crear un Museo con sede en Hong Kong y con el nombre de Lee, media una gran distancia, avalada por la imprevisión de los acontecimientos. ¿Aceptará Mao estas condiciones ante la opción no declarada, pero implícita, de no transferir directamente a China la pinacoteca de Lee Cheng-Xiao? ¿Es ahí donde entraríamos a una negociación razonable? ¿La nuestra puede ser la última palabra?

–Sin embargo, el planteamiento —advierte el profesor Roberto Mariscal—no concluye ahí. Nos quedaría cautivar la egolatría y la perspicacia de Mao con una idea de resonancia histórica que facilitaría la buena relación con él, tanto en cuanto concierne al Museo, cuya permanencia en Hong Kong, no importa quien sea el dueño nominal, se acercaría a la voluntad testamentaria de Lee, dentro de las posibilidades reales y protegiendo a futuro el gran consorcio de intereses heredado. Me refiero a una idea que a Mao le deslumbrará, a salvo de sus diversas complejidades, y que honrará la memoria universal de Lee con toda la carga humanista contenida en el Centro de Investigación y Combate contra la Pobreza. Recordarán de nuevo que de ello les hablé en Boston. Se trata, nada más y nada menos, que de convencer a Mao de que el español sea la segunda lengua de China, poniendo orden en los dialectos regionales y, sobre todo, en el mandarín, el idioma oficial de China con sus diferencias fonéticas y formas escritas. 500 millones de chinos hablando español, sumados a los 500 de la península y los países hispanoamericanos, más las minorías crecientes de los hispanos en los Estados Unidos, darían una suma aproximada de mil millones en el año 2000, es decir, un mercado de infinitas posibilidades e influencias que enriquecerá la proyección china, cualquiera que sea su expansión económica en esa fecha y el nuevo papel histórico de España y sus pueblos hermanos.

–¡Espléndido, profesor! —exclama Líber. Es una idea de difícil implantación, pero estoy seguro que la habrá estudiado con el rigor que le caracteriza para enfrentar las posibles objeciones. La idea es original y, en cierto modo, desconcertante...

—... Pero vale la pena intentarla —interrumpe el profesor Mariscal. Nos encontramos quizá en un momento propicio, el momento en el que Mao ha promovido la Revolución Cultural, apropiándose limpiamente de la filosofía de Confucio. El nombre de Confucio para radicalizar los fundamentos marxistas-leninistas de la lucha de clases, depurar los cuadros directivos de su partido, acabar con la "Banda de los Cuatro", encabezados por Jiang Ping, su última esposa y, sobre todo, promover el culto masivo de su personalidad como el Gran Timonel, es un movimiento superior al del Gran Paso Adelante, de 1960, de tan tristes consecuencias, y con mayores promesas al campesinado, base de su nueva política.

—Por lo que se sabe —añade—, la Revolución Cultural ha desbordado al Gran Timonel, convirtiéndose en una persecución de intelectuales y en una oleada incontrolable de crímenes, lo que no deja de ser una aberración histórica, porque Mao siempre se ha considerado intelectual. Fue de los privilegiados que a los 13 años sabía leer y escribir, destacando en su generación, en la que llegaría a estudiar el ruso y el inglés, el inglés principalmente. No es justo negarle este mérito. Mao es, sin duda, un poeta y un escritor, al estilo de su pueblo. *El Libro Rojo* o la *Biblia* de Mao viene a ser un compendio de frases que han movilizado a millones de personas, Mao elevado a estatua divina. Gracias a su inteligencia y a su audacia, persuadido de que la práctica precede a la teoría, es el héroe de la Larga Marcha, el que derrota al Kuomintang de Chiang Kai-Chek, el que se apodera de la dirección del Partido Comunista y proclama en 1949 la instauración de la República Popular China. Nadie sabe cuándo ni cómo terminará la Revolución Cultural, pero debe estar cerca. De otra manera hubiera cancelado la invitación, en vez de reiterarla. Por lo que crece para mí el alto significado de esta reunión.

Ita, tan atenta a todo lo que viene escuchando, más penetrantes que nunca los resplandores de su mirada, anima la conversación con un planteamiento que seguramente está en la mente de todos:

–Salvo que me equivoque, centrados forzosamente en una cuestión de tiempo, el de la supervivencia de Mao, ¿ha calculado, profesor, el tiempo que le queda de vida a éste con vistas a las dos ideas que nos ha explicado con tanta claridad? Cuando lo visité el año pasado se celebraban los 77 años de su edad.

La respuesta del profesor es pronta:

–Si el dato de su biografía es fidedigno, Mao nació en 1893. En la celebración de 1969, no se le quitaron años, pese a que lo frecuente entre los dictadores es rebajarlos, al extremo de inventarse algunas biografías. Contrariamente, Mao se ha afamado por triunfar física y mentalmente sobre la acumulación de los años, por exhibirse como un hombre lleno de energías y exuberante salud. No es de extrañar que en las multitudinarias manifestaciones anuales predomine el grito popular de "Diez mil años de vida para Mao".

–Entonces —abunda Ita— son verdaderos hoy los 77 años. ¿Cuántos sobrevivirá? Por mucho que alarguemos su vida, tendríamos que descartar que Mao viva todavía al término de los años de existencia del coloniaje británico. Si todo saliera bien, ¿vivirá en 1976, al instalar en Hong Kong la sede del Museo de Pintura Lee Cheng-Xiao?

El profesor Mariscal contesta como si él mismo hubiese hecho ya el cálculo.

–La primera fecha queda en lo remoto. La segunda, en lo verídico, pues sí nació en el mes de diciembre de 1893. Pero no deberíamos de preocuparnos mucho, porque los dictadores —y en general los hombres de mucho poder— están acostumbrados a tener la edad que ellos mismos creen tener, por iniciativa propia o de sus corifeos. Pienso que éste sería un problema menor. El anhelo por la inmortalidad carece de medida lógica, según nos enseña la historia, nuestra querida Ita. Seguramente nosotros vamos a alargar, estimulándolos, los años de vida de Mao. Creo que estará lejos de interferir el apoyo decisivo que de él necesitamos para lograr, cuanto antes, ese universo de mil millones de hispanohablantes. Lo importante es que nosotros sí sabemos por donde conducir nuestro "quo vadis". Y nuestra preocupación se justifica porque sin Mao las cosas podrían sernos más fáciles por cualquier lado que las miremos.

La comida es a base de entretenimientos de salmón, tostadas de caviar y jamoncito chino. La cena será breve, con exquisiteces traídas de El Mandarín. Todo servido en el propio Salón Hexagonal, como si las reverberaciones del planteamiento de Roberto Mariscal les retuviera en las mismas sillas y en la misma mesa. Los comentarios están en las miradas más que en las palabras. Ita no oculta la satisfacción que siente por la iniciativa espontánea de Evelyne de dirigir el Museo. Líber piensa que don Roberto se ha preparado muy bien para la entrevista con Mao y que a éste le seducirá la idea del español como lengua franca. Los tres viven momentos de intenso optimismo. Don Roberto recibe los agradecimientos cordiales de Ita y Líber, que celebran su asesoría e incorporación a un plan que, por sus implicaciones históricas, dejará en un segundo lugar la obsesión de Mao por la herencia artística de Lee.

El profesor quiere conocer Hong Kong, como es su costumbre, andando de calle en calle. Evelyne da por supuesto que nada tiene que hacer en la junta con Mao en Pekín y se ha inscrito en un coloquio sobre arte y diseño, con la presencia de los grandes maestros en la materia, entre ellos un diseñador catalán, Tony Fontcuberta, cuyos textos y gráficas ha estudiado en Boston. Pero Evelyne no olvida que mañana, 26 de febrero, es el cumpleaños de Líber, al cual regalará una publicación mexicana de la Editorial Séneca, numerada e ilustrada, de *Cuaderno en Nueva York*, un libro de poemas inéditos de Federico García Lorca, al que tanto admira Líber. A Ita, en ese doble cumpleaños, le regalará su perfume preferido, Chanel Número 5. Ita tiene muy presente los momentos que están viviendo y ha quedado en anticipar a Líber la entrega del sobre con el tercer cuadernillo de su Diario.

Líber no puede contener su curiosidad y le sorprende que, sin aviso alguno, Ita le facilite el antepenúltimo capítulo de su Diario, acompañado de una foto de ambos que Líber no conocía, tomada en los días parisinos del parque Monceau. Deja que Evelyne descanse de la dura jornada vivida, en tanto que Líber, pretextando que es hora de preparar sus apuntes para la entrevista con Mao, lo que hace es entregarse con pulso enfebrecido a la lectura del Diario de su madre, un capítulo pródigo en revelaciones culminantes, de plenitud emocional, anticipada.

6

Líber se pregunta: ¿Por qué mi madre, que me ha regateado la lectura de su Diario, toma ahora la iniciativa de entregarme su tercer capítulo como festejo de cumpleaños? Seguramente, ha pensado que su conocimiento debe completar los dos que ya tengo en mi poder, en vísperas de un viaje que puede cambiar el rumbo de nuestras vidas, dentro de una incertidumbre que todos percibimos, pero que ella, con su admirable intuición, contempla desde el ángulo total de una experiencia sin la cual no podrían entenderse los acontecimientos en gestación y los que les han precedido. Entrega ejemplar de una madre que, al adoptarme, en circunstancias tan tristes, tiene grabado en sus entrañas el cambio de su propio destino. Así, se entrega Líber a la lectura con interés concentrado y apremiante:

En medio de estas turbaciones, Madame Chanel me ha dejado un recado insólito: me invita a cenar mañana en su casa. Las dos solas, sin su amante. Es la primera vez que me hace esta invitación. ¿Qué traerá entre manos? Me acoge vestida de gala, con la fragancia inconfundible de su perfume número 5, la marca de moda que tanto la ha enriquecido. Colgado está otro vestido de gala idéntico al suyo, con mis medidas. Debo ponérmelo porque esta noche la conversación será de señora a señora. Tú eres Ita y yo soy Coco, pariguales. El brindis es con champagne Tattinger rosado. Conoce ya la noticia de que Lee vendrá a París a comienzos de junio. Pero aunque sabe bien toda la importancia que para mí tiene, adopta un tono de acercamiento confidencial para decirme. "No he querido alarmarte. ¿Recuerdas a ese matrimonio alemán que nos ha visitado varias veces y que me ha exigido que sólo tú puedes atenderles?" En efecto, le recuerdo porque me ha extrañado que a mí me hablaran en francés y entre ellos se expresaran en alemán. Debe ser un matrimonio rico por la calidad de las prendas que compra la señora sin fijarse mucho en el precio. Coco acentúa el tono confidencial: "Pues bien, no se trata de un matrimonio rico, ni de un cliente desinteresado. Quien les interesa eres tú. La tal señora es una agente de la Gestapo. París esta infectado de espías alemanes". No disimulo la desagradable sorpresa y le pregunto su origen: "Son secretos de alcoba, contesta. Y sin pausa, es ella la que me pregunta a mí. "¿Eras ya, Ita, una espía del gobierno republicano español cuando visitaste, por primera vez, mi boutique?" Procuré disimular, aclarando que entonces era una agente al servicio del gobierno republicano. "Sea como tú quieras llamarlo —replicó Coco—, pero la Gestapo tiene muy avanzada tu ficha y no te van a perdonar, sea ahora o después. Lo que yo te aconsejo es que desde mañana no aparezcas por la tienda y te cambies a un hotel del que yo misma ignore el nombre. Como mujer de mundo, sé bien que eres una persona limpia, quiero decir, no contaminada por las trampas del engaño y su laberinto putañero."

Coco había calculado el efecto que me producirían sus revelaciones y brindamos de nuevo varias veces antes de la cena, servida por uno de los capitanes de Maxim's, degustando un generoso caviar Beluga y un foie-gras trufado, fresco de Las Landas. Seguramente para aliviarme de mis preocupaciones, y demostrarme su amistad, me habló de sí misma, una leyenda iniciada meses antes de que estallara la guerra europea de 1914-1918, apoyada por su primer amante, un industrial inglés. Lo dice con la mayor naturalidad, como si los amantes fueran soporte obligado de este tipo de negocios. Con igual crudeza me diría: "Poco a poco me fui acostumbrando a que el trasero y la entrepierna de una mujer son la materia prima del éxito de las modas. Si entras a fondo en él, percibirás un fuerte aroma de tahona sexual". Agradecí a esta mujer sabia la velada que me había ofreci-

do, con la promesa de que tendría noticias mías desde donde fuera a parar.

Lo primero que he hecho es comunicarme por teléfono con Lee para decirle que por circunstancias especiales debería cambiar de hotel. ¿Cuál me sugería? El preferido suyo: el Claridge de Campos Elíseos. Hablaría de inmediato para que me proporcionen una buena habitación. Me anuncia que en dos semanas más estará aquí. No indaga los motivos de estas urgencias mías. Se las explicaré en París, le digo. Únicamente le confieso que en toda Francia se confirman los rumores de que una nueva guerra es inevitable. No hay quien detenga a Hitler. Las noticias me han hecho recordar algo que había olvidado: el pacto de Munich, en 1938, impuesto por Alemania a Gran Bretaña y Francia, el cual condenaría a la derrota a la República española, según trascendería después. El desmembramiento de Checoeslovaquia es el fracaso de los pacifistas capitaneados por Chamberlain. Lee no se sorprende. Me lo había anticipado. Bajo estas premuras corro a visitar a la directora del Colegio Montford. Le encarezco de nuevo el cuidado de Líber y la norma de que sólo yo, personalmente, puedo sacarlo a pasear. Por teléfono me he comunicado con Egocheaga, en el SERE, para cerciorarme de que estamos en la lista del "Winnipeg". Agoto las precauciones y me acuso de no haberlas tomado primero, aunque nunca han dejado de estar en mi subconsciente. Cuesta enfrentar estos presagios en un París sonriente y placentero, fácil al mordisco de todas las tentaciones: máscara y realidad de todos los apetitos humanos.

He cambiado mis cosas al hotel Claridge, principalmente ropa de vestir y unas fotografías de mis padres a los que jamás olvido. La habitación es mucho más amplia y lujosa que la del Grand Hôtel. Quisiera disfrutar este jubileo humano que son los Campos Elíseos, con colores y acentos de todas las etnias. Una especie de mirador del mundo actual, tan lejos y tan cerca de la guerra que lo espera. Abate por momentos la melancolía que se ha ido apoderando de mí... De mí, que soy una afortunada ante la multitud potencial de víctimas y ruinas de un futuro enloquecido y enloquecedor. Paseo como una turista más, precavida, pero valerosa frente al miedo. Aunque con la obsesión de ser vigilada, sin serlo realmente, aprovecho estos paseos para incursionar en los rincones de un París que recreo sin fatiga alguna. No ha faltado mi visita a Notre-Dame con su impresionante estructura gótica. Pero la sorpresa mayor la he experimentado al conocer la Iglesia de St-Sulpice, una de las más raras de Francia. Ahí se casó Víctor Hugo y se bautizó a Baudelaire. Es una visita que repito, como me sucede con la Île St-Louis, corazón escondido de este París maravilloso, concentración de genios vivos y de historias que no mueren. De este país donde se cultivan y construyen todas las glorias míticas. Recorro St-Honoré sin que me deslumbren tanto sus tiendas, acostumbrada al ambiente y a las rutinas de la moda en la boutique de Madame Chanel. En fin, París es una fiesta que no fatiga por mucho que se le recorra de un extremo a otro. Siempre hay algo inédito por descubrir. En unos cuantos meses siento que he vivido varias vidas y que mi corazón va a enfrentarse a una prueba definitiva.

He dejado que transcurran unos días de meditaciones y conjeturas, en espera de estar con Líber. Éste sale a mi encuentro derrochando energías. También alcanza notas excelentes en ejercicios físicos y es rápido como extremo en su equipo de futbol. Navegamos por el Sena a bordo de uno de los barcos restaurantes. Los dos ignoramos las explicaciones de la guía turística y conversamos sin pausas. Me cuenta las experiencias de su colegio y de sus relaciones con los amigos más cercanos, entre ellos un tal François, hijo de una artista de cine muy guapa, "pero no tanto como tú". En un momento dado, con mucha seriedad, me dice que ya sabe que el cielo no existe y que su única mamá soy yo. "Mamá Ita sólo hay una." Y lo asegura con tanta firmeza y orgullo que me conmueve y hago un gran esfuerzo para aparentar serenidad de ánimo. Sin lograrlo de todo, me dispara otra de sus frecuentes preguntas. "¿Y verdad que no tengo hermanos?" Le contesto con ternura, apretándolo entre mis brazos: "Sólo tengo un hijo y se llama Líber". Celebra mis palabras con una exclamación que no le había oído desde que ingresó al Colegio Montford, su grito catalán de guerra: "¡Visca la Libertat!". La lágrima termina por brotar. *Imposible separar este grito de la estampa del niño que en el bombardeo de Figueras fue condenado a la orfandad, quedando bajo mi protección. Líber lo festeja como una de sus gracias y ríe a todo pulmón. Milagros de la edad que puede ignorar un pasado doloroso, si bien a ratos parece asomarse a la virginidad de su mirada. Esa fugaz sombra que quizá sólo una madre puede captar.*

El apremio de los acontecimientos me obliga a revelar a Líber que pronto conocerá a su padre. De la indiferencia inicial pasa a la interrogante previsible: "¿Y porqué hasta ahora no ha venido a verme?". Trato de desvanecer la duda natural con el tono comprensible de mi respuesta: "Tiene negocios a muchos miles de kilómetros, en el lejano Hong Kong, y gracias a él podemos vivir en París y tú puedes estudiar en un colegio tan bueno como el Montford, de Ginebra. Le vas a querer como le quiero yo". Líber no replica; la otra cara de la duda se borra con la mirada de confianza de su madre. Le explico, mis ojos fijos en los de él, invocando la misma confianza, que habrá cambio de colegio y de país: "Ahora vas a ingresar en la escuela donde estudió tu madre, en Ginebra, uno de los lugares más bellos de Suiza". Cariacontecido, sin digerir bien las noticias que acaba de escuchar, Líber se acurruca en mis brazos y rompe en un llanto que ahorra palabras, las suyas; las mías son conmovidas y sentenciosas: "Tu madre y tu padre te aman y te seguirán cuidando".

La llegada de Lee disipa mis ansiedades. La obligada soledad a que estoy sometida, la extremada atención que pongo en las informaciones de radio y prensa son parte de una cautividad opresora y angustiante. A menudo sospecho que soy vigilada y los nervios me traicionan. Adivinando mi estado de ánimo, pero no sus motivos, el conserje principal del Claridge me dijo días atrás: "Madame es usted demasiado atractiva como para no llamar la atención en una calle por la que desfilan todas las bellezas del mundo". Demasiada gentileza en un hombre que manda en su oficio. Pero insuficiente para olvidar mis inquietudes. Por eso la presencia de Lee es más reparadora de lo que él puede sospechar, siendo tan inteligente y diestro en el lenguaje de las miradas. Lo primero que ha hecho es entregarme otro regalo muy original y lujoso: un reloj Cartier, enmarcado con pequeños diamantes, grabado con mi nombre. De lo que Lee está cierto ahora es que su amor está correspondido, lejos de la incertidumbre de la despedida en el vestíbulo del Grand Hôtel. Antes de que yo le explique las razones de mis urgencias, Lee quiere que sepa el arreglo a que ha llegado con sus hermanos. Le pido tan sólo que demos un paseo por el Bosque de Boulogne. Hasta allí nos transporta su Rolls-Royce, a hora temprana de uno de los días semiluminosos de París, sin esa neblina que a veces tarda en disolverse. A paso lento, con su palabra sosegada, me refiere los términos del acuerdo suscrito con sus hermanos —Tung y Deng— que corrige de alguna manera el documento testamentario firmado a la muerte de su padre. Los tres son herederos universales y cada uno sucede al otro. En caso de matrimonio los bienes heredados y acumulados son indivisibles y cada uno tendrá a su cargo personal la parte de los ingresos propios que quiera compartir con su esposa e hijos. Como Lee se da cuenta, aunque me lo repite, que no entiendo bien lo que me dice, se detiene para explicarme:

—En nuestra situación esto quiere decir que los bienes patrimoniales, concentrados en el holding, son intocables, salvo acuerdo unánime, respetando los devengos y honorarios que los tres hermanos tenemos concertados. De mis recursos personales puedo hacer el uso que prefiera. Mis hermanos ya conocen la forma económica en que vas a estar protegida y mi compromiso para atender a nuestro hijo Líber. Y digo nuestro hijo, porque llevará mi apellido junto al tuyo, en la tradición europea... —emocionada, hube de interrumpirle:

—Gracias por esta prueba inmensa de amor y de entrega, que tanto me compromete contigo. ¡Seré tuya siempre!

Nos besamos, complacientes nuestros cuerpos. Lee continúa:

—Mis hermanos son dos solterones que lo pasan muy bien en la vida y trabajan como bárbaros, sin horas de descanso. Nos alternamos y me superan en todo. Siendo mayores que yo, quizá nuestro matrimonio les estimule. Tienen muchas ganas de conocerte, porque les cuesta creer este milagro

que ha sido nuestro encuentro. Oportunidades no les faltan, si bien, hasta ahora, lo que más aman es su libertad —intento interrumpirle de nuevo para contarle mi historia, pero Lee, que ha enlazado su mano derecha con la mía, en un movimiento espontáneo de cercanía amorosa, prosigue:

—He previsto nuestro casamiento civil en la representación diplomática de Hong Kong en París, a cargo de un antiguo amigo de nuestra familia y excolaborador del Grupo Mandarín para este fin de semana. Una ceremonia íntima de la que será único testigo mi hermano Tung. La religiosa será a nuestro regreso a Hong Kong. Estamos de acuerdo en el colegio de Ginebra en que debe estudiar Líber. A falta de los datos que debemos registrar en la representación diplomática, me pregunta: ¿Dónde nació Líber?

Imposible saberlo, pero salta a mis labios el lugar en que empecé a ser su madre:

—En Figueras, de la provincia de Gerona, en Cataluña.

—¿Y la fecha?

—Será otro acertijo. Se me ocurre la mía, la del 26 de febrero, y, por deducción, calculo el año 1937. Pensativa, agrego:

—Es decir, nuestro hijo es catalán y ya cumplió los tres años. Cuando reparo en la supuesta edad, dudo si nos habremos equivocado, pues por su desarrollo físico y mental, Líber rebasa claramente los cinco años. Tiempo habrá de corregirlo, pienso, si algún día llegamos a saberlo.

Al declarar la fecha de mi nacimiento —26 de febrero de 1917—Lee rompe el silencio y vuelve a preguntarme:

—¿La del 26 de febrero, que es la fecha de nacimiento de mi hermano mayor, habrá ejercido algún influjo astrológico?

—Lo ignoro. Mi madre me enseñó a tomar a Piscis como una tutela y de ahí mi devoción por el mar, madre de la vida. Luego sabría que Víctor Hugo nació un 26 de febrero. La coincidencia me ha llevado a que sea el autor predilecto de mis lecturas.

Sin darnos cuenta, embebidos en nuestras cuitas y en mi ansiedad, se nos ha pasado la hora acostumbrada de la comida. Nos sentamos en la terraza de uno de los restaurantes casi campestres del Bosque de Boulogne. También se nos ha pasado el hambre y nos contentamos con unos bocadillos *de queso suizo y jamón italiano y un delicioso vino blanco de blancos, de Burdeos. En ese espacio de tiempo le narro mi aventura, la que me ha obligado a separarme de Madame Chanel y cambiar de hotel. Para Lee yo era una de tantas exiliadas españolas que encontraron refugio en Francia y que en uno de los últimos bombardeos de Figueras recogí al único superviviente de una casa en la que quedó sepultada su madre. Las circunstancias me llevaron a adoptarle como hijo y como hijo lo quiero. Ignoraba Lee que pertenecía a los servicios secretos de la República española y que gracias a mí se desbarató una conspiración de agentes alemanes y franquistas. Madame Chanel, que se ha comportado conmigo ejemplarmente, me avisó de que los servicios secretos de Hitler andaban tras de mi pista y emprendí la huida consiguiente. De hecho, en el hotel Claridge estoy bajo tu tutela y me han cuidado con eficacia y discreción. He procurado, ante todo, atender a Líber, estando cerca de él y ejerciendo con cariño mi papel de madre. Le he anunciado que vamos a cambiarle de colegio a Suiza y que pronto conocerá a su papá Lee, quien me dice:*

—Escuchando tu aventura, como parte de una historia personal, sin que tú lo hayas intentado, me he convencido de que el misterio divino y la inspiración secreta de la mirada que nos unió, cuando te vi por primera vez, son el retrato fiel de la mujer que buscaba en la hora exacta de mi vida. Nunca he concebido la belleza física sin la grandeza del alma, reflejada en la mirada. Lo demás son fuegos artificiales de los espejismos humanos.

El paso lento se ha convertido en saltos de gozo, los brazos de ambos ceñidos a nuestras cinturas, como cántico de infancia en la madurez de la vida. La noche en el hotel Claridge, en la gran suite de Lee, es noche anticipada de luna de miel. Los dos, enfebrecidos por la pasión de la jornada vivida, requeríamos la unión copulosa de los cuerpos. Ambos nos entregamos a ella con todas las intensidades ardorosas del placer acumulado y ahora libremente ejercido. La comunión de los corazones multiplicando las sensaciones del paraíso uterino.

Como el tiempo apremia, Lee se encarga de preparar

nuestro vuelo a Hong Kong al mediodía del próximo mar-
tes, junto con los trámites de nuestro matrimonio en la
representación diplomática y de mi propia documentación,
ya con mi nueva nacionalidad. Lee es hombre influyente,
tiene oficinas en París y me dice que todo será fácil. Hay un
punto delicado que me consulta con su gran finura. El registro del nombre Libertario, de nuestro hijo, podría tropezar
con dificultades. "¿Y si lo cambiamos?", me pregunta. No
había pensado en ello, jugamos con nombres que permitan
la abreviatura de Líber para conservar su identidad de origen revolucionario. Olíber, al suprimir la O es la solución,
sin importar la ortografía.

Por mi parte, me presento en el Colegio Montford para
informar a la directora de la salida de Líber. Le sorprende y
alaba los progresos escolares de Líber y su simpatía de niño
serio con la cual ha cautivado a sus compañeros de clase.
Después de liquidar el curso entero, al anunciar que los estudios de mi hijo proseguirán en Ginebra, en el colegio de
Santa Engracia, que fue el mío en los años treinta, la directora me informa que dicho colegio ya no existe y me sugiere
la corresponsalía del Montford, en las afueras de Ginebra,
lo que favorecería la continuidad válida de los estudios de
Líber. Me parece una idea afortunada, sobre todo para que
en el cambio no haya resistencias. La directora me promete
ayudarme, exponiendo a Líber las ventajas del nuevo colegio. Ofrezco que pasado mañana vendré para compartir el
día con mi hijo.

Luego visito a Egocheaga en las oficinas del SERE para
cancelar las dos plazas reservadas en la expedición del
"Winnipeg" a Chile, comprendiendo que así aliviaré sus
compromisos. Lo que me confirma Egocheaga, no sin antes
cerciorarse de que tengo asegurada la salida de Francia en
los próximos días. Me pregunta por Líber y le digo que viajará conmigo. En nombre de los dos le expreso la mucha
gratitud que les debemos desde nuestra llegada a París. Realmente, será inolvidable.

Compro algunas cosillas y en la noche me reúno a cenar
con Lee, que ha resuelto todos los pendientes. En la cena
volvemos a La Tour d'Argent, que se ha convertido en un

símbolo de amor, repitiendo el menú tradicional de nuestro primer encuentro. Hablamos de Madame Chanel, y le cuento a un Lee asombrado aquella cena en su casa, con sus picantes anécdotas y sus revelaciones que acaso me hayan salvado la vida. Lee, que tenía otro concepto de Madame Chanel, la admira ahora y siente gratitud por su generoso comportamiento. Los rumores de guerra siguen siendo el clima principal de Europa. El éxodo judío ya se ha iniciado y de Alemania emigran todos los de este origen que pueden hacerlo.

He querido que Lee me acompañe en esta última visita a Líber. La directora del Montford nos adelanta que la acogida del niño en su cambio al colegio hermano de Suiza ha sido positiva. Líber me besa con su acostumbrado cariño y lo mismo hace con Lee cuando le identifico como su padre. A Lee le simpatiza de inmediato el niño y se da cuenta de su vivacidad y guapura, con la mirada penetrante de sus ojos oscuros y su rostro apiñonado. Se despiden de la profesora. Lee le regala un bolígrafo de plata con la marca Mandarín. Líber, con su atrevimiento de niño mimado, le pide otro, que Lee no tarda en entregarle. El paseo es por el parque Monceau, donde Líber corre a gusto, como en dominio conquistado. Se acerca a sus padres, los besa y vuelve a sus correrías de niño infatigable. Lee que no conocía el parque, a pesar de su antigua historia; se anima a pasear conmigo, respirando el fino aroma de las flores enjardinadas.

Lee ha adquirido compromisos para la tarde y por eso ha hecho una reservación temprana, a las 13 horas, no tanto para los hábitos franceses, en la Brasserie Lorraine, el restaurante donde madre e hijo hemos compartido tantos ratos agradables. La mesa reservada luce un arreglo de flores variadas. Antes de sentarse, Lee saluda en una mesa cercana a su buen amigo, Jacques Yves Cousteau, un investigador marino que está conquistando fama, invitado de Lee en algunas travesías del barco "Mandarín", de las empresas de los hermanos Cheng-Xiao, según me comenta Lee.

Como si fuera un juego para distraer a Líber, Lee pide una botella de vino tinto Romanée Conty para acompañar la beullabesa elegida para los dos y el bistec de ternera con

patatas fritas de Líber. Para descorchar la botella de vino de
la privilegiada marca se reúnen alrededor de la mesa no
sólo el sommelier, sino el dueño del restaurante y su corte
de capitanes. En efecto, el asombro de Líber se dispara y
salta en su asiento con gritos gozosos. El espectáculo no es
para menos y ha convocado la curiosidad de los comensales,
muchos sabedores que es el ritual con el que se adornan los más
famosos y caros vinos de Francia. El tunecino hace su nú-
mero en el servicio de café y regala a Líber, entusiasmado, va-
rios terrones de azúcar lujosamente empacados. A la propina
generosa de Lee, el tunecino musita tres o cuatro veces el
"merci monsieur". Inquiero a Lee el porqué del número de
repeticiones y me aclara que es una manera francesa de ex-
presar la cuantía de la gratitud. Camino de regreso al colegio,
le digo a Líber que le va gustar el seleccionado, que es atendido
por la misma orden de monjas de París y que Suiza se trata de
un país seguro en casos de guerra. Ha escuchado con cierto
fruncimiento de gesto, intuitivo como es, para preguntarme:
—¿Pero vendrán a verme?
—Por supuesto, aunque no con la misma frecuencia, por-
que debemos trasladarnos a Hong Kong, donde se hallan
los negocios de tu padre. Pero no te preocupes, te hablare-
mos por teléfono a cada rato y estaremos pendientes de ti.
Además, nuestro plan es que cuando avances en tu grado
escolar te llevaremos a un colegio de alto nivel en Estados
Unidos, mucho más cerca de nosotros. Te esperan muchas
cosas buenas en tu vida, Líber.
Sin embargo, el niño se queda triste, a punto del sollozo.
Cede a mis caricias y se refugia en mis brazos, como otras
veces. Luego con aparente ingenuidad, me dice:
—Mamá Ita, yo me parezco a ti, ¿verdad? Porque mi pa-
dre tiene cara de chinito y es más bajo que tú...
—Tiene cara de chino porque sus padres fueron chinos y
yo soy más alta que él, como tú serás más alto que yo. Es un
hombre maravilloso y lo vas a querer tanto como yo, te lo
aseguro.
Dejo a Líber en manos de la directora del Montford has-
ta el próximo lunes, en que lo recogeremos para llevarlo a
Suiza. Al oído, para que sólo yo le escuche, me ha gritado

suavemente: "¡Visca la Libertat!". Me suena a grito de vida, a recordatorio de gratitud y esperanza. Esos hilos misteriosos que nos comunican con las regiones más recónditas del alma.

En el atardecer del sábado todo se encuentra listo para el acto esperado de nuestro matrimonio en la representación diplomática de Hong Kong. Desde ayer está en París el hermano de Lee, el dinámico Tung. Todo él, desde la mirada a los pies, es movimiento, como si un motor interno de alta velocidad lo alimentara. Es extremadamente rápido en la percepción, con la respuesta siempre a punto. El contraste con Lee es claro, aun en los acentos de su inglés apocopado, no tanto en el francés, acaso porque lo domine menos. Cenamos anoche juntos en Maxim's y me encantó escucharle por su gracia pícara. Recorre el mundo con envidiable facilidad, cada negocio o proyecto ayudado por pinceladas personales y observaciones realmente amenas. Nuestra sintonía es casi instantánea y le comenta a Lee: "Yo, con una mujer tan atractiva, tampoco hubiera dudado en casarme". Le agradezco el piropo y nos habla de su último viaje a Sevilla, elogiando el humor andaluz a flor de labios. El chofer de mi taxi de lujo detuvo el automóvil para dejar paso a una espléndida mujer a la que dedicó este suspiro cantado: "¡Dios mío! ¿Por qué me hiciste nacer tan temprano?". Esto me hace recordar a otro chofer madrileño que, al saber que no era casado, me dijo: "Lo compadezco. Yo soy tan glotón que me como los besos de mi mujer y me siento un Peter Pan". Reímos, como si quisiéramos romper una distancia que ciertamente ya no existe. Tung conoce muy bien París, le gusta la música y se muestra muy efusivo conmigo, dándome confianza familiar, sin reserva alguna.

La ceremonia matrimonial estuvo exenta de toda solemnidad. Lee había preparado todo por la vía de lo expedito y lo fácil, haciendo uso de su influencia. Firmo el acta y la cláusula adicional que especifica el pacto de bienes separados, como está condicionado en el testamento de los hermanos Cheng-Xiao. Recibo el pasaporte que acredita la nueva nacionalidad de Margarita Cugat O'Farrill, nacida en Barcelona, el 26 de febrero de 1917. "¡Esplendorosa belleza de

una mujer a sus 22 años!", me dice. Quizá el único instan-
te solemne es cuando Lee, que no ha descuidado detalle,
ajusta perfectamente en el dedo anular de mi mano izquier-
da un anillo de brillantes. Íntimamente me siento sentada
en un trono de felicidad, superados tantos temores e incer-
tidumbres. Lee lo adivina y nos estrechamos y besamos con
prolongada calentura de sangre. Mis senos, agitados por la
pasión del deseo, se endurecieron con latidos apresurados,
como si golpearan, a la vez, los sentidos transparentes de la
memoria. Lee me mira con esos ojos suyos de fina porcelana
que cautivaron los míos en el momento más decisivo de mi
vida, después de haberla salvado. Tung, inverosímilmente
mudo ante nuestra entrega apasionada, recupera su habi-
tual sonrisa y, columpiándose en ella, nos abraza y nos
dice: "De mí no se preocupen... Voy a perderme en París".

En Versalles nos espera la cena dispuesta por Lee en el
más privado de sus restaurantes, con lujos de menús dig-
nos de reyes y presidentes y alguno que otro tiranzuelo.
Lee elogia mi vestido y le confieso que lo había reservado
para esta ocasión desde que me lo obsequió Madame Chanel.
Al mencionar su nombre, Lee me consulta si no sería correcto
despedirnos de ella, aunque sólo fuese telefónicamente. Es
un pensamiento compartido, acaso por motivos diferentes,
pero todos dominados por uno superior, el de la gratitud.
Madame Chanel estaba en su casa y se emocionó al conocer
la noticia de nuestro matrimonio consumado. Me pongo al
aparato y no tengo que disculparme por no haberle hablado.
No sólo lo comprende, sino que me pone al corriente de que
la pareja alemana había visitado la boutique, preguntando
insistentemente por mí. "Les contesté que habías embarca-
do para México. Creo que te salvaste por tablas", remató.
Le di las gracias, consciente del trance librado y prometién-
dole una visita cuando la amenaza de guerra en Europa
haya desaparecido. Recordaré siempre a Madame Chanel,
clave de mi destino personal. Caminamos a pie a nuestro
hotel, ansiosos de disfrutar nuestra noche. Un rebaño de
estrellas cercaba la redonda calvicie de la luna.

A hora temprana del nuevo día estamos en el Colegio
Montford. La directora nos espera con Líber a su lado. Una

mediana maleta guarda sus pertenencias y sus juguetes. Besa a sus padres y se cuelga de mi brazo, oprimiéndolo. El Rolls-Royce que Lee tiene a su servicio en París nos conduce al nuevo aeropuerto, a tiempo de tomar uno de los vuelos a Ginebra. Lejos de impresionarle, el avión atrae a Líber y se sorprende de las vistas y perspectivas que el paisaje de la tierra ofrece a miles de metros de altura. Lee le explica los lugares que atraviesa el vuelo y Líber se sorprende de lo rápidamente que han pasado de los campos cultivados de Francia, con sus ríos, a las montañas nevadas de Suiza. Vienen luego los lagos y Líber cree, por momentos, que está viendo una película. Tanto le abstrae el paisaje que no pone atención a las chocolatinas que le ofrece la azafata. Todo le sorprende. Sus ojos son una orgía infantil de miradas. Su interés se encandila más cuando Lee le revela que en el nuevo colegio le van a enseñar a esquiar sobre la nieve. Ita asiste sonriente a las reacciones entusiastas de su hijo y le acaricia con mirada maternal. El niño no se inmuta con los movimientos oscilantes del avión en su aterrizaje. Tiene la sensación de haber llegado a un campamento.

Pero pronto, mientras el automóvil se desliza por las orillas del lago, se da cuenta de que ha llegado a Ginebra, una de las regiones más bellas y ricas de Suiza. Se acurruca en los brazos de su madre, se pone serio y le pregunta si su padre es uno de esos hombres ricos que todo lo puede. Ita asiente con la cabeza y, a la vez, le pide silencio con un dedo en los labios. Le preocupa que su hijo pueda alardear de rico en un colegio de ricos. No tardan en llegar al Montford, una casa antigua de piedra y semicircular de dos plantas, de ambiente campirano. A Líber le espera su tutora, la señorita Regine, con el saludo de "¡Bienvenido, Líber!", su nombre registrado es Olíber Cheng-Xiao Cugat, el cual se confirma en su cédula. En ésta se detalla la edad, la cuota mensual, la dotación de ropa de invierno y uniformes, las referencias familiares, etcétera. La despedida quiere ser natural. Líber parece resistirla, pero lo vence su íntima congoja, la misma que yo siento, multiplicada. "¿Vendréis pronto, verdad?" Y es Lee el que responde: "¡Muy pronto!". Y yo soy la que grito "¡Visca la Llibertat!". Líber sonríe y agita las manos. Un estremecimiento de supervivencia nos confunde. Líber suena en mi corazón como el artífice de un milagro.

El vuelo a Hong Kong es largo con varias escalas. No sospechaba que estuviera tan lejos hasta que me lo muestra Lee en su mapa de mano. Me explica que se ha exagerado la mala fama de Hong Kong desde la época del opio, pero que es una ciudad amable, llena de vitalidad; nadie puede verla con indiferencia. Su salto a la modernidad es enorme, mezcla sabrosa de la cultura occidental y la oriental. Es una tierra para buenos paladares. Me habla de su casa, la que compartiremos mientras construye la nueva que ha ideado desde que supo que nos casaríamos, en un precioso terreno que ya tiene adquirido, en el que habrá espacio para un jardín de tres mil metros cuadrados, que en Hong Kong es algo inusitado. "Como me imagino que todavía soy para ti algo de enigma —me dice Lee— vas a conocer mi verdadera vida. La de un hombre de negocios que no los desprecia, ni mucho menos, pero que sabe mirar por encima de ellos, que ama la pintura, que practica un mecenazgo del más alto valor humano, que le gusta ser solidario en un mundo endurecido por el egoísmo y la insensibilidad a la miseria... ¡De un hombre al que le faltaba la gran mujer que tu eres!" Le beso con la humedad de la mirada y creo definitivamente en él.

He dejado atrás una aventura increíble y unos temores que estuvieron a punto de estrangularme en París, sin más ayuda, en lo esencial, que la de Madame Chanel. Veo claro ahora lo que antes parecía difuso, atropellada por los acontecimientos mismos: Líber fue el superviviente sentimental del bombardeo aéreo que asesinó a mi familia. Jugarme mi destino por él, entre lo consciente y lo inconsciente, es parte fundamental de nuestra supervivencia. Es, apenas, el comienzo de una nueva historia, quizá el comienzo de otra relación, sumergida en el pasado de la niña Margarita, educada en la fe católica y en el odio a los enemigos de la libertad. El mañana no es de nadie, nace cada día, cambia de manos y es hijo esquivo de las leyes tornadizas del tiempo y el hombre, repienso, con la fuerza de una huella impresa en mi destino.

Hemos aterrizado en Hong Kong. Son las 13:30 del 2 de septiembre de 1939. Lee me comunica que la segunda guerra europea ha estallado hoy con la invasión de Polonia por los alemanes. Los dos respiramos tranquilos. Sobre todo yo, que gracias a él me he salvado con rara puntualidad. Líber lo sabrá mejor si algún día lee este Diario. El Cadillac de Lee, con su chofer Iván, hijo de un ruso blanco, nos transporta a lo que será nuestro hogar. Lee me hace recorrer las dos plantas de su casa, cómodamente distribuidas, con amplios dormitorios y vestidores y un baño de tina adornado con pequeños azulejos venecianos. Junto a la sala de estar se encuentra su biblioteca. La parte central de la primera planta la ocupa un gran comedor de estilo victoriano con todos sus anexos. Todas las paredes están repletas de pinturas, sobresaliendo las impresionistas y las de Picasso. Lee me advierte que éste será nuestro hogar, mientras nos construyen la nueva casa, que será al gusto de los dos.

Mi gratitud está envuelta en silencios, incapaz de expresarla en palabras. La gratitud es de tan múltiples acentos y de tantas resonancias acumuladas, que sólo puedo manifestarla en el lenguaje legible de nuestras miradas, en clave de amor y reconocimiento. Me da posesión de un cuarto muy coqueto, también de paredes alfombradas de pinturas, con una mesita de caoba e injertos de palo de rosa —la rosa símbolo floreste para redondear un clima de felicidad. A su alrededor, sillas de amplio respaldo para descansar... y soñar. Por si todo esto fuera poco, me anuncia que desde mañana estará a mis órdenes exclusivas, como secretaria, y como administradora una de sus colaboradoras de mayor confianza, Madame Lauron, una francesa nacida en Hong Kong, que sabe todo lo que hay que saber en este país de fáciles equívocos y naufragios. Busco a Lee, distraído en dar órdenes por teléfono, para compartir y gozar la cama matrimonial y de verdaderos amantes en este primer sueño de Hong Kong. Lejos, muy lejos, de una Europa a punto de destruirse nuevamente y de una España crucificada por las miserias asesinas del odio.

Líber se ha levantado muy pronto. Admira la desenvoltura de su madre para escribir su vida, sin inhibiciones, sola hasta el encuentro providencial con Lee, perseguida por los agentes alemanes de la Gestapo, amenazada de muerte en medio de un país frivolizado, insensible a los peligros que le acechan. Valora la inteligencia de una mujer en ese cambio veloz, a varios meses de distancia, entre la mujer enamorada que pasa la frontera encontrando a un hijo adoptivo, y la mujer decepcionada que triunfa en el resbaladizo mundo de la moda —el llamado mundo de cámara y recámara— y sabe adaptarse a un nuevo e inesperado destino. Jamás hubiera imaginado la aventura que ha vivido Ita con el niño huérfano de Figueras unido a ella. Ensimismado, Líber prepara el equipaje para el vuelo a Pekín. Con tono de dulce reproche se atreve a preguntar a su madre:

–¿Por qué conozco hasta ahora, en detalle, la historia en que fui adoptado, como requisito de tu matrimonio con Lee, incluyendo la fecha de nacimiento que me inventaste y también la tuya, coincidente, que hasta ahora desconocía? Menuda sorpresa la mía al descubrir que hoy podremos celebrar juntos nuestros cumpleaños, echando en falta al inolvidable Lee, lo mismo que a Madame Chanel que, lejos de traicionarte, en un medio donde sólo rige la moneda de la especulación, contribuyó a salvarte. Pero con nosotros estará Evelyne, mi esposa, que vive como un sueño, sin límites, nuestro viaje, más que de luna de miel, de gozo existencial. Que tu llegada a Hong Kong haya sido justamente el día en que estalla la segunda guerra europea, suena a tema fantástico de una gran novela. Tengo mucho que agradecerte y hablar contigo. Y me pregunto sorprendido, por qué a unas horas de nuestro viaje a Pekín me has entregado esta tercera parte de tu Diario. ¿Lo tenías previsto?

–No, Líber —le contesta Ita, acariciando el denso cabello ensortijado de su hijo. Me he visto impulsada a hacerlo después de haber escuchado al profesor Roberto Mariscal en la junta de ayer, exponiendo un proyecto, como parte de la negociación con Mao, que nos compromete a todos, especialmente a ti por su trascendencia e implicaciones inmediatas y futuras de todo orden. Creo que la entrevista con Mao puede cambiar el futuro de nuestra vida, desde cualquier enfoque y resultado final. En ese tercer cuadernillo de mi Diario culmina mi amor al hijo circunstancial de la guerra española y comienza el ciclo decisivo de una madre amorosa, que tiene que descansar en la fortaleza y la inteligencia de su hijo. No sé si te diste cuenta de mi gesto de satisfacción cuando Evelyne espontáneamente manifestó el deseo de dirigir el Museo Lee Cheng-Xiao...

–Si tuviera más tiempo disponible, me atrevería, perdóname tantos atrevimientos, a preguntarte por qué no ha habido hijos en tu matrimonio con Lee.

–La razón de ese secreto la hallarás en el capítulo final de mi Diario. Lo que puedo anticiparte es que, pese a los deseos de ambos, no hubo hijos por causas atribuibles a tu padre. No faltaron intentos y asistencias científicas.

Antes de separarse de su madre, ésta hace un aparte con Líber:

–No te oculto mis temores con respecto al trato con Mao. Es un hombre cruel, con millones de muertos en su haber, que disimula u olvida detrás de su mesianismo el propio y el que fomenta la implacable dictadura del Partido Comunista. ¿Entenderá nuestro planteamiento? —Líber procura tranquilizar a su madre, sin ignorar sus propios temores:

–Se le van a hacer concesiones en la forma de entrega y permanencia en Hong Kong del Museo, porque de otra manera Mao no aceptaría la negociación, sintiendo menospreciado su poder. Pero la habilidad del planteamiento del profesor Mariscal es integrar con la conservación del Museo, un sesgo histórico que puede glorificar a Mao, al convertirle en líder de la implantación del español en el mundo como recurso de influencia directa que desafiará, por su naturaleza, uno de los pocos flancos que permite el gran poderío de Estados Unidos. Este gran suceso nos asociará a un capítulo de proyección intensa y singular, digno de la memoria de Lee y su heredera, marginando a un nivel secundario la donación del Museo con reservas adicionales. Considero que es un acontecimiento de enormes proyecciones y la idea en su conjunto, entre los efectos masivos y los selectivos. Una aproximación razonable a lo ideal, más allá del imperio reinante de los billetes verdes.

Líber busca apresuradamente —el tiempo apremia— al profesor Roberto Mariscal que ha estado perfeccionando la argumentación de los escenarios técnicos y prácticos de la conversión al español de 500 millones de chinos. La reunión es en el amplio y bien decorado despacho de Tuny, con un mapa ilustrado al fondo de su mesa de juntas, en el que figuran las extensiones geográficas del Grupo Mandarín, cubriendo todas ellas, en perspectiva global, una impresionante gráfica sencilla y elocuente a la vez. El profesor Mariscal informa al pleno del proyecto en sus dos vertientes, la entrega del Museo y el planteamiento, provisionalmente titulado *Háblame en español*. Líber, después de destacar la sabiduría de don Roberto, un filósofo y lingüista con algún sentido práctico, altamente calificado en Harvard, cede la palabra a su tutor.

—Creo en la viabilidad de ambos proyectos. Es de esperarse que Mao acepte a regañadientes la fórmula de donación del Museo. El enfrentamiento con el Gran Timonel de China nos sería desventajoso, porque el apoyo de los gobernantes ingleses de la isla tendría, en el mejor de los casos, una validez débil y efímera. Complicaría la vida del Grupo y sus herederos, sobre el yunque hostil de la paciencia china.

El profesor Roberto Mariscal termina una larga y prolija intervención, reafirmando que está convencido de que el encuentro con Mao será un éxito. El primer síntoma, a su juicio, independientemente del cortejo a la viuda de Lee Cheng-Xiao, es que sea el propio Mao quien nos reciba en sus dominios, dispuesto a escucharnos. Es una distinción excepcional, a la que muy pocos tienen acceso.

Con la suavidad persuasiva de Tuny Che-Zhisnui,

sin ocultar que los acuerdos con Mao pueden afectar, a largo plazo, los intereses del Grupo que preside, habla así:

–Es difícil, por no decir que imposible, penetrar en el pensamiento de Mao. Es un hombre astuto, orgulloso de una revolución histórica a la que no va a renunciar. Lo que sucede en China en estos momentos revela su dogmatismo y también su crueldad. ¿Alguien puede arrancarle una concesión como la que pretendemos? Nos queda esa reserva misteriosa que tienen los dictadores para hacer lo que quieren en nombre de su capricho personal. Es una reserva que pudiera favorecernos, entre la ostentación de su poder y sus fines secretos. El riesgo es que pudiera rechazar nuestro planteamiento. ¿Qué sucedería entonces?

Es Líber el que contesta:

–Gracias, Tuny, por sus acertadas previsiones, como siempre. Mi opinión, en caso de que Mao rechace nuestra idea, es que puede prolongarse la situación actual, amparada por los términos testamentarios de la voluntad de Lee. Podríamos seguir como estamos, atenidos a un futuro que ni el propio Mao puede prever, aunque lo intente. Sobrarán fórmulas para mantener este diferendo, como hasta ahora lo ha hecho mi madre Ita. Nadie, razonablemente, puede considerarse dueño del futuro, menos en un tiempo dominado por los cambios más imprevisibles.

Líber invita al profesor Mariscal a que continúe. Lo hace exponiendo una serie de datos minuciosamente estudiados sobre las posibilidades y el efecto histórico que supondrá la incorporación de China al universo de habla española.

–Permítanme que les diga —agrega el profesor Mariscal— que el planteamiento que se va a presentar a Mao está ensamblado por dos elementos que se apoyan recíprocamente y que podrían influir sobre él tanto simultáneamente como de manera separada. Pero, aparte de la concesión que representa el asunto del Museo, me toca destacar la importancia cultural y política de que China puede resolver un problema, a la vez interno y externo, como país de multiplicidad de lenguas a partir del mandarín y el cantonés, así como las peculiaridades y diferencias de ambos idiomas, una verdadera rémora en la inevitable expansión demográfica de China, por mucho que se restrinja. Nadie, en efecto, puede predecir la suerte del régimen comunista dentro de 30 años. Pero nadie puede dudar del peso natural de China en las grandes decisiones del mundo del nuevo siglo. Una lengua franca girando alrededor del español, lengua con territorios propios en constante ascenso de uso, puede ser algo más que un sueño, una insólita realidad. Estaría fuera de ella no ponderar el aspecto económico, al reflejar y condicionar en gran parte la economía, vinculada a las expansiones internacionales del mercado de consumo. Como hombre de letras, quizá pondere con demasiado optimismo este aspecto fundamental del plan que presentaremos en unas cuantas horas más. No se trata de una conjura de conjeturas, sino de algo tan claro, para mí, como las cinco líneas de mi mano.

El profesor Mariscal ha sido escuchado con suma atención, acaso con el deseo de que ampliara sus puntos de vista con mayor detalle. Pero se los reserva probablemente con el propósito de centrar la idea en sus fundamentos y no en sus detalles. Seguirá la intervención de Jimmy Otegui:

–Don Roberto, en sus palabras finales, ha incluido un elemento de análisis y persuasión del que no se puede prescindir. Que un filósofo haya valorado el aspecto económico de su planteamiento revela una percepción a considerar, por su fuerza propia y pragmática dentro del enfoque general de la idea. La redondea, la amplifica. La China del 2000 contará, y mucho, en los rumbos de la economía mundial y en sus nuevas formas de equilibrio. Una masa hablante de mil millones sería tan sólo anticipo de una multiplicación arrolladora en todos los órdenes. Conocemos los problemas actuales de China y algo de la mentalidad de Mao. Hemos tratado con su gente y Mao ha demostrado de varias formas su gratitud por los millones de becas alimenticias que les hemos entregado. Pasan ya de cinco mil millones, trato privilegiado a un país que tiene conciencia de ello. Simplemente les recuerdo que Mao nos ha elogiado como una institución ejemplar dentro del sistema capitalista. China nos necesita, más allá de la donación del Museo, y nosotros, como Grupo, necesitamos una buena relación con China, cualesquiera que sean sus cambios, teniendo en cuenta algo tan concreto como que en 1997 Hong Kong será territorio chino y que el Pacífico, según algunos historiadores, será clave en el destino del mundo. El Centro de Investigaciones y Combate contra la Pobreza seguirá siendo una especie de vanguardia de nuestros intereses institucionales. Posiblemente estemos ante un planteamiento, cuya trascendencia puede desbordar a ambas partes. No debe olvidarse que el mandarín como idioma oficial de China, no está muy arraigado y que es de implantación reciente en términos históricos, a principios del siglo XX, después de ser considerado dialecto durante muchos años atrás.

Líber ha preguntado a Tuny Che-Zhisnui si le gustaría formular alguna pregunta o juicio adicional. Contesta que la reunión ha sido muy positiva y que ha descubierto implicaciones que él no había tomado en cuenta. Le gustaría, al regreso del viaje, conocer el texto íntegro de la presentación del profesor Roberto Mariscal, a quien felicita por tener un entendimiento claro de la China de hoy y la incertidumbre de la China del mañana. Líber les invita a reunirse en la comida que su madre Ita les ofrece, acompañado de Evelyne. Don Roberto se excusa, porque quiere dar los últimos toques a su proyecto, después de haber escuchado con especial atención lo que se ha hablado en la junta que se acaba de celebrar.

Antes de sentarse en la mesa, Líber resume a su madre lo que se ha tratado, escuchando las valiosas opiniones de Tuny Che-Zhisnui y Jimmy Otegui.

Ita pregunta a su hijo:

—¿Y tú que piensas?

—Mi satisfacción ha aumentado y confío en el éxito. Esto es para mí lo más importante. Ojalá sea la herencia que perpetúe el idealismo de nuestro querido Lee, el hombre de negocios de alma humanista y corazón generoso. Perpetuar el recuerdo de Lee será un homenaje a esa mujer admirable que tú has sido y eres —cerró Líber.

En la mesa toman asiento, con Líber y Evelyne a un lado y otro de Ita, Tuny Che-Zhisnui y Jimmy Otegui, en el otro. Una comida típicamente china con los mejores vinos del restaurante Mandarín. Sobre todo es una comida de sorpresas, cuando parecería lógico que el tema pudiera ser el de la junta preparatoria del viaje a China. Ita se encargará, desde el primer momento, de anunciarlas.

—Esta comida íntima es de buenos deseos por el viaje a China, pero hoy es una fecha memorable para Líber y para mí. Hoy, 26 de febrero, bajo la tutela de Piscis, Líber y yo cumplimos años. Le voy a entregar, bien enmarcados, dos dibujos que me dedicó en París, cuando tenía tres años. Con algo agregado para que Líber y Evelyne puedan instalarlo en su nueva casa de Boston. Se trata de uno de los bocetos, a lápiz, de la gran pintura de Picasso *El acróbata y el joven arlequín*, que me entregó en una de nuestras gratas convivencias.

Pero Líber y Evelyne tenían su propia sorpresa: una medalla de oro y platino con la Virgen María estilizada y un texto al dorso: A Ita, de su hijos Líber y Evelyne. 26 de febrero de 1971. Ita se reservó la sorpresa mayor:

—¿Te acuerdas, Líber, de Ramoncín Egocheaga, en cuya casa de París viviste algunos días?

—¡Claro que me acuerdo! Él me enseñó a tocar la sinfonía que me regaló el miliciano cojo que recogimos en la frontera francesa.

—Pues Ramoncín está aquí, le he traído de México, donde trabaja en una agencia internacional de prensa.

Y aparece Ramoncín, un hombre calvo, como de cuarenta años, parte del rostro con una quemadura demasiado visible.

Líber y Ramoncín se abrazan con cariño de hermanos. Naturalmente, Líber no recuerda la imagen física del Ramoncín que dejó de ver cuando aquél tenía diez años.

Pero sí su voz, todavía con acento asturiano, que le grita al oído "¡Visca la Libertat!" El abrazo une a Ita y Evelyne con Líber y Ramoncín, en una de esas escenas que marcan y dan sentido a la vida para siempre. Líber no acierta a expresar su emoción, inundado por sus caudalosos efluvios. Los presentes la comparten en toda su significación íntima. Ramoncín, como buen periodista, conoce en gran parte la aventura de Ita y Líber y evoca los días memorables de París.

Ramoncín es portador de un regalo para Líber. Se trata de la historia de la guerra civil española, escrita por el periodista Julián Zugazagoitia, el escritor socialista fusilado por Franco, junto a su compañero de oficio e ideas Francisco Cruz Salido.

A juicio de Ramoncín es el mejor de los muchos libros que se publican con el mismo tema y la encuadernación es del más grande artesano que llegó a México con el exilio español, Fernando López Valencia.

El Mandarín, con bandera de Hong Kong, acoge a los cuatro viajeros —Ita, Líber, Jimmy y don Roberto— para emprender la travesía de cinco horas largas hasta la capital china. El avión goza de un permiso especial para aterrizar en Pekín. Evelyne, sin ocultar la turbación que producen en su ánimo los acontecimientos que está viviendo, se despide de Líber e Ita, al pie del avión, y les desea suerte, esas palabras históricas que don Roberto frasea: "¡La suerte está echada!". Don Roberto será el último en abordar, dedicado a corregir y agregar el texto final en mandarín, con la indispensable colaboración de Madame Lauron, en tiempo continuo hasta lograr un documento completo, precedido de una síntesis que será al estilo de un hombre de lectura rápida como Mao. Todos, sabiendo, aunque lo niegue, que Mao entiende bastante el inglés.

Ita reza para que todo salga bien.

7

A las nueve en punto de la mañana del 28 de febrero de 1971, el avión de largos vuelos del Grupo Mandarín ha despegado del aeropuerto de Hong Kong. Mientras se cumplen las instrucciones de ruta del gobierno chino, los cuatro pasajeros toman asiento alrededor de la mesa redonda de juntas que fue de Lee Cheng-Xiao. Obviamente, siguen cambiando impresiones sobre la cita en Pekín, sin que nadie acierte a explicarse qué motivos de fondo mueven a Mao, teniendo en cuenta el clima de fanatismos y persecuciones que aún perduran en su Revolución Cultural. Todos coinciden en que la cita con el Gran Timonel no puede explicarse, razonablemente, por motivo tan secundario como es la donación de una colección de pinturas, por muy importante que ésta sea. El profesor Roberto Mariscal, comparte esta incógnita precisando:

—Lo que a nosotros nos parece razonable no se puede aplicar a un hombre poderoso que rige los destinos de China con unas razones que no son las nuestras sino las suyas, elevadas a categorías de verdades inapelables. De tal manera que no todo lo que sucede en China puede verse y lo que puede verse, muchas veces, es un montaje de propaganda.

Todos esperan la posible explicación de Ita, tan sensible y experta en los laberintos de la vida humana. Pero no es ella la que habla, sino Jimmy Otegui, que tarda en arribar a la firmeza habitual de sus palabras.

—En este juego de hipótesis me atrevo a plantear una que hasta ahora he ocultado, pero que he ido afirmando según nuestras dudas han crecido. Saben todos la frecuencia de mis contactos con los círculos cercanos de Mao, derivados de los grandes auxilios alimenticios desde el Centro de Investigación y Combate contra la Pobreza, lo que me ha obligado a viajar varias veces a China. Fui testigo de la entrevista entre Mao y la señora Ita, quien con tanta delicadeza y convencimiento se negó a bailar con Mao, una invitación que ninguna mujer ha podido eludir, según me comentó uno de los secretarios de Mao, con la particularidad de que éste no se irritó, ni perdió las buenas maneras...

Otegui, temeroso de su revelación, continuó:

–Atando cabos entre lo que alguno de los hombres de confianza de Mao me confidenció y lo que vi, se ha afirmado mi impresión de que Mao está enamorado de la señora Ita y trata de seducirla.

La mesa pareció tambalearse, como si al avión le agitara un viento adverso. El profesor Mariscal derramó su taza de té, exclamando como si fuera Eurípides:

–¡Eureka! Al fin hemos encontrado lo que puede ser un insospechable motivo.

Pendientes de la versión de Ita, ésta, sin perder su aplomo, dijo:

–Comprenderán que yo estoy tan sorprendida como ustedes por la revelación que acabamos de escuchar. Nunca la hubiera imaginado. Sin embargo, conozco bien a Jimmy Otegui; sus relaciones con la gente cercana a Mao son reconocidas, mi confianza en él, heredada de Lee, es total y no me atrevería a desechar su hipótesis, si bien me cuesta creerla. Los caprichos de los dictadores suelen ser inescrutables. Mi pregunta es: ¿Cómo reaccionará Mao al sentir la suave bofetada del desengaño?

Si la hipótesis de Jimmy Otegui es considerada, por el valor testimonial que tiene —apunta Líber—, deberíamos antes conocer más a fondo la historia de Mao. Y el que mejor puede ilustrarnos sobre ella, más allá de los datos básicos que manejamos, es el profesor Mariscal.

El profesor Mariscal asiente y hará uso de su memoria caudalosa:

–Efectivamente, para llegar a las conclusiones de las cuales les informé en Hong Kong, ha mediado un estudio a fondo de la personalidad de Mao y su prodigiosa aventura. Al hilo de ella hay que recordar que Mao nace en una familia de buena posición económica, en la provincia agrícola de Hunan. La tierra, los campesinos y la gran pobreza influirán en una educación de buen nivel, donde aprender a leer es un privilegio y mayor el de saber escribir. Después de trabajar en la granja agrícola de su padre, siendo todavía un niño, fue un destacado estudiante, orgullo de su familia, de madre budista y de padre sin religión definida. Mao ejerció de maestro y sus biógrafos han conservado algunos de los artículos periodísticos que escribió, influido por los clásicos, materia que le enseñó el más viejo de sus maestros, un profesor sin coleta como reflejo de su modernismo. Ya entonces revelaba Mao un espíritu de rebeldía social, entre el anarquismo y el nacionalismo, opuesto a su padre, como uno de los poderosos productores de arroz en la comarca. En su adolescencia avanzada fue entusiasta lector de Voltaire, Rousseau y Montesquieu, admirando a Napoleón y a Catalina la Grande. Inquieto, en busca de otros horizontes, abandonó la ciudad natal, se casaría por primera vez a los 14 años y se hizo maestro titular y traductor del ruso. Dato curioso que tengo anotado: Mao caminó andando los treinta kilómetros que le separaban de su nuevo destino. Un andarín, preparado para la hazaña que inscribiría su nombre en la historia universal.

Don Roberto, antes de seguir, pide al servicial camarero un whisky Johnny Walker Etiqueta Negra en las rocas. Lo saborea a gusto e hilvana su exposición:

–Su primera actividad política es como miembro del Partido Nacionalista —Kuomintang—, paradójicamente el Partido de Chiang Kai-Shek, el jefe militar que combate a los invasores japoneses. Después, sin dejar el Kuomintang, ingresa en el Partido Comunista en el que se convierte en un activo militante, al punto de que en el Congreso de 1923 es elegido para formar parte del Comité Central Ejecutivo y director del Departamento de Organización. Es entonces cuando entra en la vida clandestina. Por acuerdo del Partido Comunista, apoyado por los soviéticos, al mantenerse dentro del Kuomintang, trata de formar un Frente Unido entre ambos partidos. La idea es de vida efímera, no prende en la realidad nacional, por lo que se dedica de lleno al Partido Comunista, donde se le respeta como intelectual y hombre de acción. Es autor de una múltiple folletería, inspirada abiertamente en la doctrina marxista-leninista, en la línea de lo que tiene que ser un secretario de acción y propaganda, sobre el modelo del Agi-Pro, implantado en Rusia por Lenin y Trotsky. Algunos textos de esta etapa de Mao tienen cierto sabor poético, a diferencia de los textos soviéticos. Van de la filosofía de *Sobre las contradicciones* al instructivo de *Sobre la práctica*. Existe otro no traducido al inglés titulado, me parece, algo así como *El renacimiento socialista en el campo chino*. El que le daría popularidad será el llamado *Libro de Mao* o *El Libro Rojo*, editado por cientos de millones de ejemplares en todas las lenguas chinas y muchas extranjeras. Un librito forrado en plástico de color rojo, del tamaño de la palma de la mano. Una especie de Biblia con las frases y consignas maoístas. Mao se sometió a un trabajo agotador del cual se retirará, alegando este motivo. Pero, según entiendo, la causa real serían las discrepancias con el Comité Central. Mao, sin embargo, no abandona su activismo, se instala en el norte del país y se acerca a campesinos y obreros propugnando, más que un cambio progresivo, una revolución social. Adueñado del movimiento campesino, ante todo, se convierte, años después, en un líder con fuerza propia, sin romper sus vínculos con el Partido Comunista y con el ala izquierda del Kuomintang, en oposición creciente y directa contra Chiang Kai-Shek, quien terminará por perseguirlo y tratar de asesinarlo. Su espíritu independiente y su estrategia secreta hacia el futuro, le llevan a desobedecer al Comité Central del Consejo Militar Comunista.

Prefiere las montañas fronterizas, cerca de los campesinos, más de 80% del país. Los demás son burócratas. Mao es ejemplo de hombre pensante y práctico, en la lucha por la igualdad. Existe una de las regiones más áridas de China —creo que su nombre es Shaanvi— caracterizada por sus cuevas de piedra, habitables por la gente de bajos recursos. Mao habita una de ellas y crea, con las comunas campesinas, los primeros gobiernos del Soviet. Su enfrentamiento con los intelectuales, que no entienden su pragmática teórica, ensalza, cada vez más, su posición de líder nacional. Me parece que fue a finales de los años treinta, cuando empieza a exhibirse en la plaza de Tiananmen un cartel que será histórico. El rostro agitado de Mao y en segundo plano un ejército de obreros y campesinos pródigo en banderas y consignas. En los años cuarenta, el propio Mao promueve su liderato, arrastrando tras de él al Partido Comunista. Mao contempla sus pies ensangrentados por sus constantes caminatas. La Larga Marcha, con sus diez mil kilómetros, se inicia de hecho en 1934. Mao, que ha vencido las fiebres de la malaria, está seguro del triunfo de su causa. Al Partido Comunista no le queda más remedio que incorporarlo al Politburó, bajo la influencia abierta de los comunistas soviéticos, que ayudan con armas y asesores. Pero Mao tiene su propio asesor desde hace tiempo, Chen Bada. Los acontecimientos se aceleran de una manera imprevisible. Las bombas atómicas de Hiroshima y Nagasaki provocan en 1945 la rendición incondicional de los japoneses, y los rusos, que hasta entonces habían respetado sus compromisos con Chiang Kai-Shek, se apoderan de Manchuria, entregando a las fuerzas comunistas de China, los cuantiosos depósitos de armas y material bélico dejados por los japoneses.

Don Roberto ha hecho un mutis para pedir un "Etiqueta Roja".

—¿Por qué "Etiqueta Roja" y no "Etiqueta Negra", favorito de los llamados conocedores? —le pregunta Líber.

—Simplemente, porque el rojo evoca mi pasado, nuestro pasado ¿verdad Ita? Éramos, y todavía somos, los rojos que perdimos la guerra. ¿No les he fatigado en este recorrido por la vida de Mao?

Al contestarle negativamente sus cautivados interlocutores, y felicitarle por su envidiable memoria, el profesor Mariscal continúa:

–Daré algunos saltos, más los que se hayan perdido en mi memoria, para llegar a los puntos culminantes. Disculparme las omisiones y que en algunas partes incluya mi opinión personal. Habíamos quedado en que la rendición del Japón, ante el ataque atómico de los estadunidenses, tuvo el efecto inmediato de sacar de sus filigranas diplomáticas a la URSS —nadie olvidará las fotografías de Stalin junto a Chiang Kai-Shek, Churchill y Roosevelt— para lanzarse en auxilio del ejército comunista, encabezado por Mao en su Larga Marcha. El general Chiang Kai-Shek había tratado por todos los medios de estrangular los bolsones comunistas sin conseguirlo. Las fuerzas comunistas chinas se defienden y atacan a la vez, apoyados por movimientos clandestinos bien preparados y Mao establece bases por todo Manchuria. El presidente Truman, de Estados Unidos, envía a China al más brillante de sus colaboradores, el general Marshall, para que medie entre Chiang Kai-Shek y Mao. Respaldado secretamente por Stalin, Mao no cede. Su ejército ha avanzado ya rápidamente y la toma de Pekín no está lejana. Al insinuarle el general Marshall el poderío atómico de Estados Unidos, Mao le responde que el territorio chino es muy grande y tiene más de 600 millones de habitantes. Le dice que no teme al "tigre de papel", en alusión a la bomba atómica, y China podría soportar millones de muertos y salir libre al final. Así llegará Mao a su encumbramiento definitivo cuando, conquistando Pekín, a principios de 1949, se proclama después la República Popular de China. Los cronistas de este asombroso acontecimiento han descrito el escenario grandioso de la plaza de Tiananmen, nombre cuyo significado se ha traducido como Puerta de la Paz Celestial, poblada por un inmenso hormiguero humano, agitando banderas rojas con la hoz y el martillo y cantando "La Internacional" comunista, una y otra vez, en medio de los gritos reproduciendo las consignas de Mao, llevado a la divinidad de las multitudes. Todo lo tenía previsto Mao, nimbado con los títulos supremos: Presidente del Partido Comunista, Presidente de la República Popular China y Presidente de la Comisión de las Fuerzas Armadas. El encumbramiento de Mao no tiene límites. Ante la multitud reunida en la plaza de Tiananmen ha anunciado que la gloriosa bandera de la revolución se clavará en todo el mundo. "¡China se ha puesto en pie!", es la frase con la que cierra sus discursos. En las escuelas, en las comunas y en las ciudades se aprenden de memoria las frases del *Libro Rojo* y las cantan. Quizá su aliento constante al culto de la personalidad sea un desafío al de Stalin. Por cierto, Mao, cargado con tantos honores, se apresura a visitar al dictador ruso para agradecerle su decisiva ayuda y solicitarla de nuevo para salir de las catástrofes internas que han supuesto 40 años de guerra y ocupación militar. Stalin prestará esta ayuda, que no será tanta como la que necesita China, especialmente en cuanto a un préstamo de 300 millones de dólares y otras sumas incluidas en el pacto chino-soviético que ambos suscriben. La relación entre uno y otro se va deteriorando. Aunque Stalin declara la admiración a Mao, elude aceptar el maoísmo como una interpretación ideológica del comunismo. Le niega apoyo para una invasión de Taiwán, donde se ha refugiado el general Chiang Kai-Shek con el resto de sus tropas derrotadas. Por lo que he podido comprobar, Mao se sintió molesto por el trato de subordinado que le daba Stalin, sin informarle de las grandes decisiones internacionales que habían convenido. Cada uno compitiendo en el culto de la personalidad. Olvidaron su ideología común, separados por sus diferencias personales o de matiz histórico. Diferencias que se repitieron con Jruschov, empeñado éste en acabar con la siembra del culto a la personalidad de Stalin. A Mao no le basta su endiosamiento en todos los rincones de China. Aspira a ser reconocido y exaltado a la altura de Marx y Lenin. No hay halagos ni homenajes que le basten. Lo suyo es la escala infinita de los pedestales. Su sentimiento nacionalista se asoma a la hora de hablar del futuro chino en el gobierno del mundo. Creo que sea suficiente lo que llevo dicho para entender el perfil básico de Mao. Acaso me he excedido y haya datos relevantes que ignore, pero conste que he estudiado a fondo al personaje y confirmo que está listo, en tiempo y edad, para glorificarlo. El Gran Timonel ha quedado reducido ahora a un título mínimo, aún siendo el más popular. En las arengas de los seguidores de Mao, abundan frases como: *En la sociedad de clases, cada persona existe como miembro de determinada clase, y todas las ideas, sin excepción, llevan su sello de clase.*

Ita expresa su gratitud al profesor Mariscal por la exposición hecha que considera muy aleccionadora. Líber y Jimmy se unen a este reconocimiento con palabras elogiosas. Ambos se muestran confiados en el éxito del encuentro con Mao. Comprenden que el elogio y el halago serán indispensables y están conscientes de los dardos críticos que acostumbra a disparar Mao en sus reuniones. Jimmy Otegui, que ha tomado notas de todo lo escuchado, ha decidido hacer alguna aportación propia, desprendida de las relaciones que mantiene con algunos colaboradores cercanos a Mao, que admiran como obra social de solidaridad humana el Centro de Investigación y Combate contra la Pobreza.

—No mencionaré, por conocidas, las hambrunas que ha padecido China con millones de víctimas, particularmente las de 1960 y 1964, que tanto nos conmovieron. Tampoco del fracaso de algunos planes, como el del Gran Salto Adelante, que resultó a la inversa, engañado por sus hombres de confianza. Tenemos a la vista el declive de la Revolución Cultural, catastrófica en vidas perdidas por inanición y depuración o confinadas en los centros psiquiátricos, denominados "Centro de Paz y Felicidad". Me dicen que uno de sus placeres es contemplar la Plaza Tiananmen, dominada por el gigantesco retrato suyo y su repetida consigna:

"¡China se ha puesto en pie!". En el Palacio de la Asamblea del Pueblo, convenientemente adaptado, ha instalado su habitación y trabaja sobre la gran cama, inundada de libros y libretas de apuntes, donde pasa la mayor parte del día. Junto está la amplia piscina cubierta en la que nada, haciendo alarde de sus facultades físicas. Según me cuentan, otro de sus alardes es el de su inagotable capacidad sexual, pese a su avanzada edad, convencido del antiguo principio taoísta de que las energías sexuales contribuyen a prolongar la vida. Lo que me asombra de estas versiones es su apetito por cualquier forma de sexo, alimentado por escogidas concubinas y alguno que otro concubino, en sus viajes diarios de la piscina a la cama. He preguntado por su salud y me dicen que circulan rumores de que ha decaído, requiriendo la asistencia de sus médicos. Prescindo de otros rumores que pueden ser maliciosos o exagerados. Pero este es el Mao que ahora vamos a encontrar.

–Pues este cambio final de impresiones —apunta Líber—ha sido muy útil.

–Sí, en efecto, la salud de Mao ha empezado a declinar. No obstante sus alardes contra esta amenaza real, podría aumentar el margen de nuestras previsiones, sea favorable o negativamente —comenta el profesor Roberto Mariscal ante una Ita preocupada y un Líber confiado.

El tiempo se ha pasado literalmente volando. Entre los comentarios y confidencias escuchadas, los viajeros naturalmente no han olvidado la hora de la comida a base de tostadas de caviar, foie-gras y salmón, acompañadas de champagne Dom Perignon. Don Roberto ha preferido otro "Etiqueta Roja". El avión no tarda en hacer su aterrizaje, siendo conducido al área de invitados especiales del aeropuerto de Pekín. Allí esperan a la comitiva dos bellas secretarias de Mao, las cuales ponen en manos de Ita un ramillete de rosas rojas. A los tres invitados, sin perder su aire ceremonioso, les entregan la traducción inglesa del Libro Rojo de Mao, empastado en piel. Una camioneta de marca japonesa, con asientos acolchonados y música china de fondo, transporta la comitiva al Palacio de Huairen, y no al Gran Palacio como esperaban. Es el Palacio que Mao tiene reservado —aclara una de las secretarias— para sus citas privadas y se van a sentir muy a gusto, con todas sus comodidades. Les informan de una temperatura de diez sobre cero y lluvias aisladas. Buena temperatura para Pekín.

No tardan en llegar al Palacio Huairen. Un ayudante de Mao recibe a los huéspedes con extremada cordialidad y los instala en cómodas habitaciones. Las maletas son ligeras, excepto la de Ita, de mayor tamaño y un bulto cuidadosamente empacado. Atiende la curiosidad de Líber y le dice que se trata de un jamón español, bocado predilecto de Mao. Entienden que los cuartos con dormitorios, para descansar algunos minutos, deben ser una previsión de Mao por si las juntas se prolongan, dada su costumbre de alargarlas sin medida del tiempo. El ayudante de Mao les informa que éste llegará dentro de una hora. Son las tres de la tarde. En el saloncito donde se encuentran, dos guapas jovencitas les sirven un té, que el ejecutivo del Gran Timonel se apresura a identificar por su marca Longjing: "El mejor té que produce China". Posiblemente, con el deseo de animar su espera, con ojos iluminados, les advierte: "¡Qué privilegio el suyo! Van a reunirse con el hombre más importante que ha mandado en China, después de Tang, su primer emperador".

Mao aparece puntualmente a las cuatro de la tarde. Se apresura a tomar y besar las manos de Ita, con dos inclinaciones de cabeza. En mandarín, la lengua escogida para la reunión, saluda a Ita con mirada codiciosa y exclama con voz suave: "¡Bienvenida 'La Bella Española' a la República Popular China!" (Ita se fija en el rostro de Mao, que acusa señales de embotamiento, no de la gran vitalidad que ella conoció). Y sin más, le ofrece a Ita una abultada caja, que carga una de las dos secretarias que le acompañan: "Me permito regalarle, en recuerdo de esta visita, una vajilla de porcelana china, fabricada especialmente para usted y grabada con las iniciales de su nombre, M.C.O.". Tal apresuramiento obliga a Ita a entregar el suyo: "Por mi parte reciba el mejor jamón serrano que produce España". Mao levanta sus brazos en señal de júbilo y besa de nuevo las manos de Ita. A continuación indica a sus invitados que pasen a la sala de juntas, según son presentados por Ita. Cuando saluda a Líber, un gigantón para él, le felicita por su reciente matrimonio y le anuncia que pronto recibirá su vajilla de porcelana china. A Jimmy Otegui le trata con particular simpatía y con una palabra no olvidada: "¡Gracias!". Sin duda, a Mao le han facilitado un detallado perfil de sus invitados, lo que es evidente al saludar al profesor Roberto Mariscal: "Le recibo como a un colega, salvando las circunstancias de cada uno. También yo fui profesor de historia clásica y otras materias. Amo los libros y odio las matemáticas. Ahora vivo de sueños realizados. Ojalá los compartamos".

La sala es sobria, con fotografías ampliadas de Mao en los muros laterales, reproduciendo momentos de su gran aventura. Cada uno ocupa en una mesa rectangular los lugares asignados. A la derecha de Mao, Ita, y a la izquierda, sus dos secretarias de confianza, traductoras a la vez del inglés y el francés. Detrás de Mao se coloca el ayudante que recibió a la comitiva, con su identidad verdadera, Tian Jiaying, secretario privado. Mao luce un característico traje gris abotonado hasta el cuello. Cuando Ita se lo elogia, creyendo que la prenda es una idea suya, Mao le aclara que él la ha hecho famosa, pero que su introductor fue Sun Yat-Sen, principal cabeza de la revolución democrática de 1911. Es Mao el primero que toma la palabra en una de sus habituales improvisaciones:

—Cumplo el ritual de nuestra cordial bienvenida con palabras escritas por Pearl S. Buck, esa novelista estadunidense que vivió en China: "La cortesía está en las entrañas del pueblo chino", y quiero dejar constancia de nuestra gratitud al Centro de Investigación y Combate contra la Pobreza por sus auxilios de alimentos y medicinas en días difíciles de nuestra historia. Es un bello ejemplo de solidaridad humana que debieran imitar otras instituciones del capitalismo cerril. De ese capitalismo del que hemos dicho y reafirmo que es el paraíso de la perversidad. Habría que recordarles la advertencia de san Lucas: "Aunque se tenga mucho no está la vida en la hacienda". Seguramente, el profesor Mariscal conoce la denuncia poética de Flaubert: "El odio al burgués es el comienzo de la sabiduría". China ha acabado con el capitalismo y sus rémoras. El dinero, y tampoco es una frase mía, ni de Marx, sino bíblica, es un completo estorbo para la elevación de la humanidad. Hemos pasado trances muy dolorosos y adversos, perseguidos por las tiranías, con pérdida de muchas vidas y territorios. Nuestra experiencia ha sufrido costos tan grandes como nuestro país. Pero hemos llegado a la liberación, sin la cual no hay emancipación. Nuestras comunas se han perfeccionado y pronto cubrirán las necesidades agrícolas de China. Pronto, también, pondremos en marcha un plan de industrialización. Hemos apostado a que dentro de quince años nos habremos emparejado con el nivel productivo de Inglaterra, lo que nos exigirá un incremento neto de riqueza de 9% anual. A la vez, elevaremos la esperanza de vida a 75 años como mínimo, según los estudios de nuestro Centro Investigador para la Prolongación de la Vida. El futuro del mundo no podrá entenderse sin el futuro de China por sí sola, y menos aún sin nuestra alianza estratégica con la India. Seremos un mercado por encima de los demás mercados.

La palabra lenta, bien articulada de Mao se toma una pausa. Enciende un cigarrillo, delgado y largo, y toma con la misma lentitud el té servido en pequeñas tazas de porcelana, al alcance de todos junto con una bandeja de caramelos y dulces chinos que cada uno saborea con placer, excepto Ita que repite sus tazas de un té distinto y delicioso. Mao se encarga de elogiarlo entre la variedad que produce China y exporta al mundo. Sus dos secretarias y traductoras sólo tienen ojos para las miradas de Mao, como si fuera un lenguaje secreto y casi hipnótico. Don Roberto no pierde detalle y toma notas, consciente del instante histórico que está viviendo y sonríe de vez en cuando, como si el discurso de Mao reforzara su exposición posterior. Líber se siente rebasado por el asombro y Jimmy lo ve todo con cierta naturalidad. Mao con esa confianza y seguridad en sí mismo que da el poder, y sus reflejos míticos, prosigue:

–Sí, tenemos muchos problemas, pero nos espera un futuro reparador, tanto en lo interno como en lo externo, firme nuestra fe en el comunismo. No es lo mismo todo para unos pocos que todo para muchos. Algún pensador europeo ha proclamado, antes que yo, que los pueblos que no recuerdan su historia están destinados a repetirla.

Líber se atreve a levantar la mano tímidamente y Mao le escucha.

–Admiro su memoria prodigiosa y su enorme sabiduría. Si me lo permite, debo decirle que esa frase de un pensador europeo es de George Santayana, uno de los grandes maestros de nuestra Universidad de Harvard. Y no es inglés, como generalmente se supone, sino nacido en España, nacionalidad a la que nunca renunció.

Mao ha olvidado un primer gesto de contrariedad y también sonríe ligeramente.

–Gracias por el dato —contesta Mao. Supongo que tu nombre es Libertario, amante de la libertad. Joven como eres, algún día te aburrirás del capitalismo y sus excesos. Desde ahora te ofrezco una plaza de maestro en la universidad china que prefieras. Pero me he apartado del motivo de mi invitación. Como sabe esta agraciada mujer que es la señora Cheng-Xiao, el gobierno chino quiere recibir en donación su valiosa colección de pinturas, heredada por su marido al pueblo chino, según nos consta. Estaríamos dispuestos a pagar un buen precio por ella si tal fuera el caso. Nuestro propósito es convertirla en un museo en la ciudad de Shanghai, de donde procedían los Cheng-Xiao, agregado a los atractivos turísticos de esta ciudad, como fuente de divisas que necesitamos, mientras se cumplen nuestros planes de consolidación. Hemos pensado en un antiguo palacio de la burguesía china para adaptarlo al museo y dignificarlo.

Mao acaricia de nuevo las manos de Ita, y espera su respuesta. Ésta hace acopio de serenidad:

—Nos honra mucho su interés por la colección de pinturas de mi amado esposo y le agradecemos sus muchas atenciones. Sabemos entenderlas, aunque quizá haya una supervaloración, dado lo que usted significa en el mundo actual y en el porvenir de China que deseamos sea venturoso. Acogidos a su hospitalidad, nos sentimos confiados para darle una explicación y llegar a un acuerdo que satisfaga a ambas partes. Verá usted. Ciertamente, la voluntad de mi esposo es que la colección de pinturas, reunida con tanta generosidad, quede finalmente en poder del pueblo chino, y digo finalmente porque yo debo respetar la cláusula que previene que será a mi muerte cuando la donación se haga efectiva...

—Magnífico —interrumpe Mao. Usted puede traspasar la donación, anticipando la voluntad de su esposo, y estamos dispuestos a dar su nombre al museo.

Ita mantiene su serenidad:

—Quisiera complacerle. Pero la cláusula tiene un valor moral más que jurídico. Mi hijo y yo nos encontramos aquí y vivimos gracias a Lee, mi esposo. Él nos sacó de Europa en vísperas de que estallara la segunda guerra mundial. Yo era perseguida por la Gestapo por mis servicios a la República española, derrotada por las tropas franquistas, apoyadas por los nazis de Hitler y los fascistas de Mussolini. Mi hijo cayó en mis manos como huérfano de guerra. Gracias a Lee salvamos la vida. Comprenderá que no puedo traicionarlo, cancelando su testamento. Ojalá hubiese una fórmula satisfactoria. Puede contar con nuestra buena voluntad.

Mao con sus ojos de águila, el único animal que puede mirar de frente al sol, han estado fijos en Ita, sin parecer inmutarse, como si conociera una historia que ignoraba. A Ita dirige ahora sus palabras:

–Señora, algo me ha atraído de usted. No sólo su belleza cautivadora, sino por intuir su inteligencia. Comprenderá que a un hombre que ha salvado la vida tantas veces, que ha visto morir a tanta gente, no puede dejar de conmoverle su historia, con la que simpatizo, porque Hitler y Mussolini fueron también mis enemigos y con Franco todavía no tenemos relaciones. Pero con la buena voluntad que ambos estamos demostrando debe surgir una solución aceptable.

Líber pidió permiso a Mao para intervenir. Su inglés es traducido a Mao por una de sus secretarias, las mismas que traducirán las palabras del profesor Roberto Mariscal.

–Sentimos por Mao un inmenso respeto y el mismo cariño por el pueblo chino. Creo que mi madre ha sido suficientemente clara. Nada añadiré. Tengo razones sobradas para considerarla no sólo como una madre excepcional, sino como un ser humano de virtudes verdaderamente superiores. Pensando en la fórmula que buscamos, yo me permitiría sugerir que el museo con el nombre de Lee Cheng-Xiao se abra en Hong Kong en una construcción expresamente diseñada y pagada por el Centro de Investigación y Combate contra la Pobreza, institución que usted conoce bien. En cuatro años más quedaría terminada la obra y abierto el museo al público. Creo que es una forma de transferirlo a China, puesto que en 1997, Hong Kong será territorio chino.

Mao no se contiene y exclama:

–En 1997 quizá yo no viva. Pero no quisiera perderme esa ceremonia, unida a la inauguración del museo. Soy parte principal de esa victoria sobre el colonialismo inglés y éste será el festejo mayor. Contra los augurios de nuestros enemigos, Hong Kong seguirá siendo la séptima potencia mundial y el primer puerto en contenedores. Una locomotora, desde luego, que contribuirá al mejor desarrollo del sur de China.

Líber no pierde la serenidad y capta el sentido de eternidad de una esperanza propia del endiosamiento de los héroes más poderosos de la historia, no importa que Alejandro el Magno muriera a la edad mágica de los 33 años, la de Jesucristo. Y le dice a Mao:

–Los grandes hombres, como usted, son inmortales. No mueren, se siembran.

Mao esboza, por primera vez, una abierta sonrisa, como si se congraciara con Líber, sorprendido posiblemente con las precisiones que acaba de hacer, y, aparentemente, cede:

–Todo dependerá del convenio que firmemos. Todo dependerá de la cesión de donación de la señora Cheng-Xiao a su muerte, deseándole, naturalmente, una larga vida. Creo que hemos avanzado, a salvo de los detalles finales. Ahora les invito a una cena que he preparado en honor de la señora Cheng-Xiao, en compañía de ustedes.

Líber antes de levantarse y cambiar de mesa, solicita la atención de Mao:

–¿Nos permitirá que después de la cena le expongamos una idea que coincide con su visión de una China en vías de modernización, según le hemos escuchado?

La respuesta de Mao es inmediata:

–Todo lo que contribuya al engrandecimiento de China, venga de donde venga, nos interesa mucho. Deduzco que la idea tendrá que ver con la presencia de mi colega, el profesor Roberto Mariscal, que no ha abierto los labios en toda la reunión.

Líber lo confirma y sin más se dirigen al comedor privado de Mao, quien toma del brazo a Ita y le dice con aire extremadamente confidencial: "Espero que su hijo no se haya aprendido al pie de la letra la frase de mi *Libro Rojo* que yo también me he aprendido de memoria, aunque no sea mía en su origen. Me refiero a la que recomienda: 'Aseguraros de no librar ninguna batalla sin estar bien preparados, y jamás libréis una batalla sin estar seguros de ganarla'". Ita se hace cortésmente la desentendida.

Son las siete horas de la tarde en punto, Mao sienta a su derecha a Ita y a su izquierda a Líber. Las dos secretarias traductoras se colocan detrás de Mao, en distancias escalonadas. Don Roberto, fascinado, no pierde detalle. El mismo Jimmy Otegui, acostumbrado al ceremonial chino, invade de sorpresas sus miradas. Sentarse en la mesa con Mao era para él inimaginable. Tres camareros vestidos a la usanza del anfitrión, pero en ropa blanca, atienden con diligencia y esmero el servicio. Antes de iniciarle, Mao hace uso de la palabra con sus suaves acentos:

–Tenía preparada una cena de seis platillos típicos de la cocina china. Pero al conocer su deseo de plantearme una idea de trascendencia histórica, con el tiempo que dispongo los he reducido a dos. Por supuesto, el más célebre de la gastronomía china, con su tradición de mil años, el pato laqueado, exclusivo de emperadores y burgueses, símbolo máximo de la comida china. Irá precedido de una suculencia a la que yo estoy habituado, y que debo a la gentileza de la adorable señora Cheng-Xiao: el jamón serrano español, que España produce desde el siglo XVI. Ella ha sido portadora de una pieza de siete kilos, que ahora vamos a saborear.

Ita, vestida elegantemente con un traje entretejido con pequeños dibujos en blanco y negro al más puro estilo Chanel, resaltado su terso busto por una blusa blanca de seda, agradece las palabras de Mao y responde al primer brindis de éste con copas champañeras de Baccarat llenas del preciado líquido de la marca Ayala.

–Gracias por su hospitalidad con el deseo de largos años de vida.

Mao no pierde la ocasión para su propio brindis:

–Brindo por la República Popular China, por el futuro del comunismo y sus tres antis: anticorrupción, antidespilfarro y antiburocratismo.

Consciente de que es castigado con críticas adversas, reitera una pregunta consoladora que se ha hecho a sí mismo:

–¿Quién puede decir que nunca ha dicho algo a espaldas de alguien? Mis palabras son claras y dichas de frente. Soy un marxista invencible en una China invencible.

Los comensales, con sus preguntas, estimulan la memoria de Mao y éste habla de las aventuras e incidencias de su vida, antes y después de la Revolución. Líber quiere saber cuál es el que más le gusta entre los títulos que el pueblo chino le corea. Sin demora ni reparo, Mao contesta que es el de "el rojo sol de los corazones".

Mao no deja de enorgullecerse de los logros de la Revolución, como el arrasamiento de la Ciudad Prohibida; la prohibición de los burdeles, obligando a las prostitutas y drogadictos a internarse en escuelas y centros de redención; la preservación de los monumentos históricos; la creación de verdes parques de recreo; la eliminación de la lucha de clases y el establecimiento de una sociedad igualitaria. "¡Hemos despertado! El mundo es nuestro, el Estado es nuestro!", proclama.

Es a iniciativa del anfitrión, quizá con rara impaciencia, la que concluye la cena, después de que sus invitados han saboreado un rico postre a base de una compota de frutas, regadas con algún licor de las variedades regionales de China. No falta un brindis final por la fraternidad universal, y cada uno vuelve a ocupar su sitio anterior en la sobria sala de juntas. Las secretarias traductoras, turnándose, se encuentran prestas a su tarea. Por sus abreviaturas se podría confirmar que Mao entiende el idioma inglés. Sin embargo, el Gran Timonel dedica oídos atentos a la exposición del profesor Roberto Mariscal, siguiendo con miradas escrutadoras sus gestos y movimientos de manos, admirado posiblemente de un discurso improvisado, en inglés, sin papeles a la vista, cercano a ese alarde de memoria que ha hecho famoso al mismo Mao:

–Que uno de los hombres más importantes de este y los nuevos tiempos haya aceptado escuchar esta exposición, es una cortesía que valoramos y agradecemos profundamente. Ojalá no le defraudemos. Menos, sobre todo, en un tema que usted ha estudiado en sus laberínticos orígenes como profesor y estadista. Nos referimos al tema del lenguaje, esa innata capacidad del ser humano para comunicarse a base de modular los sonidos que producimos al exhalar el aire, dando vida a las palabras en que las lenguas nacen y crecen, con más misterio que certeza. El Génesis contempla con temor que haya un pueblo, el de la especie humana, que hable una sola lengua. Y cuando trata de llegar al cielo por medio de la Torre de Babel, el intento es rechazado y se niega el derecho de hablar una sola lengua. Había que crear la confusión de modo que uno no entienda la lengua del prójimo, como si fuera un efecto de maldición bíblica. La dispersión suma hoy más de siete mil lenguas; no pocas desaparecen o quedan como vestigios arqueológicos, en tanto que contrariamente existe una, la inglesa, heredera de las tribus paganas de anglos y sajones, entre otras, cuyo dominio viene aumentando cada día más y gobierna ya 70% de las comunicaciones internacionales. Más dramático: las bombas atómicas tienen siglas en inglés. No han faltado intentos para establecer un idioma de carácter universal. El último de ellos fue en 1887 por el doctor polaco Ludovico Zamenhof, cuyo seudónimo, Doktoro Esperanto, dio nombre al idioma. El esperanto, en su desafío al Génesis, fue aceptado, sobre todo, por los pueblos eslavos, pero conquistó numerosos adeptos en otros países, como Rusia, Italia y la misma España. Curioso: al margen de las ideologías, el esperanto prosperó entre los filatélicos en general. Pero la segunda guerra mundial congeló el esperanto hasta desaparecer prácticamente en la segunda mitad del siglo XX.

El profesor Mariscal hace una pausa y cruza su mirada con la de Mao sin advertir en ella ninguna falta de interés. Lo que le anima y bebe el refresco de frutas que le han servido para continuar:

—En el mundo futuro, el que se está gestando, descartado el uso de la atómica, la lengua puede ser el arma más poderosa, como capacidad común de todos los humanos. En ese mundo futuro, pase lo que pase, China seguirá siendo la nación más poblada y el territorio más extenso, incluidos Hong Kong, Macao y Taiwán, de hablantes chinos, cualquiera que sea su suerte, de cara a un giro histórico que tendrá al Pacífico como eje central. El idioma que hoy compite numéricamente con el inglés es el español, todavía el producto más importante de este país con todos sus americanismos. Una lengua viva que se extiende por toda América, de forma que de cada diez hablantes sólo uno radica en la península. Agregando la llamada minoría hispana que se multiplica en Estados Unidos, pese a todas las restricciones, la aportación aumenta y se prevé que en el año 2000, por ejemplo, las capitales de más hablantes españoles serán México, Madrid y Los Angeles. Para ese año, si se suman los hablantes españoles que aportará Brasil, como cabeza de Suramérica, más los nativos estadunidenses obligados a aprender el español por motivos comerciales y culturales, incluido el cambio al español como lengua alternativa en los países de Europa, África y Asia, se alcanzará una respetable cifra, superior a los 500 millones. No es de extrañar que algunos teóricos propugnen convertir el español, por sus propiedades fonéticas y estructura, en una gramática universal. Ahora bien, situados en el mismo año del 2000, si vale el cálculo de que China habrá llegado o superado los mil millones de habitantes, ¿qué ocurriría si en las universidades y centros de enseñanza de China, adoptaran el español como segunda lengua? Si la meta fuese la que lo hablaran básicamente 500 millones de chinos, nos encontraríamos con un universo insuperable de mil millones. Esto es, una comunidad de cultura y economía capaz de neutralizar, por lo pronto, el poderío financiero, militar, político y pedagógico de Estados Unidos, con su reinado mundial del dólar. Vale la pena pensar en los cambios decisivos que pudieran derivarse de semejante futuro... ¿Hasta cuándo va a seguir imprimiendo Estados Unidos los millones y millones de dólares que pone en circulación en nombre de una balanza comercial deficitaria y de una deuda internacional creciente, tras de haber cancelado el respaldo que pudieron representar las reservas de oro?

–De un futuro en el que China dirá la última palabra —interrumpe impetuoso Mao, como si despertara de un sueño, recordando un resumen de las grandezas históricas de China. Cita, cómo un precursor de la medicina, en el año 200, al doctor Hua Tao, figura venerada por los chinos con multitud de estatuas y menciones y manifiesta su gratitud al profesor Mariscal por su inteligente planteamiento. Dirigiéndose a él, con la sonrisa aprobatoria de Ita, Líber y Jimmy, Mao le dice:

–Hemos superado muchas dificultades y nos quedan bastantes retos por vencer. Algún día cercano serán regiones productivas de todo orden, algunas que aún no lo son, como el delta del río Perla y Guangdong. Las insuficiencias alimenticias serán corregidas. Nuestro valeroso pueblo dará grandes sorpresas bajo la guía victoriosa de nuestra revolución. Seremos un país de productores y consumidores, con un sentido de equidad humana. El *made in USA* tendrá un fuerte competidor, el *made in China*. Demostraremos que las raíces de la civilización están en el río Amarillo, no en el río Colorado. Naturalmente, desearíamos que la idea del profesor Mariscal se transforme en realidad, y a ello contribuiremos, porque a la vez nos ayudará a dar prioridad a tres factores esenciales: el factor humano de la convivencia, el factor de la productividad y el factor de las ideas renovadoras y eficaces. Pero entiendo que un proyecto de tal envergadura, dando los pasos necesarios para que el español sea una segunda lengua en el tiempo previsto, no será nada fácil. Confío en sus precisiones.

–Muchas gracias —prosigue el profesor Mariscal. Actualmente se requieren 200 horas para aprender español. Creo que podrían reducirse, inicialmente, mediante el vocabulario básico que he citado ya, de acuerdo con los profesores chinos y los profesores en español. No se necesita describir que la trompa de un elefante mide dos metros de longitud, treinta centímetros de anchura, ni los sesenta mil músculos que contiene. Se trata de buscar simplificaciones, incluyendo nuevas técnicas posibles de aprendizaje rápido, tarea en la que nos serán muy útiles las habilidades comprobadas del ingenio chino. ¿Es un límite insalvable los dos o tres años en que los niños comienzan a hablar con fluidez? De la infancia a la juventud y a la madurez todo habrá que explorarlo. La complejidad es proporcional a los logros que se pretenden. Tenemos por delante treinta años para alcanzar la meta propuesta. Quienes se encarguen de la logística han de estudiarlo y resolverlo. Y podemos apuntar, sólo por apuntar, algunas direcciones. De un lado, los más de ciento cincuenta mil profesores españoles que serán precisos en un principio, buscándolos en el país de mayor cantidad de hispanohablantes, México, vecino en fronteras con Estados Unidos; en Argentina y Colombia, con sus altos niveles de cultura, y, por supuesto, en España; cuando China reanude plenamente las relaciones suspendidas en solidaridad con la España republicana. Por otro lado, hay que contar los profesores bilingües que están desparramados por el mundo, en diversas actividades, en tanto se crean los colegios de formación. Debe haber tolerancia para recuperar, después de su última expulsión, a las misiones jesuitas, incluidas las monjas, que tienen un lugar propio en la historia china desde el siglo XV, independientemente de sus antiguos compromisos con las clases gubernamentales y la alta burguesía. Hay que capturar a los estudiosos de ambos idiomas, que no son pocos, en Inglaterra, Japón, la India, Estados Unidos y América Latina. Hong Kong y sus entornos geográficos pueden aportar un número considerable. Con su lema de "la pobreza es la negación de los derechos humanos", el Centro de Investigación y Combate contra la Pobreza, puede, también, reclutar los becarios bilingües que ha tutelado y está dispuesto, según me ha comunicado Jimmy Otegui, a patrocinar diez mil becas adicionales de estudiantes bilingües.

Don Roberto hace una pausa y toma de nuevo el vaso de su refresco de frutas. Enfrenta la mirada de Mao y observa en ella, más allá de la escrutación personal, la luz de unos ojitos agrandados por lo que le parece un asomo de entusiasmo.

–Me falta —agrega el profesor Mariscal— una reflexión final, antes de que las horas se conviertan en pasado y sea difícil alcanzarlas. Esta reflexión es producto de nuestros estudios en Harvard sobre la historia de las lenguas y su actualización china. Pienso, así, que su apertura para que el español sea asignatura obligada, su segunda lengua, va bastante más allá de sus efectos inmediatos, al participar en un bloque de mil millones de hispanohablantes para neutralizar, cultural y económicamente, el poderío apabullante de Estados Unidos. No dudo que tal objetivo puede lograrlo China en un futuro no lejano. La idea expuesta adelantará, en todo caso, con menos sacrificios, con las armas de la inteligencia, esa esperanza del futuro predecible. Pero es que el español, como segunda lengua, puede contribuir a la modernización de China, interferida por la diversidad de dialectos que la inundan de norte a sur. Es paradójico que el idioma de más uso en Hong Kong sea el cantonés, que no deja de ser un dialecto. En Harvard somos muchos los que creemos que la modernización de China cambiará el mundo en el que hoy vivimos. La literatura y el espíritu creador de China deben salir del anonimato actual y recrear en un paso inmediato a los millones de lectores de habla española, en la que tantos escritores internacionales son conocidos y difundidos. Puertas abiertas, desde luego, a los escritores y poetas chinos existentes, estímulo universal de los que están por desarrollarse o nacer.

El profesor Mariscal hace de nuevo un mutis prolongado, como si precediera a una gran revelación, que interrumpe con una súplica a las secretarias traductoras para que reflejen fielmente las palabras que siguen:

–Como lector apasionado, el Gran Timonel quizá recuerde que en el Quijote, la novela más universal, Cervantes alude, al escribir la segunda parte de su obra, en réplica al falsificador Avellaneda, que uno de los que más ha deseado conocer esta segunda parte del Quijote es el Gran Emperador de China, quien así se lo expresó en carta enviada con un propio a don Miguel de Cervantes, informándole de su propósito de fundar un colegio donde se leyese la lengua castellana, representada precisamente por el Quijote, ese libro que usted ha leído y aprovechado para repetir las "quijotadas", ya de uso universal.

Tratando de disimular su asombro, un pensativo Mao se dirige con respeto al profesor:

–Por supuesto que en mi adolescencia y después he leído Don Quijote y que en algunos de mis discursos he recurrido a las "quijotadas" como emblema de nuestras utopías. Pero, naturalmente, no puedo recordar la parte que se refiere al Gran Emperador de China. Repasaré la lectura y pediré que se comente en las nuevas ediciones del Quijote.

Con aire académico, gozando el momento, don Roberto es puntual en la cita:

–La referencia se encuentra en la segunda parte del Quijote, al final del prólogo dedicado al Conde de Lemos...

–Gracias, profesor, el dato vale por toda su exposición. Algo le puedo anticipar en apoyo de una idea y de sus posibilidades reales: en la primera sesión del Comité Central de nuestro Partido, pediré que se haga una edición popular de Don Quijote en sus dos partes.

Mao recupera su discurso, reflejado en sus pupilas un ánimo renovado, con la vitalidad que parecía haber perdido. Es un discurso largo, de más de cincuenta minutos, explicando de nuevo las conquistas de la Revolución y aclarando algunos conceptos del planteamiento del profesor Roberto Mariscal a quien elogia e invita a exponer la idea sintetizada que acaba de redondear, como conferenciante distinguido en la Universidad de Pekín. En uno de sus incisos ha aludido a México como cabeza de las repúblicas hispanohablantes, evocando con remarcado énfasis el nombre del general Lázaro Cárdenas, "el gran revolucionario de América", hasta llegar al detalle mínimo del reloj que China regaló a la ca-

pital de México, instalado en una de sus principales aveni-
das. Su conclusión no puede ser más ilustrativa:

–Entiendo perfectamente la trascendencia de su planteamiento y le considero de enorme valor histórico. Tanto me
ha prendido, que desearía estudiar español. Quizá sea algo
tarde. Me doy cuenta de la complicada logística y de sus exigencias, lejos todavía de nuestras posibilidades económicas.
Para discutirla y enriquecerla, designaré a un hombre de
toda mi confianza, que luchó a mi lado desde el año 1935,
ahora marginado por la Revolución Cultural, de donde confío rescatarle.

Mao propone una sobrecharla, antes de que descan-
sen sus invitados en las habitaciones previstas. Ita mira su
reloj: son las tres de la madrugada, hora de retornar a Hong
Kong. Declina cortésmente la invitación. Como Mao insiste
en ella, Líber le informa que el regreso se impone para recibir a los padres de su esposa, que llegarán de un momento a
otro.

Mao se rinde, finalmente, acaricia con calidez las manos de Ita y le dice al despedirse:

–Me gustaría conocer el Museo de Pintura Lee Cheng-
Xiao antes de que se vayan los ingleses.

El cruce de miradas entre madre e hijo comprenden
que la donación del museo a Shanghai y la medida del tiempo se han vuelto secundarias en la mente de Mao. Éste da
instrucciones a su secretario privado Tian Jiaying para que
lleve a sus invitados hasta el pie del avión. En su rostro im-
pasible no se nota ninguna huella de cansancio, salvo la impresión que pudiera haberle dejado la junta celebrada. A su
reverencia de despedida añade en un claro español: "¡Buen
viaje y hasta pronto!". Y agrega:

–Pongan al día el reloj de la historia. China volverá a
reinar en ella.

Instalados en el avión, calculan las horas de duración
del vuelo, dispuestos a cerrar los ojos y descansar. Pero tardan en lograrlo, en los oídos las últimas palabras de Mao. El

profesor, más que satisfecho, con orgullo intelectual, agradece las felicitaciones entusiasmadas de Ita, Líber y Jimmy. Ninguno vislumbró un resultado tan complaciente. El museo está salvado y podrá levantarse sin compromiso hipotecario o pacto con China. Ita, al no entregarlo a la China comunista, siente que ha respetado la memoria de Lee. El año 1997 está cercano y nadie puede vaticinar lo que acontecerá, si es que los ingleses cumplen el término de su concesión colonial. Sólo el optimismo civilizado de Mao puede concebirlo desde los espejismos de su historia personal, sobre todo de la que ahora goza. La fatiga de los cuatro viajeros asoma en sus miradas.

–Durmamos las horas que nos quedan —sugiere Ita— y ya hablaremos después.

–Sí —afirma rotundo Líber. Me parece que estamos desbordados por la inimaginable cercanía de la experiencia compartida. Tardará mucho en borrarse de nuestra memoria. Hemos estado con un caudillo, con multitud de muertos a cuestas, sin que los cielos y los corazones hayan temblado.

Es hora de descansar, entre el repique de lo intenso y lo inmenso.

8

Evelyne, preocupada, sin noticias de la expedición a Pekín, como la llama, ha pasado largas horas de espera, deambulando por los concurridos pasillos del insuficiente aeropuerto de Hong Kong o descansando dentro del automóvil al cuidado de Johnny. Cuando recibe el aviso de Madame Lauron, de que el avión llegaría en dos horas más y que Líber viene a reunirse con ella, se siente tranquila y ansiosa a la vez. En el rencuentro, Líber la besa con pasión y la alza en brazos como si fuera un trofeo. Ita adelanta a Evelyne que todo ha salido muy bien y que será la directora del Museo de Pintura Lee Cheng-Xiao, si ese sigue siendo su deseo, cuando se construya. Por lo demás, los viajeros se retiran a descansar y acuerdan reunirse a la hora de la comida, pasado el mediodía, en la residencia de Ita. Madame Lauron se encargará de avisar a Tuny Che-Zhisnui, el presidente del Grupo Mandarín. Evelyne se apodera de Líber en ese tirón amoroso de recién casados que culmina en los desahogos de la cama, cuerpo a cuerpo.

Con Ita se sientan en su comedor Líber, Tuny Che-Zhisnui, Jimmy Otegui y el profesor Roberto Mariscal, quien retrasará unos días más el retorno a Boston, accediendo a una encarecida súplica de Líber y previendo que el aviso del enviado de Mao no tardará. Evelyne se disculpa porque ha de estar en la clausura del seminario de diseño al cual ha estado asistiendo. El menú es al gusto de cada uno. Ita ha conservado a Yank, el cocinero filipino de Lee, diestro en la comida oriental y occidental, independientemente de los servicios que proporciona, en ciertas ocasiones, el restaurante Mandarín, supervisados por el cocinero de Lee. Como si fuese un aperitivo de la junta, don Roberto comenta el apetito con que Mao devoró su plato doble de jamón serrano español. Jimmy recuerda que fue un regalo de la señora Cheng-Xiao, en nuestro primer viaje a China para celebrar el cumpleaños de Mao. Desde entonces, se ha cuidado de que no le falte tan sabroso embutido, con el que agasaja, según se sabe, a sus invitados especiales y a los miembros de más confianza del Comité Central del Partido Comunista Chino. A juicio de Líber, éste puede ser uno de los motivos en principio de su trato deferente, aparte del fundamental: el auxilio frecuente de los millones de becas alimenticias que se mandan al pueblo chino.

–Por cierto, Jimmy, estoy seguro que reparaste en que Mao no pestañeó, pese a la atención que mostró al discurso de don Roberto, cuando éste, en un momento adecuado, con sutileza, frente a los radicales exhortos ideológicos de Mao, soltó el lema del Centro de Investigación y Combate contra la Pobreza.

–Obviamente que lo percibí —replica Jimmy. En otras circunstancias es seguro que Mao no lo hubiese perdonado. Quizá por convencimiento íntimo, raro en un hombre de su gloria y de su poder, que está aceptando que la pobreza es la mayor enemiga del progreso y de la civilización. Más aún, ante quienes generosamente le auxilian en sus cíclicas hambrunas. Otra curiosa observación es que Mao fracasó en su intento de que nos quedáramos a dormir en las habitaciones que cuidadosamente había preparado, por lo que cabe deducir que prolongó la junta de una manera intencional. Nadie, que yo sepa, ha rehuido este género de caprichos habituales de Mao. Ambas concesiones pueden revelar, en efecto, una baja en sus calorías vitales, aunque hubo momentos en que todavía hizo alarde de ellas. Uno, sin duda, fue aquel en que el profesor Mariscal sacó de su chistera mágica la referencia al Emperador de China en la segunda parte del Quijote. No sólo Mao, habrá muchos lectores que no han reparado en esta fantasía quijotesca, cuya sorpresa no pudo ocultar Mao, al extremo de ordenar —sus deseos son órdenes en el Comité Central del Partido Comunista— una edición popular, equivalente a muchos millones de ejemplares, de la famosa y universal novela de Cervantes.

Líber, que ha tomado el mando de la reunión, de acuerdo con su madre, interviene:

–Bien, Jimmy tiene autoridad para formular sus deducciones, conocedor como es de las entretelas del actual régimen chino. Pero entrando al meollo del tema, todos esperamos las conclusiones del profesor Mariscal, que llevó con enorme acierto el peso de la reunión.

–La primera conclusión —manifiesta don Roberto— salta a la vista. Se cumplió nuestro objetivo principal: el Museo de Pintura Lee Cheng-Xiao no irá a Shanghai como pretendía Mao, bajo fuertes presiones. Quedará en Hong Kong. Aquí quiero mencionar la admirable intervención de Ita, cuando, en defensa de la memoria de su esposo, hubo de aclararle a Mao, con inocultable emoción, que tanto ella como su hijo han sobrevivido y se encuentran en Hong Kong gracias a la bondad, el amor y los recursos de Lee Cheng-Xiao, a salvo de la persecución de la Gestapo a Ita, por haber servido a la República española. Mao bajó la guardia conmovido por el relato, cambiando el tono y el nivel de sus exigencias, pues Mussolini, Hitler y Franco también fueron sus enemigos. En una segunda conclusión, lo que creo que deslumbró a Mao, más allá de lo que habíamos calculado, ha sido la idea de que la española sea la segunda lengua obligatoria de China para formar una comunidad cultural y un mercado económico de mil millones de hispanohablantes, sumados los 500 millones que éstos habrán alcanzado en el año 2010, junto con los 500 que podría aportar China. Inteligente como es, Mao percibió enseguida la idea como un instrumento de modernización interior y de defensa exterior frente a la competencia anglosajona. Desde ese momento, sorprendido totalmente por los alcances de la idea, ésta se convirtió en tema exclusi-

vo de la reunión, en un desbordamiento igualmente inesperado. Acaso sean indicativas las palabras de despedida que
Mao dijo a la señora Cheng-Xiao: "Me gustaría conocer el
museo antes de que se vayan los ingleses". Claro, pensaría
que de todos modos el museo se quedará en Hong Kong y
que Hong Kong será territorio chino a finales del siglo.

El presidente ejecutivo del Grupo Mandarín, el talento financiero Tuny Che-Zhisnui, preocupado por su responsabilidad y el futuro del Grupo, hizo un objetivo análisis de
las conclusiones escuchadas:

–Me uno a las felicitaciones que merece el profesor
Roberto Mariscal por el éxito de su misión. Envolver a Mao,
en la forma en que lo ha hecho, constituye un hito histórico.
Aparte de las circunstancias marginales, el gran mérito consiste en que Mao haya desistido de llevarse a Shanghai, como
obsesivamente perseguía, la colección de pinturas de nuestro inolvidable Lee. Considero muy acertada la alternativa de
que el museo se construya en Hong Kong por el Centro de Investigación y Combate contra la Pobreza, lo que le asegurará,
esperamos, el título intransferible de propiedad. Dispone-
mos de los recursos adecuados para levantar un museo que
honre a Hong Kong y quede incorporado al catálogo de los
mejores del mundo de origen privado. Lo que se vuelve
problemático, profesor, es que a cambio de este logro tengamos ahora la complejidad de un plan tan ambicioso y difícil
como formar, en veintitantos años, una comunidad de más
de mil millones de hispanohablantes. La idea es maravillosa
y comprendo bien que sin ella la fórmula alcanzada con el
museo no hubiese sido posible. Pero ¿cómo se van a reclutar
los primeros ciento cincuenta mil maestros para que China
aporte 500,000 hispanohablantes en un espacio de tiempo
relativamente corto y quién absorberá el alto costo de su
contratación? La ayuda del Centro de Investigación y Combate contra la Pobreza, además de las diez mil becas prometidas, no resuelve un problema tan vasto, menos con una
China depauperada, sin entrar en otras complejidades.

Líber contesta:

–Como siempre, Tuny, sus observaciones son correctas y serán parte de la entrevista con el hombre de confianza que Mao nos ha prometido enviar. Por descontado, el haber propuesto la idea no nos obliga a realizarla. Basta que la apoyemos. Con una previsión: por sus intereses económicos y culturales, el Grupo Mandarín debe tener en cuenta los posibles cambios en la China del año 2010. Cualquiera que sea su ajuste ideológico y social será el país más poblado de la Tierra y una potencia económica con la que el mundo tiene que contar. Y nosotros, también. La realización del proyecto hispanohablante depende de los países y corporaciones interesadas en él. La modernización de China pasa por la solución de su problema lingüístico, sea el propuesto por nosotros u otro. Veremos lo que ocurre en los próximos días. Que el Grupo Mandarín sea uno de los protagonistas, lejos de estorbarnos, nos favorecerá, no sólo en lo pragmático, sino en ese toque de humanismo romántico que nos caracterizó y caracteriza, la obra de Lee Cheng-Xiao.

Don Roberto se muestra ansioso de intervenir otra vez:

–Agradezco, nuevamente, sus felicitaciones. Éstas no hubiesen sido posibles sin la colaboración de ustedes. Permítanme que elogie la postura de la señora Cheng-Xiao. Gracias a su valor, a su paciencia y a su seducción personal hemos salvado el destino del museo, arriesgando un planteamiento estratégico que pudo habernos fallado. En su homenaje, sin duda, Mao cuidó que en el centro de la mesa en que cenamos, hubiera un dibujo estilizado del Fénix, el símbolo por excelencia de la mujer china. Que llegue a integrarse una comunidad de hispanohablantes con la suma agregada de 500 millones de chinos, es un proyecto que depende decisivamente de Mao, y de su conciencia histórica. Es de mando único y ha hecho suyo el proverbio político de que "nunca se dice lo que se piensa, ni se hace lo que se dice". Necesita salir de los efectos de una Revolución Cultural que ha dañado a su Partido y a su país, aunque él esconda ahora su responsabilidad. Esperemos a su enviado para saber lo que China está dispuesta a hacer. Pero hemos omitido hablar de España con quien China, según sabemos ya, reanudará pronto sus relaciones diplomáticas. No importa el color político de su gobierno, podría ser la más interesada, como Estado, en participar activamente en el proyecto. Los países hispanoamericanos, y México a la cabeza de ellos, no estarían tampoco ajenos al estudio de sus posibilidades, aportando profesores y otras facilidades. La idea será acogida con especial simpatía. Varios universitarios mexicanos de Harvard, me han dicho, al esbozarlo, que de seguro el gobierno azteca tomaría el proyecto como propio y lo apoyarían con recursos oficiales. Algunos de ellos me apuntaron ciertos rasgos orientales de los mexicanos y sus afinidades con el arte popular chino, acaso derivadas de los intercambios de sus comunicaciones marítimas, desde el siglo XVI, con el símbolo histórico de la Nao de China. No faltó quien me recordara que el México de Porfirio Díaz, en el año 1904, estableció relaciones diplomáticas con China. He aquí una perspectiva favorable de la que no habíamos hablado, acaso por darla ya entendida. Quiere decirse que la participación del Grupo Mandarín será en la medida de su conveniencia, aparte de las diez mil becas ofrecidas, y siempre a través del Centro de Investigación y Combate contra la Pobreza, el cual valorará las posibilidades de nuevos compromisos.

—Gracias profesor— insiste. Comprendo bien sus explicaciones, estoy de acuerdo con el protagonismo del Centro que dirige con tanto acierto Jimmy Otegui. Afortunadamente, los negocios del Grupo viven una época de prosperidad y las reservas acumuladas con las donaciones herenciales de los hermanos Cheng-Xiao, le permitirán ampliar su apoyo económico si así se requiera —manifiesta Tuny.

Unas palabras de Ita cierran la reunión:

—Creo que las cosas han quedado claras y que les espera una buena tarea. Quisiera desligarme del asunto, que ha puesto a prueba mis nervios y, en efecto, mi paciencia. Desde ahora encargo a Líber que se ocupe de todo lo concerniente, contando con mi pleno respaldo en las decisiones por tomar.

Tenía razón el espíritu intuitivo de Líber. Cuando todos esperan noticias del arribo a Hong Kong de los padres de Evelyne, lo que llega por mensajero personal es el aviso de Mao de que los espera pasado mañana en el Hotel de la Paz de Shanghai, habitación 333, el enviado DXP. Todos los nuevos planes se modifican para atender la esperada cita. Don Roberto accede a acompañar a Líber y Jimmy, pues entiende que el tema será la logística de la idea, más que la idea misma. No deja de seducirle, como a todos los demás, la urgencia que ha dado Mao al asunto y el gran misterio que envuelve a la misión, aumentado porque el viaje a Shanghai tiene que hacerse en un avión de la flota oficial china y no en otro.

¿Qué personaje se esconde tras las siglas DXP? No tardarán en saberlo. Quien les aguarda en la habitación 333 del Hotel de la Paz constituye una sorpresa mayúscula. Se trata de Deng Xiaoping, compañero de Mao en la Larga Marcha, víctima de los excesos de la Revolución Cultural, dirigida por la llamada Banda de los Cuatro. Es el hombre que Mao pretende recuperar, a quien trató de identificar, sin nombrarlo, en la reciente reunión de Pekín. Jimmy Otegui, convertido en traductor del mandarín, la lengua que habla Deng Xiaoping, informa que esa identidad debe mantenerse en secreto por instrucciones expresas de Mao. "Según parece soy hombre de reserva de Mao", aclara Deng. De otra manera no hubiese sido elegido por el Gran Timonel, piensan don Roberto y Líber, deducción que corrobora Deng Xiaoping, desde sus primeras palabras.

—Ya comprenderán ustedes que al confiarme Mao esta misión, con raros apremios, cuando a la vez ha recibido en el mayor secreto a Kissinger para preparar el próximo viaje a Pekín del presidente Nixon, tiene un alto significado para mí, escondido como estoy de hecho, mientras se aclara mi futuro, después de reivindicarme. Antes ha de liquidar completamente a la Banda, y a su elemento más peligroso, Jian Quong, la tercera esposa de Mao, todavía miembro del Politburó, tan enloquecida que aspira a ser Emperatriz de China.

Deng Xiaoping es un hombre de diminuta figura, ligeramente recargado de hombros. Ojos pequeños y penetrantes, como si respirara por ellos. De su boca, una boquilla de cigarros prendidos. Un rostro acentuadamente amarillento, color de nicotina, y una gozosa inclinación por las frases hechas de acento suave y combativo a la vez.

En obvio de las preguntas obligadas, Deng Xiaoping aclara que ha estudiado el dossier que el profesor Roberto Mariscal preparó para el Presidente Mao, así como las actas de la junta de Pekín, con anotaciones marginales del propio Mao, quien le ha instruido personalmente de los términos que deben concretarse. Y ampliarse:

—En cuanto a la donación del Museo de Pintura de Lee Cheng-Xiao, hemos comprendido las razones sentimentales de su viuda y de su hijo para que lleve su nombre y quede instalado en Hong Kong. Mao solicita dos condiciones: que el museo se construya en tres años, en lugar de cuatro, pues es su deseo asistir, presidiéndola, a la ceremonia de inauguración. La otra condicional es que el Museo de Pintura Lee Cheng-Xiao gozará de autonomía de gestión, que no se alterará cuando a los cincuenta años de la fecha de su inauguración quede en propiedad definitiva del gobierno chino.

Jimmy traslada a Deng las palabras medidas de Líber:

—Aunque no se habló con Mao de los cincuenta años, pedimos que a esta cláusula se agregue con el acuerdo de ambas partes.

—Dentro de cincuenta años no viviremos ninguno de los protagonistas de este acuerdo —puntualiza Deng. Nadie puede prever hoy lo que sucederá entonces. Lo importante es que Mao presida la inauguración del museo. Si me preguntan los motivos de esta decisión de Mao, les diré que los desconozco. Pertenecen al carácter hermético, mi caso incluido, del hombre que contra todos los pronósticos ha vencido, proclamando la República Popular China.

Líber y don Roberto dan por resuelto este punto y ahora esperan, con cierta impaciencia, la segunda parte del planteamiento entregado a Mao. Jimmy sigue traduciendo las palabras en mandarín de este hombrecillo de baja estatura, de mirada vivaz y alerta, acompasada a un discurso de suaves inflexiones y giros rápidos.

–Esta segunda parte, la del español como una segunda lengua del pueblo chino, ha interesado tanto a Mao que la ha llevado de inmediato a examen y discusión del Comité restringido del Consejo Central del Partido Comunista. Para sorpresa del mismísimo Mao, ha sido unánime la acogida de la idea, considerada trascendental por todos los miembros. De una manera abierta se contempla como un golpe directo contra el imperialismo yanqui. A partir de esta coincidencia, ha habido otra: la de que el impulso del español como un segundo idioma de China viene a solucionar en gran parte el conflicto creciente de las lenguas regionales y la del propio mandarín con sus problemas internos y externos, de su habla y escritura. Con enfoques diversos, pero no contrarios, los altos dirigentes del comunismo chino consideran las ventajas de lo que podría ser una lengua franca, como sustento de la Revolución y la difusión universal de la interpretación china del marxismo-leninismo con la proyección de sus esencias maoístas: ¡Mil millones de seres humanos comulgando con el *Libro Rojo* de Mao!

Cariacontecidos han quedado los tres por las extensiones que ha alcanzado la idea del profesor Roberto Mariscal, con todo y su interpretación tendenciosa. Éste guarda silencio junto con Líber y Jimmy —un Jimmy que hubo de hacer algunos altos en la traducción, ayudado por palabras cantonesas—, preocupado por ser fiel en ella, siendo el primer sorprendido por las revelaciones que escuchaba. Esperan que Deng continúe su exposición. Es la sexta taza del té verde preferido, con el que parece calmar sus nervios antes de concluir:

–Lo que nos inquieta es la logística que sigue a una idea tan revolucionaria. En Pekín se piensa que son demasiadas las 200 horas de aprendizaje del español. Se ha creado una Comisión de Sabios —lingüistas y científicos— para buscar soluciones apropiadas y llegar en el año 2000 a los 500 millones de chinohablantes que se han planeado. Al mismo tiempo se ha aprobado que otra Comisión —maestros y dirigentes— se encargue de recolectar por toda China y fuera de ella expertos chinos en español. Hay más de los que suponíamos y se cancelarán los reparos para el regreso de los jesuitas y sus misiones. A ustedes les pedimos que, además de las diez mil becas ofrecidas, reúnan en Hong Kong a los no pocos chinos que dominan el español y les garanticen una estancia de seis meses de enseñanza en la Universidad de Nanjing, con su núcleo ya formado de estudiantes en español, que será base central del proyecto a través de la experiencia recogida desde que se fundó el Centro Universitario de Estudiantes de Español. En tanto fructifican los demás caminos en proceso, se cree que si en los tres próximos años se llega a cien mil hablantes de chino-español, habremos sentado los cimientos para el éxito del programa originalmente concebido por el respetable profesor Roberto Mariscal. Matemáticamente, los cien mil hablantes de chino-español en dos años acaso puedan ser un signo multiplicador de los quinientos mil en el año 2000, por el movimiento de empatía en cadena que provocará en el potencial chino del universo español, más allá del cálculo previsto y el añadido de sus efectos exteriores, como en el caso de Brasil con su natural tendencia a utilizar el español como segunda lengua. Ustedes sabrán mejor que nosotros que fue un tema asociado a la inauguración de Brasilia, en 1960, como nueva capital del Brasil, cuando el presidente Kubitschek invocó la importancia continental de que el aprendizaje del español llegase a ser la segunda lengua del país. Hasta aquí mi encomienda. Espero sus comentarios.

Sigue un largo silencio con un Deng Xiaoping sin

muestra alguna de fatiga y con sus tres interlocutores semi-paralizados, como si imaginaran que la idea del profesor Mariscal no podía haber prendido tan rápidamente y con una visión que rebasa con mucho la fundamentación cultural de su planteamiento, habilidosamente interpretado sin apartarse mucho de los entresijos abiertos por don Roberto en su exposición ante Mao, pero aprovechando ese universo como propiedad china para la divulgación de su ideología. No es hora de discutirlo. La realidad se impondrá por sí misma. Jimmy sigue traduciendo al enviado de Mao:

–Los fines políticos, aunque para Mao sean implícitos e indeclinables, no forman parte de su proyecto inmediato. Lo que le interesa es que el español, por sus propiedades naturales y por su expansión presente y futura, constituya una comunidad lingüística con peso específico en un mundo donde prevalecen la hegemonía económica y la superioridad bélica. En este orden asumiremos las colaboraciones ofrecidas y algunas otras. Entendemos que China, como un Estado que agrupa la quinta parte de la población humana, va a asumir los costos y compromisos que más les convengan, tanto por sí mismos, como en sus relaciones con los países de habla hispana con los que es indispensable contar. ¿Han pensado ustedes en España? —nos pregunta.

Sin la respuesta rápida que espera, Deng agregaría:

–Sólo esperamos el cambio democrático de España, pero contamos con su potencial. Y hablaremos con México, cabeza de la comunidad hispanohablante y vecino de Estados Unidos con una minoría cada vez mayor de "hispanos", en su denominación genérica.

En el momento en que intentaba hablar el profesor Roberto Mariscal, le interrumpe Deng con especial cortesía para decirle:

–El Presidente Mao me ha encargado que lo felicite por su idea y le reitere su invitación para dar un curso en la Universidad de Pekín. Un universo de mil millones de hablantes en español, contempla la necesidad de muchos Robertos Mariscal. La literatura y la historia, la ciencia y el arte de este universo, revolucionarán las expansiones del español y su influencia en premios como el Nobel.

–Muchas gracias al Presidente Mao por su invitación. Para atenderla deberé solicitar permiso, en tiempo oportuno, en mi Universidad de Harvard. En cuanto a la buena acogida de mi idea, desearía que sirviera para fortalecer el papel histórico de una comunidad hispanohablante, que contribuya a la paz y a la libertad de nuestro mundo. Pienso que la mejor coincidencia es la que se da en la afinidad de las lenguas, la de un idioma común que desafíe y venza la condena bíblica y mítica de la Torre de Babel.

A punto de iniciarse la comida —todo estaba previsto— en honor de los visitantes de Shanghai, con un menú de platillos orientales y occidentales, Deng separó a Jimmy de su grupo, con aire confidencial y confiando en él, le contó su aventura personal, la de un perseguido y desterrado de la Revolución Cultural, a la recuperación paulatina y personal de Mao, desengañado de los nuevos líderes y necesitado de los fieles que compartieron con él la Larga Marcha, con sus millones de muertos, como es el caso suyo. Mao lo tiene prácticamente escondido en espera del momento propicio. Esto de reunirme con ustedes es la primera misión que me encomienda. Es un líder que piensa en el futuro, valorando el de la China comunista con un sentido de la realidad. Del pragmatismo de Marx a su propia teoría de las potencialidades de China y su destino universal, el que propugnaron Lenin y Trotsky, sin omitir las aportaciones prácticas de un capitalismo cuya crisis está en su propia génesis social y económica. De cara a ese futuro, los estudiosos chinos han integrado un cuadro en el que se apunta que China será el mayor consumidor de petróleo y energía, situándose entre las primeras potencias económicas del mundo. La tercera, en compras y ventas, y quizá la segunda en mayor inversión de capitales extranjeros, con una industria textil y confecciones desarrollada para surtir al mundo a precios bajos y con diseños modernos, libres como estamos por ahora para copiar y elegir los modelos internacionales de las grandes marcas. Nuestro índice de crecimiento, el PIB, alcanzará elevaciones por encima de las naciones capitalistas. Acabaremos con muchas desigualdades y aspiramos a ser la primera inversora en investigación. La perspectiva abarca, cuando menos, diez años de plazos, pero el tiempo está a la vuelta de la esquina. Y el cambio es nuestro signo más esperanzador. Les apunto que uno de los formidables proyectos a concluir será el de la represa de "Las Tres Gargantas", con todas sus implicaciones positivas para el progreso general de China. En secreto algunos compartimos la consigna de la nueva China: "Hay que abrir ventanas, incluso si entran moscas". Independientemente de mi suerte particular, China se halla en vísperas de grandes cambios y de una renovación de cuadros veteranos, que se iniciará a la muerte de Mao, y su voluntad testamentaria. En lo íntimo, le revelaré que, aunque Mao lo ignora o quiere ignorarlo, su salud ha comenzado a quebrantarse y no hace mucho padeció una neumonía. Los médicos están preocupados. Sus relaciones con Stalin han empeorado.

Jimmy hace un guiño a Líber y don Roberto, en señal de que Deng le ha hecho confesiones relevantes. Sentados en la mesa instalada en la suite donde se ha celebrado la entrevista, Deng se considera obligado a dar algunos datos de Shanghai, capital que no ha perdido sus encantos bajo el régimen comunista y el deseo de Mao de convertirla en una meca del turismo mundial. Pone más énfasis en destacar que Shanghai es la ciudad portuaria más grande y que el significado de su nombre es "en la parte alta del mar". El Hotel de la Paz se encuentra rodeado de altos edificios, al estilo estadunidense, siendo famoso el Malecón de Shanghai, ideal para pasearlo, si hubiera más tiempo disponible, lo mismo que el Jardín del Mandarín y el Templo de Jade...

Un detalle de la cortesía china: en la comida se ha consumido un vino español, el Rioja Imperial de Cune, cosecha 1960, una de las más apreciadas. Deng sabe que algunos altos colaboradores de Mao son consumidores de esta marca, al igual que el profesor Mariscal, experto en vinos de calidad de España y el mundo. El avión espera a los invitados, de regreso a Hong Kong. Deng Xiaoping les despide aireando un pañuelo blanco y lanzando un grito que sólo él escucha, entre el estrépito de los motores de la nave aérea: "¡Hasta pronto!".

El avión es cómodo, de asientos extendidos. En ellos se acomodan don Roberto, Líber y Jimmy. Sospechando que sus palabras puedan alimentar algún micrófono oculto, los tres se abstienen de hacer comentarios e intercambian futilidades. Dejan para la llegada a Hong Kong un análisis que ha de sorprender a Ita y, sobre todo, a Tuny Che-Zhisnui, el menos seducido por las revelaciones transmitidas y la presencia misteriosa de un olvidado Deng Xiaoping, al que muchos daban por desaparecido en los crueles exterminios de la Revolución Cultural. Líber se pregunta, sin decirlo: ¿No hemos ido demasiado lejos en el planteamiento o la astucia de Mao quiere obtener de él ventajas insospechadas por nosotros? ¿Hasta dónde puede comprometer los intereses de nuestro Grupo? Quizá todos se hayan hecho íntimamente las mismas preguntas u otras similares. Don Roberto se adelanta a contestarla, una vez que han llegado a Hong Kong.

–Para ser precisos en las conclusiones, debemos ver el problema en su conjunto. Nuestro primer objetivo era el de frenar, sin enfrentarla, la intención de Mao de tomar o comprometer en propiedad la herencia artística de Lee. Nadie ha encontrado alguna explicación razonable de por qué Mao ha intervenido directamente en un asunto un tanto secundario en relación con los graves problemas internos de su país. Pues bien, no sólo hemos logrado que el museo no se instale en Shanghai sino que quede en Hong Kong, bajo el control del Centro de Investigación y Combate contra la Pobreza, con reconocimiento de su autonomía y el acuerdo final de una propiedad a cincuenta años, renovable de común acuerdo. Y todos contentos. ¿Cuáles hubiesen sido las consecuencias inmediatas de un conflicto con Mao, o las futuras, cuando Hong Kong sea territorio chino? Necesitábamos introducirnos en su egolatría con un proyecto de trascendencia histórica, que glorificara aún más el nombre de Mao. Ese fue el propósito de convertir el español en una segunda lengua de China, creando la perspectiva de los mil millones de hispano-hablantes para el año 2010. Y para concretarlo nos manda una carta escondida de su juego político, a Deng Xiaoping, que quizá sea su sucesor y que tiene a su cargo la logística de un proyecto que ha ganado el entusiasmo de los dirigentes chinos. No creo que el demasiado éxito nos estorbe en una perspectiva total, dando por aceptado que para lograrlo hemos utilizado el aprovechamiento personal e ideológico de Mao.

Jimmy Otegui, que ha llevado toda la conversación en mandarín, que ha respirado junto a Deng Xiaoping, observándole en lo humano y en lo íntimo, en su necesidad de compartir con alguien su insólita aventura, se siente obligado, también, a expresar su punto de vista:

–La cercanía con Deng, el giro de algunas de sus palabras que no entendía, y a la inversa, ha propiciado un acercamiento personal de ciertas intensidades. El hombre ha venido comprometidísimo con su encargo, como si su futuro destino dependiera de él. Está claro que nuestro planteamiento ha pasado a ser un asunto del Estado chino y que lo que ahora les preocupa son las dificultades obvias de su logística. Pero que estén dispuestos a recibir de nuevo a los jesuitas y sus misiones, es uno de los principales indicadores de su interés y de su decisión. Lo que nuestro Centro ha ofrecido y lo que se espera de él, encaja perfectamente en nuestras disponibilidades, incluso para ampliarse, en la medida en que el desarrollo del programa rebase nuestras propias previsiones. En lo que de mí depende voy a preparar una ruta de seguimiento de nuestros compromisos. Al margen de los costos económicos, debo averiguar el número de chinos que hablan español en Hong Kong e islas cercanas, así como el inventario de quienes han cursado sus estudios en nuestro Centro, que no son pocos si repasamos los catálogos de los países afectados.

Líber, que ha guardado un pensativo silencio, como si repasara mentalmente la jornada vivida y sus bifurcaciones, ensalza la valiosa colaboración del profesor Roberto Mariscal y la profundidad de los vaticinios cumplidos, comentando:

–Hemos logrado lo que pretendíamos con muchas más ventajas que riesgos. ¿Cuál sería la situación a corto y largo plazo de no haber llegado a un acuerdo? Lo dejo al criterio de cada uno. A la inversa, y esto lo entenderá más que nadie nuestro querido y admirado Tuny Che-Zhisnui, nos encontramos ante una China en proceso evidente de cambio, cambio de dogmas por realidades, herencia de un Mao que no lo sospecha. Y me pregunto, igualmente:¿En qué puede perjudicarnos esta contribución del planteamiento de que somos autores de un posible cambio histórico del postmaoísmo, alentado, sin sospecharlo, por el propio Mao?

Me parece —continúa Líber— que para nosotros es de interés frenar el monolingüismo del inglés e impulsar el bilingüismo del inglés-español. En el fondo creo que seremos fieles al espíritu humanista que caracterizó la vida y la obra de Lee Cheng-Xiao al ser parte de un giro histórico de tanta trascendencia. El futuro chino que se nos ha anunciado podría pecar de optimismo, pero lo que es indudable es que trás el año 2000 el mundo será otro con el desarrollo natural de China, Hong Kong convertido en territorio chino y China en potencia mundial. Reitero que para los chinos el bilingüismo español podrá ser una solución histórica en el orden económico y en el del equilibrio político.

Líber se ocupa de inmediato para que el avión de largas distancias del Grupo Mandarín regrese a Boston con don Roberto Mariscal, urgido de tiempo. Al despedirse de él, al pie da la nave estrella, Líber no sabe cómo agradecerle su sencillez llena de sabiduría. "Profesor, es usted historia viva. No sólo por lo que su talento ha logrado, sino como un ejemplo de los grandes maestros del exilio español.". Y sin más puso en manos de don Roberto un sobre cerrado. Quiso conocer su contenido, pero Líber le indicó que se trataba de una carta y que mejor la abriera a bordo del avión. (No era sólo una carta. Con ella se acompañaban 30,000 dólares en billetes de a cien.) ¡La deuda contraída con usted es impagable!, le dijo Líber con su abrazo de despedida.

9

Ita se ha llevado de compras a Evelyne. Son dos días de recorridos infatigables. Sólo les acompaña Madame Lauron, conocedora, como nadie, de los laberintos en que están situadas las mejores tiendas y boutiques de la isla. Y otras que, sin fama de serlo, ofrecen mercancías especializadas, propias de artículos raros, exclusivos de Hong Kong y de otros mercados, como la India, Singapur, Birmania y demás países asiáticos, incluyendo la propia China continental y la isla de Taiwán. Mercaderías tentadoras de los bolsillos y de los gustos más disparatados. Entrecruzados los siglos XIX y XX, de Oriente a Occidente, sobre el fondo de las blanquecinas y altísimas torres al norte de la isla. Vendedores sabios con los espejuelos secretos de la vanidad humana. Ojos abiertos de liebres que todo lo contemplan e incitan. No ha habido capricho de Evelyne que Ita no haya atendido, ni explicación que no le haya dado, siempre auxiliada por Madame Lauron. Evelyne se muestra feliz de su suegra, con todos los encantos de su belleza y refinamiento. Aislada en el mundo estadunidense, Evelyne descubre otro que ignoraba, sembrados los oídos de palabras nuevas y los ojos de una variedad de gestos y expresiones naturales que tratan de decirlo todo. De decirlo todo sin prisa, porque con prisa, reza el proverbio oriental, no hay risa. La avidez que este mundo particular provoca en Evelyne enriquece su cultura estética, como una lección no aprendida en su carrera de diseñadora. Sensible como es, más allá de las rutinas estadunidenses de su hogar, su imaginación se llena de ideas nuevas y de acicates multiplicados. Comprende el título de gran señora que lleva Ita y quisiera asomarse a la vida impresionante que le ha precedido hasta llegar a Hong Kong, según apuntes aislados que le ha contado Líber. Tiene su promesa de conocer el Diario de Ita cuando haya concluido su lectura, a falta todavía de los capítulos finales, si la señora Ita lo autoriza.

Cuando Ita y Evelyne retornan a casa se encuentran en su habitación con un Líber clasificando papeles y notas, embebido completamente entre unos y otras. No hay más que mirar a sus ojos, con cara de teléfono ocupado, para entender que ha vivido nuevos y agotadores acontecimientos. Absorto en ellos, perdida la noción del tiempo, quizá, no ha reparado en la presencia silenciosa de su esposa y de su madre. Al verlas, con sus rostros complacientes, las llena de besos, sólo interrumpidos por su grito jubiloso: "¡Todo ha salido bien... todo ha salido bien!".

–En unos minutos más me reúno con vosotras. Que me preparen un oporto en las rocas y un foie-gras trufado de Las Landas. Hay mucho de que hablar.

No tarda Líber en reunirse con Ita y Evelyne en el comedor de las pinturas marinas, el predilecto de su madre. Las dos se muestran ansiosas de escuchar a Líber, pero éste les pide que primero cuenten lo suyo. Es Evelyne la que se adelanta, con ojos iluminados de contento.

–No puedo describirte, como quisiera, la sensación de cariño que me ha producido convivir con mamá Ita durante dos días, de compra en compra y de sorpresa en sorpresa. Ha satisfecho todos mis caprichos, algunos después inexplicables, como sucede con el sonambulismo que se apodera de una, cuando es dominada por el instinto totalitario o fetichista de la compra. En Estados Unidos he leído estudios comerciales que hablan de este fenómeno como producto de los espacios grandes y la prodigalidad de las mercancías en exhibición. No dudo que así sea, pues de otro modo no habrían prosperado las galerías y los supermercados. Es la compra compulsiva, avalada por las estadísticas que hablan de las gentes que regresan de las cajas por la insuficiencia de dinero o el exceso de la compra. Lo que ha dado lugar al imperio de las mal llamadas tarjetas de crédito y sus conflictos. Más que la sociedad de consumo lo que se fomenta es la sociedad del consumismo.

–Desconocía —prosigue Evelyne— el reverso de la medalla: los espacios chicos para los artículos selectos que son los más provocadores, precisamente por su concentración, de lo mejor a lo más óptimo. Tu madre, Líber, la madre que tantas veces me has encomiado, no ha puesto reparo en nada, obedeciendo siempre su deseo de complacerme. Ha habido casos, por ejemplo, la adquisición de unas blusas de sedas, combinando los colores blancos, azules y naranjas, que ella misma se quiso probar para disipar mis dudas. Ita conserva un cuerpo entallado que me produjo profunda admiración. No quise recordar a mi madre para no ofender a la tuya. ¡Qué perfección de mujer, sobre todo en la ternura y el encanto de su trato cautivador! Adivino un corazón que ha vencido los grandes desafíos del destino humano.

Ita interrumpe a una Evelyne que se ha soltado el pelo, como se dice generalmente, superando sus inhibiciones, para mostrarse tal como es, la joven bondadosa, de ingenuidades compartidas con una fina inteligencia:

–Evelyne, no te excedas. Te he sentido como hija y así te trato. Vuestra felicidad colma la mía, desde la perspectiva de un hijo que no lo es de vientre, sino de corazón, que para mí importa más, porque es el más entrañable y generoso. Estos dos días de convivencia valen mucho más que las compras, al fin y al cabo reflejo del mundo que vivimos. Lo que a ti te parece singular, te ayudará a entenderlo mejor, conociendo el país de las abundancias en que has nacido. Tu observación sobre las tiendas selectas de Hong Kong es válida, pero te recuerdo que es un reflejo del mercado turístico, nutrido en gran parte por los estadunidenses que en su país han levantado los templos consumistas de las galerías y los supermercados. Lo que ambas hemos experimentado es una comunión del cariño que nos une, el que todo lo vuelve cercano a partir de Líber y del amor que se profesan. He comprobado así, cómo dos seres de orígenes distintos se complementan con afinidades que únicamente explican los misterios del amor, lejos de la asamblea infecunda de los días rutinarios.

Líber ha escuchado, más que complacido, a su esposa y a su madre. Le hubiese gustado hablar de los días que se viven cuando el tiempo los convoca. Pero no duda, que la idea de Ita, con el pretexto sutil de las compras, ha sido convivir con Evelyne y valorarse mutuamente. Es lógico que a su madre le preocupe la felicidad de este matrimonio tanto por su futuro, como por los intereses de que pudieran ser depositarios por herencia compartida. Y como lo más importante es lo que sucedió en Shanghai, de ello les habla en lo fundamental.

–Hemos vivido, desde luego, una aventura memorable —explica Líber. Me gustaría leerla cuando sea historia. Mao nos mandó a un hombre de su confianza, compañero de la Larga Marcha, al que trata de rescatar de las garras de la Revolución Cultural, manteniéndolo en secreto. Por lo que puede deducirse será figura del futuro político de China, sujeto a cambios, en los cuales, insistió el hombre misterioso, no se arriarán las banderas del comunismo. La jugada de don Roberto ha sido genial y se han cumplido sus previsiones. Lo que a Mao interesa, ahora con el respaldo obvio de su Comité Central, es la idea de que el español sea un segundo idioma de China, de penetración mundial, aprovechando su creciente ascenso, en competencia con el inglés. Mil millones de hablantes en español para el año 2010, con la incorporación china, serán una fuerza poderosa frente al imperio estadunidense. Los dirigentes chinos quieren asumir su responsabilidad y sólo esperan de nosotros la ayuda económica y de los bonos que les hemos prometido con algunas adiciones. Ni hablar de que el museo se instale en Shanghai.

Se quedará en Hong Kong, construido en un plazo de tres años por el Centro de Investigación y Combate contra la Pobreza, como una entidad autónoma y una propiedad de cincuenta años, renovable de común acuerdo. Hemos conseguido, está claro, más de lo que pensábamos lograr. A Mao le gustaría asistir a la inauguración. Pero acaso sea demasiado tarde para él si se confirman los quebrantos de salud que nos confidenció su enviado. Repensemos, pues, en el Museo de Pintura Lee Cheng-Xiao.

–Hubiera querido retener entera la presentación que hizo don Roberto ante Mao —dice Ita. Fue algo magistral, inolvidable. La preparó en la mejor tradición de la fama de los maestros de Harvard. Supo buscar y situar en el momento adecuado de su intervención un dato olvidado, incluso entre los buenos lectores del Quijote: el de la segunda parte de la obra, cuando el autor menciona que el Gran Emperador de China está interesado en conocerla. No quité los ojos del rostro de Mao, con su mirada de dragón prisionero. Por unos segundos se borró la displicencia del hombre que saborea permanentemente la gloria. Lástima que don Roberto se haya regresado a Boston sin que pudiéramos comentarlo personalmente.

Antes de apurar la última gota de su oporto de 40 años, Líber acerca a Evelyne a sus brazos y remata con un brindis:

–¡Por la directora del Museo de Pintura Lee Cheng-Xiao!

Evelyne lo toma tan en serio que pide a Líber examinar el proyecto del museo desde sus primeros trazos. La felicidad palpita en tres corazones amorosos. Líber anuncia una noticia esperada: dentro de tres días habrán arribado por vía marítima a Hong Kong los padres de Evelyne. Días nuevos en una familia nueva.

Ya en su habitación, Evelyne ayuda a Líber a poner orden en sus cosas y a enseñarle algunas de sus compras. Entre ellas, dos corbatas de seda de la marca Sulka para Líber. Mañana será otro día, los sueños que han dejado de serlo, emparejados con otros nuevos. Los de Evelyne, seguramente, volando en torno al museo que dirigirá. Los de Líber, asociados a un aforismo latino que repite a cada rato en ese lenguaje sutil que el consciente ha sembrado en el subconsciente: "La suerte rige los destinos del hombre (*habet mortalia casus*)". Los dos, convencidos de que el mejor homenaje a sus padres es proporcionales un primer nieto. (Un deseo que Ita acaricia más allá de sus sueños, sin confesarlo.) La incursión filosófica de Evelyne no ha dejado de sorprender a Líber, recordando uno de sus pensamientos en cuanto a la mujer que sabe pensar y obedecer las exigencias del sexo sin sus grandes tiranías.

Líber deja dormida a Evelyne, que es de sueño largo y acude al desayunador de Ita, confiado en encontrar a su madre. En efecto allí está, leyendo los periódicos de la mañana especialmente el *South Morning Post*. Aclara a su hijo:

–Estaba viendo si se había filtrado la noticia del acuerdo chino. No tardará en ocupar la primera plana de los diarios mundiales; sea en fuentes chinas o estadunidenses, no dudo que la estarán husmeando. Pero hasta ahora nada ha aparecido en los periódicos locales, ni en los medios radiofónicos y televisivos.

–Vas bien, mamá, no creo que tarde en ser noticia destacada, desde el amarillismo de la prensa inglesa y la estadunidense. Eclipsará el origen de todo, nuestro museo, salvo que alguien lo descubra, teniendo a Mao como personaje central. Pero me parece que de momento a nadie interesará una negociación en la que Mao, en el fondo, ha sido derrotado. Habrá tiempo a lo largo de los tres años convenidos para construir en Hong Kong el Museo de Pintura Lee Cheng-Xiao. Antes, obviamente, la noticia explotará como una bomba periodística: el español como segunda lengua en China. O su equivalente: en el año 2010 el mundo parlante de español será de mil millones con la incorporación de quinientos millones de chinos. Desde nuestro punto de vista deberemos estar pendientes de la interpretación estadunidense, donde los hispanos no tardarán en desplazar a los negros como primera minoría ¿Tomarán como un desafío la decisión china? La visita de Nixon a Mao entraña un cambio de la política estadunidense, más aún si se confirman las fallas de salud del Gran Timonel y la incertidumbre reinante en China.

–Veo que tienes un concepto claro de los acontecimientos recientes, como buen discípulo de don Roberto. Pero ¿quién fue el misterioso personaje de la cita en Shanghai? —pregunta Evelyne:

–Es un secreto que debemos guardar para no interferir los propios planes de Mao —subraya Líber. Pudiera ser uno de sus sucesores después de haberlo recuperado de los excesos de la Revolución Cultural, siendo como fue compañero inseparable de la Larga Marcha. Sin embargo para ti no puede haber secretos. El hombre —el hombrecillo, según don Roberto— es Deng Xiaoping, antiguo miembro del Comité Central del Partido Comunista. Una de las primeras víctimas de la Revolución Cultural, recuperado a última hora por Mao, en el más absoluto secreto, decepcionado por las fallas y traiciones de quienes suponía incondicionales. Xiaoping, que tuvo relaciones directas con Stalin, las mantiene con Gorbachov, líder renovador de la Unión Soviética, muy interesado en saber lo que él denomina "la evolución china". Por lo demás, la responsabilidad directa del proyecto ha quedado en manos del gobierno chino, lo que nos deja en libertad plena de acción.

–Me parece una afortunada previsión. Pero de madre a hijo: ¿Puedo preguntarte hasta dónde el programa en marcha puede requerir una mayor colaboración del Grupo, según nuestras propias conveniencias?.

–Como siempre, querida madre, estás en el enfoque central del tema. En lo que será historia de éste, los pasos dados son irreversibles. Querámoslo o no somos parte de una historia. De una historia a la que pertenece el nombre de Lee Cheng-Xiao. Que esto sea ajeno a su propio deseo, no empaña el nuestro: Lee Cheng-Xiao merece un lugar visible en esta historia, por su humanismo y su excepcional generosidad. Como hijo, salvo que no me lo autorices, voy a poner el mayor cuidado en lograrlo, no sólo por elemental agradecimiento, sino porque en su homenaje estará evidentemente el que a ti te corresponde desde aquella página primera que escribiste conmigo en Figueras. Los dos somos memoria de la memoria.

Ita ha seguido sin perder una sola palabra de las que acaba de escuchar a su hijo. Resplandeciente más que nunca la mirada envolvente de sus ojos azules, faro de una sensibilidad que nadie entiende mejor que Líber.

—Gracias hijo. Déjame a mí al margen, todo el honor corresponde a la memoria de Lee. ¡Tú eres el hijo que yo soñé, cuando pude soñarlo! —concluye emocionada Ita.

Al desayuno se ha sumado Evelyne, que luce un vestido azul con suaves pinceladas rojas. Lo estrena en honor de Líber. Es uno de los que Ita le regaló. Resalta su belleza y halaga los ojos de Líber.

Ita y Evelyne se acomodan de nuevo en el Salón Hexagonal, en el rincón preferido de Lee, para preparar la llegada y la estancia de Howard y Ruth. Ita ha previsto un programa que Evelyne aprueba entusiasmada. Serán alojados en la Suite VIP del hotel Península, con toda clase de lujos y comodidades. Dos baños con llaves de oro, televisión móvil y televisión con pantalla, controlando cien canales, camas de cabeceras nacaradas, etcétera. Ita llevará a su nuera para que compruebe todos los detalles. Faltaba el tipo de flores que Ruth prefiere, rosas blancas. Ha preparado una estancia de siete días en el hotel y otros siete a bordo del yate "Ita" con un variado menú gastronómico y de variedades. Pródigo en sorpresas, por los invitados especiales, que Ita se reserva para mayor intriga de Evelyne y Líber. Seguro que les va a encantar, piensa Ita, el cosmopolitismo audaz de Hong Kong.

En su reunión con Jimmy Otegui, Líber ha revisado con él, primero, el estado general del Centro de Investigación y Combate contra la Pobreza. Más bien han crecido considerablemente los fondos de reserva, sin descuidar emergencias como las nuevas hambrunas del sur de la India, Ghana, el Sahara, Somalia y Nigeria con escenas desgarradoras. Los cuerpos humanos reducidos a esqueletos moribundos. No puede concebirse un mundo tan desigual y miserable. La última guerra europea ha multiplicado en Asia y África la depauperación de los pueblos en grados extremos. El Centro de Investigación y Combate contra la Pobreza es la entidad privada que más recursos aporta. Pero se necesitaría alrededor del cinco por ciento del PIB mundial para aliviar, no solucionar, la pobreza. Es paradójico que mientras que en la tierra mueren millones de indigentes, se esté gastando tanto dinero en los viajes de exploración a la Luna. El problema es acá, no allá. Ambos hacen un recuento mental de las frivolidades y presupuestos militares que podrían ahorrarse. A Líber le tranquiliza saber que el Centro podrá cumplir sus compromisos actuales, sin afectar sus reservas: la ayuda prometida a la expansión del español, como idioma alternativo del inglés con todos sus significados y posibles complicaciones. Jimmy, como si le revelara un secreto, le informa que sobraría dinero de la reserva para atender o afrontar otros gastos más o menos imprevisibles. Y después pregunta:

—¿Cuál sería tu idea sobre las diez mil becas adicionales prometidas a China, que representará el mayor de los gastos contemplados?

—Lo he estado pensando bastante y me planteo que podríamos entregar el doble a China para acelerar el proceso de españolización y engranar los esfuerzos iniciales, sumados a los de las iniciativas y posibilidades chinas. Es imaginable que así lo espera la gente de Mao, por lo mismo que nosotros esperamos que China invierta en becas del español, cuando menos, las que actualmente financia a sus estudiantes de inglés en Inglaterra y en Estados Unidos, que no son pocas, por más que sea un dato celosamente guardado.

—Soy de igual opinión —replica Jimmy. De la aceleración inicial del proyecto depende el éxito del programa en su conjunto. Me atrevo a sugerirte que algo tan delicado, en un país que todavía no ha resuelto sus grandes problemas y que padece los desquiciamientos de la Revolución Cultural, como el de la administración de las becas, puede dejarse en manos de los chinos. Nadie mejor que tú sabría calcular que a esta libertad administrativa los chinos quizá agreguen aportaciones de sus fondos secretos, interesados como están en que pronto sea realidad el universo de los mil millones de hispanohablantes y no me extrañaría que redujeran el ciclo del tiempo planeado.

Jimmy revisa los papeles que tiene sobre su mesa y le dice a Líber:

—Voy a proceder de inmediato sobre el asunto de las becas. No me gustaría que nuestra iniciativa pudiera entenderse como atención a una solicitud china. Quiero agregarte que estoy catalogando las disponibilidades de Hong Kong en intérpretes y estudiantes en español, así como los que se pueden recolectar en nuestras delegaciones internacionales. Por la importancia del asunto, estoy convocando a todos los delegados de los países respectivos para la próxima semana.

—Adelante —proclama Líber. Y recuerda a Jimmy:

—Mi madre y yo, españoles al fin, estamos interesados en un doble objetivo de carácter histórico, con o sin reservas: el Museo de Pintura de Lee Cheng-Xiao instalado en Hong Kong con soberanía y propiedad compartida de nuestro Centro, y el español como el idioma más hablado de la Tierra, haciendo de Lee Cheng-Xiao, una referencia nominal y admirativa del mundo actual y del futuro. Bien lo merece. Hemos jurado sin decírnoslo, rendir un homenaje internacional al fundador de nuestro Centro y del Grupo Mandarín. Lo que en un comienzo fue simple especulación dialéctica, se ha convertido en una reivindicación del nombre humanista de Lee Cheng-Xiao, por efecto de la sabia milagrería del profesor Roberto Mariscal. Una oportunidad alentada por el ejercicio de responsabilidad. El mundo es una primavera, con sabor de fruta en constante madurez. Procuremos que no nos indigeste. Y aprendamos de don Roberto que el arte de hacer pensar es un modo de existir.

Jimmy y Líber han quedado en reunirse al regreso del viaje trasatlántico de éste. Los datos serán más precisos, contando también con la prisa glotona de los paladares chinos de Mao y sus gentes.

Líber es informado por Madame Lauron del programa preparado por Ita y Evelyne para recibir a los padres de su esposa. Agrega la invitación al Nobel español Juan Ramón Jiménez en una lectura de sus poesías entre los atractivos de la travesía. En el fondo piensa que es un tiempo de oro el que va a dedicar a sus suegros, inquieto como se halla de agotar el año sabático antes de que el año sabático le agote a él, pleno de salud y vitalidad, como si el proyecto de los planes de los mil millones hablantes en español le hubiera recargado de nuevas energías o adrenalina. Se despide de Jimmy Otegui, halagándole: "Tú también serás pieza principal de esta historia".

Líber deja a su madre y a Evelyne, con Madame Lauron y el hombre de relaciones públicas del Grupo —Le Zhongt, nacido en Nanjing— preparando afanosamente los quince días de estancia de Howard y Ruth, los padres de Evelyne. Mañana en la tarde, desembarcarán en Puerto Victoria. Repasa su cuaderno de lecciones de profesor en Harvard. No ha dejado de añorar Boston, la gran capital llamada "La Cuna de la Libertad" por su decisiva participación en la guerra de Independencia, recordada frecuentemente por ser una ciudad de alto nivel intelectual y una de las más católicas por influencia de sus primeros pobladores, irlandeses e italianos. Casualmente le sale al paso una nota curiosa, recogiendo un dicho del escritor chino, Lin Yutang, muy leído en Estados Unidos: "Si a la Tierra viniera algún marciano, llegaría a la conclusión de que, por encima de las lenguas regionales de los terrícolas, hablarían una sola lengua". ¿Vaticinio del más actual de sus temas?, se pregunta a sí mismo Líber.

Sus palabras se enlazan a la figura querida del profesor Roberto Mariscal de quien espera noticias, evocando que en una de sus clases sostuvo que para aprender cualquier lengua hay que vivirla, tesis apoyada en el ejemplo del rey Federico II, gran admirador y anfitrión de Voltaire, el que impuso el francés en su vida personal y en su Corte. Líber no conoce a Juan Ramón Jiménez. Pero se atreve a hablar telefónicamente a su esposa, a la que convence, mediante un ofrecimiento de 30,000 dólares, de que el matrimonio se embarque en el yate "Ita" por una semana para que Juan Ramón lea algunas poesías a un grupo de familiares. Lo insólito es que, conociendo su hostilidad por la navegación aérea, Juan Ramón haya aceptado que el avión privado "Mandarín" le traslade de Puerto Rico a Hong Kong dentro de tres días. Viajará con su médico de cabecera. Otra sorpresa para sumar a las que tienen preparadas Ita y Evelyne.

El arribo de los padres de Evelyne se produce según lo previsto. Mamá Ruth luce un vestido floreado en rojo con chaquetilla semiverde y un sombrero blanco de doble ala. Howard, también de sombrero blanco, viste una combinación de chaqueta roja y pantalones de fuerte color sepia en contraste con su camisa nacarada. A Líber le parece que ambos vienen más gordos —seguramente por la adicción a los dulces que reina en la televisión estadunidense— y como si hubieran bajado algo de estatura. La acogida es de efusión familiar, entre las finuras de Ita y las fáciles risotadas de Howard, pese a la moderación que le suplica Ruth. Quedan cariacontecidos con la Suite VIP del hotel Península; en cada lugar apropiado ramilletes de rosas blancas, sin faltar el champagne rosado Tattinguer, que es el favorito de Ruth desde que supo que también lo era de Jacqueline Kennedy. En las pantallas televisivas del cuarto, como si fuera un mensaje suyo, la disimulada leyenda: "Bienvenidos a Hong Kong, tierra de recreo y amor: Evelyne, Ita y Líber". Sabiendo que Howard es aficionado a la buena música, está grabado en disco exclusivo el "Himno a la Alegría" de Beethoven, cuya identificación le es familiar a mamá Ruth. Evelyne se queda a ayudar a sus padres con el desalojo de los maletones de carga y reseñarles, como un anticipo, los testimonios de cariño que le ha prodigado Ita y, también, su gran riqueza económica. Con Ita y Líber asisten a un concierto de Yehudi Menuhin, el gran violinista que tanto admiraba Lee. Ita descubre a su hijo que Madame Lauron lo ha contratado para que los acompañe en la travesía marítima planeada en honor de los padres de Evelyne. Ya en ese orden de revelaciones, Ita informa a su hijo que igualmente se ha contratado a un quinteto de jazz, el más cotizado de Nueva Orleans. A la recíproca, Líber se ufana de haber logrado un imposible, según sus amigos de Harvard, que el Nobel español Juan Ramón Jiménez comparta el viaje, leyéndoles algunos de sus versos.

Ita piensa que el programa preparado y las exquisiteces gastronómicas deleitarán a sus invitados y a ellos mismos. Evelyne ha dejado descansar a sus padres y se reúne con su esposo y su madre. Madame Lauron entrega a Líber la bandeja de los mensajes recibidos. Da preferencia a los telegramas —las encuestas estadunidenses indican que la urgencia, mayoritariamente, es de los remitentes, no de los receptores— y se detiene, contrariado, en uno de Puerto Rico que dice: "Imposible viaje. Soy abstemio de los viajes aéreos y soy poeta, no recitador. Juan Ramón". Se lo acerca a su madre, la que le consuela con estas palabras: "Como soy la única que lo sabe, no trascenderá. Si lo meditamos bien, quizá tenga razón Juan Ramón. A quien convenciste no fue a él sino a su esposa. La oferta era tentadora de todos modos".

Con Johnny al volante del Mercedes los Clark han realizado su tour por las islas de Hong Kong, de la mano solícita de Ita, vestida con sencillez para no opacar los modelos que estrena mamá Ruth, como parte de su viaje, con un Howard al que delatan no sus trajes, sino sus carcajadas sonoras con el motivo más mínimo. Evelyne y Líber se han separado del tour. Compran una vajilla de porcelana china para doce comensales, como regalo a los Clark, que vienen cargados con los suyos, cuya entrega ha querido demorar Evelyne hasta la compra del que habían olvidado adquirir. Omisión en que no incurrió Ita, con su acostumbrado buen gusto. A pregunta de Líber, su esposa le dice que es en firme su deseo de dirigir el museo. Como esto significaría radicarse en Hong Kong, olvidando la casa que les ha obsequiado Ita y la decisión de Líber de reincorporarse a la Universidad, ambos concluyen que habrá que buscar una subdirectora o un subdirector, elección que dejarán en manos de Jimmy Otegui. Líber sugiere a Evelyne que se ponga de acuerdo con Madame Lauron para que le entregue una copia del catálogo de la pinacoteca de Lee, una vez que mamá Ita lo haya autorizado, como espera. En lo íntimo, al observar la seguridad de su esposa, Líber se siente satisfecho de que se quiera vincular con el museo, lo que al mismo tiempo le situará cerca del Centro de Investigación y Combate contra la Pobreza, compartiendo la obra que lo define; compartiendo, sí, la riqueza económica, así como la estatura singular de quien le adoptó como hijo. Es un tema que le permite a Líber confiar a su mujer aspectos de su vida, para ella inéditos. Cenan en El Mandarín con Jordi Grijalbo, un antiguo anarquista que es el delegado del Centro de Investigación y Combate contra la Pobreza, en Barcelona. Conforme a sus cálculos habría disponibles en Cataluña unos 400 profesores plurilingües, para sumarlos a la atractiva empresa de convertir al idioma español a 500 millones de chinos. Al explayarse en otros temas, como el de la caída deseada de Franco, le confidencia a Líber que fue por recomendación de Picasso su designación como delegado del Centro en Barcelona. "Cuando las circunstancias cambien —afirma— habrá que rendir un homenaje especial a Lee Cheng-Xiao y a Pablo Picasso, que me autorizaron un fondo secreto para ayudar a intelectuales perseguidos por el franquismo, fondo que todavía ejerzo."

De regreso a casa, les espera Ita no solo para informarles del entusiasmo que han mostrado los Clark en su tour, especialmente en ese mundo universal que se aglomera en Puerto Victoria, sino para pasarle un recado urgente de Jimmy Otegui, que guarda en uno de los bolsillos de su chaqueta azul, mientras que Evelyne se comunica telefónicamente con sus padres, encantados de las atenciones de Ita, a quien en un restaurante típico del puerto la llamaron, como al comienzo de su llegada a Hong Kong, "La Bella Española", título muy merecido, subraya mamá Ruth.

El recado de Jimmy Otegui es para pedirle a Líber una cita urgente, pues la noticia de "el español será la segunda lengua de China" se ha filtrado en el *Times* de Londres. A Evelyne no le ha dicho nada hasta la hora del desayuno del día siguiente, noticia que también preocupa a Ita. Acuerdan reservarla. Antes de recibir a Jimmy, Líber se comunica telefónicamente a Boston con su tutor don Roberto, quien ignora la información del *Times* londinense, aunque no le extraña, porque en la Universidad no pocos le han interrogado por diferentes conductos sobre el rumor, que ahora se confirma, a sabiendas de su reciente viaje a China. Sin que le parezca cortesía o halago, la reacción, entre los amigos que se le han acercado, es de sorpresa agradable, congratulatoria. ¿Acaso el mundo espera un acontecimiento análogo? Es una pregunta en la que ambos coinciden, en espera de lo que siga.

Jimmy muestra una copia de la noticia publicada a dos columnas, sin reclamo sensacionalista, como sería de esperar. El representante del Centro en Londres, convocado para la junta próxima, se ha movido para averiguar el origen de la información. La versión más verosímil es que en España, en un conciliábulo urgente de la jerarquía jesuita, se ha comentado el cambio de Pekín con respecto a la Orden y sus causas. El corresponsal del *Times* en Madrid se ha hecho eco de una indiscreción y la ha remitido a su diario en Londres. Jimmy no sè muestra alterado. Era lo previsible.

–La noticia irá creciendo —dice don Roberto— como es habitual, y alrededor de ella circulará toda clase de especulaciones y de exageraciones en el lenguaje típico de la prensa, compitiendo entre sí de una y otra forma, en su afán de ganar lectores y exclusivas, y con la televisión cada vez más atrayente y espectacular con toda la gama de sus recursos visuales. Así empezará una historia, teniendo a Mao como personaje central, según lo anticipado en las reuniones previas al viaje de Pekín.

Líber opina que en tales circunstancias se va a depender de la reacción china, que es lo lógico. A su juicio, con el que está de acuerdo Jimmy, hay que permanecer al margen, atenidos a las colaboraciones pactadas. Su consejo es el de que se tenga al corriente de todo lo que vaya sucediendo a Tuny Che-Zhisnui, como cabeza ejecutiva del Grupo.

Jimmy aprovecha la entrevista con Líber para informarle que ha avanzado bastante en el censo de plurilingüistas y que sólo espera para completarlos, la junta con los representantes internacionales del Centro. Japón será una gran sorpresa, augura. Le informa, igualmente, que tras de haber hablado con Tuny, sobre la desocupación de todos los locales de la planta baja del edificio del Centro de Investigación y Combate contra la Pobreza, quedaría un espacio disponible de 4,000 metros cuadrados suficientes y sobrados, para dar cabida al Museo de Pintura de Lee Cheng-Xiao. Piensa que es una solución adecuada en costo y tiempo, también en fines. Líber da por buena la solución y pide a Jimmy que cuando el arquitecto, que es del Grupo, tenga planos y diseños se los muestre a su esposa Evelyne, junto con la sugerencia del nombramiento de una vicedirectora del museo.

Ha llegado el momento de embarcar en el "Ita". Impresiona uno de los yates del Grupo, el principal, el que lleva el nombre de Ita. El Mandarín se encuentra al término de una travesía aleccionadora de convivencia con tres premios Nobel, fundadores del Centro. Imponente con sus veinte metros de eslora, cinco cabinas de lujo, doce secundarias y las de la tripulación, compuesta de veinte personas de todas las nacionalidades. Dispone de una pequeña alberca y de una cómoda sala de cine y conferencias, dotada de equipos de sonidos adaptables a varias lenguas. Ita, con la ayuda de Madame Lauron, ha tomado el mando de la prenavegación, presentando al capitán del yate, Pepe del Río, descendiente de una familia marinera de Santander, intrépido bohemio de todos los mares. Líber y Evelyne han cedido su camarote a Yehudi Menuhin, el gran invitado. Seis días a todo placer, con el deslumbramiento de Howard y mamá Ruth, nunca tan halagados, orgullosos del matrimonio de su hija y sin ninguna duda de los encantos, entre ellos el de la sencillez y la distinción, de Ita, quien es considerada la mujer más rica de Hong Kong, un territorio donde ser millonario, sin dejar de ser un estatus con cifras mayores, es menos importante que en Estados Unidos, acostumbrados al elitismo de Boston y de muchos de sus amigos cercanos, cultivadores ostensibles del imperio social del dólar.

Sabiendo que a Ruth y Howard les gusta sobremanera la música en todos sus niveles, Líber, con ayuda de Ita y Evelyne, ha invitado a seis parejas amigas de Hong Kong que tienen en común con los padres de Evelyne el amor a la música. Entre ellos, el presidente de la Cámara de Comercio, Freddy Lemon; el de la Asociación Musical "Beethoven", Bob Lamartine; el escritor Johnny Lancaster; el periodista Sam Badillo; uno de los hombres más ricos de Hong Kong, Albert Thompson; y el exdirector de la Sinfónica de la isla, Tony Stein, todos acompañados de sus respectivas esposas. El gran invitado es nada menos que Yehudi Menuhin, a quien tanto admiraba el inolvidable Lee. Un violinista del que, siendo todavía un adolescente, Einstein dijo que sus prodigios musicales eran atisbos de una manifestación divina. Yehudi acababa de hacer una declaración que recorrió el mundo de la crítica: "Así como el palpitar involuntario del corazón produce el primer ritmo vital, de igual manera la música nos devuelve el pulso de la vida".

Ita, para quien Yehudi Menuhin era el paradigma del milagro fisiológico del arte y la vocación musical, siente por él una especial simpatía. Conocedora de su vida, hijo de emigrantes israelitas, llegados a Estados Unidos con la miseria a cuestas, Yehudi supo triunfar rotundamente. Por eso, le encareció un programa apropiado a una travesía marítima de varios días, con auditorio altamente seleccionado. Yehudi se lo prometió a Ita, buscando algún concierto de Bach, otro de los milagros musicales, por el que ella y Lee sentían marcada preferencia.

Obviamente, Ruth y Howard quedaron deslumbrados por semejante homenaje al culto familiar, recién iniciado, pródigo en atractivos humanos, cuidadosamente elegidos, por la suntuosidad del yate de recreo "Ita", repleto de detalles refinados y, sobre todo, por la presencia de Yehudi Menuhin y su programa exclusivo. Pronto, un clima de cordialidad fue respiro natural de todos los invitados. Camareros, vestidos de gala, se encargaron de ofrecer champaña francesa y exquisiteces combinadas de Estados Unidos y Hong Kong. Centrada la atención en Yehudi y su violín mágico, su primera interpretación no pudo ser más apropiada y demostrativa de sus singulares facultades. Nada menos que una de las más difíciles y raras de Bach: *Chacona*. Vale anotar que esta pieza se deriva de una antigua danza proveniente del México antiguo que se coló hasta las Cortes del antiguo continente. Espaciadas al atardecer de tres días alternos, verdaderamente inolvidables, la segunda interpretación fue uno de los caprichos del opus número 1, de Paganini, compositor que por la perfección y fuerza de sus sonidos, contribuyó a que Robert Schumann abandonara la Universidad de Heidelberg para dedicarse únicamente a la música. Cerraría con la *Sonata para violín solo*, de Béla Bartok, una obra excelsa en sus cuatro movimientos, cuyos dramáticos acordes revelan la impetuosidad del pueblo húngaro. Baste decir que fue la composición que, de acuerdo con sus deseos, se ejecutó a la hora de la muerte de su autor. Como una excepción, y porque se lo pidió Ita, repetiría fragmentos del concierto de Bach, pues el propio Yehudi había elaborado su programa con el rigor que acostumbraba, considerando cada circunstancia. Los aplausos y los ¡bravos! de los quince asistentes sonaron a teatro lleno. Badillo, el escritor, se destacó entre todos al arrodillarse ante Yehudi Menuhin, como si fuera un dios. Convertido ya en otro invitado, al alternar con él en ropa familiar, algunos viajeros, particularmente sus señoras, encabezadas por Ruth, quisieron arrancar a Yehudi algunas confesiones de su vida. Con toda la cortesía de su esmerada educación, les pidió que leyeran su libro *La música del hombre*. Ni distante ni distinto, Yehudi Menuhin sin perder la sonrisa amable, se refugió en la solemnidad de su violín, arte e instrumento de su lenguaje humano.

Pero para el último día de la travesía, Ita y Líber, con la ayuda de Evelyne, tenían reservada una sorpresa al más puro gusto de los festejados: la actuación de uno de los mejores quintetos de jazz de Nueva Orleans. Fue la coronación digna de una celebración que pedía la comunión jubilosa de todos los invitados, dentro de ese telescopio y microscopio que dimensionan los sentimientos humanos, acercándolos por encima de cualquier distancia, Dionisos como rey. Ruth y Howard fueron los primeros en lanzarse a las contorsiones del baile, animando a todos los invitados, incluido Yehudi Menuhin, al que asaltó prácticamente mamá Ruth, con su champaña rosada a flor de labios. El segundo baile de ésta fue con Líber, quien aprovechó los júbilos de su suegra para conocer la cantidad —tres millones de dólares— que le costó a Howard el arreglo universitario del año sabático. Una Ita rejuvenecida bailó, amorosa y moderadamente, con su hijo Líber, más bello que nunca con su smoking blanco. Todas las parejas intercambiaron sus mensajes de simpatía al ritmo misterioso del jazz. Amanecía el nuevo día cuando Evelyne y Líber cerraban el baile, estrechamente enlazados, mil veces felices, en esa lectura de los sentidos que endiosa el presente.

De vuelta a la Suite VIP del hotel Península los Clark dieron muestras de gratitud por la inolvidable travesía y entregaron a Ita el obsequio original que les tenían reservado:

una jarra de Baccarat, decorada en Tiffany con el nombre en oro de Ita, y una gacela grabada con la firma de Braque. La cena de despedida fue en el comedor principal de la residencia de Ita. Su regalo a los Clark fue un reloj de Limoges montado en una base de pequeños diamantes. Hubo brindis, clima auténtico de identidad familiar y un adiós generoso de los que no se borran. Lee parecía brotar del pincel de Picasso con la mirada penetrante de la bondad humana, compartiendo las horas vividas desde la lejanía divina.

10

En su diálogo de alcoba, Evelyne y Líber repasan los días vividos. Y con ellos perciben los apresurados pasos del tiempo. Ha transcurrido ya más de la mitad del año sabático de Líber y, casi sin notarlo, se han acumulado en la memoria acontecimientos que parecen lejanos y, sin embargo, acaban de suceder. No hay duda de que el ritmo de la comunicación instantánea y simultánea contribuye a ello. Los recuerdos se amontonan con prisa en un desplazamiento continuo de memoria colmada o sobregirada. Evelyne está segura de que sus padres han sido conquistados con verdadero cariño por la madre de Líber, limpios de algunos prejuicios típicamente estadunidenses. El baño cosmopolita y turístico de Hong Kong les ha calado, tanto por lo menos como las evidencias venturosas del matrimonio contraído, multiplicada la sólida impresión de un Líber inteligente, sencillo y heredero de una gran fortuna. La pareja bostoniana se despide durante el último día de su estancia en Hong Kong con expresiones reiteradas de gratitud y efusión familiar, impresionados por el señorío, la belleza y las atenciones especiales de Ita.

Por su parte, Líber se apresura a atender sus pendientes, después de una semana de ausencia, a sabiendas de que le esperan jornadas de fuerte intensidad. En su junta con Jimmy Otegui le acompaña Evelyne, deseosa de que adquiera conciencia social del significado humanista del Centro de Investigación y Combate contra la Pobreza. El informe de Jimmy sobre sus más recientes actividades está nutrido de datos y acontecimientos. Exalta el encuentro celebrado con los delegados internacionales del Centro dentro de un campo extenso de compromisos cumplidos y de nuevas posibilidades. Tema principal es el cálculo de la aportación de los bilingües en español-chino. El mayor número es el de Japón con cinco mil, sujetos a una ampliación temporal al estudiar más a fondo las afinidades fonéticas entre el japonés y el mandarín.

Circunstancia similar pudiera darse con las lenguas hindi y urdu. La suma total, entre todas las delegaciones, llega a 52,000, sin contar, obviamente, los países hispanoamericanos, encabezados por México, con su enorme potencial. Queda, como un caso especial, Estados Unidos, con los grupos hispanos y chinos de origen y sus considerables contingentes en el largo territorio de California. Habrá que agregar los 10,000 que proporciona Hong Kong. Estima Jimmy Otegui que con estos datos puede formarse un cuadro ilustrativo para el gobierno chino. Informa a Líber y a una Evelyne que no pierde detalle de lo que escucha, que ha llegado ayer un mensaje en clave de Deng Xiaoping para reunirse lo más pronto posible en la misma habitación 333 del Hotel de la Paz de Shanghai.

–Es de suponer —habla Líber— que nos muestren su propio plan. El hecho de que siga en manos de Deng Xiaoping significa que han profundizado en la idea y la mantienen como un proyecto nacional. Sería bueno, Jimmy, que aclaráramos algunas dudas que me han surgido, escuchando tu informe. ¿Las cinco mil becas adicionales ofrecidas por nuestro Centro están consideradas entre el censo de las delegaciones?

–Salvo tu mejor criterio, desde que convinimos las primeras diez mil becas, con el ofrecimiento de las otras cinco mil adicionales —aclara Jimmy—, pensé que eran compensadas por el presupuesto propio, siempre holgado, dejando las demás extensiones a juicio de Deng Xiaoping y sus asesores, dentro del plan suyo que nos darán a conocer. El problema mayor que tienen que resolver es el del temor de muchos de los que salieron de China no sólo por hambre, sino huyendo del *Libro Rojo* de Mao. No bastará, creo, el gran atractivo de que el español sea una segunda lengua de China, como lo es en la práctica en Estados Unidos.

Líber entiende y apostilla:

–Estoy de acuerdo contigo. ¿No piensas que este problema estará dependiendo de cómo tratan de resolver el regreso de las misiones jesuitas?

–No tardaremos en saberlo —asiente Jimmy—; yo todavía creo en la paciencia y creatividad del pueblo chino. Ahora pasaremos a revisar las noticias de la prensa inglesa y estadunidense, con sus resonancias televisivas, que circulan desde que apareció la nota telegráfica en el *Times* de Londres. Los medios de comunicación de Gran Bretaña no aciertan a entender qué fines persigue Mao al anticipar una decisión que pudiera haber anunciado más adelante, en las proximidades de la transferencia del territorio ahora en poder de la Gran Bretaña. El *Times* de Nueva York y el *Washington Post* coinciden en que se trata de un golpe directo a la hegemonía estadunidense, a falta de otras armas competitivas. Han marginado de momento el tema de Taiwán, por la conversión del español en segunda lengua china. Por lo que respecta al presupuesto del Centro hay disponibilidades de ampliarlo, si así nos conviene.

Lo que hasta ahora ignoran los periodistas —observa Líber— es que el español como segunda lengua de China no es una idea de Mao. Pero pronto descubrirán su origen en todo lo que encierra de historia sensacionalista.

–¿Y los periódicos chinos qué comentan del tema?

–Hasta el momento, Líber, no lo han tocado, si bien que ya ha trascendido en los círculos oficiales y, naturalmente, en los del Partido Comunista. Pareciera que no se quiere que trascienda a la Unión Soviética, dentro de las nuevas relaciones que se negocian al amparo de la perestroika democratizante que vive actualmente aquel país y sus repercusiones en el mundo.

–Otra pregunta. ¿Quiere decirse que hasta ahora tampoco ha habido ninguna referencia pública en los medios de Hong Kong?

–Así es, pero está a punto de suceder, porque la noticia, como se dice vulgarmente, "está en la calle". Por supuesto, intentan desentrañar el misterio del asunto para publicar una versión fiel. Hasta el momento he logrado eludir algunas peticiones de entrevistas, apoyado en los intereses solidarios que representa la propiedad de nuestros medios de comunicación.

–Esperemos, entonces —resume Jimmy. Hablemos de la fecha de la nueva entrevista de Shanghai.

–Cuanto antes —indica Líber. Temo que finalice mi año sabático sin que disipemos las dudas y veamos que la idea de mi tutor Roberto Mariscal adquiere vuelo, vuelo complicado, digno de la sabiduría china, vigente a pesar de sus cambios ideológicos. Ponte de acuerdo con ellos y acepto el día cercano que elijan.

–Mejor lo fijamos nosotros. Que nos manden su avión pasado mañana, a hora temprana, con la idea de que regresemos al atardecer.

–Hecho, Jimmy. Confío en tu buena mano. Pero antes me gustaría saber cómo interpretará don Roberto la situación actual, ya que hemos procurado tenerle al corriente de todo en breves resúmenes. Lo mejor sería llamarle por teléfono a Boston. En unos cuantos minutos se hace la conexión.

–Profesor, le habla Líber. Aquí estoy con Evelyne y Jimmy y le mandamos cordiales saludos. Volaremos pasado mañana a Shanghai para seguir atando cabos, por iniciativa del enviado de Mao...

–Tú y Jimmy —interrumpe el profesor— saben lo que tienen que hacer. Pero como los hilos de Harvard son muy finos, quiero pasarles mi sospecha de que nuestra idea se está sobreestimando en Pekín, sea por el mismo Mao o algunos de sus asesores, presuntos enamorados del Síndrome de Pangloss, algo así como creer lo mejor en el mejor de los mundos. Lo que es una exageración mayúscula a la hora de enfrentarse con los problemas reales. Por otro lado, los estadunidenses sí están investigando a fondo una situación impensable para ellos y en cualquier momento pueden disparar un cañonazo a través de sus dominantes medios de comunicación en el mundo. Lo importante es que salvamos la propiedad del museo en Hong Kong, y hay que procurar no perderla, porque todavía está sostenida con pinzas. En lo demás, evidentemente, el Gran Timonel ha hecho suya nuestra idea-gancho.

–Si en algún momento pudiéramos volver a necesitarlo, ¿contaríamos con su ayuda? —le pregunta Líber.

–Por supuesto, siempre que no me confundan con una ambulancia de la Cruz Roja. Me avisan con tiempo. Agur.

–Aprovechando tu visita, Líber, quiero despachar contigo algunos asuntos —le dice Jimmy. Uno de ellos es la donación de dos millones de becas alimenticias a Haití. Sería nuestra primera incursión en América. Estamos en presupuesto.

–Adelante, Jimmy. El hambre no reconoce nacionalidades ni religiones, ni fronteras geográficas. Nuestras limitaciones son las de nuestros presupuestos. La experiencia de Haití puede llevarnos a algunas regiones indígenas de extremada pobreza, que conviven con los alardes de la riqueza humillante de las clases privilegiadas de no pocos países de América.

Luego, Jimmy pide autorización a Líber para corregir algunos ajustes presupuestales y también la partida para la instalación del museo de Lee Cheng-Xiao, calculada en principio en seis millones de dólares, incluyendo la adaptación y diseño del museo en los 4,000 metros cuadrados de las plantas bajas del Centro de Investigación y Combate contra la Pobreza y el nombramiento de directora y vicedirectora, a la cabeza del personal auxiliar que se requiere. La aprobación de Líber lleva implícito el reconocimiento oficial del cargo que desde ahora asume Evelyne para que revise el diseño y planos del museo, dentro de una obra que puede durar un mínimo de dos años y un máximo de cuatro, incrementado posiblemente el presupuesto en un 20 por ciento. Líber y Jimmy vuelan a Shanghai en el mismo avión que anteriormente. Quien los recibe es un Deng Xiaoping más suelto, como si hubiera crecido la seguridad en sí mismo. Esta vez, acompañado de media docena de asesores, todos con gafas oscuras y maletines de ejecutivos occidentales. La reunión ya no es en la Suite 333, sino en la 326, más amplia y con una mesa redonda de tapete rojo. Sin perder la calma, pero con acento más apremiante, Deng Xiaoping presenta a sus colaboradores, entre ellos una mujer otoñal de mediana talla, especie de secretaria y traductora, de la confianza personal de Deng por lo que se advierte desde el principio. Todos, comulgando con una idea que han hecho suya con devoto entusiasmo. Después de transmitir los saludos de El Gran Timonel, Deng Xiaoping con esa desenvoltura que antes le faltaba, hace ahora una síntesis en su idioma mandarín de los acelerados pasos dados, los que Jimmy va traduciendo a Líber. Dice Deng:

–La idea de convertir el español en segunda lengua de China, lejos de despertar alguna duda, ha convocado la adhesión del Partido Comunista en todos sus niveles y se celebra con extremado interés. Han llovido las sugerencias y las posibles fórmulas para su eficaz implantación. Esto nos ha obligado a crear una Comisión, a mi cargo, que recoge, clasifica y depura todo lo que recibimos. Al mismo tiempo, se ha constituido, para nuestra asesoría y consulta, un Comité de Sabios integrado por nuestros más calificados científicos, de los especialistas en lenguas a los especialistas en economía. Paralelamente, hemos inventariado el número de chinos que hablan español, incluyendo a nuestros becados internacionales. El dato conocido, 90,000, ha superado nuestros cálculos. Hemos localizado, dispersos por el mundo, como en el caso de las antiguas misiones jesuitas, a gente de otras religiones y plurilingües de distintas nacionalidades. El potencial es de 150,000, con un problema inesperado: el de solicitud de garantías económicas y de libertad de tránsito de quienes no están de acuerdo con el régimen comunista o lo contemplan con gran temor. Originada en el Comité de Sabios, tenemos en marcha la fórmula de instituir un pasaporte especial con todas las seguridades inviolables de libertad para el uso de ese núcleo de gente que tanto nos interesa. Es una solución que encierra muchos riesgos; se ha discutido entre nosotros hasta conseguir la aprobación del único que puede darla. Con la fijación de un buen honorario, impensable para los profesores chinos, se garantiza una permanencia mínima de seis meses prorrogables, a entera conveniencia de nuestros invitados.

Dirigiéndose a Líber, Deng le endilga dos preguntas directas:

–¿Creen en la factibilidad de nuestro planteamiento de base? ¿Podemos contar con las cinco mil becas adicionales que nos han ofrecido en el renglón del costo mayor para nosotros?

–En cuanto a lo primero —manifiesta Líber— revela un esfuerzo de alta magnitud, muy meritorio en el corto tiempo de que han dispuesto, pero tal responsabilidad es una cuestión de carácter interno del gobierno chino. En cuanto a lo segundo, ratificamos nuestros ofrecimientos en becas. Nos bastará saber su distribución final.

Al fin sonríe abiertamente Deng Xiaoping, dejando a un lado su gesto adusto, para agregar:

–Gracias. Pero me falta anticiparles otra idea en marcha que redondearía nuestro proyecto. Me refiero a un estudio inicial del Comité de Sabios para el aprendizaje del español. Los filólogos han elaborado un vocabulario básico de quinientas palabras españolas y los científicos puros tratan de encontrar un método para facilitar y abreviar el estudio del español.

Antes de la despedida, Deng llama de nuevo en un aparte a Jimmy. Se atreve a confidenciarle que los cambios en China serán más rápidos de lo que se cree, con un Mao muy disminuido de salud. La Revolución Cultural, de la que él es víctima, constituye un fracaso sangriento y la Banda de los Cuatro no ha sido eliminada todavía. Deng figura entre los posibles sucesores de Mao en el más secreto de los secretos. Para Deng, y los que coinciden con él, es fundamental el éxito del español como segundo idioma de China. Ha merecido la atención de Mao, convirtiéndose en un tema prioritario. Ni el propio Mao podría cancelarlo, orgulloso como está de una idea que enriquecerá su gloria histórica, tras del grave tropiezo de la Revolución Cultural. Hoy es algo de lo que más le preocupa. La posible oposición de los estadunidenses, con la que cuenta, será un gran altar para su ego y no un estorbo.

Jimmy se ha sorprendido ante estas confesiones. Al comentarlas con Líber coinciden en que ellas responden a la necesidad que Deng siente de que alguien de confianza sepa lo que en verdad ocurre en el interior de China. Su futuro de por medio. Y su voz gutural, pellizcando el oído.

Aunque no se expresa en palabras, pareciera que Líber y Jimmy en el diálogo inteligente de sus miradas se hacen la misma pregunta: ¿Qué nos impulsa a mantenernos en una aventura que está adquiriendo perfiles históricos con posibles complicaciones internacionales? Queda atrás el motivo original, la preservación, más que lograda, de la pinacoteca de Lee, como depósito hereditario. Lo que era su defensa dialéctica, con su artificio ingenioso, ahora es la preocupación principal, elevada a compromiso, por mucho que se quiera eludirlo ¿Ambos se sienten estimulados y halagados, desde su origen común, por la perspectiva de que el español pueda ser el idioma de mil millones de personas, el idioma de un imperio que en su tiempo dominó el mundo? Algo de ello debe haber en el fondo de sus afinidades, más poderoso que la simple seducción de la aventura y sus protagonismos. De seguro que los dos piensan que la maniobra magistral del profesor Roberto Mariscal ha estado inspirada por este mismo e inconfeso sentimiento. De los tres, indudablemente, él es el protagonista más divertido, el más libre, sin las ataduras de la prudencia. Se adivina a un Líber orgulloso de su tutor, intelectual destacado y sencillo del exilio español, como otros que estudian y enseñan en Harvard, dignos ejemplares de la más prestigiada universidad de Estados Unidos, como otros lo son de diversas entidades análogas y centros académicos. Jimmy admira profundamente a don Roberto y lo tiene colocado en la urna de los grandes genios.

Líber romperá el silencio:

–Este hombrecillo de Deng Xiaoping ha cambiado. Seguiremos su pista y no me extrañaría, por lo que acaba de confesarte, que pueda ser la figura de los cambios chinos. Su actitud lo insinúa y es posible que esté apoyándose en nosotros para consolidar su posición ante Mao, después de haber salvado las peores pruebas.

–Comparto tu opinión —dice Jimmy— y te pregunto a la vez:

–¿Seguirá unida la suerte del museo al del español como segunda lengua de China?

–Yo también te lo preguntaría a ti, como experto que eres en asuntos chinos. Mi impresión es que será inevitable, cuando menos hasta que se inaugure el museo.

Estamos dependiendo de un pacto verbal con Mao pero nadie puede estar razonablemente seguro de lo que vendrá después de Mao. Mi madre no me ha recordado que se selle el compromiso mediante un contrato firmado. Quizá, como esposa de Lee, aparte de sus raíces españolas, se siente halagada por encima de todo, de que el nombre de su esposo esté asociado históricamente al sorprendente acontecimiento de la decisión china de adoptar la lengua española.

–Sí, Líber, tu opinión es válida para mí y te comprendo perfectamente. Pero ahora que has citado la falta de un contrato, creo que habrá un momento propicio para tratarlo abiertamente con Deng. Es evidente que él nos necesita y que aún nos hará alguna solicitud adicional.

Líber informa a su madre y a Evelyne, con todo detalle, de la jornada de Shanghai a su regreso. La sorpresa de Ita no es menor. Cautivada por ella, recuerda al profesor Roberto Mariscal en su diálogo con Mao y su mérito de persuadir al emperador chino con las ventajas nacionales de una idea que a nosotros nos pareció secundaria y convencional, pero en la que creía don Roberto no como un iluso, sino como el hombre al que no se le hubiera ocurrido de no haber nacido en España y saber valorar en el exilio el alcance y la práctica de su lengua, como el producto más importante de su patria y de una historia grande entre las grandes historias. Ita tenía, por su parte, una sorpresa:

–Nuestro yate, el que lleva mi nombre, ha quedado listo para una excursión por mares cercanos. Lo que quiero es disfrutaros unos cuantos días más, antes de vuestro regreso a Boston.

Evelyne y Líber asienten, muy agradecidos. Pero Líber lo supedita al despacho de sus muchos pendientes. Desde hace días espera una entrevista con Tuny Che-Zhisnui, el presidente del Grupo Mandarín, el hombre clave, con el que ha mantenido breves charlas en su afán de respetar al máximo la autonomía con que ejerce su cargo con tan excelentes resultados. Sin embargo, para que no haya ninguna sospecha de falta de confianza, Líber considera que es necesaria una conversación a profundidad, incluso para conocer datos muy reservados, antes de su retorno a Boston. La confianza tiene mucho de lógica y de inevitable superioridad, propios de la formación cultural y humana de cada uno. Tuny es el prototipo de los grandes ejecutivos de empresa, donde su autoridad puede ser mayor que la de los accionistas. Es un hombre serio, muy concentrado en sus pensamientos, acostumbrado a tomar grandes decisiones, al extremo de refugiarse en soledad, varios días, en su pequeño yate colmado de revistas científicas y económicas, de diccionarios y enciclopedias, cuando esas decisiones son las más trascendentes y delicadas, en un mundo que cambia con azarosos apremios.

La entrevista parece complacer a Tuny Che-Zhisnui, como si la estuviera esperando. Una nariz respingada contribuye a una sonrisa de cortos intervalos. De entrada, Tuny pregunta a Líber si sigue dando clases en Harvard el doctor Louis Renou. Fue su maestro en economía y tiene en su biblioteca algunos de sus libros, particularmente sus estudios sobre la cultura oriental. El nombre del maestro es conocido para Líber, pero actualmente vive en Francia, jubilado. Entrando en materia, Tuny Che-Zhisnui lo primero que le anticipa es el informe que se elabora con el concentrado de todos los negocios del Grupo, que mensualmente pasa a la señora Ita, de la misma forma que lo hacía a Lee. La prosperidad que ha traído a Hong Kong la guerra europea, ha ayudado al buen desempeño económico de las empresas, en todas con márgenes de utilidad que suelen superar los presupuestos planeados. En su resumen, Tuny señala que Estados Unidos, Alemania, la India y el Japón son las naciones de más creciente desarrollo. Las formas de compensación del alto personal del Grupo, según Tuny, son las más generosas que conoce en el mundo empresarial, testimonio elocuente del humanismo de Lee. Líber quiere conocerlas con los circunloquios de la mayor delicadeza, y Tuny, sin asomo de extrañeza, se lo sintetiza así: "De la utilidad neta, 30% se aplica a bonos y compensaciones de los máximos ejecutivos, comprendido el sueldo mensual de 50,000 dólares de la señora Ita, un 15% que se me abona por participación de utilidades, aparte del bloque de acciones de que soy propietario; el otro 15% es para sueldos menores, gastos generales y reservas. Me aclara que el Grupo opera como un holding al estilo estadunidense. Como debes saber 60% de las acciones están en poder de tu madre y el resto entre accionistas diversos. Generalmente, hay reparto de dividendos cada dos años".

La charla recae en el Centro de Investigación y Combate contra la Pobreza, idea institucional de Lee y sus hermanos, que cumple sus objetivos sin comparación alguna en el ámbito de la empresa privada, según Líber sabe en su calidad actual de presidente. Tuny no objeta la participación del Centro en lo que llama "la aventura china". Para él, aparte de que se trata de una idea originada por nosotros mismos, ha fortalecido una relación de interés propio por las circunstancias en que se ha dado, vista a futuro, cuando los ingleses salgan de Hong Kong, si es que cumplen el tratado, con una China a la que favorece su futuro mundial, desaparecida la terrible dictadura de Mao. Sin embargo, estima que puede haber problemas con la actitud que asuman Estados Unidos y Gran Bretaña, enfrentados al intento chino de convertir el español en una especie de lengua franca. Por lo pronto, advierte, se notan reseñas, acaso molestias, de la parte estadunidense, a cuyo impulso y poderío, el idioma inglés puede convertirse, por vía natural, en esa lengua franca que quieren disputar los chinos, en una empresa costosa y nada fácil. Circula en los círculos diplomáticos, que pronto será noticia de prensa, un informe confidencial en el que se hace un resumen del intento chino y de sus posibilidades remotas de éxito. "Lo que me preocupa de esa información, es que en ella se alude al apoyo económico de la idea por una viuda multimillonaria, filántropa de Hong Kong, de origen español, la señora Cheng-Xiao."

Líber se da cuenta de que tal noticia pudiera ser explotada por las inclinaciones sensacionalistas del periodismo estadunidense. Pero piensa que ni Gran Bretaña, ni Estados Unidos, salvo Taiwán, han protestado de los privilegios de que ha gozado y goza China en el reparto de las becas alimenticias. Y ha de trascender, también, sobre todo con los ingleses, que el Museo de Pintura Lee Cheng-Xiao se quedará en Hong Kong, y no en Shanghai, como pretendía Mao. Reflexiona Tuny, antes de estar de acuerdo con las observaciones de Lee, y decirle que su preocupación son los intereses del Grupo Mandarín, tan conectados a Gran Bretaña y Estados Unidos. Los dedos de la mano derecha de Tuny parecen de humo, entre bocanada y bocanada de su pipa holandesa. Y en el tono cordial de la confianza, atraído por la simpatía y la inteligencia de Líber, recuerda a éste que su obligación es velar por los intereses comunes del Grupo. Líber, por su lado, le expresa reconocimiento por su franqueza y le reitera que nadie es dueño del futuro y que el futuro se está volviendo un producto muy frágil, técnica y humanamente. Comen juntos en un clima sosegado de amistad, intercambian confesiones de gustos personales y se ponen a las órdenes uno del otro. Líber se queda con la impresión de que Tuny Che-Zhisnui es el hombre apropiado, casi insustituible para el cargo que desempeña, con razones sobradas para sentirse cabeza intocable del Grupo. Inteligencia fría, altísima capacidad profesional, educación refinada y honestidad. Sin honestidad, concluye Líber para sí mismo, las otras virtudes son secundarias y desequilibrantes.

Las entrevistas de Líber con Tuny Che-Zhisnui se repetirán en los días siguientes. Líber, con el deseo de profundizar en las normas operativas que rigen tantas y distintas empresas. Racionalmente acepta los movimientos automáticos, que caracterizan resultados tan óptimos. Pero, sin confesarlas, ni siquiera a su madre, no se disipan algunas dudas íntimas. Posiblemente, sus complicaciones romperían el esquema de su vida familiar y académica. El futuro no deja de pesar en su ánimo.

11

Nueva cita en el mismo hotel de Shanghai y su vista enseñoreada sobre el río Amarillo, con el misterioso Deng Xiaoping, más abierto y desenvuelto, más seguro de sí mismo. Le acompañan nuevos asesores con algunos de sus sabios. Líber ha aceptado la invitación porque previamente Jimmy Otegui logró del hombre todavía misterioso una carta del equivalente al ministro de Asuntos Exteriores del gobierno chino para que quede formalizada la situación del museo en construcción en Hong Kong. El documento lo recibe Jimmy y es muy clara la cláusula que otorga la propiedad al Centro de Investigación y Combate contra la Pobreza por un periodo de cincuenta años, renovable de común acuerdo. Líber deseaba esa carta para tranquilidad de todos, antes de su pronto regreso a Boston y porque quiere estar al corriente del curso de esta negociación con acrecentada curiosidad. De todos modos los chinos no han ocultado que construirán un gran Museo de Arte Moderno en el nuevo Shanghai, con tres pisos subterráneos.

Jimmy Otegui actúa más de protagonista que de traductor del mandarín y el cantonés, aunque en la nueva embajada figura un asesor que domina perfectamente el inglés. Lo que escuchan Líber y Jimmy es sorprendente: "Nuestra Junta de Sabios ha encontrado finalmente una fórmula, ensayada con éxito, para reducir a 100 horas el aprendizaje del español mediante un chip electrónico que penetra en el individuo durante el sueño, sin alterarlo, en una inmersión de la memoria subconsciente, por un mínimo de cinco horas y han perfeccionado el vocabulario mínimo de 500 palabras en las que hay algunas de fonética muy parecida entre el mandarín y el español, lo que facilita el aprendizaje oral. O sea que éste puede terminarse en la mitad del tiempo calculado o ampliar el número de chinos hispanohablantes. Necesitaremos, eso sí, una cantidad considerable de profesores españoles, venidos de España y los países hispanoamericanos. En estos momentos, con nuestro pasaporte de permanencia garantizada, libres de toda molestia, hemos hecho acopio de maestros jesuitas y de otras religiones, navegantes jubilados, instalados en la California estadunidense; vendedores y taxistas de Nueva York y Londres; y el reclutamiento de diez mil expertos de Hong Kong. El costo económico es elevado, pero contamos con la aprobación expresa del Gran Timonel, seguros de que amortiguaremos ese costo, cargándolo al porvenir promisorio de una China más próspera y recuperada.

–¿Fantasía o realidad? —exclama Líber. Nos gustaría saber cómo va a operar el chip electrónico de esa memoria subconsciente —agrega con la mirada cómplice de Jimmy.

–Será un secreto, debido a los sabios geniales de la nueva China —contesta Deng Xiaoping— que vienen trabajando en lo que será una máquina de lectura mental. No se les ocultarán las aplicaciones políticas y económicas que de este invento se derivan para China. Las investigaciones han sido tan exhaustivas, que se han remontado a la antigua versión histórica de que en gran parte de China se hablaba un anglofrancés, que era el normando, con mezclas de latín y otras lenguas.

El sabio del perfecto inglés, el más alto del grupo, quiere hacer alguna aportación:

–Sí, comprendemos su sorpresa. La fantasía, hermana de la utopía, tarda, pero suele dar hijos a la realidad. La historia reciente de China lo demuestra. ¿Quién podría sospechar que la Larga Marcha llegaría a su meta? ¿Que venceríamos a los japoneses? ¿Que derrotaríamos a los llamados nacionalistas? Así, pues, El Gran Timonel tardó unos días en comprender nuestro invento y su alcance práctico. Al comprenderlo, la fantasía le ha inundado con sus resplandores y nos ha pedido que ahora inventemos un chip para que desde la gestación, o sea antes de nacer, cada criatura llegue a este mundo con una frase aprendida del *Libro Rojo*. En ello andan nuestros genios, que han estudiado las aportaciones del inventor Jack Saint-Clair Kilby, el nuevo Edison estadunidense.

–¿Y no se les ocurrirá un invento que destierre la pobreza? —pregunta Jimmy. El ideal de nuestro Centro, como saben, es el de acabar con la pobreza y reducir sus enormes brechas. Seríamos los primeros en aprovechar un invento tan de verdad revolucionario. Creemos que la pobreza es la mayor negación de los derechos humanos.

Le contesta de inmediato Deng Xiaoping:

–No nos pida que seamos dioses. Somos terrenales y hemos hecho una Revolución para acabar con la pobreza, inspirados en las teorías de Marx, Engels y Mao. Es una preocupación tan intensa como la de Newton cuando trataba de convertir el plomo en oro. Mao es un líder al que atraen los inventos científicos.

El propio Deng explica el objeto de haber solicitado esta junta. Pide el patrocinio de una campaña en Estados Unidos que utilice los medios de comunicación para popularizar y prestigiar la lengua española y quienes la hablan. El imperio estadunidense, al corriente de nuestro proyecto, trata de oponer resistencias de tipo legal para impedir la penetración del idioma de "los hispanos", con rebaja de su estatus y el apoyo de mixtificaciones como el "spanglish". Solicitan, igualmente, una relación de las personas que se han licenciado en el idioma español a través del Centro de Investigación y Combate contra la Pobreza (Jimmy le entrega de inmediato el documento de referencia). Además desearían una entrevista en Boston con el sabio que habla perfectamente el inglés —por fin se menciona su nombre, Liang Kaihui— con el profesor Roberto Mariscal, un genio según Mao. Líber le promete que hablará con don Roberto Mariscal para facilitar esta entrevista. En cuanto al proyecto de una campaña propagandística a favor del uso y el prestigio del idioma español, en Estados Unidos, Líber ofrece estudiarla con interés, dadas las implicaciones y costos que de ella se derivan. Dependiendo de la conformidad del profesor Roberto Mariscal, el asunto podría tratarse más a fondo en la cita solicitada por Liang Kaihui, que no será antes de que Líber esté de nuevo en Boston. Antes de despedirse, Deng Xiaoping llama en otro aparte personal a Jimmy Otegui, con quien conversa un buen rato, con su notorio aire confidencial. (Jimmy ha tratado de arrancarle el secreto del chip electrónico. Lo único que ha logrado saber es que el invento no es de un chino, sino de un genio hindú, militante comunista, uno de los miembros más apreciados del Consejo de Sabios.)

Jimmy Otegui comunica a Líber las confidencias de Deng Xiaoping en lo que constituye una jornada inusitada, digna de registrarse en algún memorial. Empezó por revelarle que la salud de Mao sigue empeorando sin renunciar a su vida licenciosa y que su propósito es que él lo reemplace cuando llegue el momento, un secreto que debe mantenerse, porque la Banda de los Cuatro no ha sido liquidada todavía y son sus mayores enemigos. Al preguntarle Jimmy cuál sería el cambio con el poder en sus manos, replica que el de un régimen más abierto y moderno, con ciertas reformas económicas e incluso aperturas a inversiones extranjeras en combinación con el Estado chino. Y me ha reiterado el significado de que Mao haya aceptado el regreso de los jesuitas que él fue el último en expulsar de China y su apertura total a las personas que puedan contribuir a la transformación bilingüe hispánica de una China grandiosa. Xiaoping me ha apuntado, por su parte, la visión de una China enriquecedora de su potencialidad productora y consumidora, a la que darán largas alas los millones de hispanohablantes. Para Deng Xiaoping no existirán límites, mencionando no sólo la

India, sino Canadá y Australia. Es difícil para nosotros entender ahora este cambio, pero el hombre se expresa con seguridad, como si estuviera convencido de los errores cometidos
y de las reformas necesarias: "Me ha dejado la impresión de
que el hombre lo hará si sobrevive", concreta Jimmy. Las re-
voluciones se sabe cómo empiezan, pero no cómo terminan,
recuerda. Para Deng el universo de mil millones de seres hablando español, será un instrumento ventajoso que no sólo
aprovecharán en lo económico, sino como medio de difun-
dir la milenaria historia de la cultura china y su nuevo lugar
en la escala internacional, en plena adaptación de la ideología comunista.

Al llegar a Hong Kong, Líber y Jimmy buscan a Tuny
Che-Zhisnui y le informan de su nueva junta con la misión
china, encabezada por quien parece ser el sucesor de Mao.
No objeta la ampliación de alguna ayuda específica porque
al Centro le sobran recursos, sin afectar sus programas. Sin
embargo ve con escepticismo el invento del chip de la memoria subconsciente y duda de que las pruebas realizadas
en China avancen sobre la piel de la realidad. Ignoraba que
quien lleva la negociación es el posible sucesor de Mao, si
bien no le extrañaría porque a Mao le urge salir de la catastrófica Revolución Cultural, seleccionando su candidato entre los contados sobrevivientes que estuvieron siempre junto a
él en la Larga Marcha. Le parece un infantilismo, propio de
los divinos dictadores, lo del chip memorial, pero recuerda
haber leído algo similar sobre una teoría del genoma, en una
revista científica de Estados Unidos, cuya respuesta parece
ser que no se ha calculado. Tuny no oculta la satisfacción
que le causa saber la entrega del documento oficial chino sobre la propiedad convenida del museo. De todos modos, recomienda cierta prudencia. "El apresúrate despacio" de la
consigna latina como consejera. No basta cultivar una excelente relación con los dirigentes de la China actual y sus posibles sucesores. Hay que estar alerta de otras opciones en la
cerrada caja de sorpresas que caracteriza a Mao, más pen-

diente que nunca de su inmortalidad. A su juicio, es insólito que el gobierno chino haya suscrito un documento que es promesa, en el fondo, de una transferencia de territorio que todavía no es suyo, que no se sabe cómo se hará y si los ingleses cumplirán o condicionarán el convenio pactado. Lo que importa es que tenemos un documento oficial que nos ampara. Aunque no deja de ser incógnita quién gobernará China en el año 1997.

Naturalmente, Líber se reune con su madre y Evelyne, las cuales celebran también la entrega del convenio de propiedad del museo. Ambas escuchan asombradas la crónica de los últimos acontecimientos. Ita se siente orgullosa de la madurez de su hijo y le reitera toda su confianza. Se acoge a la teoría de Líber de que lo imprevisible es el acelerador de nuestra época, según más y mejor estamos comunicados. Evelyne se ha encariñado con los pasos previos del museo. El diseño se encuentra listo para comenzar las obras en unos días más. Cuenta que hubo de contratarse en Italia a un especialista en iluminación museística, factor determinante que a veces no se cuida debidamente. El apoyo que Evelyne ha recibido de Ita en este proyecto y su estrecha convivencia personal han contribuido más a una relación cariñosa, como de madre e hija. Ita, necesitada de ella, en una trayectoria íntima de vida, la suya, junto al dolor reciente por la muerte de Lee. Y Evelyne, se muestra agradecida por las enseñanzas emanadas de esa convivencia y por un trato en el que se mezclan la sencillez y los sentimientos refinados, tan lejos de los convencionalismos de su querida familia.

Líber percibe satisfecho estos cambios y desde el Salón Hexagonal en que están reunidos, puede comunicarse telefónicamente con su tutor, don Roberto Mariscal. Le anuncia la visita de un enviado de Mao y convienen que sea cuando Líber haya regresado de Hong Kong, dado el giro sorprendente de los últimos acontecimientos.

Por su lado, don Roberto pone al corriente a Líber de

las informaciones aparecidas en los periódicos estadunidenses, donde el tema se liga al inminente cambio de las relaciones diplomáticas entre China y la España de Franco. Los mil millones de hispanohablantes para el año 2010 se ve todavía como algo remoto. Sin embargo, en la Universidad el tema se trata con el relieve que encierra, de repercusión inevitable en el estudio y porvenir del idioma español, tanto en lo académico como en lo social. "La bomba todavía no explota", le dice como despedida su admirado tutor. La réplica de Líber quizá inquiete a don Roberto, quien le reitera: "Prepárense, porque no tardan bombas más explosivas". Finalmente, Estados Unidos no asistirá impávido a esta invasión, por la retaguardia, de su hegemonía mundial. Ita y Evelyne celebran el talento dialogante de Líber y evocan la figura victoriosa de su profesor en su enfrentamiento con Mao. Con una sonrisa fácil, Evelyne le comenta a Líber:

–En menudo lío nos ha metido tu profe...

–Mi querida Evelyne, sin este lío tú no serías directora del Museo de Pintura Lee Cheng-Xiao ni el destino nos hubiera unido en sus lazos matrimoniales y estaríamos discutiendo todavía las pretensiones del Gran Timonel, al que mi madre sigue enviando sabrosos y escogidos jamones españoles.

Líber contempla el rostro complacido de su madre y cambiando de tema, se dirige a ella:

–Estamos a dos meses de finalizar esta maravillosa estancia en Hong Kong. Y me falta algo importante: leer las dos últimas partes de tu Diario. Me lo prometiste antes de emprender el regreso...

–Y voy a cumplir mi promesa —dice Ita— que como verás no he olvidado —y sin más, le entrega la penúltima parte de su Diario, dentro de un sobre blanco rotulado con su caligrafía impecable.

–Gracias, mamá Ita, voy a dejar todos los papeles pendientes, que son muchos, para devorar tu Diario ahora mismo. Es mi fe de vida.

Líber besó a su madre y a su esposa, retirándose a su pequeño despacho, a unos metros de la recámara nupcial, y comenzó a leer:

Han transcurrido más de cuatro meses desde que arribamos a Hong Kong. Durante este tiempo me he dedicado a ordenar la casa, con un Lee que está demasiado pendiente de mí. Salvo las pinturas que ocupan los lugares por él asignados, he ido cambiando todo a nuestro gusto común, incluido el estudio-oficina de Lee quien está de acuerdo que pase a la segunda planta, prolongando en cierto modo su discreta biblioteca. Respeto el comedor oval, que es una magnífica pieza de caoba y muevo a la sala dos vitrinas espectaculares. En una se coleccionan abanicos orientales de variada factura, entre ellos algunos de oro y otros firmados por pintores conocidos. La otra vitrina contiene miniaturas coloreadas, de metales preciosos, de elefantes y águilas, sin faltar varias versiones del Fénix, ese pájaro de buen augurio que figura entre los cuatro espíritus de la leyenda china, calificado como esencia del fuego; primer animal entre los 360 con plumas y alas. Lee me ha explicado que los elefantes son símbolo de longevidad, en tanto que las águilas son representación del único animal que puede mirar directamente al sol. El personal doméstico está en manos de un matrimonio chino, procedente de la región costera de Shandong y de dos señoras nacidas en Hong Kong, de origen filipino. La preocupación mayor de Lee es la nueva residencia cuya construcción ha encargado semanas antes de nuestro matrimonio, seguro de que éste no fallaría. Será año y medio de espera, bajo el apremio y el deseo de Lee de que sea una de las más bellas residencias de Hong Kong, en un sitio verdaderamente envidiable, con vistas al mar. Superará la de su competidor, Montoni Xirao, uno de los hombres más ricos de Hong Kong. Poco a poco me doy cuenta de los altos costos de la inversión, sobre todo por haber escogido al arquitecto británico Johnny Anderson, el más cotizado de la isla. Entiendo que el poderío económico de Lee, al que apenas me he asomado, es de gran envergadura, sin presunción alguna de su parte, virtud que no había percibido en nuestros encuentros de París, atenida a la influencia de Madame Chanel. Yo misma he ordenado mi vida, ajustándola a la de Lee. He dado preferencia a mi aprendizaje del cantonés y mandarín, uno en la mañana con Miss Cornelius, hija de ingleses, nacida en Hong Kong, que vive de sus clases particulares y goza de alto prestigio en los medios culturales de la isla. Y otra, en la tarde, con Madame Lauron, tan conocedora de los gustos de Lee, y experta, además del francés, del cantonés y del mandarín. Como además habla también el inglés, sus clases me resultan más agradables y más fáciles. El mandarín, idioma oficial de China, me cuesta aprenderlo más en su escritura que en su fonética. Fonéticamente, la x es una letra difícil, acaso como la z en el español. Ambos idiomas, en mi asistencia diaria, revelan lo que algunos llaman "la confusión de las lenguas chinas". Uno y otro están influidos de términos procedentes del centenar de lenguas regionales de una China tradicional y aislada del mundo moderno, oriental y occidental. Pero me voy acoplando. Tanto Madame Lauron como Miss Cornelius, alaban mi facilidad políglota y buen oído. (Con Lee me entiendo en inglés y a veces en francés.) En los atardeceres domingueros hablo telefónicamente con Líber, quien insiste en preguntarme cuándo lo visitaremos. La directora del colegio elogia la aplicación de Líber y me tranquiliza en cuanto a la guerra europea, que "no se siente en Suiza", contra lo que yo creía. Las noches quedan en manos de Lee, para asistir a conciertos musicales, espectáculos, además de los compromisos sociales. Es curioso que esté muy atento a como me visto, conociendo mi ropa al detalle, la que heredé de Madame Chanel y el vestido de lujo que él me obsequió, antes del nuevo guardarropa. He rebajado los tacones de mis zapatos para casi igualarnos en estatura. Entre mis primeras observaciones he registrado que es reducido el círculo de sus amistades íntimas. No pasan de media docena de familias, una muy cercana a sus hermanos, prominente en la vida pública de Hong Kong: los Thompson, Albert y Betty, un matrimonio inglés con dos hijos casados. Lee y Albert, son afines en el gusto por el tennis y el boxeo, dos deportes contrapuestos. Albert suele decir que el tennis es un juego para mujeres y que el box, como el futbol, los inventaron los ingleses para sustituir las guerras internas de la Gran Bretaña. Así eran de violentos. Con Betty, la mujer de Albert, me llevo muy bien y solemos salir juntas de compras, experta privilegiada de la isla. Rehuyo algunas juntas de beneficencia, ese chismerío social que odia Lee. Finalmente he de recontinuar mi Diario, para el que aprovecho los fines de semana, siempre que es posible, sin atenerme a la disciplina de una cronología. Ignoro si viviré ahora acontecimientos que se equiparen a los que se iniciaron en Figueras, los que me han dado un hijo y un esposo sin los cuales no sabría explicar mi destino. ¡Figueras...! Todavía tiemblo al evocar este nombre, con sabor agridulce de manzana. La locura de la retirada con la imagen imborrable del desfile humano del dolor y la derrota. Las mujeres, los niños y los ancianos mezclados con los restos de un ejército disperso... y los heridos, desangrándose en las cunetas de los caminos fronterizos...

Pero es mi vida de hoy de la que debo ocuparme. Pienso por qué escribo este Diario, y si su lectura, a tiempo pasado, resultará aleccionadora, recordándome quién fui y quién soy. Sin embargo, un sentimiento muy íntimo me dice que lo escribo con la esperanza de que lo lea un Líber maduro para que conozca su propia historia, seguro de que no la olvidará. La casa se anima con la presencia de Deng y Tung, los hermanos de Lee, de vida libre e independiente, entregados totalmente a los negocios de la familia, que gracias a ellos han alcanzado elevados niveles de prosperidad, hasta situarse entre los más importantes de Hong Kong. El mayor, Deng, es el más divertido, amante de contar los últimos chistes que circulan por el mundo y toman carta de naturaleza en Hong Kong. Tung, es el más serio, dueño de una fina ironía que suele volcarse sobre los hombres de negocios de Hong Kong y sus familias, huyendo de términos ofensivos, y con una rara capacidad de diálogo, con la cual apoya el éxito de sus negociaciones. Lee, que es el menor de los tres, el más culto, según me parece, por ser economista y el más estudioso, es el hermano de las decisiones finales. Su relación es estupenda, se respetan entre sí y buscan siempre decisiones unánimes. A mí me llaman "La Bella Española", título que atribuyen a Betty, la mujer de Albert, mi mayor admiradora, me ha dicho Deng. Es poco tiempo para otorgarme este calificativo sobre todo por ella, que se esmera en sus dietas y cuidados físicos. A mí me va bien el Ita, un nombre que parece buscado para pronunciarse en todos los idiomas. Tung es un lector que se ha especializado en curiosidades y anécdotas, lo que demuestra su inclinación por los libros biográficos. En una cena reciente, en casa de los Thompson, le vi apabullar a uno de esos hombres superficiales que tratan de disimularlo. Se discutía si Julio Verne llegó a ingresar en la Academia Francesa de la Lengua. Su "contendiente" no lo ponía en duda hasta que Tung intervino para desmentirle con su acostumbrada ironía. En un alarde de conocimiento de la vida del genial escritor francés, afirmó que éste no ingresó en la Academia, pese a que fue respaldado por Alejandro Dumas, hijo. El mismo que le apoyó en los comienzos de su carrera, al querer prosperar infructuosamente como autor teatral. Verne se vengó de sus detractores cuando, en pleno triunfo literario, convirtió sus principales novelas en obras teatrales de enorme éxito, como si hubiesen sido escritas con ese propósito. Lee, respetuoso de su hermano, apuntó la tesis de algunos críticos de que Verne no fue admitido en la Academia por exceso de popularidad, lleno de fantasías propias para un público juvenil. Tung no descartó tal hipótesis, negada en otros casos. Con ánimo de que me corrija, he leído a Madame Lauron algunas de las páginas de este Diario y con gesto serio de profesora me ha dicho que podría ser una buena escritora. Le confieso que leer y escribir han sido mis debilidades desde la infancia y que he tenido el aliento de los colegios de España y de Suiza. Recuerdo, además, que durante mi trabajo con Madame Chanel escribía las cartas amorosas de Martinique, una de sus mejores modelos, en diálogo con un intelectual francés que exigía mucho de ella.

Pasan las semanas y la guerra europea permanece estática, después de los primeros triunfos del ejército germano. En Hong Kong, posesión inglesa, los medios de información son francamente aliadófilos. En las noticias independientes *que llegan a Lee y a sus hermanos hablan de la inminencia de una ofensiva alemana que será rápida y total. El pacto germano-soviético ha fortalecido el poderío nazi y ha sido concebido ante la ceguera pacifista de Inglaterra y Francia, lo que supone, en el mejor de los casos, un costo inmenso. La guerra ha acelerado la prosperidad de Hong Kong. Crecen nuevas fortunas y se afianzan otras. Los hermanos Cheng-Xiao, aliadófilos sinceros, son favorecidos por este movimiento y los veo brindar por sus éxitos. Lee se refiere a ellos con un "las cosas van bien". A lo largo del tiempo transcurrido, Lee ha comentado nuestra providencial salida de Francia y me asegura que fue una coincidencia imprevisible tocar tierra en Hong Kong el mismo día en que se declaraba la guerra en Europa. "Lo que yo hice fue apremiar todo, a sabiendas de que la guerra surgiría en cualquier momento", me confiesa Lee. Me he sentido obligada a revelarle mis angustias frente a la realidad de una persecución nazi y el temor de ser fusilada en la España de Franco. Angustias y temores que involucraban la suerte de Líber. Mas el amor, por encima de todo, hizo el milagro. De ello no tengo la menor duda.*

Los viajes de Lee a Nueva York son frecuentes. Le gusta la ciudad y los torbellinos de personas, independientemente de los intereses vinculados a la familia. Esta vez ha querido que le acompañe. También a mí me impresiona Nueva York. Hay en su ritmo una viveza energética que atropella al menor descuido. Tener de guía a Lee es formidable. Conoce bien Nueva York y a él le conocen en los principales centros de negocios y en los más famosos restaurantes. Lee me dice que sin estos avales Nueva York sería un espectáculo de mínimo nivel humano: el hombre en la soledad del hormiguero que le anula o reduce a la nada, convertido en monólogo. Es una ciudad para goce de los millonarios, todo lo tienen a su alcance. Todo, me subraya Lee. Aquí, puede vivirse de los sueños propios y de los ajenos. De la pobreza a la riqueza existe una breve distancia, igualmente a la inversa con la diferencia de que llegar a ser rico es relativamente fácil y que dejar de serlo, para ser otra vez pobre, es un sufrimiento que llega a ser insoportable. Resumo así sus opiniones de acucioso observador, a lo largo de una semana en la que no faltamos a ningún espectáculo interesante o novedoso, el todo Nueva York visto como un sugestivo espectáculo de contrastes, confluencia de las más diversas etnias y de individualidades de tipos audaces e intrépidos, muchos que habían alcanzado, en sus países de origen, los límites más altos de competencia o frustración. Pero el objeto de nuestro viaje era otro: el de que compartiera con mi firma la cuenta bancaria personal de Lee, reservada para cualquier necesidad de apremio o situaciones imprevisibles. Un gesto que agradezco en el alma, olvidada de que fue una promesa de soltero. Ha querido celebrarla con una cena de exquisiteces, servida en la principal suite de su hotel habitual, el Waldorf Astoria. Un pianista contratado especialmente se encargó del fondo musical y a su ritmo bailamos finalmente hasta la hora de revivir en la cama otra de nuestras noches de luna de miel. Felices, por la vía natural de un amor sin prejuicios. A la salida del hotel coincidimos en el elevador con la artista mexicana de cine Lupe Vélez, envuelta en pieles y joyas costosas. Iba colgada del brazo del hombre despectivo, con quien me encontré en el hotel Mont-Thabor de París, antes de la misión secreta que le encomendó el doctor Negrín, llevar a México el barco "Vita". No he olvidado su nombre, Enrique Puente. Nos ignoramos mutuamente. Al volver a Hong Kong dejé a Lee con unos anticuarios judíos, negociando la compra de algunas pinturas valiosas, y yo he reanudado mis clases de cantonés y mandarín, en cuyo aprendizaje noto mis progresos, corroborados por Madame Lauron, siempre pendiente de mí. Como yo lo soy de Líber, al que sigo hablando por teléfono, una vez a la semana. El "mamá Ita" me sigue conmoviendo con su eco de vida lograda. Me cuenta su aventura escolar, en un inglés aún titubeante, con la novedad de que es extremo en el equipo de futbol de su grado escolar. "Corro mucho y meto goles", me expresa con acentuado entusiasmo. Una y otra vez repite su pregunta: "¿Cuándo vienes a visitarme?". El "pronto" es mi promesa, alegando las dificultades de los transportes por la nueva guerra europea. He pedido a Lee que cuando sea posible incluya en su agenda la visita a Ginebra. Tengo interés en que me acompañe en mi visita a Líber. Me anuncia que la próxima semana embarcaremos en el "Ita", el yate que lleva mi nombre, al que se han hecho las adaptaciones sugeridas por él. El barco está dotado de piloto automático, radar y todos los avances mecánicos y de estabilidad en mareas tempestuosas. El capitán es un griego con nombre latino, Luigi, devoto de las lecturas de Joseph Conrad. Nuestros invitados serán Salvador Dalí y su esposa Gala. No me simpatizan mucho, pero es una elección de Lee, que admira al pintor catalán. El otro invitado es un solterón, ducho en las aventuras amorosas, el naviero Aristotelis Onassis, un griego nacido en Turquía, aspirante a ser uno de los hombres más ricos del mundo. Había una invitada incógnita, Dolores del Río, una mexicana, nueva estrella de Hollywood, que acababa de separarse del director artístico que la acompañó en su éxito en Hollywood. Lee piensa que el contraste entre estos dos aventureros de distinto estilo en las altas escalas de la egolatría humana, nos va a entretener ante una Dolores del Río de majestuosa mirada.

Pregunto a Lee sobre la presencia de Dolores del Río y me contesta que se la ha recomendado el productor de cine más importante de Estados Unidos, interesado artísticamente en ella. Por lo que veo, Lee ha preparado un menú de entretenimiento que nos va hacer olvidar las bellezas del mar. Tampoco ha descuidado el menú gastronómico a base de caviar Beluga y champagne rosado para Onassis, "este sí sabe de caviar", ha proclamado Dalí con una copa en la mano de cava catalana, el champagne de España, preferido por el divertido pintor. No se ha equivocado Lee. Dalí ha llegado con una estrafalaria chaqueta de cuadros rojos y Gala con un sombrero multicolor y despampanante coronado de plumas verdes, como si viajara a Hollywood o a Las Vegas. Dolores del Río luce una falda blanca de amplios volantes, que maneja al andar con aires de reina. La sencillez combinada con la elegancia. Onassis, todo de blanco, se exhibe con una vistosa camisola azul de seda; en la cabeza, un sombrero de Panamá, y en sus labios un retoque leve de carmesí. Hemos recibido a todos al pie de la primera cubierta —copa de champagne en mano— con las cortesías habituales, la mía procurando imitar el puro estilo oriental de Lee. El "Ita" se abre paso entre una multitud de embarcaciones de todo tipo, con predominio de las lujosas. Cuando el barco alcanza mar abierto, Lee acompaña al capitán Luigi para cumplimentar a los invitados e informarles de la ruta de la travesía, no muy lejos de la costa. Onassis, demostrando que es hombre de mar, ha querido saber el calado del barco, su velocidad y demás detalles técnicos. El inglés es nuestro idioma de comunicación. Por cierto, Dolores del Río lo habla con toda corrección. Pronto he hecho amistad con ella. Es discreta en el tema de sus amores, salvo en el caso de la separación con su primer esposo, hijo de una familia aristócrata del norte de México, al igual que ella. Tuvo que separarse de él porque interfería o no entendía las concesiones requeridas por su carrera artística. Interesada en su vida me cuenta que terminaría casándose con el director estadunidense Edwin Carewe que la lanzó al estrellato de Hollywood. Me recuerda sus primeras películas de éxito, Por unos ojos negros, Volando hacia Río y Madame Dubarry. Su carrera se consolidó con Ramona, una canción romántica popularizada en su tiempo. Alrededor de treinta películas en los treinta y tantos años de su vida y muchos contratos pendientes como la estrella latina más célebre de nuestro mundo, en su tránsito del cine mudo al sonoro, en la época dorada de Greta Garbo y Chaplin. Las reuniones son al mediodía, a la hora del aperitivo, con los cambios de cubierta que aconseja la temperatura. Onassis, con mirada de cazador, observa discretamente a Dolores y no da importancia a Dalí, lo cual exaspera a éste, entregado frecuentemente a discusiones, en lengua francesa, con Gala, quien le recuerda las virtudes de su marido anterior, el poeta Paul Eluárd, amigo cercano del pintor catalán, siempre en actitud de genio, sea cual sea el tema a debate. Le gusta soltar disparates, como el de alardear de sus energías psíquicas, capaces de hipnotizar a un leopardo, que es su animal preferido. Por supuesto, se declara el mejor pintor del mundo, apoyado por Gala la que, según sus palabras, "todo se lo debe a ella". Onassis, perseguidor de la fortuna y la fama, comenta sus próximos viajes a América, con interés particularmente en Argentina, donde le espera un fabuloso negocio. Desborda simpatía, ríe y hace reír con sus chistes. Sin reparo ha confesado, en algunas cenas, que lo que más le gusta es coleccionar billetes verdes y mujeres hermosas. Las cenas, preparadas al capricho de cada uno, con Onassis como el mayor consumidor de caviar, provocan otras charlas, teniendo como ingrediente principal las payasadas de Dalí. Lee las celebra y yo me retraigo al escucharle, una y otra vez, que "Franco es el salvador de España". Dolores del Río, con sus vestidos de noche, reitera su distinción. Me atrae su majestuoso andar, su esmerado trato y la mirada penetrante de sus ojos negros, ligeramente oblicuos, no grandes, pero en armonía con su rostro de bellas expresiones. Se esmera en el cuidado de su cuerpo con el uso de cremas y su inmovilidad entre sol y sombra, ese término medio que no quema y alumbra, tostando sin excesos la piel. Habla pausadamente, como si se recreara en sus palabras de tono suave en busca sutil de la atención de los demás. Se siente bien en Hollywood, paraíso del amor entrepiernas, y añora con pasión a México. A pregunta de Lee, responde que tiene ofertas y que no ha descartado filmar en su patria. Los días transcurren plácidamente, incitados por la curiosidad infatigable de Lee. Para mí son de una experiencia completa, entre sorprendida y animada. En estos días, más veloces que el yate que lleva mi nombre, y que Lee remarca en sus breves y agudas intervenciones, ha sucedido de todo. Las peleas entre Dalí y Gala son la salsa de la travesía. Una mañana veo a Dalí con un ojo amoratado y otra a Gala con la misma señal; la agresión mutua pudiera ser señal de masoquismo, porque los dos parecen aceptar el golpeo como un ingrediente natural de su matrimonio. Dolores del Río goza aparentemente con los flirteos de Onassis. Dolores brinda con agua y Onassis con su champagne rosado, tres botellas por día. El griego no deja de fumar sus largos puros, a pesar de que Dolores rechace el humo. Los dos han leído a Conrad y coinciden en que La negra sombra es la mejor de sus novelas. La más entretenida de las cenas es una, motivada por Lee, desde luego, en la que invitó a

Dalí y Onassis a que imaginaran algo insólito que a cada uno le gustaría hacer. Se apresuró el primero con la idea de techar la Quinta Avenida de Nueva York, con una combinación de materias plásticas que conservaran el calor en invierno y la frescura en verano con globos flotantes de las más famosas pinturas, incluyendo las suyas, y planeadores con música grabada y popular, cada planeador con la marca fluorescente de empresas comerciales. Duda Onassis antes de soltar su idea, que consiste en crear una Sociedad de los Sábados Alegres —vocaliza las siglas SSA— , compuesta por hombres y mujeres amantes de la diversión sin reservas para encontrarse, en la isla griega de Cronos, el primer sábado de cada año bajo el lema de que nada de lo que pertenece al cuerpo es zona prohibida, y premiando, además, al yate o embarcación más original. No terminará aquí la idea de Onassis. Agregará que a la SSA sólo ingresarán los que no sean mayores de 50 años, sin importar su estado civil. La alegría es un sentimiento potencial que debe descorcharse, en lugar de amordazarla, sobre todo cuando se pasa por el ecuador de nuestra vida, sentenció Onassis con aires filosóficos. Cuando Lee pregunta a Dolores del Río si a ella se le ocurre algo, alega que no puede competir con los genios, pero propone que a los perfumes se debían incorporar los aromas, según los signos zodiacales de nacimiento, de quienes los usan. No explica la idea, ni sabe si ya existirá, porque la vida le ha enseñado que el mayor secreto es guardarlo y, al mismo tiempo, alardear de él.

La travesía ha concluido. Lee obsequia a cada uno de sus invitados una reproducción, en buen tamaño, de la maqueta del yate "Ita", construida en plata y marfil. El viaje inaugural me ha entretenido y pregunto si las demás travesías son similares. Algunas sí lo son, mezcladas con otras de corte cultural, con una pareja de premios Nobel, ilustrando a los invitados en lenguaje sencillo las obras o materias por las cuales han recibido tal distinción. Otras están dedicadas a la música, al arte, a la literatura, a la política, etcétera, conforme la índole de nuestros invitados. La travesía que acabamos de realizar ha sido restringida, para observar muy de cerca a tres personalidades distintas, envueltas en

la fama. La gente notable es como es y como quiere ser per-
cibida. Lee cree que el objetivo ha sido logrado. Yo le agra-
dezco tanto que haya dado mi nombre al lujoso yate, como
la lección de vida que para mí ha sido la confrontación de
los personajes invitados. "Yo sabía —me dice Lee— que
Dalí y Gala no te iban a simpatizar, pero tenías que com-
probarlo, viéndolos actuar verdaderamente como son, en
'carne viva'." Lee comparte mi impresión sobre la calidad
personal, de gran señora, que ha encontrado en Dolores del
Río. En el contraste con los demás invitados es posible que
también se haya divertido. Lee me descubre que el ánimo de
Dolores era propicio para ello al estar curándose de amores
contrariados. ¿Con quién? "Con Orson Welles, un nuevo
genio del cine estadunidense", deduzco. Las revistas del
corazón, según Madame Lauron, lo asocian al nombre de
Oja Kodar, su nueva pareja.

Lee se reintegra a sus empresas, con el "sin novedad" de
sus hermanos. Yo reanudo mis lecturas y mis clases con Ma-
dame Lauron. Me apresuro en comunicarme con Líber que
esperaba mi llamada. Está contento con el colegio y me habla
de sus nuevos amigos y amigas, hijos de familias ricas que
se lo hacen notar constantemente. Le pido que conserve su sen-
cillez y que sólo se enorgullezca de sus estudios. La directo-
ra sigue elogiando su aplicación. Avanza rápidamente en
el inglés y va perfeccionando su francés que es el idioma
usual del Colegio Montford. Le prometo que pronto le visi-
taré con su padre. También Líber me pregunta por él y le
digo que celebra conmigo sus buenas notas escolares... No
nos perdemos la temporada de ópera en el Metropolitano.

Después de un año de ausencia, reanudo este Diario. Ha
sido un año consagrado por entero a Lee. Los dos, a raíz de
casarnos, estuvimos de acuerdo en tener, cuando menos,
un par de hijos. Los intentos no han funcionado hasta aho-
ra. Sin explicación alguna de nuestra parte. ¿Será incapa-
cidad de ambos o de uno de los dos? Lee profesa mucha fe a
la clínica Mayo de Rochester. Y hacia allá volamos en unos
días del invierno nevado, que tan cruelmente castiga a esta
región de Estados Unidos. Paso, después de varios exáme-
nes, mi prueba de fertilidad que es positiva. No así la de

Lee. Se repiten varias veces y se le diagnostica una infertilidad de origen genético, lo que los médicos llaman alteración de genes. El propio director de la clínica se lo confirma. Después de un nuevo examen de cromosomas, le dice que se trata de una infertilidad para la que no se conoce ningún tratamiento eficaz. Las demás pruebas revelan un cuerpo sano, salvo una pequeña lesión en la zona periférica del corazón, sin peligro mayor, para la que hay medicamentos muy efectivos que le recetan de inmediato. No le prohíben el caviar, que es su debilidad gastronómica. Volvemos al hotel con un Lee abatido. Le reanimo con toda la fuerza de mi cariño y le sugiero vayamos a Houston, donde Tung tiene a un médico amigo, compañero brillante de estudios, que está al frente de una clínica de prestigio.

Contactamos con él y nos arregla una cita para el jueves de la semana próxima. Allí nos recibe Charly Taboada, que es el nombre del doctor en cuestión. Se nos interna a los dos, por 24 horas, en el anexo del Hospital San Lucas, dispuestos a las nuevas pruebas. Las mías coinciden con las de la Clínica Mayo y las de Lee repiten el diagnóstico de una infertilidad genética, corroborada por un examen adicional de oligoesperma. No hay tratamiento. Nos disgusta Houston, una ciudad concebida con los dos ingredientes más seductores del ser humano, la salud y las compras. Tratándose de un centro médico, la gente también se acostumbra, en Houston, al tiempo muerto como si fuera una admonición que tiene como símbolos el Astrodome, las Galerías y las sillas de ruedas. La salud, como artículo de consumo. Viendo el rostro desolado de Lee, el doctor Taboada muy amablemente nos indica que en Lausanne, Suiza, existe una clínica especializada, cuyo diagnóstico valdría la pena conocer en última instancia, aunque él no le tiene profesionalmente confianza. Lee trata de reponerse y acepta la idea de viajar al colegio de Líber en Ginebra. Antes, Lee quiere pasar algunos días en Nueva York, la ciudad que enciende sus sentidos vitales, capitaneados por los esplendores de la imaginación. Asistimos en Broadway a los nuevos espectáculos, divertidos e impresionantes por su música y sus originales montajes. Disfrutamos más que nunca la gran suite de pesadas alfombras rojas del *Waldorf Astoria* y su estratégica ubicación sobre la Avenida Park, que nos permite andar, sin nuestro automóvil, por la Séptima Avenida y la Lexington, y sus adyacentes, sobre todo de día, cuando la ciudad potencia sus músculos y enseña sus nervios. Es una especie de paseo planetario, siempre voraz, entre el paso apresurado de la gente y el eco sonoramente plástico de sus carcajadas, estilo Santa Claus. Señoras gordinflonas y jovencitas rubias y esqueléticas, que parecen muñecas. Abundan los turistas disfrazados de estadunidenses. Todo nos divierte, hacemos el amor con pasión concentrada, deseosos de derrotar los diagnósticos médicos. Caminamos por la Avenida Madison, la de los publicistas metafóricos y eufóricos. En ella nos tropezamos con media docena de aparentes religiosos. Preguntamos y nos dicen que son budistas, los que se rasuran las cabezas y las cejas por considerar que son motivo de vanidad personal. Lee, que ha recuperado bastante su ánimo en este Nueva York, indiscutida capital de las vanidades y debilidades humanas, comenta que si esta costumbre de los budistas se extendiera al universo, el mundo sería una bola completamente calva... con algún pequeño espacio reservado a los poetas de barbas postizas. Inevitablemente, la presencia de Lee en Nueva York, por más que ha tratado de evitarlo, ha trascendido en algunos círculos íntimos de sus amistades. Entre ellas, se encuentra un adinerado empresario, con quien él y sus hermanos comparten algunos intereses inmobiliarios: Eliseo Reclus, descendiente de un famoso naturista francés, de ideas anarquistas, admirado por Julio Verne. Se trata de una invitación a cenar en su espléndida residencia de Long Island, con espaciosos jardines arbolados y algunos chimpancés pacíficos, dedicados a comer y saltar de rama en rama, debilidad de su esposa Vicky, según nos cuenta mientras nos lleva en su helicóptero a nuestro destino. Cena por todo lo alto: surtido de patés foie-gras, langosta gallega, criada en los viveros del bello Acuarium que los Reclus mantienen en el piso inferior de la casa, perdiz estofada con puré de manzana, y crepas al Grand Marnier. Vino tinto Mouton-Rothschild, cosecha de 1962, y champagne Cristal. El servicio a cargo de dos negros, vestidos de smoking. Lu-

ces cenitales sobre una mesa montada frente a la fina casca-
da de una fuente de mármol de Carrara y adornos en oro.
La charla es casi toda de Mr. Reclus. Vicky me mira resig-
nada. A Lee le divierte su amigo, un especulador afortunado de Bolsa, entre otros hábitos. Su conciencia vaciada en el
atractivo molde del dinero. Es del tipo de neoyorquinos que
pasó rápidamente, casi sin transición, del aula universitaria
a la jaula comercial. Nos cuenta su último negocio, la mas-
carilla que en cinco minutos deja limpio de barba el rostro
masculino, sustituyendo la rasuradora y sus cremas hu-
mectantes, con duración de 48 horas. La pulsera anticon-
ceptiva, su gran invento para uso de hombres y mujeres,
sigue siendo una mina de dinero. El próximo negocio, el
más esperado, es una droga que cura la calvicie, cuando
ésta se origina de la capa sebácea que se desarrolla debajo
del cuero cabelludo y que se ha comprobado que es una de
las causas más frecuentes de la caída del pelo. Y así nos va
enumerando sus proyectos futuros. Un hombre incansable
a sus 70 años de edad. Se enorgullece de haber partido de la
nada, de lavaplatos en uno de los restaurantes del hotel
Plaza. "Ese fenómeno —nos dice— que hace prodigioso a un
país, como Estados Unidos, envidiado, como se envidia en lo
personal en todo el mundo a quien se hace poderoso, ganando
dinero." Todavía nos faltaba, en los postres, un quinteto de
violines que lo mismo tocaba la sexta de Beethoven que el
"Cielito lindo" de México. No sé si fue por coincidencia o
confidencia, pero iluminaron mis recuerdos en la interpretación final de un arreglo del Bolero de Ravel. Vicky quedó
inédita, salvo los momentos en que su esposo se enchampa-
ñaba, los que aprovechaba para contarme que eran suyas algunas de las ideas, patentadas por su marido. En la despedida,
antes de entrar en el helicóptero, Eliseo, con cierto aire de misterio, nos confiesa que también aporta ideas, sin costo alguno.
Nos cuenta que para la próxima campaña presidencial ha do-
nado a su Partido Republicano la técnica de imprimir sobre
huevos de gallina, con tinta imborrable, el "Vota por..." Para
Lee es una genialidad y le felicita por ella con su mirada bene-
volente. Realmente se trata de un gran amigo en un país donde privan más los intereses que los sentimientos.

Con un Lee más recuperado, por el baño de optimismo que le ha inyectado Nueva York, preparamos la visita a Ginebra. Por teléfono nos ha atendido el doctor Francis Nierman, director de la Clínica de Regeneración Celular, hablando perfectamente el francés y el inglés. Nos da la cita, a nuestra comodidad, y nos indica que nuestro alojamiento será en una de las suites de la propia clínica, a orillas del lago Lemán. Todo suena agradable, con ritmo esperanzador. Somos recibidos en el aeropuerto de Ginebra por Madame Spíndola, la secretaria del doctor Nierman. Las instalaciones de la Clínica de Lausanne, con sus tres pisos y nueve suites, tal parecen las de un chalet suizo típico, seguramente ampliado y adaptado. Elegimos una de las suites disponibles de la planta segunda. No tardamos en ser atendidos por el doctor Nierman, un gigantón al que le queda pequeña su bata blanca. Le entregamos los antecedentes médicos con las radiografías y análisis de Rochester y Houston. Todo lo revisa con suma atención, sentados en cómodos sofás. Nada que se parezca a un habitual consultorio. Son contados los casos de infertilidad genética —le dice el doctor Nierman a Lee— que se han tratado en la clínica y sólo con éxito en uno de ellos, quizá porque alguna alteración de células no se produjo plenamente. El tratamiento de regeneración celular que practica la clínica consiste en una serie de seis inyecciones a base de células tomadas de hígados de becerros recién nacidos. No hay ninguna duda de que el tratamiento, en lo general, mejora la calidad orgánica de la vida y, en lo particular, corrige trastornos gástricos y ciertas incapacidades sexuales. Desearíamos —agrega el doctor Nierman— tener éxito con usted, si bien no podemos garantizárselo. Nos apuntamos al tratamiento, sin dudar de las pruebas realizadas en Rochester y Houston, para acompañar las esperanzas de Lee y alentarle. Las inyecciones de gran tamaño se aplican gradualmente a media mañana. Son dolorosas al principio y hay que mantener total inmovilidad en las dos horas que siguen. Comemos con buen apetito. Filetes de ternera y una variedad de exquisitas ensaladas vegetales. No falta un buen café con sus tradicionales chocolatinas suizas en cada taza. Es fácil identificar a los pacientes —trece.

Gente otoñal de ambos sexos en su mayoría. Todos nos salu-
damos con extremada cortesía y discreción. Evidentemente,
reina cierto pudor, como si nadie quisiera revelar el motivo
de su permanencia en la clínica. Suelen coincidir en la sala de
lecturas, amplia en espacio y breve en libros. Lee y yo prefe-
rimos la lectura en nuestra cómoda suite y gozar, desde el
balcón de la terraza, los encantos del lago Lemán y sus con-
tornos. Así, llega el momento que rompe la incertidumbre
de nuestra espera, reflejada más en la ansiedad de la mirada
que en los músculos tensos del cuerpo. El doctor Nierman,
tras de cuya limpia mesa tiene una especie de sismógrafo ve-
rificador de los tratamientos específicos de la clínica, toma
la palabra con acento espaciado en su correcto francés, para
confirmar, en ambos casos, los diagnósticos de Rochester y
Houston. En cuanto a Lee le expresa que su infertilidad no
afecta el nivel de su potencialidad sexual, que es muy alto.
El doctor Nierman, como si quisiera tranquilizarle, en
tono amable le advierte que si la prueba hubiese invertido el
resultado, debería sentirse verdaderamente preocupado. A
su juicio, la falta de apetito sexual es la peor de las impoten-
cias. "Me atrevería a decirle, por experiencias clínicas, que
es tan perturbador padecerla como las afecciones del privi-
legio humano de la vista." La infertilidad —agrega—, sobre
todo cuando obedece a causas genéticas, no es motivo sufi-
ciente para no disfrutar los bienes de la vida en su plenitud.
"Usted es un hombre joven, con una esposa muy linda, llé-
nela de gozo", nos dijo a modo de cordial despedida.

Desde la suite VIP *del hotel Presidente, Lee informa a*
sus preocupados hermanos del resultado negativo de sus
exámenes en la clínica suiza, en los que confiaba como últi-
ma esperanza. Tanto Deng como Tung le tranquilizan y se
adhieren a las palabras del doctor Nierman. Para animarlo,
los dos hermanos le cuentan los chistes y sucedidos pinto-
rescos que circulan estos días por Hong Kong. Entre ellos,
el caso real del conflicto entre dos afamados médicos que se
culpan mutuamente de la muerte de un enfermo con la te-
sis de que cada uno era responsable de una parte del cuerpo
de su paciente, de la cintura hacia arriba uno, de la cintura
para abajo el otro, en tanto que el fallecimiento se produjo a

causa de una combinación fatal de las medicinas recetadas por ambos. El pleito ha acabado con la fama de los dos doctores, que confundieron el cuerpo humano con una mercancía intercambiable. Lee ha escuchado con una sonrisa maliciosa y ha agradecido cariñosamente a los dos hermanos sus buenas intenciones. Una de sus curiosidades favoritas, en medio de la incertidumbre, ha entretenido a Lee, al querer identificar a los demás pacientes de la clínica suiza por sus reflejos visuales. No sólo traduce ojos y miradas, sino el código de matices de cada rostro. Me lo explica con la teoría de que hay señas del carácter humano que se reflejan en torno a la boca y los labios. Muchas veces, con el simple movimiento de los párpados, se apuntan lo mismo sonrisas que ironías. Sin decírselo me pregunto si tales curiosidades pueden ser una virtud oriental.

Faltaba rematar nuestro viaje con la planeada visita a Líber. La directora del Colegio Montford en Ginebra, Miss Adams, ya había sido informada que los padres de Líber lo visitarían para pasar con ellos todo el domingo. La ansiedad aceleraba los minutos, cobijados por un día de sol abundante, vencedor de nieblas, acariciante quizá de buenos augurios. Miss Adams no pudo contener la carrera de Líber cuando nos vio aparecer en el vestíbulo del colegio, gritando alborozado "mamá Ita" y "papá Lee". Imposible describir con exactitud el estremecimiento emocional de la escena. Líber, con su uniforme de chaqueta azul y pantalón blanco, reía y lloraba al mismo tiempo que nos abrazaba a los dos, conmovidos ante un niño que es ya un mocito, de vivacidad contenida y explosiva, a la vez, aparentando el doble de su edad real, alto y fuerte, con su pelo oscuro y ensortijado. "Un encanto de niño, sobresaliente en estudios y deportes con algunas travesuras propias de un carácter lideresco", manifiesta espontáneamente la directora del colegio.

Líber, anticipándose a la bolsa de regalos que carga Lee, nos entrega el que él nos tiene preparado: un dibujo a color, de inconfundible sello infantil, en el que se contemplan el perfil de una montaña cuajada de nieve, vista desde la escuela, y un puerto abigarrado de barcos, que quiere ser el de Hong Kong, según le ha instruido su maestra: una línea

*ondulante une los nombres de Ita y Lee, con un texto escri-
to claramente en español: "A los mejores padres del mundo". De la abultada bolsa de los regalos que Líber recibe,
hay uno que éste acaricia antes de que se los manden a su
dormitorio. Es un balón de futbol con su nombre grabado.
El futbol es su deporte preferido. En él destaca como un formidable extremo, rápido y burlador, siendo como es el niño
más desarrollado de su grupo. Sus compañeros lo quieren
porque siempre defiende a los menores del abuso de los mayores. La excursión preparada por Lee es un recorrido en
un barco exclusivo por el lago Lemán, muy concurrido por
ser domingo y uno de los lugares que más enorgullece a los
suizos, entre las múltiples bellezas de su paisaje. En su lengua española entreverada de galicismos y anglicismos, Líber
no cesa de preguntarle a papá Lee, que ya entiende español,
no sólo sobre los atractivos de la excursión, sino sobre su
vida personal, en Hong Kong, los países que conoce, cuál es
su deporte favorito, quiénes son sus hombres más admira-
dos ... Lee contesta todas sus preguntas, con paciencia paternal, cada vez más subyugado por los encantos de su hijo
adoptivo, a falta del suyo y le prodiga sus muestras sensibles
de cariño. Tanto intima con él, que le da uno de sus bolígrafos,
de dos colores, para que nos siga mandando sus dibujos.
Cuando Lee trata de averiguar qué le gustaría ser al término de sus estudios, Líber no lo duda, como si ya lo tuviera
pensado: "profesor de una gran universidad". Los dos nos
asombramos de su agudeza y casi dudamos de la edad que
realmente tiene. Y Líber, halagado por la íntima cercanía
que siente de Lee, se atreve a hacerle otra pregunta: "¿Es
cierto que tú eres poderoso?". Aquí intervengo yo, que asis-
to maravillada al diálogo: "¿Quién te ha dicho que lo es?".
Duda el niño, pero finalmente responde: "Mi maestro de
inglés". Lee prolonga sus caricias a Líber y en tono muy
paternal le expresa: "Olvida esa pregunta porque te la podrán repetir en el colegio... Lo que importa es que haya
hombres buenos y generosos para que no haya tantos millones de pobres e indigentes en el mundo". En el barco comimos unos bocadillos de queso y jamón. El sol ha huido,
cercano el atardecer. El automóvil nos lleva en un recorri-*

do turístico por las calles de Ginebra para que Líber tenga una impresión directa de la ciudad más completa de Suiza, navegando después por el lago Lemán, conocido fuera de Suiza con el nombre de lago de Ginebra, el mayor de Europa. Siguiendo sus orillas, le explica Lee que el verdadero emblema de Ginebra es "esta fuente, que brota del lago y es llamada 'El Chorro de Agua', alcanzando 140 metros de altura", Líber se entusiasma y pregunta: "¿Y qué pasa en los días de mucho viento?". La fuente se apaga —le digo yo— sin dejar de ser un canto poético al agua, como el líquido vital de la tierra. (Me adorno y Lee me mira complacido.) De una a otra orilla, grandes edificios de hoteles, bancos y entidades empresariales. Nos apeamos del automóvil y nos internamos en las limpias calles de la Ginebra antigua, de las que se dice que las antigüedades se fabrican antes de venderse. Calles repletas de gente adulta en busca de rarezas. Lee le señala el lugar que ocupaba la vieja librería donde él compraba algunos volúmenes de los llamados raros, entre otros el Cándido, de Voltaire, que tanto amaba a la Suiza hospitalaria, la edición Ibarra de Don Quijote y la inglesa de Smollet. Líber, que oprime mis manos con las suyas, no entiende tanta erudición de su padre, pero le escucha con inmensa simpatía, con la avidez de un joven avanzado. Reparo en ello y, como los restaurantes cierran pronto, elegimos uno, el titulado La Barceloneta, precisamente. Los tres cenamos una sabrosa paella catalana, plato que Líber conoce por vez primera. "En el colegio comemos mucha carne y verduras" exclama. Le digo que para mí la paella es el plato más delicioso y le recuerdo que los dos somos catalanes. Tan lo sabe que no ha olvidado su grito de guerra: "¡Visca la Llibertat!". Lee le pide que lo repita y trata de pronunciarlo igual que él. En el postre ha devorado el triple chocolate suizo, compuesto de tres variedades selectas. Confiesa que es goloso y que en el comedor del colegio no lo ignoran. Se ha hecho tarde y suplicamos disculpas a la conserje del Colegio Montford. La despedida es otro desgarre íntimo, emocional. Lee se ha encariñado con el niño y le llena de besos, mientras éste, sin contener el sollozo, le pide: "Vuelve pronto, papá Lee". Yo tampoco puedo evitar las lágrimas y me siento la madre más feliz del mundo.

De vuelta al hotel, antes de que mañana regresemos a Hong Kong, advierto que el humor de Lee ha cambiado, extinguido el gesto de contrariedad, como si al fin hubiese encontrado la cura que tanto buscaba. Me habla, eufórico, de las horas compartidas con Líber, soltándome su confesión. "He querido que me dieras un hijo, olvidando que lo tenemos. ¡Y qué hijo! Difícil que lo mejoráramos. Bello de cuerpo, ágil de mente, con los fogonazos de su mirada codiciosa y amorosa. El 'papá Lee' me ha sacudido las entrañas, haciendo mía, minuto a minuto, su imagen, como estampada a mi propia vida. Es un milagro que te debo a ti. Gracias, Ita." Respiro con el corazón, quizá en el momento más culminante de nuestro matrimonio. Como si en lugar de visitar a Líber, hubiéramos asistido a su nacimiento.

Vuelvo a mi Diario, interrumpido por un acontecimiento que ha pesado sobre nuestro ánimo como una losa gótica. El 2 de mayo de 1946 han fallecido, en un accidente aéreo, en uno de sus frecuentes viajes a Filipinas, los dos hermanos de Lee: Deng y Tung. Lee está inconsolable, y yo con él. Los tres eran inseparables, cada uno con sus particularidades. Una armonía que nunca interfirieron los intereses, orgullosos los tres de no someterse a ninguna votación en las horas de las grandes decisiones. Sin proclamarlo, Deng y Tung reconocían el liderazgo de Lee y comprendían sus inclinaciones humanistas, sobre todo en su generosa preocupación por los pobres, "los sin nada", como les llamaban tramposamente. Cuando Lee me hizo su esposa, los dos me adoptaron como una verdadera prolongación familiar. Ningún secreto me era ajeno. Fracasé en mis recomendaciones e intentos para que contrajeran matrimonio. No sirvió el ejemplo del nuestro, encarecido a menudo por Lee. Deng y Tung preferían su vida libre, sin encadenarse al vínculo matrimonial, pensando que éste sería un estorbo para la amplitud de sus gozos personales. Al cabo de más de un año no ha desaparecido la consternación, con todo y que Lee haya tenido que comprometerse en las responsabilidades ejecutivas de sus negocios que los dos hermanos asumían tan eficazmente, aunque algunas las hayan delegado en Tuny Che-Zhisnui, su máximo colaborador, secundado por el ascenso de otros *ejecutivos. Al compartir este enorme dolor de Lee, me ha venido a la memoria una de las frases que escuché al director médico del Hospital de Guerra de Madrid, el del antiguo hotel Palace: "Podemos olvidarnos de la muerte, pero la muerte no se olvida de nosotros".*

12

Esta penúltima parte del Diario de su madre le descubre a Líber nuevas revelaciones de su vida, tan insospechables como reales. La continuidad de este Diario pareciera una película, mezcladas las oportunidades y las tentaciones, el amor y la generosidad. La retrospectiva no deshilvana la lectura, la ensancha y acucia. Toda una aventura, unidos los pensamientos y los sentimientos; en cada trance un destino cuajado de humanismo en franca batalla contra las trampas de la estupidez y el acoso de las banalidades. Líber, antes de comentarlo con su madre, prefiere una reelectura del Diario que serene la nueva impresión indeleble que le ha causado. Evelyne lo ha advertido en los soliloquios de Líber y adivina las perturbaciones de su estado de ánimo, difíciles de contener cuando la excitación invade los resortes del alma, abrumándola. Lo deja sólo con su madre en un diálogo que ambos necesitan con sed vivencial, la memoria encaramada sobre el hipotálamo.

Ita recibe a su hijo con rostro sereno, dominando su propia carga emocional, impregnada de secreta ternura y avidez. Madre e hijo se abrazan durante largo rato, conscientes de un pasado que les une desde las profundas raíces del amor y del encuentro existencial iluminado por los misterios del destino humano. Es Líber quien habla con la voz tranquila, trémula en instantes, de la reflexión.

–Ignoro la reacción de un hijo de una misma sangre. Pero creo que ninguna, por sí misma, ha de igualar o superar la de un hijo de adopción, sea por las circunstancias de una aventura tan singular, sea por la hondura natural de un cariño deudor y de una gratitud desbordante, más allá de cualquier análisis teórico o genético. Quiero decirte que nunca hubiera sentido lo que ahora siento al conocer las incidencias y los méritos excepcionales de tu comportamiento. Eres la madre elegida. A ninguna hubiera querido tanto, ninguna me hubiera provocado tanto amor y orgullo. Un amor sobre el que jamás se pondrá el sol, porque la sangre se hereda, pero la virtud se conquista.

–Sí, Líber, tus emociones corresponden a las mías. Por eso, no he querido ocultarlas. La última parte de mi Diario te ofrecerá otras revelaciones complementarias con el deseo de que ellas te ayuden, estudioso como eres, a explicarte a ti mismo las señas de tu identidad. No olvidarás nunca, seguro, lo que los dos debemos a Lee. Sin su amor y generosidad, nada hubiera sido posible. El Diario es una especie de fe de vida que lo reconoce y lo exalta...

Líber interrumpe a su madre:

–Naturalmente, el niño huérfano de Figueras se hubiera perdido o sería una página en blanco en la etapa final de una guerra que me llevó a tus brazos y de los tuyos al alma acogedora de Lee. ¡Cuánto derroche de virtudes humanas!... Ahora, debo confesarte que tu Diario está muy bien escrito y que en él te revelas como una profesional del género.

–Quizá lo deba —aclara Ita— a mis aficiones adolescentes, tanto en España como en Suiza. Sin embargo, el principal ingrediente es la intensidad sentimental de nuestra aventura. Escribir al impulso de ella pudiera ser un recital del corazón.

Importante ha sido, también, la valiosa colaboración de Madame Lauron. Los hechos narrados, sobre todo, valen por sí mismos, ayudados por algunas reflexiones inevitables.

–Comprendo tu explicación —insiste Líber. Es propia de tu enorme sensibilidad. Pero tu virtud de escritora al natural sobresale y es de admirar.

–¿No tienes otras observaciones que hacerme —pregunta Ita— como en las anteriores lecturas?.

–No lo haré otra vez, porque abusaría de tu bondad con las muchas interrogantes que se me ocurren. Tan sólo, por el dolor reflejado y los nuevos compromisos de Lee, no escapará a tu interés mi curiosidad por conocer la situación creada con la trágica muerte de Deng y Tung, los hermanos de nuestro querido Lee.

Un silencio de minutos precede a la explicación de Ita, tratando de ordenar y resumir su explicación.

–Este desgraciado accidente puso de relieve cuán poderosos eran sus lazos de hermandad, en una armonía de intereses solidarios muy difíciles de igualar. La perturbación que experimentó Lee lo abatió totalmente. No estaba preparado para ella y le duraría largo tiempo, como consigno en el Diario. Creí, al principio, que dudaba de continuar en los negocios recibidos a título de heredero universal. Sospecho, aunque nunca lo supe, que le llegaron ofertas tentadoras, alguna por conducto de Tuny. Supo vencerlas, si así fuese, con verdadero temple íntimo, como si obedeciera a la voluntad de sus hermanos y no olvidara la suya, como timonel insustituible del Grupo Mandarín, bajo el mandato de las responsabilidades contraídas y de sus propias e indeclinables responsabilidades. Hice cuanto pude por fortalecer su ánimo no sólo con las efusiones de mi fiel cariño, si no con iniciativas que levantaran su ánimo, conocedora de sus inclinaciones y querencias. Tardé en lograrlo en una entrega total, con los acentos entrañables de mi corazón en sintonía con el suyo.

Tras de otra pausa, Ita continúa:

–Los tres hermanos estaban unidos por la herencia testamentaria. Deng y Tung dejaron muy claras las disposiciones relacionadas con sus capitales personales. Ambos destinaron 30% de ellas al fondo del Centro de Investigación y Combate contra la Pobreza. Deng incluyó algunas instituciones benéficas de Hong Kong y nombres de ciertas mujeres próximas a sus querencias de hombre libre. El testamento de Tung estaba concebido en los mismos términos con una salvedad: la donación de una gruesa cantidad de dinero al misionero español Vicente Ferrer.

–¿Vicente Ferrer...?

–Sí y te lo aclaro. Tung, en uno de sus viajes a la India, conoció a este misionero admirable y quedó impresionado por la obra y su personalidad. Tung fue seguramente su mayor apoyo económico e influyó para que algunos millones de becas alimenticias se destinaran a las zonas hambrientas de la India. La historia que recuerdo de Vicente Ferrer, según me la contó Tung, es la de un anarquista catalán en su juventud, que participó en la guerra civil española, al lado de la República, en una milicia troskista, perseguida por el comunismo soviético. Huyó de esta persecución y años después se marchó a la India. Convertido al cristianismo, dedicó su afán redentor, su espíritu de incansables sacrificios, a las zonas más deprimidas en un país tan grande como sus carencias. Sus antiguas raíces anarquistas prevalecieron sobre la disciplina de la Compañía de Jesús y se separó de ella sin tardar mucho tiempo. Conservaría su credo misionero, ejercido con toda libertad.

Ita cierra los ojos, en una actitud meditativa, como si al diálogo le faltara algo esencial. Y atrae la atención prolongada de Líber:

–Creo que se nos ha pasado la intimidad de un tema que nos es exclusivo. Me refiero a los mil millones de hispanohablantes. Es magistral que China haya adoptado el español como segunda lengua. Compartimos en gran parte el beneficio adivinado e impulsado por Mao. Pero como hijos del exilio español nos debemos enorgullecer de una contribución que será, también, histórica. Junto a las grandes aportaciones de tantos exiliados ilustres, puede ocupar un lugar la nuestra en la expansión mundial del idioma español.

–Nos hemos callado esta confesión —dice Líber. La tuya es lógica y encierra méritos que igualmente serán históricos. La mía ha crecido al compartir la convivencia con los maestros españoles de Harvard, encabezados por mi tutor don Roberto. No creo que nuestra confesión sea ajena a su idea genial, aunque nunca me lo haya revelado, salvo algunos indicios inevitables. Pero tu Diario me ha influido, ahondando la conciencia de mi destino, sobre todo cuando supe que era hijo de Durruti, uno de los mayores líderes del anarquismo español.

Como sucede en situaciones similares, madre e hijo se abrazan con fervor. Entre las lágrimas de un momento tan emocional, la madre recomienda a su hijo que no repare en el apoyo a esta idea, más aún si la requiere el gobierno democrático de España. Como bien sabes, nuestra fortuna es muy cuantiosa. No vaciles a este mandato si los agobios y las traiciones ponen fin prematuro a mi vida.

El diálogo se cierra para recibir a Evelyne, quien no oculta su entusiasmo por el diseño del futuro museo, tras de las correcciones del arquitecto, por lo que la obra puede comenzar de inmediato. Se ha entretenido porque en las oficinas de Jimmy la televisión local transmitía una película protagonizada en gran parte por Dolores del Río, con acercamientos visuales de la capital de México. Ha percibido con la maravilla del color filmado, las bellezas del país y la aglomeración de sus construcciones al estilo de Río de Janeiro. Evelyne se queda con mamá Ita, ultimando sus encargos y preparativos para el viaje de retorno a Boston, el próximo 2 de enero. Darán preferencia a las compras navideñas del 24 y el 31, con los cuales culminarán la estancia matrimonial en Hong Kong.

Los días de diciembre se han echado encima y Líber tiene necesidad de reunirse con Tuny y Jimmy para conocer los resultados anticipados del año, los cuales son satisfactorios en su totalidad, pero con leves incrementos. En la reunión dedican varias horas al tema del español como segunda lengua de China. Asegurada la propiedad del museo y en marcha acelerada su término de construcción y preparativos inaugurales, concentran su atención en la visita del sabio chino al profesor Roberto Mariscal, en Boston, con la presencia de Líber. A éste le interesa conocer —los demás fines de la entrevista son sólo hipótesis— la opinión de Tuny y Jimmy sobre el planteamiento concreto de Deng Xiaoping para financiar una campaña en Estados Unidos en apoyo del prestigio del idioma español y quienes lo hablan. Los chinos han entendido que los "hispanos", como allí los denominan, son considerados una subclase similar a la de los negros. Dignificar la lengua española, cada vez más utilizada por los propios estadunidenses, es el argumento principal con la vista puesta en pasar de una minoría a una mayoría, conforme al crecimiento incontenible de los "hispanos" y su influencia en la vida doméstica y política de Estados Unidos. Tuny cree que la campaña sería costosa con el riesgo de lastimar al gobierno estadunidense, sin poner en duda su eficacia dada la idiosincrasia de su pueblo. En el caso de que nos conviniera, lo prudente sería que la campaña fuese manejada por una de las numerosas organizaciones que funcionan en aquel país. Las reservas de Jimmy son menores, especialmente por las sorprendentes revelaciones que le confió Deng Xiaoping. Sería difícil desentendernos de la campaña que, en resumen de cuentas, se deriva de una idea en el fondo alentada por el Grupo Mandarín, esto es, la conciencia estimulada de Líber. Jimmy sugiere que don Roberto y Líber analicen el planteamiento chino y dictaminen su conveniencia o no. Los tres coinciden en que China, independientemente de quien suceda a Mao, gobernará en Hong Kong a fin de siglo, sin ningún síntoma de que Gran Bretaña vaya a incumplir su compromiso, en el entendido de ambas naciones de que se respetará la economía de libre mercado y sus estructuras básicas. Tal realidad favorecería el objetivo principal. Por supuesto, la creación de un universo de más de mil millones de hispanohablantes.

La Navidad y el final del año 1974 son celebrados en intimidad familiar, por deseo de Ita. Junto a ella, su hijo Líber, su esposa Evelyne y la fiel secretaria Madame Lauron. Cena de exquisiteces chinas, españolas y francesas. Intercambio telefónico de votos venturosos con los padres de Evelyne, en ansiada espera del retorno matrimonial a un Boston con las primeras nieves invernales. Otro intercambio es el de los regalos rituales, al gusto de cada uno. Ita se sobrepone a su tristeza interior, que resalta su belleza, y se despide cariñosamente de la feliz pareja, ofreciéndoles una visita en su nueva casa de Boston. A Líber, que ha captado el mensaje de su mirada, le recuerda cuánto necesita de él y cuánto depende de él lo que es el porvenir del Grupo Mandarín. Que haya puesto de fondo musical en la cena del 31 el *Bolero* de Ravel tiene un significado del destino que los une de por vida en línea directa con la memoria de Ita.

Líber y Evelyne se instalan en Boston en su nueva casa amueblada y decorada por mamá Ruth, a falta de algunos detalles. Toda la planta baja se ajusta a la distribución deseada por la venturosa pareja, según los planos y sugerencias aprobados por ésta, especialmente por Evelyne. Una casa llena de comodidades, dividida en dos partes; en una lo que pudiera llamarse el recinto social y, la otra, dedicada a la vida íntima. No faltan los espacios dedicados a los servicios domésticos y un jardincito con lugares arbolados, propios para la lectura y la meditación. No falta, tampoco, la sala de lectura y televisión. Líber contempla el mueble vacío de su biblioteca, listo para que en él vacíe todos sus libros y papeles. Junto, en la misma reserva de este espacio, se quedará el equipo electrónico más moderno, según las indicaciones de don Roberto Mariscal. Fue necesaria una segunda planta, de espacios muy medidos, para acoger, en privacidad, los dormitorios, vestidores y baños tan cómodos como modernos. El comedor se estrena, naturalmente, con un menú preparado por mamá Ruth y papá Howard. Sentados los cuatro en la mesa —una mesa extensible hasta para diez personas—, la conversación gira alrededor de su reciente viaje a Hong Kong y las atenciones de Ita, tan cautivadora en todos los órdenes, y el reconocimiento total de su calidad de gran señora por los padres de Evelyne. Noticia sorpresa es la de la confirmación del nombramiento de Evelyne como directora del Museo de Pintura Lee Cheng-Xiao.

–¿Y este nombramiento, Evelyne, te obligará a viajar constantemente a Hong Kong? —pregunta mamá Ruth, sin disimular su ansiedad.

Una Evelyne, que ya no es la jovencita dominada por los deseos e influencias de su madre, contesta a ésta con una desenvoltura y firmeza que ésta no esperaba:

–La experiencia vivida con Líber me ha hecho conocer los grandes compromisos que ha adquirido así como sus grandes intereses económicos... Me he propuesto colaborar con él en todo lo que pueda. Pero debo aclararte que ha sido a petición mía el nombramiento de directora de lo que será el Museo de Pintura Lee Cheng-Xiao, dentro de unas circunstancias especiales que te explicaré en su momento. Si reparas en mis aficiones y en la carrera que he estudiado, sabrás comprenderlo. Seré una mujer más feliz con el cargo, en el mundo del arte y su historia pasada y presente. Se ha nombrado una vicedirectora que me relevará de obligaciones secundarias. Y, claro es, habré de volar a Hong Kong algunas veces, independientemente de la comunicación escrita y telefónica, mediante los nuevos y adelantados aditamentos tecnológicos.

Líber, anticipándose a mamá Ruth, interviene con palabra clara y segura:

–Evelyne compartirá conmigo tareas e intereses, bajo la voluntad de nuestro compromiso actual y nuestro porvenir. ¡El que nos une de por vida!

Mamá Ruth no queda muy satisfecha con estas explicaciones; una mueca de contrariedad asoma en sus labios sin entender todavía el cambio de destino que supone la independencia matrimonial y un entorno tan halagador y comprometido al mismo tiempo.

La comida termina antes de lo previsto. Evelyne se

quedará arreglando el nuevo hogar y un Líber impaciente corre a la Universidad para continuar sus clases, tras de una ausencia tan larga. No falta quien le haga saber el título irónico —"El profesor del año sabático"— que le han adjudicado algunos envidiosos. Líber ríe, en lugar de contrariarse. Al reanudar su cátedra, con algunos alumnos nuevos, cubriendo las bajas naturales, anuncia que desarrollará un curso aristotélico, que ha ideado mientras consumía los días laberínticos de Hong Kong. Se le ve contento en su iniciación, como si pagara alguna deuda pendiente. Quizá, por eso, ha buscado para el comienzo, en alusión a los que olvidan y desdeñan el pasado, un antiguo dicho filosófico: "Huye del pasado y perderás un ojo: olvídate de ese pasado y perderás los dos".

Líber quita así aridez al tema, reduce al mínimo el cortejo semántico de las palabras y se centra en el pensamiento de Aristóteles en cuanto a que la memoria es tiempo y que sólo entre los animales, aquellos que sienten el tiempo, son los que tienen memoria y pueden recordar. Y es que, matiza, sin memoria no hay vida, no hay ser. El hombre no es sólo un animal político, sino un animal social y un animal que habla. En este punto recordará la aportación de los griegos al lenguaje de la humanidad, a partir de palabras conceptuales y logotipadas, entre otras, la política, el saber, la naturaleza, el bien, la justicia... Del lenguaje derivará a la literatura, la que mejor lo expresa en tanto nos enseña a mirar mejor el mundo de las cosas que existen o que son anticipadas por las fantasías literarias. El libro, como afluente de la memoria, es el más asombroso principio de libertad. Destacará la contribución griega a la convivencia, como entendimiento de la vida, en su concreción mayor, el diálogo, otro invento de los griegos. A quien le hizo notar la abundancia de citas en su lección, le dijo que quien no sabe citar ofende al autor original y posiblemente no sabe leer. A la interpelación de uno de sus antiguos alumnos, Líber le recordará una máxima quijotesca: "No importa tener más, sino ser más". A otro, le citará una confesión propia: la puntualidad consiste en estar listo para la hora de la deshora.

Ha terminado esta primera clase de Líber en el retorno a su amada Universidad de Harvard. Se le acercan estudiantes para saludarlo o aclarar algunos de sus conceptos. A todos atiende complacido y agradecido. Pero ahora lo que más le preocupa es hablar con su tutor, Roberto Mariscal. Es mucho lo que tiene que decirle y consultarle. Don Roberto le cita al atardecer en su modesto piso de profesor, que comparte con su esposa valenciana, Rosa Sabrinas, y su bella hija Lucrecia, nacida en Boston. Es la primera vez que Líber tiene acceso al hogar de su querido maestro, celoso como es de su vida privada. El encuentro no puede ser más cordial. Le entrega un reloj de oro, con sus iniciales, que le envía su madre Ita. Don Roberto le agradece y le muestra, confundido y orgullosamente, a su esposa e hija. Se adivina su pensamiento: "¿No será un reloj ostentoso para un profesor universitario?". Pero don Roberto lo considera una propiedad legítima y no será el único profesor que lo luzca. Más bien, abundan. Sin más, don Roberto conduce a Líber a su estudio biblioteca, menos desordenado de lo que éste esperaba.

Líber le pone al corriente del tema que los involucra. Los chinos han insistido en la campaña mediática en Estados Unidos que han solicitado, y que se supone que será importante en la próxima visita a Boston del enigmático sabio Liang Kaihui, Sin tratar de ocultarlo, don Roberto sigue muy interesado en el asunto y se siente orgulloso, íntimamente, de los alcances que ha proyectado la idea que expuso a Mao, cuya paternidad conocen algunos de sus más cercanos compañeros de la Universidad, quienes le dan título de genial, aun sin conocer todas sus entretelas. Analiza ahora, y lo repite, la necesidad de una campaña que pueda borrar el menosprecio de "los hispanos" en la sociedad estadunidense y que, por su propio peso, contribuya al prestigio de esta colectividad, de cuya expansión nadie duda. Al respecto, don Roberto manifiesta a Líber:

–Si no fueras quien eres, y no supiera que están vivas tus raíces españolas —las raíces del exilio español, determinantes de tu destino actual— me reservaría mis opiniones. Pero tu confianza y tus pensamientos me son conocidos y estoy consciente de mi propia responsabilidad en las repercusiones, en parte previstas, en parte imprevisibles, que hemos provocado en la insólita entrevista con Mao. Es una historia que está creciendo en dimensiones, de las cuales no podremos desprendernos. Hemos honrado la memoria de Lee, un hombre ejemplar, y hemos despertado la atención a un asunto ignorado por España, pero latente en un país de gran porvenir, que es México, seguramente el principal contribuyente de los llamados "hispanos", por su vecindad estadunidense y su crecimiento demográfico. Por supuesto, se trata de un movimiento en el que no se puede descartar a la España de hoy y la de mañana.

–¿Debo entender que apruebas la realización de esa campaña? —pregunta Líber.

–Por supuesto. Los intereses que manejas no son incompatibles con esta promoción del español y su larga historia. En lo inmediato cumplirá la meta que se persigue. Pero, al mismo tiempo, será un impulso decisivo para que la lengua española, lejos de ser arrinconada por el inglés, prospere y empuje un destino propio en ese universo que será de mil millones de hablantes en español. Será otra España, al estilo de las lenguas hegemónicas que han sido huella y marca del pasado, pero con la particularidad moderna de que no perecerá como el latín.

Líber, como si don Roberto haya razonado por él, concluye:

–Coincidimos, aunque sea por caminos distintos. Me doy cuenta de la responsabilidad que asumiré y sabré defenderla. Hay intereses que pueden conciliarse con los principios. Y no puedo olvidar mi origen, el que nos ha hermanado desde el principio de nuestra relación, inspirada en la frase shakesperiana de que no hay segura vida cuando la libertad está perdida.

Don Roberto inquiere cuál será la otra parte que posiblemente planteará el sabio chino Liang Kaihui. Líber lo ignora. La deducción que ha hecho Jimmy, con su perspicacia habitual, es que será un asunto que puede concernir personalmente a don Roberto y sólo a él. El misterio sigue siendo ingrediente esencial, según recuerdan los dos. El profesor quiere saber, por la urgencia de la cita solicitada, la fecha de la entrevista. Líber le aclara que es él quien tiene que fijarla. Pronto se ponen de acuerdo en que será el último sábado de enero, en el que ambos respetan las prioridades de sus obligaciones universitarias. Líber se apresura a informarle a Jimmy la fecha convenida para que se encargue de notificársela al sabio chino. Por fax, Jimmy confirma el día señalado. Los detalles del viaje, que deben ser secretos, serán conocidos a última hora.

Líber se ha comunicado telefónicamente con su madre. Lo hizo junto con Evelyne para agradecerle la espléndida casa que habitan, gracias a su generosidad, tan pronto llegaron a Boston. Desde entonces han atendido consultas de Ita sobre diversos asuntos. Lo que más preocupa a ésta es la lectura correcta de los concentrados mensuales administrativos del Grupo Mandarín, por lo que pide a su hijo que los revise con atención, dada la complejidad de los números y sus aplicaciones en tantas empresas. Para cumplir esta dedicada misión, Líber cuenta con el auxilio de un economista distinguido, asesor de varias empresas, con cursos especializados en la Universidad de Harvard, amigo de toda su confianza. Ahora Líber llama a su madre porque quiere enterarla de que después de una prolongada charla con su tutor, don Roberto, han llegado a valorar como algo positivo el patrocinio de la campaña a favor del idioma español en Estados Unidos. No le oculta que, si bien se trata de una solicitud china, será una contribución al destino de una cultura que madre e hijo llevan en su sangre y en su alma.

El sabio chino Liang Kaihui ha arribado a Boston. Queda alojado en un hotel antiguo de escaso movimiento, pero confortable y con un privado adecuado al objeto del viaje. Liang es un hombre que debe estar en la sesentena de años. No es el prototipo chino, por su altura, su abultado vientre y sus cejas espesas. Detrás de su sonrisa esbozada y de su mirada intensa y activa, sin dejar de ser tranquila, está un hombre sugerente, de finos modales y palabras medidas, como si fueran un ejercicio de respiración, propio de los dominadores de lenguas. Él sería el primero en hablar, como era previsible, después de los saludos de rigor:

–Soy portador de una misión secreta y desearía que el profesor Roberto Mariscal me ayudara a culminarla con éxito. Mao le considera un genio, que le ha ganado totalmente con su idea de que China adopte el español como su segunda lengua. La idea le ha deslumbrado tanto que no ha puesto reparos a las recomendaciones del Consejo de Sabios que presido, entre ellos, el más difícil, dotar de un pasaporte especial de garantía de ingreso y salida de China de cuantos lo soliciten entre los muchos que han acudido a nuestra llamada para colaborar en el aprendizaje del español. La Universidad de Nanjing ha resultado insuficiente y estamos utilizando otras sedes. Esto, con independencia de las becas y aportaciones humanas del Centro de Investigación y Combate contra la Pobreza. Todo el Comité Central del Partido Comunista se ha contagiado de este clima de entusiasmo y lo impulsan, sabiendo que Mao, en el fondo, piensa, y así lo ha hecho notar de diferentes maneras, que la idea no sólo contribuirá a solucionar problemas idiomáticos internos, sino que será un instrumento poderoso de propagación de la historia china, la antigua y la actual. No es de extrañar el aviso a los estudiantes chinos que aprenden el inglés en Estados Unidos y Gran Bretaña para que cambien de inmediato al español, en un porcentaje insospechado.

Liang Kaihui hace una larga pausa, por si su intervención necesitara aclaraciones, obvias, porque don Roberto y Líber entienden su perfecto inglés. Y continúa:

–Es sintomático que el propio Mao esté leyendo una

nueva traducción al inglés de Don Quijote y que haya puesto en circulación una primera edición popular en mandarín de 50 millones de ejemplares de la obra y que esté en marcha la otra en cantonés que, como en el caso anterior, llevará un prontuario en español de las obras completas de Miguel de Cervantes. La burocracia entera del Partido Comunista, que suma algunos millones, es el primer colectivo obligado a aprender el español, en tanto que en las universidades y centros de enseñanza media su estudio ha penetrado fácilmente. Estas circunstancias coinciden con la popularidad que ha provocado en toda China la transmisión por televisión y radio de las telenovelas mexicanas, empezando por *Los ricos también lloran*, cuya protagonista principal, Verónica Castro, acaba de visitar nuestro país, aclamada como una heroína. No debe extrañarles que esta suma de factores, unida al éxito del chip del sueño —con menos de un 15% de fallas— haya producido una verdadera revolución en China, hasta acelerar la decadencia de la lamentable Revolución Cultural. No olvidamos la triste experiencia de los años treinta, cuando los japoneses impusieron rápidamente su idioma en Manchuria. El Consejo de Sabios viene ensayando nuevas fórmulas en el estudio rápido del español, por lo que calculamos que antes del año 2010, habrá más de quinientos millones de chinos hablando español.

El sabio chino, encarrerado por su propio entusiasmo, tras una brevísima pausa, canta los esplendores de la historia china.

–Nadie podrá detener esta nueva y auténtica revolución en el destino de la humanidad. Los 500 millones de chinos hablando español se duplicarán en los diez años siguientes. Recordaremos al mundo que China es China desde hace más de tres mil años y que también sabrá anteponer lo pragmático a lo dogmático en la modernización de un país líder. ¡Fantástico!

Don Roberto y Líber se miran, incrédulos de que esta exposición sea el motivo del viaje secreto del sabio Liang

Kaihui, pero su duda se desvanece rápidamente, cuando éste prosigue su discurso:

–Todo lo dicho, en síntesis, aunque les sorprenda, les habrá dado una visión del movimiento creado en China por una idea del profesor Roberto Mariscal, a raíz de la entrevista concertada con Mao. El destacado revolucionario de este sorprendente cambio histórico se llama Roberto Mariscal, y es a quien nuestro guía Mao ha otorgado la Gran Orden de la República China, por primera vez a un candidato excepcional del mundo capitalista. Es la China, reitero, que quiere proyectar al mundo su rica historia y literatura, sus avances científicos, lo que hacen de China la nación del porvenir. Y traigo la misión, señor profesor, de que me acompañe en mi viaje de regreso a Pekín para que nuestro Supremo Timonel le imponga personalmente la Gran Orden que le ha sido concedida. Honor de honores —concluye.

Una mezcla de rubor y halago se asoma en la mirada inquieta y dominante del profesor Roberto Mariscal, mientras que la de Líber es de sorpresa celebratoria. Ninguno de los dos podía sospechar que ésta fuera la misión secreta de Liang Kaihui. Don Roberto se echa un trago largo de su whisky preferido, antes de su respuesta, al principio lenta y luego fluida.

–Ya imaginará, respetado profesor, que nunca he podido imaginar un honor tan singular como el que Mao quiere otorgarme. La vanidad encaramela y ruboriza mis sentidos. Dígale a Mao que tan pronto sea posible viajaré a Pekín para recibir esta suprema condecoración.

–¿Podemos saber algo más —pregunta un Líber impaciente— de los progresos del chip electrónico?

La respuesta de Liang Kaihui es precisa:

–Este secreto tardará en divulgarse, aunque los científicos estadunidenses trabajan en esta área de descubrimientos. Pero hay más. Por la vía diplomática, el gobierno estadunidense nos ha hecho llegar su preocupación al saber que los mil millones de hispanohablantes no serán un sueño sino una realidad. Y es que el chip electrónico de aplicación humana tiene otras extensiones tecnológicas con vistas a los nuevos avances históricos de la China Comunista. Las presiones estadunidenses aumentarán. Pero hay compromisos que no están a mi alcance. No les oculto que existe otra revolución en marcha: la de transformar la agricultura en fuente de riqueza y la industria en base de crecimiento para ganar la batalla al hambre. Los logros en el gran Delta del Perla para convertirlo en la zona más dinámica de la Revolución china son verdaderamente prometedores, como ayer lo fue la Ruta de la Seda y sus derivaciones económicas. Quizá tengamos que convertir una parte de la economía de Estado en economía social.

El sabio Liang Kaihui continúa impetuoso y reiterativo:

–Es obvio que esta gran jornada va a proyectarse en la historia de China y en la del mundo. En cuanto a la inquietud del joven Líber, comprendo su curiosidad. Pero insisto en que el chip es un invento instransferible de nuestro Consejo de Sabios con sus tareas científicas y secretas para conocer y orientar como se activan los resortes mentales de la memoria humana. Sólo le anticiparé que tenemos en proceso una inyección aplicable a un niño en el primer año de vida para desarrollar su imaginación y su memoria. Estamos en vísperas de otra Revolución china que enriquecerá la potencia de nuestro país como centro turístico de un nuevo mundo. Sí, no es nada fácil convertir o compartir con otro idioma el nuestro de ideogramas y de tantos giros fonéticos. Si el siglo XIX fue el siglo de los británicos y el XX el de los estadunidenses, nada impedirá que el siglo XXI sea el de China. No sólo convertiremos la Presa de las Tres Gargantas, que será la mayor del mundo, sino que tenemos ya en proceso de aprovechamiento los miles de ríos que nacen de nuestro Río Sagrado, el Yang Tse, el río Azul. Hemos acatado una premisa de Mao que ha sido y es una orden en marcha: "Dominaremos las montañas y los ríos".

–Nadie puede olvidar —prosigue— la presencia de la cultura china en la cultura universal. Entre la emulación y la imitación nuestro desarrollo será incontenible. La lengua española nos ayudará mucho dentro de nuestro programa general del futuro de China, con su nueva capitalidad geográfica, Pekín en la parte septentrional y Nanjing en la meridional. Hemos convenido, y lo estamos demostrando, que la capacidad del ser humano para aprender es infinita.

El sabio chino, con su discurso bien estructurado, sabe de qué habla, y continúa:

–Sí, China es un país hormiga como se dice de él. Y es el tercero en extensión de nuestro planeta.

Don Roberto Mariscal y Líber, un tanto abrumados, no han dejado de intercambiar las miradas del asombro ante tantas revelaciones inesperadas. El sabio chino tiene algo que agregar.

–He dejado para el final la solicitud que les hemos hecho para patrocinar en Estados Unidos una campaña de prestigio del idioma español en sus dos vertientes: una, para respaldar a la colectividad hispana, existente y en ascenso; otra para reforzar el estatus de los estadounidenses que pueden estudiar el español; otra más para utilizar los medios de información de un país que los domina más allá de sus propias fronteras, contribuyendo a la resonancia nacional e internacional de nuestro proyecto.

–Puedo anticiparle —responde Líber— que hemos considerado favorablemente su solicitud, midiendo sus ventajas y riesgos bien delineadas por usted con los inconvenientes de alguna reacción negativa o de molestia de los políticos estadounidenses. Para prevenirlo hemos pensado en emplear los servicios de una Agencia de Publicidad y Relaciones Públicas, dirigida por un buen amigo mío. Tenemos prevista una inversión de seis millones de dólares, concentrada en los meses de octubre, noviembre y diciembre.

–¡Maravilloso! —exclama el sabio chino. Mao, Nuestro Sol, dirá que hemos adivinado su pensamiento y seguirá admirándoles.

Liang Kaihui ha arqueado sus tupidas cejas y estima que ha sido una reunión extraordinaria que no olvidará nunca. Le urge regresar a Pekín y se despide con gran cordialidad de Líber y don Roberto, a quien reitera, como algo que no admite duda, que Mao espera sus noticias para imponerle la Gran Orden de la República China.

Don Roberto Mariscal no oculta que ha disfrutado con sabor de fantasía la entrevista celebrada y con acento humorístico asociado a un dicho popular comenta: "¡Esto va a ser un cuento chino, pero a lo grande!". Líber participa de su estado de ánimo y siente que, ocurra lo que ocurra, ha sido una jornada influida por las vivas raíces del alma española. Y sin más, se dirigen al Royalty, el restaurante de su buen amigo don Fidel, el hombre, según él se define, "enemigo de las palabras perezosas y de los loros humanos". Se extraña de la prolongada ausencia de la ilustre pareja, y les saluda, acomodándoles en uno de los privados con una de sus frases favoritas: "No hay mente lúcida sin paladar contento. Combina la lentitud de un hipopótamo y la fuerza de un elefante".

Don Roberto respira hondo y se dirige a Líber con su mirada cómplice. Lo que menos suponía, confiesa, es que el sabio chino venía con ese encargo de Mao, el del otorgamiento de la Gran Orden de la República China, cuya existencia ambos ignoraban. Al profesor le parece un exceso injustificable. Líber ha puesto toda su atención en el discurso de Liang Kaihui, que en ningún momento ha perdido coherencia, evitando las palabras escurridizas de veces anteriores. A su juicio, ha venido con una lección muy bien aprendida, no exenta de peligros en los coletazos de la Revolución Cultural. Don Roberto comparte la deducción de su discípulo: nos ha dado a entender cómo piensa el entorno de Mao de cara al futuro de China. Y la deducción la extiende a que la Orden otorgada es una sutil maniobra para profundizar interiormente el significado y el compromiso de aprender el español no sólo como segunda lengua, sino como posibilidad preferente para deshacer los nudos lingüísticos del mandarín y el cantonés. En lo inmediato, don Roberto dará largas al permiso de la Universidad, rehuyendo la recepción de la Gran Orden que le ha otorgado Mao, y Líber hablará con Jimmy para informarle de lo convenido sobre la campaña solicitada, a través de la agencia estadunidense sugerida en la plática con Liang Kaihui.

—Seguro que Jimmy, que observa tan de cerca cuanto sucede en China, va a experimentar una sorpresa similar a la nuestra —apunta Líber. Más difícil será que lo entienda Tuny. De todos modos, lo que nos intriga es la actitud de Estados Unidos, cuyos intereses en el Pacífico no ocultan, especialmente, después del término de la última guerra. Su acercamiento a China, a iniciativa de un gobernante tan conservador, como Nixon, es muy ilustrativo. Puede acaso que a la demostrada capacidad de absorción de Estados Unidos no le moleste, menos por su tamaño reducido, la campaña en pro del prestigio del idioma español. Pero habrá que esperar a las consecuencias que genere, imposibles de anticipar si el programa cuaja. Hilvanada a su fondo latente de convertir el español en una lengua que desplace al inglés en número de hablantes, la situación puede ser distinta y quizá provocadora. Todo lo que puede ser historia es complejo o arriesgado hasta que es verdadero y aceptable historia.

Don Fidel ha recibido en su Royalty al profesor y a su discípulo, con ganas de estar solos. Al final se sienta en su mesa privada. Líber pide su oporto favorito y don Roberto repite al final su whisky del principio. Éste se lo sirve una mujer otoñal de aspecto serio y atractiva, con unos ojos lila, el color que se atribuye a los de Elizabeth Taylor. Don Fidel percibe el interés de don Roberto e intenta rebajarlo con otra de sus definiciones. "He ahí una mujer bella con mirada de viuda solitaria." Como ella —agrega el dueño del Royalty—, pueden encontrarse ahora, en el salón de banquetes, a un grupo de distinguidas damas, agrupadas en la Asociación de Mujeres Libres. Ese tipo de mujeres, aclara, que huyen de la vacuidad y se acercan a la vanidad. Prefiero estas comensales y no las del turismo en boga, con su movimiento frenético de mandíbulas y caderas, añorantes de los placeres de la entrepierna. Y reitera, sentencioso: "Vivimos la era de la entrepierna, más que la de la inteligencia".

Don Roberto y Líber escapan de su generoso anfitrión y se despiden. Líber deja en manos de don Roberto el nuevo recuerdo que le envía su madre: una pintura restaurada de una imagen de caza, atribuida a Apeles. El profesor, en una jornada de tantas emociones, da cabida, como un remate, a la que le produce el soberbio regalo de Ita y le pide a su discípulo que se lo agradezca. Una mujer, que igualmente será historia, afirma, sin desgaste de su corazón generoso.

13

Una pronta investigación le permite a Líber localizar en su oficina de Nueva York a Peter Lores, su compañero y amigo de los primeros estudios de Boston, en los cuales destacó por su rebeldía anarcoide y la brillantez de su talento. En un reciente encuentro en el mismo Boston compartieron sus recuerdos y quedaron al corriente de sus respectivos destinos. Peter, de origen californiano, trabajó algunos años en una importante agencia de publicidad, para crear después su propia empresa huyendo de los esquemas típicamente publicitarios. Una mezcla de relaciones públicas y técnicas avanzadas de comunicación, caracterizada por talentos de alto voltaje creativo, una especie de laboratorio de ideas. (Think tanks.) Líber adelanta por teléfono el objeto de su llamada y a Peter le interesa de inmediato el asunto. Apenas transcurren 48 horas cuando ambos están reunidos para afinar conceptos en la biblioteca de la recién inaugurada residencia de Líber y Evelyne. La idea de la campaña le entusiasma a Peter y promete una presentación adecuada dentro de una semana. Aludiendo a la maestría de Líber en la Universidad de Harvard, Peter le dice amablemente: "No te ofrezco sintaxis, pero sí originalidad".

Peter Lores cumple con su promesa y vuela a Boston con la campaña que le ha solicitado su amigo Líber. Antes de desplegarla le da a conocer algunas ideas de éxito que dan carácter singular y audaz a su organización, no comparable con ninguna otra. No sólo difunde marcas, sino que las crea. Uno de sus ejemplos más recientes es Sonrisita, una crema capaz de producir en el rostro humano el gesto amable de una sonrisa, de particular uso entre artistas de cine y televisión, y de políticos, de seres obligados a actividades públicas. Otra es Lord, un perfume de tres fragancias en un mismo envase, cuya mezcla energética elimina las depresiones. Nueva es la marca Comodín, tapa de un inodoro de plástico plegable, de viaje, fácil de llevar en un maletín de mano, completamente inmunizado contra el riesgo de infecciones en un tiempo turístico de movilización y viajes masivos. También son autores de Appétit, las salchichas hechas de bacalao y anguila ahumada. Peter se declara autor anónimo del ritmo musical "Victoria", cuya virtud comprobada es la de actuar sobre aquellos votantes indecisos en favor de una determinada candidatura electoral. Peter alarga su preámbulo con una de sus campañas actuales: el paraguas erótico Elixir, de uso en los días de sol, con la eficacia de las técnicas dinámicas del color para influir desde el estímulo sexual hasta el impulso de compra de productos prohibidos o de apoyar mensajes simbólicos en despliegues espectaculares en periódicos y revistas y en llamativos espacios televisivos al amparo de la cultura visual de nuestro tiempo. Pero la campaña que conmovió a Estados Unidos, entre elogios y ataques, fue la que les confió un exótico multimillonario de Chicago con una inversión de 100 millones de dólares, y el exclusivo objeto de convencer a la gente de que los calvos son los seres más inteligentes y seductores a través de la historia humana. Por supuesto, se trató de una persona completamente calva, de unos 60 años de edad, de quien acababa de divorciarse su bella mujer simplemente por ser demasiado calvo. Dado el secreto impuesto, bajo pena económica severa, hemos inventado una entidad emisora, la Asociación de Calvos Brillantes —A.C.B.— con el logotipo de una mano posada sobre una bola de billar.

    –Temo que me estoy apartando del tema que nos reúne —se interrumpe Peter— y que puedo parecerles un vendedor de publicidad al estilo común.

Líber, que ha escuchado con interés y buen humor a su amigo Peter, pide, también con atención sociológica, que le explique los fundamentos de la rara campaña en honor de los calvos. Peter, satisfecho de la curiosidad despertada, continúa:

–Verás. La campaña tenía que apoyarse en algunas citas históricas de calvos famosos. Seleccionamos a Aristóteles, en cuanto a que la calvicie incrementaba la potencia mental, y a Plinio, que en su historia natural define al calvo como un ser perfectible cuanto más se aleja el hombre de sus progenitores selváticos. Lo que corrobora las teorías de que la abundancia de pelo ha ido a menos como signo de primitivismo y acaso confirme que en el siglo XXI más de la tercera parte de la población urbana masculina será calva o semicalva, al compás de los grandes progresos de nuestra civilización. Este marco conceptual lo animamos con dichos y refranes como el de "a un calvo nadie le toma el pelo", e ilustraciones como el de gente singular que quiso caracterizarse con la huella digital del dedo pulgar impreso en el centro de la calva, etcétera. No ha faltado un desfile voluntario de centenares de calvos, precedidos por una colección de mujeres bonitas, que paralizó la circulación de la Quinta Avenida en Nueva York. Obviamente, la alopecia de nombres famosos de la historia arroparon la campaña: Aristófanes, Poncio Pilatos, Goethe, Baudelaire, Flaubert, Cezánne, Kipling, Freud, Hegel, Picasso, Churchill, Blazer, Pasternak, etcétera.

–¿Y el resultado? —inquiere Líber con sonrisa menos burlona.

–¡Fantástico! —responde al punto un Peter gozoso. Y resume: el primer cautivo de la campaña fue su patrocinador, que hizo de ella fe de vida, más aún cuando supo que su divorciada esposa, una de las paradójicas y primeras víctimas de la campaña, quiso regresar con su exesposo, inútilmente, el cual no se daba abasto con multitud de mujeres seducidas, en una especie de reinado entre las más deseadas una vez descubierto el nombre inducido del patrocinador real. Lo curioso, es que el éxito de una campaña de presupuesto proporcional obligó a inversiones de centenares de millones de dólares a los fabricantes de ungüentos, pomadas y fórmulas secretas para combatir la caída del pelo, sin omitir las pelucas de todos los colores. Su contraparadigma fueron las frondosas cabelleras de Sansón, Marx, Beethoven, Einstein, Rasputín y especialmente los Beatles. Este Rolex de oro que llevo en la mano izquierda es uno de los dos regalos que me hizo el extravagante multimillonario de Chicago. El otro fue el automóvil que todavía uso.

–Y ahora, después de felicitarte por tus triunfos profesionales, vayamos a lo nuestro.

–La campaña encargada me ha interesado como un reto personal y sentimental, a la vez que halago a mi tercera esposa, Paloma, hija de una anarquista catalana llamada nada menos que Armonía del Vivir Pensando, según reza en el registro de los exiliados españoles que llegaron a México por el puerto de Coatzacoalcos, en 1940, a bordo del barco "Santo Domingo". Murió en la ciudad de México en 1949 en circunstancias extrañas, relacionadas con la posible denuncia de ser la compañera de uno de los tres anarquistas que asaltaron la Cervecería Modelo y que murieron en duelo con los policías mexicanos al encontrar su refugio en la llamada zona de Mixcoac. Somos una pareja feliz y nos conocimos en uno de mis desplazamientos a la ciudad de México, en un ambiente tumultuoso de exiliados españoles. Y tú, Liber, según recuerdo, tienes el mismo origen.

Peter hace un paréntesis, muestra un diseño gráfico, y prosigue:

–Me he encargado directamente de esta atractiva campaña. El modelo conceptual, dentro del presupuesto asignado, es el de una sola inserción mensual en *The New York Times* con traducción al español y al inglés, concentrando el resto en las emisoras radiofónicas que cubren todo el territorio estadunidense, con las intensidades adecuadas a cada zona regional. Además que a los hispanos, que se sentirán confortados por la campaña, procuraremos llegar al público joven nativo, no mayor de 40 años. Concentra el núcleo de estadunidenses que aprende el español en un porcentaje elevado, alrededor de 10 por ciento. El crédito de los mensajes será avalado por el nombre de una institución que, en principio, hemos registrado: Amigos de la Lengua Española. Su tutela corporativa facilitará el uso de nuestros circuitos complementarios de relaciones públicas, como parte integral de la campaña, tanto en versiones en español como en inglés. Puesto que la concentración será en las emisoras radiofónicas, hemos concebido dos estribillos musicados de 30 segundos: en tres meses se populizarán en una medida razonable y mucho más si conviniera prolongarlos. He aquí la propuesta:

> *Olé... Olé... Olé...*
> *Háblame, háblame en español,*
> *la lengua sonora de la cordialidad.*

> *Háblame, háblame en español,*
> *cada palabra hecha canto de amor.*

> *Olé... Olé... Olé...*
> *De sol a sol*
> *Háblame, háblame en español.*

(Tema musical: *Compases de la danza del fuego*, de Manuel de Falla)

—En cuanto al presupuesto, en lugar de los seis millones de dólares asignados, será de siete, más la cantidad de 450,000 dólares, que comprenden nuestros honorarios, los de la producción y los de la agencia que colocará el mensaje en los medios, sumado el costo del registro del patrocinador. En otros casos, nuestros costos se triplicarían, te lo aseguro —concluye Peter.

Líber autoriza el presupuesto, que deberá facturarse finalmente al Centro de Investigación y Combate contra la

Pobreza y así se lo comunica a Jimmy, con el encargo de hacer llegar a Pekín una copia de la campaña, que verá la luz pública en Estados Unidos en tres semanas más. Le recuerda que Pekín debe hacerse a la idea de su responsabilidad directa en el conjunto del plan con el apoyo discreto del Centro de Investigación y Combate contra la Pobreza. Busca a don Roberto y le muestra el documento acordado, sin omitir las partes anecdóticas de la presentación de su amigo Peter. No tiene objeciones que hacer y, como si le interesara más lo segundo que lo primero, murmura:

–Armonía de Vivir Pensando...¡Un nombre para la noble heráldica del anarquismo español!

De regreso a casa, una Evelyne jubilosa recibe a Líber y le informa que está embarazada. Había advertido los síntomas y mamá Ruth se los ha confirmado. El alborozo es compartido por Líber, como si lo esperara desde la memoria de su orfandad, antes de ser adoptado por Ita. Es curioso cómo marginando otros instantes, recuerda perfectamente el bombardeo de Figueras, como si fuese una marca de vida grabada para siempre. No puede ocultar, por eso, los temblores de su corazón cuando escucha o pronuncia la palabra Figueras, seguida de su grito de guerra "¡Visca la Libertat!". Líber se apresura a comunicar la noticia a su madre, precedida por el aviso esperado de que pronto será abuela. Ita se entusiasma, también, con la noticia y le promete que les visitará en Boston en unas semanas más y estrenará la habitación que le tienen reservada en la casa que les regaló en la celebración de su boda. Líber espera de su madre un regalo mayor: el último capítulo de su Diario. Ella promete llevárselo. Ita aprovechará el viaje para hablarle de algunas dudas sobre los estados de cuenta que le envían mensualmente. Mujer entera como es, en ningún momento ha mencionado la carga que ha representado para ella la administración del Grupo heredado, aparte de los colaboradores de confianza que dejó Lee y, sobre todo, la ayuda que necesita de su hijo. Líber es el primero en comprenderlo, aunque ponga sumo cuidado en la vigilancia de los concentrados económicos con el auxilio de su amigo David, uno de los grandes economistas que enseña en la Universidad de Harvard.

Los padres de Evelyne, que no ocultan la esperanza de que este alumbramiento prolongue las estancias de Boston de la feliz pareja, son los primeros en exteriorizar su contento por el abuelato que les llega y atienden a su hija con sobreesmero. Admiran su labor a distancia en la construcción del Museo de Lee Cheng-Xiao, con todos sus problemas anexos y la eficacia de la subdirectora que quedó nombrada antes de salir de Hong Kong. La obra está muy avanzada y podrá inaugurarse en unos cuantos meses más. Líber le ha pedido que no apresure las fechas por razones especiales. Al conjuro de ellas, quizá el sabio Liang Kaihui viene solicitando una nueva cita urgente en Boston. La campaña proprestigio de la lengua española lleva casi dos meses de desarrollo en Estados Unidos con unos resultados que pueden considerarse óptimos. El "Háblame en español, la lengua sonora de la cordialidad", está penetrando rápidamente, según el informe de Peter, y hay lugares de Miami, San Antonio y Los Angeles donde se cantan públicamente los estribillos musicales. El "Háblame en español" se ha convertido en saludo de identidad al descolgar el teléfono. La gente estadunidense con aire divertido empieza a intercambiarse el "olé, olé, olé, olé" como si fuera su saludo ritual. Lejos de cualquier molestia, priva la simpatía y reparan en la colectividad hispana con algún respeto mayor, al estilo informal del estadunidense, como antes no existía.

En la Universidad, Líber es un maestro en ascenso, lo que le halaga y estimula. Sus clases son muy concurridas y abunda el sexo femenino, convocado de boca en boca, por los atractivos físicos del profesor. Es invitado frecuentemente a cursos especiales y su nombre suena en Harvard. Este conjunto de acontecimientos, coronados por su próxima paternidad, llenan de satisfacción a Líber, que se siente orgulloso de la más famosa Universidad de Estados Unidos. Así se lo confiesa a su tutor don Roberto, sin cuyos consejos y sabiduría no hubiese sido posible esta carrera que él considera muy brillante. "Merece —le dice éste— lo que Ortega y Gasset llamaba el santo sacramento del aplauso." Líber lo admira como amigo, el más querido de sus amigos. La condición de exiliado, en tan extrañas circunstancias, ha exaltado sus raíces españolas, convertidas en conciencia de origen, influyendo consciente o inconscientemente en su vida. En cuanto a la nueva visita del sabio chino, don Roberto cree que vendrá a apremiarle para fijar la fecha de recepción de la Gran Orden de la República China. Tiene muchos motivos para evadirla, pero se escudará en la autorización pendiente de la Universidad. Lo que más puede importar es lo que ha sucedido, de su lado, en China, de un proyecto que ha quedado por entero en sus manos. Habrá sorpresas, coinciden los dos.

Jimmy, el intermediario acostumbrado, arregla la nueva cita y antes de ella se reúne con Líber. Un asunto íntimo: ve a su madre con muestras de fatiga y pequeños temblores, intermitentes, en la mano izquierda. Sin embargo, ella lo niega y es puntual en todos sus compromisos. Todos la respetan y procuran facilitar sus tareas de supervisión, dejando a Tuny las grandes decisiones, como en tiempos de Lee. Pero es evidente que la desbordan y procura no molestarte. Piensa que haber salvado el museo de la propiedad china era su preocupación mayor y que haberlo conseguido tan hábilmente, es la obligada deuda que podíamos tener pendiente con Lee, pese a las reservas de Tuny, que no dejan de inquietarla —concluye Jimmy.

Escuchándole, un gesto sombrío se dibuja en el rostro de Líber, habitualmente sereno y complaciente. Líber y Jimmy hablan con don Roberto, que celebra las nuevas noticias. El aprendizaje del español en China ha comprometido a la plana mayor del Partido Comunista, donde un Mao débil exalta como una empresa propia esta idea. En un folletito que circula entre los dirigentes se da crédito a una frase de Mao que dice: "La idea vino de Hong Kong. Los ideales son los nuestros". Con una variante significativa, la colaboración entusiasta del nuevo gobierno español de la democracia se ha plasmado en adaptar la antigua Universidad de Comillas, en Santander, en un colegio de 2,000 alumnos, procedentes de las escuelas chinas que han aprendido su primer español y deben perfeccionarlo en cursos de noventa días. El alto costo, con su movilización de profesores apropiados, es una contribución del gobierno español. A la que se suma, en sentido inverso, el desplazamiento a la Universidad de Nanjing de otros maestros españoles que se han ido especializando en chino. Esto, independientemente de los cursos especializados en las Universidades de Salamanca, Valladolid y Alcalá de Henares. A tan prometedor desarrollo, hay que agregar, en primer término el enorme esfuerzo de participación de México, como cabeza de la comunidad de habla española. Deben mencionarse otros apoyos en la misma área, como los de Colombia, Argentina y Venezuela. Particularidad relevante es también Brasil, donde se ha calculado que en los próximos años habrá 50 millones de hispanohablantes, si se consolidan acuerdos de Estado entre España y Brasil. En lo que respecta al pasaporte de ingreso y salida de China se ha respetado el compromiso concertado, lo que explica el éxito en conjunto del proyecto. De todos, los más activos son los jesuitas, que sueñan con el pasado, muchos de ellos expulsados por Mao en 1949, convencidos de que ningún pueblo puede vivir bajo la humillación de las insuficiencias.

Llega a Boston el sabio chino Liang Kaihui, quien a modo de saludo repite a sus interlocutores, en un español memorizado: "Háblame en español, la lengua sonora de la cordialidad". A continuación, sin más, les explica que, si bien la campaña estaba destinada a Estados Unidos, los dos estribillos se han incluido en las lecciones de aprendizaje del español en China. Hay estudiantes, en las universidades del interior del país, que se han familiarizado con la frase, la cual se ha agregado a los cortes de televisión y a las transmisiones de las telenovelas mexicanas. Con cierto orgullo el sabio informa que la técnica del chip ha sido afortunada en sus resultados y que gracias a ella se han reducido las horas de clase oral, por lo que está en condiciones de confirmar que la meta de 500 millones de hispanohablantes chinos se alcanzará antes de lo calculado, abriendo el camino a nuevas generaciones. Explica que han tenido problemas de flexibilidad con la erre. Algunos la convierten en ele, como sucede en Andalucía y Cuba. Felicita a sus patrocinadores secretos por la extraordinaria penetración de la campaña en Estados Unidos. No sólo ha elevado el bajo nivel de prestigio de los hispanos, sino que estos mismos han asumido su propio efecto y exhiben su orgullo por hablar español. Los propios estadunidenses, educados en la cultura publicitaria, repiten el mensaje y lo intercambian con sus marcas comerciales.

No tardará en volver a Boston el sabio chino Liang Kaihui. Los acontecimientos se acumulan como si la idea en marcha volara a una altura mayor que la calculada. El optimismo de Liang se transparenta en el saludo que repite a sus interlocutores. A los universitarios estadunidenses les ha impresionado otra aportación de la España actual, que consiste en destinar uno de los más bellos edificios del antiguo Toledo a una especie de catedral del idioma español con el exclusivo objeto de formar profesores de la lengua española, en un recinto donde darán clase los escritores y los intelectuales más destacados de la península e Hispanoamérica. Cuando se ponga en marcha esta iniciativa nada habrá más honroso que recibir un diploma o un título de la Catedral Toledana del Idioma Español. Por otra parte se valora que la incorpación de México ha sido decisiva no sólo por el número de profesores y becas que han enrolado en esta campaña, sino por la vecindad con Estados Unidos y su influencia en la enorme masa de inmigrantes de habla hispana que invade y llena las necesidades de esta nación. Es un flujo incontenible que permite calcular que en el año 2000 habrá cerca de 40 millones de hispanohablantes, que tienen sus propios medios de comunicación y centros comerciales de consumo, frecuentados por los propios estadunidenses.

El sabio chino ha dejado para el final algo que se niega oficialmente: la salud de Mao se ha agravado y no quisiera morir sin imponer al profesor Roberto Mariscal la Gran Orden de la República China y de asistir a la inauguración del Museo de Pintura Lee Cheng-Xiao, en Hong Kong. El profesor le promete acelerar los trámites del permiso de la Universidad, convencido en el fondo de que es una aceptable opción la ceremonia de entrega de la Gran Orden de la República China, coincidiendo con la inauguración en Hong Kong del museo. Adivina que tal es el deseo no expresado de Ita. Jimmy aclara que las obras del museo van muy adelantadas, pero que todavía tardarán alrededor de un año para que se completen los detalles interiores. Liang Kaihui entiende que ha agotado su presión, sin cancelar todas sus esperanzas y rendido ante los enormes logros de la idea de don Roberto, sin atreverse a adivinar su cambio íntimo de opinión. La perspectiva de un mundo con más de mil millones de hablantes del español, con la integración china, es lo que más importa. Él lo sabe, ahora, más que nadie. Se impone la despedida cordial a don Roberto, que le expresa la certeza de que ya no existirá Franco cuando reciba la Gran Orden de la República China.

Don Roberto, Jimmy y Líber comentan que la exposición de Liang Kaihui ha sido muy rápida. Deliberadamente ha rehuido datos específicos o explicaciones sobre el funcionamiento del famoso chip. Desde luego, su aplicación va más allá del experimento lingüístico, a la vista de sus resultados. Que China logre antes del 2000 los 500 millones de hablantes en español significa que ésta será la lengua franca que necesita interior y exteriormente en un encadenamiento progresivo de influencia mundial. Los tres se extrañan de que hasta ahora Estados Unidos no se haya enfrentado seriamente a los efectos de la campaña, limitándose, en lo general, a comentarla como curiosidad y no como una realidad hostil de tantas repercusiones. Don Roberto apunta que a los gobernantes estadunidenses lo que más les preocupa es la sucesión de Mao y que no hay que descartar su dura reacción si la campaña llega a alcanzar el éxito pronosticado, más allá de ciertos límites.

La Universidad absorbe por completo a Líber, que ha sido incorporado a un Consejo que deberá inventariar los nombres de tecnologías en inglés que no han sido traducidas al español. Está pendiente del embarazo de Evelyne y a ella dedica todo el tiempo disponible. El matrimonio ha comunicado a mamá Ruth que todo indica que vendrá una niña y que han determinado llamarla Margarita, en honor y gratitud consagrada a la madre de Líber. Es la gran sorpresa que tienen reservada a Ita, la que no tarda en llegar a Boston. Evelyne la lleva primero a que conozca la casa que les obsequió y su regia habitación. Después comerá con Howard y Ruth, colmada de atenciones. No olvidan éstos su estancia inolvidable en Hong Kong y la categoría de gran señora de Ita. Celebran con júbilo el arribo de la primera nieta y su nombre, el que mamá Ruth encomia exageradamente, como si en el fondo no tuviera alguna reserva. Ita, además de halagada, observa la armonía del matrimonio y se complace en charlar con Evelyne. Pero en los tres días de su estancia en Boston ha conversado más íntimamente con Líber. Su hijo imagina, por las huellas que se reflejan en su bello rostro y las crecientes hebras blancas de su cabello, con signos evidentes de envejecimiento, que algo le preocupa por encima de sus posibilidades personales. No se equivoca. Ita revela a Líber que las utilidades del Grupo se han reducido considerablemente en los últimos años. Líber lamenta no haberlo percibido en los estados de cuenta que recibe puntualmente y que la omisión envuelva a su amigo David, el economista de toda su confianza. Ita no le oculta tampoco que ha recibido anónimos en que le avisan de la falta de lealtad de Tuny. Los atribuye al descontento de algún alto empleado del Grupo no satisfecho con los últimos nombramientos, hechos por Tuny. Pero es comprensible su inquietud, acrecentada por su actitud crítica ante una campaña que va a lastimar los intereses estadunidenses que Tuny tanto respeta. Líber le promete hablar con su amigo David para que ordene una auditoría a fondo con la discreción del caso, para que Tuny, lejos de molestarse, lo interprete como una ayuda a su gestión. Comentará con Jimmy la inquietante actitud de Tuny. Ita asiente y reitera a Líber que descansa en él para todo. Y sin que éste se lo pida, el día de su despedida le entrega un sobre con el capítulo final de su Diario. Su hijo, por la delicadeza que le inspira su madre, no se había atrevido a recordarle esta promesa.

Impaciente y con la misma inquietud que le han producido las informaciones anticipadas de su madre, se apresura a una lectura más que obsesiva, del último cuaderno con el Diario de su madre.

El tiempo transcurre con sus leyes inexorables. He perdido la continuidad del Diario y regreso a él sólo a ratos, en mi afán de concluirle. Siendo un hombre fuerte, Lee no se ha recuperado del todo de la pérdida trágica de sus dos hermanos. Fue un golpe demasiado duro para los tirones de su sensibilidad. No me he apartado de su lado y procuro que no caiga en nuevas depresiones. Su mayor participación en los asuntos del Grupo Mandarín, aun con sus redistribuciones de responsabilidad, no es suficiente. Recurro a todas las ideas imaginables para fortalecer su ánimo y creo que le conforta mi entrega plenamente amorosa. ¡Le debo tanto...! Recurro a su inteligencia y a su gran capacidad de raciocinio para que prevalezcan las emociones de nuestro corazón, que tanto nos unen y que nos gusta evocar. En mi deseo de una recuperación completa, a sabiendas de que siempre ha rehuido el viaje, lo convencí para que fuéramos unos días al inframundo de Las Vegas, con el aliciente de sus espectáculos y un combate de boxeo por el campeonato mundial del peso de máxima categoría. No aguantó su nocturnidad nómada, y a punto estuvimos de ser contagiados por el sonambulismo que durante cien años ha hecho de Las

Vegas el refugio de la modernidad primitiva, según me advierte Lee. El dinero devaluado por el aburrimiento, los dólares circulando como si fueran corcholatas. El simbolismo de los números, convocando a los ingenuos: el 7 como el número de la buena suerte, el 9 como el de la longevidad y el 3 como el de la perfección. Lo que no sabíamos es que este desierto, el Desierto de Mojave, fue descubierto en 1829 por un explorador mexicano, Rafael Rivera, y que en él se asentaría con el tiempo esta ciudad, inventada para entretener a la gente y hacerla pagar por su contribución a la estupidez humana en forma de tragadólares y mesas verdes de juego, sorda y ciega a los llamamientos universales de la pobreza. Todas las costosas capas de cosmética no han borrado las huellas internas de su origen, un desierto. Me arrepentí de tal viaje, tratando de compensarlo con otro a Nueva Orleans, himno negro al ritmo jubiloso de la vida con todos sus encantamientos estimulantes. Curioso: algunas casas con cerámica de Talavera en las paredes recuerdan que Nueva Orleans, a fines del siglo XVIII, fue capital de la provincia española de Luisiana. Vivimos otros días más gratos. Lee, con su entusiasmo de coleccionista, compró dos cuadros de la escuela impresionista. Otro viaje que levantó el ánimo de Lee fue el de Nueva York, mitad de negocios, mitad de placer, esa ciudad tan frecuentada por él, para quien Nueva York es la medida reguladora de nuestro tiempo, aunque a veces ofrezca la sensación de una campana neumática por donde la gente corre apresurada como si la apremiara un reloj oculto en su sangre. Un humorista español de principios de siglo apuntó que los estadunidenses andan por la Quinta Avenida a ritmo de pasodoble.

Leo en la cubierta anunciadora de un libro del poeta mexicano José Juan Tablada: "Mujeres de la Quinta Avenida... tan cerca de mis ojos, tan lejos de mi vida". De los diversos actos sociales a los que acompañé a Lee, recuerdo la cena que los Robinson nos dieron en su lujosa residencia de tres pisos frente al Central Park. Lee me informó que era una de las familias más acaudaladas de los Estados Unidos, especializada en operaciones financieras y en asesorías legales, coleccionista de pintura moderna y protector del

*Museo de Arte Moderno de Nueva York. Una familia que
ama el dinero y sabe lo que hacer con él, presente en diversas entidades filantrópicas del país. Afín a la trayectoria de
Lee, pero sin igualar su arraigado humanismo. Los esposos, William y Mary, han invitado también a otra pareja
cercana a sus afectos, los Restreppo, de origen suramericano.
Retengo sus nombres en español, como ellos me lo piden: Ramón y Carolina. Degustamos vino Petrus y champagne
Cristal, acompañados con una suma de exquisiteces orientales y occidentales, verdaderamente espléndidas. William
y Ramón dialogan entre sí a partir de algunas preguntas de
Lee. Para el primero, Estados Unidos padece un alarmante
sobregiro de poder al no igualarlo con una inteligencia humana proporcional, por muy atractivo que el poder sea, por
muy atractivo que se pinte. Para el segundo, este tipo de
sobregiro hay que bendecirlo, pues gracias a él Estados
Unidos es la primera potencia del mundo, sin necesidad de
acumular siglos, sino años. Lee, con su fina sutileza, apuntó
conciliadoramente, la diferencia que existe entre tratar la
virtud como una necesidad y hacer de la virtud una necesidad rectora. La velada fue larga y sentí a Lee recuperándose
por dentro y por fuera. Las dos familias nos acompañaron a
tomar nuestro automóvil con palabras de admiración para
Lee como ejemplo de una trayectoria triunfal en los negocios y su liderato en el mecenazgo con sentido cultural y
social.*

*A pesar del dolor y las depresiones, me he preocupado de
nuestro hijo Líber. Comunicación telefónica todos los domingos en las mañanas horarias de Ginebra. Una comunicación que ha incluido a la directora del colegio a lo largo de
estos últimos años. Las notas escolares de Líber han mejo-
rado, a satisfacción de sus maestras y maestros. En lo deporti-
vo mantiene en alto el banderín de sus triunfos futbolísticos.
Líber quiere saber de papá Lee y me pregunta constantemente cuándo le visitaremos. Disculpo a Lee por las des-
gracias ocurridas, que tanto me han afectado también a mí.
Con todo y el aliento de Lee, he hecho dos viajes rápidos a
Ginebra. Nuestro hijo ha crecido y embellecido. Hay carácter sobre su dulzura. Según los años pasan ha ido com-*

prendiendo y valorado su destino. Percibe los privilegios de que goza. Domina totalmente el francés y también el inglés. Procuro hablarle en español para que no olvide su idioma original. Afortunadamente, su más íntimo amigo es Paco Rovira, un peruano con el que habla preferentemente en español. He paseado con los dos por las calles de Ginebra, orgullosa de la estampa de mi hijo, fuerte y alto de cuerpo. Junto a Paco parece mayor que él, con un año menos. Líber se orienta al estudio de las lenguas y su historia, confirmando sus primeras inclinaciones. Habré de consultar con Lee la universidad de su futuro. En el segundo de estos viajes a Ginebra me encontré, alojada en el mismo hotel Presidente, nada menos que a Coco Chanel. Nos besamos y abrazamos, en medio de nuestras lágrimas, sorprendidas ambas por el choque emocional de lo inesperado. Madame Chanel ha estado presente en los entresijos de mi memoria agradecida. Sabe algo de mi vida en Hong Kong y le confirmo que Lee es el amor de mi vida. No se equivocó cuando me encaminó hacia él, sacrificando a su vendedora estrella. La invito a comer, pero Coco me revela que se halla registrada en el hotel con el nombre de Lourdes Russell, perseguida por la policía francesa. "Chances de la vida", me explica. "Mi amante en París era coronel de la Gestapo y será ejecutado cuando lo encuentren. Supe a tiempo, por una cliente importante, que iba a ser detenida y me escapé a Suiza donde tenía ahorros de dinero en uno de sus bancos." Me pidió que nos despidiéramos de inmediato y que cambiaría de hotel con su anonimato. "Volveré a ser Coco Chanel si cambia el gobierno actual, y te esperaré en París. Dale a Lee mis condolencias por la muerte de sus hermanos."

Así se despidió de mí, serena y entera, sin merma del carácter que la hizo famosa. Nunca sospeché que Madame Chanel era la amante de un jefe militar del odioso nazismo. Otra página emocionante de mi vida. Al hilo de ella, me he dado una escapada hasta la ciudad francesa de Toulouse, donde se han refugiado miles de exiliados españoles. Busco a la conocida anarquista Federica Montseny, la primer mujer ministra en formar parte del gobierno republicano español de la guerra civil. Me he servido de la información facilitada por Xavier Grijalbo, el representante de nuestro Centro en Barcelona, pensando que la Montseny podría facilitarme los datos que necesito sobre Durruti. Me advierte que es una gran teórica del·anarquismo, siguiendo la herencia de su padre Federico Urales. Al principio, Federica se enfrentó con el ala conservadora del anarquismo catalán, pero después no estuvo de acuerdo con los asaltos bancarios de Durruti, con todo y que sirvieron para fundar el periódico Solidaridad Obrera, de circulación nacional, con buen respaldo de recursos económicos, muchos procedentes de una militancia fiel. Federica me recibe en un despachito con tres sillas y un pequeño escritorio. Me escucha con algunas interrupciones la historia de Líber, mi hijo adoptado en Figueras. Federica me dice que no puede darme una respuesta satisfactoria. La llamada "Columna Durruti" declaró el comunismo libertario en el frente de Aragón, con derecho al amor libre. Prohibió el vino y demás bebidas alcohólicas, hasta que las circunstancias exigieron cierta estructura militar, al no haberse conseguido la liberación de Zaragoza, donde miles de anarquistas fueron asesinados. Una Federica dubitativa me dice que no puede asegurar que Durruti no participara en el régimen declarado de amor libre, pues las jóvenes anarquistas estaban enamoradas de él, lo adoraban. Se habla, incluso, de que Durruti tuvo un hijo. ¿Será el Líber del que yo le hablo? Nada puede asegurarlo, salvo que Durruti era fiel a su esposa francesa, Emiliène Moriu, compañera de la que tuvo una hija, Colette, nacida en París. Me apunta que el que quizá sepa todo mejor que nadie es el galancito Juan García Oliver, que de camarero pasó a ser pistolero, formando el trío Durruti, Ascaso, García Oliver. Este último se encuentra en algún lugar de México. Hable con él. Quien puede ayudarle es su gran amigo Ricardo Mestre, casado con la escritora anarquista Silvia Mistral, mujer de muchos méritos. No vacilo y decido volar a México, con el permiso de mi querido Lee, que lamenta no poder acompañarme por la junta en Hong Kong de cinco de los premios Nobel que ayudaron a diseñar el Centro de Investigación y Combate contra la Pobreza. Su delegado en Barcelona, Xavier Grijalbo, no tarda en localizar en la ca-

pital mexicana, donde son conocidos, a Ricardo Mestre,
editor y vendedor de libros, anarquista fiel como su mujer
Silvia Mistral. El avión da una perspectiva infinita de Mé-
xico, D.F., con su superficie territorial de 1,500 kilóme-
tros cuadrados y·sus grandes aglomeraciones urbanas. Más
que Ricardo, es Silvia la que habla, ambos intrigados por la
historia de Líber. A Silvia le parece un tema apropiado para
una de sus novelas sentimentales, bien cotizadas. Se han
comunicado telefónicamente con Juan García Oliver para
concertar mi entrevista sin problemas aparentes. Ricardo
me confidencia que, aunque se ha incluido a García Oliver
en el asalto que Durruti efectuó a la fábrica textil Carolina,
en la misma capital mexicana, en 1925, en una gira de re-
caudación de fondos por los países iberoamericanos que cul-
minó en Buenos Aires, quien le acompañó realmente en
el cuantioso robo fue Ascaso, integrante con García Oliver
de "Los Tres Mosqueteros", antes "Los Solidarios". Como
un joven ministro de Justicia del gobierno republicano,
García Oliver llenó una de las situaciones paradójicas que
se dieron en la guerra civil española, me comenta con algo
de sorna Ricardo Mestre. Silvia se ofrece a volar conmigo
el trayecto que dura el viaje a Guadalajara, donde ra-
dica García Oliver, y acepto gustosa. Nos instalamos en el
hotel Camino Real, en las afueras de esta ciudad que impre-
siona por su belleza provinciana y las cortesías esmeradas
de sus gentes. El hotel está situado entre jardines bien cui-
dados. Andando por ellos, con los relatos de Silvia, siento
calmadas mis premiosidades y me dispongo a llenar esta
página anhelada de mi Diario. Silvia se abstiene de partici-
par en la entrevista y se limita a presentarme con García
Oliver para que éste hable con libertad, no sin revelarme
que está casado con una mujer mexicana y que ha tenido
con ella un hijo, ganándose la vida como agente de seguros.
García Oliver me saluda de mano, con ceño no precisa-
mente amable. Es un hombre blanco, de mediana estatura y
barba cerrada; de palabra fácil y de rápidos reflejos, hombre
instruido. Le cuento, sin inmutarme, pero con una enorme
emoción íntima, la historia de Líber, que es mi propia histo-
ria. Cuando la escucha desaparece el ceño fruncido. Me

mira sin pestañear, tras un breve silencio, que interrumpe para halagarme: "Admiro su comportamiento y creo que es un episodio único en los registros de nuestro exilio". Me hace un resumen de su vida pasada y de su vida actual con aire conciliador. Se alarga y con cierta impaciencia acabo por reiterarle mi pregunta: ¿Es Líber hijo de Durruti? Antes de contestarme, me dice que Durruti fue un mito, además de un anarquista de inmenso valor personal. No vaciló en jugarse la vida antes de la guerra y agonizó como un héroe en el hotel Ritz de Madrid cuando la capital de España estaba a punto de caer en manos del ejército franquista. Por ser un héroe, se le atribuyen diversidad de hazañas y de amores. Era adorado como si José Buenaventura Durruti fuese un santo. Pío Baroja le definió como "un doctrinario con alma de guerrillero". Sobre su muerte, a la cabeza de la columna "Tierra y Libertad", en el frente de Madrid, existen varias versiones. La de una bala perdida; la de unos milicianos en fuga en las cercanías de La Moncloa con un Durruti desesperado y desamparado de fuerzas de apoyo; y la más reciente, la que yo creo, que se le disparó su pistola ametralladora al entrar en el automóvil. Estuvo en su memorable entierro en Barcelona con una multitud tan grande como si se hubiese despoblado la capital, desde Las Ramblas hasta el cementerio, a tal punto que la muchedumbre tardó en disolverse más de 24 horas. Volviendo a mi pregunta me dice que Durruti le fue fiel a su esposa Emiliène, una francesa que le enviaba a la cárcel de París los alimentos que podía comprar con sus ingresos de acomodadora de salas cinematográficas. Se preocupó después de que no les faltara nada tanto a su compañera como a su hija Colette. Literalmente anoto su respuesta a mi pregunta: "En aquellos primeros días de guerra, con Durruti al frente de su columna, en régimen de comunismo libertario, hasta que las mujeres fueron retiradas del frente, sucedió todo lo que puede imaginarse y más. No me extrañaría nada que Durruti se tirara a una de sus enamoradas. También yo conozco el rumor de un hijo suyo. Por la edad del niño y el comportamiento de la madre que huyó con él a Figueras, es posible que fuese el hijo al que me refiero". Le muestro una foto reciente de Líber y García Oliver no duda en destacar que tiene los ojos negros y la mirada intensa de Durruti, un hombre gigantón que imponía con su presencia, de fuerte musculatura, desarrollada en los oficios de minero y herrero que ejerció en León, donde nació y aprendió a ser rebelde, enemigo declarado del capitalismo. García Oliver se muestra, ya sin reservas, en una conversación que ha durado más de dos horas y en la despedida me anima a que vea a Líber como el posible hijo de Durruti. "Lo que más vale —agregó— es el acto ejemplar y excepcional de una mujer como tú. Dile a Líber que le mando fraternales saludos y que honre al idealista, que por encima de todo, fue Durruti." Regreso enteramente conmovida al hotel Camino Real y me apresuro a tomar las notas de esta página de mi Diario. Como con Silvia Mistral, a quien refiero mi conversación con García Oliver y comprende los temblores de mi estado de ánimo. Su conclusión, sabiendo lo reservado y la vida en retiro de García Oliver, es que, en efecto, Líber es el hijo ignorado de Durruti. Me dedica dos de sus libros y le prometo visitarla más adelante, con Líber y Lee. Tan pronto vuelvo a Hong Kong, cuento a mi marido el resultado de mis escapadas a Toulouse y México. Le contagia la febrilidad de mi estado de ánimo y comprende sus estremecimientos. Luego de tranquilizarme, me dice que la historia es ahora completa y que Líber y su "mamá Ita" han sido un puente venturoso de nuestro amor, ahondándolo. Nosotros, como padres que lo adoptaron, hemos sido dignos de nosotros mismos y será Líber, cuando llegue el momento, el que deberá interpretar su propia historia. Mientras hablábamos, Lee recibe una llamada telefónica de su querido amigo Picasso. Como yo advertí a éste que Lee había sufrido una fuerte depresión con la muerte de sus dos hermanos, adivino lo que enseguida me comunica Lee: Picasso nos invita dentro de quince días a una fiesta sorpresa dedicada a mí, en su castillo La Californie, cerca de Cannes, en la Riviera francesa. Hablo con Jacqueline Roqué, la bella mujer de Picasso, la definitiva, pero no logro mi propósito, el de descubrir el tipo de fiesta a que nos invitan. Jacqueline es hermética en estos asuntos y sólo me adelanta que será una sorpresa inolvidable, como suele hacerlo Picasso con los amigos a quienes más quiere. Vivo con Lee otra luna de miel. Demasiados días sin gozarnos totalmente. Lee me refiere sus reuniones con los premios Nobel del Centro de Investigación y Combate contra la Pobreza. Hicieron un balance de las actividades de los últimos cuatro años, en los cuales el Centro ha invertido más de veinte mil millones de dólares. Lo que más les llamó la atención fue el éxito de las becas de artes y oficios, reclamadas más allá de las posibilidades propias por Estados Unidos, Canadá y Australia, principalmente. Jimmy, presente en las reuniones, informó que se estudia un sistema de compensaciones para ampliar los cupos de estas becas, entre los países interesados. Las becas alimenticias siguen representando el presupuesto mayor del Centro y se está en proceso de extenderlas, aunque la pobreza, lejos de disminuir, ha seguido creciendo. Los premios Nobel han firmado un comunicado, que llena de satisfacción a Lee, en el que se proclama el papel relevante que desempeña el Centro, en espacios que deben atender los países ricos con el apoyo de modelos privados tan ejemplares como el de Hong Kong. El título del comunicado no puede ser más expresivo "Mientras haya hambre, no habrá paz en el mundo". La grandeza de esta obra, que manifiesta mejor que ninguna otra su categoría humanista y de empresario moderno, ha trascendido internacionalmente el nombre de Lee. Algo justo y más que merecido. Lo veo confortado y le abro una botella de su champagne favorito para brindar juntos, maravillosamente juntos. El oro de este hombre está en su mirada generosa, en su conducta intachable. El brindis es un voto de gratitud a la vida por mantenernos unidos en ella. Pongo en orden los papeles y obsequios de mi viaje. Luego rebusco en la gaveta mágica de Lee sus notas sobre Picasso. Quiero estar preparada para nuestra fiesta y los diálogos chispeantes de este genio indiscutible. Lee tiene seleccionado lo mucho que se ha escrito acerca de él. Un crítico de primera línea, Gaya Nuño, afirma que ha sido y es la sal del mundo. El pintor Matisse, a ratos olvidado, dice que a Picasso se le admiraría siempre porque pinta con su sangre. Es de su querido poeta Apollinaire la expresión de que *las imágenes de Picasso esteriotipan el mundo contemporáneo. Eugenio D'Ors, que respetaba sus diferencias ideológicas, deja constancia de que con su arte Picasso ha creado más riqueza que Ford. A estas alturas de su vida, refugiado silenciosamente en su obra durante el dominio germano en Francia de la última guerra mundial, se le han dedicado más libros y notas periodísticas que a ningún otro artista. "Es un ser prodigioso dotado por la naturaleza", afirmación generalizada. Lee piensa que bastaría la serie de sus Meninas para que su obra y el nombre de Picasso sean inmortales. Deja aparte como otro testimonio de su genialidad, la creación del surrealismo en la pintura y el reconocimiento de la crítica francesa de la deuda de Francia con Picasso que ha irradiado a este país como centro prestigioso del arte mundial. Sin él, la Escuela de París no sería lo que ahora es. Quizá el cuadro más popularizado es su Guernica, dado a conocer en la Exposición Internacional de París en el año 1937, impresionantemente sencillo, pero muy estudiado. Lee y yo hemos recordado siempre la boda en 1961 de Picasso con Jacqueline Roqué, la modelo, cuyo bello perfil y sus grandes ojos de azabache sedujeron a Picasso. Fue, para Lee, el sello imborrable de una amistad cultivada por los dos y que yo prolongué con Jacqueline, una belleza de mujer con inteligencia. Hubo una confidencia suya al comentar las quejas de las mujeres anteriores, al decirme "Yo sin Picasso no podría vivir". Otra confidencia marginal fue la de revelarme los pintores preferidos de su marido, Velázquez y Goya. Y que lo que más le ofendía a Picasso era que le llamaran "pintor de moda". Me pierdo entre la documentación acumulada en la gaveta de Lee y me declaro lista para emprender el largo vuelo que nos espera. Siento animado a Lee, como en los mejores momentos de nuestro matrimonio. Picasso y Jacqueline nos esperaban en La Californie para alojarnos en una de las habitaciones próximas a la suya. El velo de la fiesta-sorpresa tarda en correrse dos días con el arribo de Carmen Amaya, una bailarina tan genial como él, acompañada de su grupo de gitanos, casi todos con el apellido Amaya. La excepción es Sabicas, el mago de la guitarra flamenca. Llegan con sonidos de pal-*

mas y avanzan bailando hasta nuestra mesa. Picasso ha traído desde Nueva York a Carmen Amaya y su tropa gitana en nuestro honor, como únicos invitados. Carmen Amaya y Pablo se tratan con familiaridad. "Era una esmirriada niña gitana cuando la conocí y vi en su mirada de fuego lo que ha llegado a ser, una bailarina inimitable." Inimitable, agrega Picasso, porque su taconeo nunca es igual, como si se transfigurara en un ser de otro mundo. Su cuerpo menudo y fibroso de metro y medio se agiganta y palpita continuamente, es como un oleaje que arrastra irresistiblemente. "Un ser lleno de sabiduría, a pesar de no haber estudiado en ninguna escuela y ser prácticamente una analfabeta", concluye Picasso. La actuación es sobre un tablado que se ha levantado a un lado del jardín. Comienza con unos solos flamencos, desprendidos de la guitarra de Sabicas y sus dedos prodigiosos. Picasso los baila y se entusiasma. Luego llega un volcán, llamado Carmen Amaya, que se suelta por bulerías, con un taconeo cuyo eco debe llegar a las orillas del mar. Al final, la celebración flamenca es dirigida por Picasso y todos bailamos, con la batuta de su mirada inapelable, sobre el tablado. Carmen Amaya con sus ojazos negros, me arranca de los brazos a Lee y trata de que imite sus pasos. "Venga, venga esa gracia catalana, que a ti te sobra lo que a mí me falta, un buen culo." Lee se ha transformado y canta al unísono con Picasso en un francés macarrónico y tono flamenco, que los gitanos acompañan con palmas. Ha amanecido en la Costa Azul y todos se despiden bailando sevillanas, bajo el talante jubiloso de Carmen y los acordes mágicos de la guitarra de Sabicas. Más de seis horas de fiesta. Carmen y su grupo deben de volar horas después a Nueva York para continuar sus actuaciones en el hotel Waldorf Astoria, de donde Picasso los ha sacado con su poder mágico. Apagada ya la hoguera flamenca, en la que el más divertido, sin duda, ha sido Picasso, con su doble espíritu mediterráneo, el de Málaga y Barcelona. Continuaremos dos días más en La Californie, agradeciendo a nuestros anfitriones la fiesta-sorpresa que nos han brindado. Pablo me regala uno de sus apuntes a lápiz de Carmen Amaya. Me entero que en pleno jolgorio, Picasso ha recibido la noticia de la

muerte en un accidente automovilístico de "El Gaditano",
uno de sus toreros preferidos. De él nos había contado en
encuentros anteriores que su valor, limpio de cornadas, se
debía a que capote y muleta los impregnaba con un aroma,
inventado por él, entre la cocaína y la mariguana, que do-
minaba las embestidas de los toros y aseguraban al diestro
andaluz orejas y rabos al por mayor. Quizá una de tantas
ocurrencias con las que se divertía el glorioso pintor, igual-
mente andaluz. Admiramos a Picasso que no ha dejado de
trabajar, pues suele levantarse con el alba. Nuestras char-
las son a la hora de la comida. Nos recuerda sus primeros
meses en Montmartre, de aprendizaje y experiencia, luego
víctima de los galeristas de arte, que con el tiempo se volve-
rían multimillonarios a cuenta suya. Esto le ha permitido
no sólo conocer la gente entre la que vivía, sino las angus-
tias y las alegrías humanas. No se considera hijo de un esti-
lo concreto, los ha combinado todos a la luz de la naturaleza
en todas sus expresiones. Mi observación es que Pablo y
Jacqueline se aman intensamente. No ignoro los senti-
mientos cambiantes de Picasso. Sin embargo, la balanza ha
puesto de relieve el peso del talento de Jacqueline. Nos des-
pedimos con una invitación que aceptan: la de que nos
acompañen, con sus amigos predilectos, a una de las próxi-
mas excursiones de nuestro barco, el que lleva mi nombre.
De paso en París, Lee me sugiere una visita al colegio de Lí-
ber en Ginebra. Era la invitación que yo íntimamente espe-
raba. Se lo anunciamos a la directora para que autorice la
salida por un día de nuestro querido Líber. Cuando éste nos
encuentra en las puertas del colegio, se dispara como un
cohete de imparable energía. Besa a mamá Ita y a papá Lee.
Reitera el "papá Lee", sabiendo que endulza sus oídos. A él
le informa ante todo de sus buenas notas en el colegio, noti-
cia que es sabida de Ita y Lee. Ha crecido y embarnecido,
como si su edad fuera de 14 años. Es ocasión para manifes-
tarle a "papá Lee" que desearía estudiar la carrera de letras
y ser profesor de alguna universidad de Estados Unidos.
Algún compañero le ha hablado de Stanford. Papá Lee le
dice que primero habría que preocuparse de una escuela,
como la Universidad de Columbia en Nueva York o la

ante-Harvard de Boston, y decidir después la carrera que entonces más le guste. Líber asiente encantado y besa con fruición a Lee y a Ita. Su pregunta es cuándo le llevarán a Hong Kong. Lee le dice que en la nueva casa dispondrá de una habitación especial y le recuerda que en Hong Kong tiene una cita indeclinable con su destino. Comen en La Barcelonette, en los altos de Ginebra. Líber les dice que ha logrado tres notables en gramática e historia y que espera no defraudarles. Vuelven al colegio y Líber besa apasionadamente de nuevo a sus padres. Cierro aquí provisionalmente mi Diario. No estoy segura de añadir alguna posdata. Lo que deseo es que Líber lo conozca. Será una lectura que le muestre su historia personal y la relación de ella con su destino. Me tranquiliza ver que Lee ha superado sus depresiones y que ahora le siento preocupado por la buena marcha del Grupo, de cuyos riesgos, en ausencia de sus hermanos, está consciente por mucho que él los vigile y por mucha que sea la confianza que tiene depositada en sus principales ejecutivos y colaboradores. Pero no permitiré, en lo que de mí dependa, cualquier nueva depresión de Lee. Tiene un plan para dar la vuelta al mundo en el yate que lleva mi nombre, sin prisas, deteniéndonos en cada país. Ya ha preparado la lista de invitados. La encabeza María Callas, su amiga, ahora "la devoradora de hombres". Por otra parte, con el auxilio de Madame Lauron, quiero terminar el inventario completo de la pinacoteca de Lee, atenida sólo a notas elementales suyas. Visitaremos a Líber y, de acuerdo con él, le llevaremos a la universidad que prefiera, formalizando la sucesión en la forma que la tiene pensada Lee. Madame Lauron, que tanto me ha ayudado en la redacción de este Diario, me pide que lo prosiga. Debo convencerla que lo principal ya está escrito y que me propongo vivir muy de cerca con Lee los últimos años de nuestra vida. Pronto cumpliremos 32 años de matrimonio venturoso... como nunca lo imaginé.

14

Si las anteriores lecturas le habían impactado en términos difíciles de describir, este capítulo final del Diario, tan bello y acuciante, ha roto el equilibro emocional de Líber, en vísperas de que nazca su hija, como nunca antes. Lo ha leído y releído, sumando nuevas impresiones a las que lleva acumuladas, como si adivinara las entretelas de cada episodio. Naturalmente, el más releído es el que se refiere a la supuesta paternidad de Durruti, ahora develada. Desde el vientre de las reflexiones, Líber se pregunta la importancia significativa que puede tener el dato. También se pregunta si es razonable ignorar o indagar la herencia genética. Se contesta que jamás ocultará la evidencia que viene a descubrir: la del hombre-mito, el Durruti heroico de la guerra civil, junto a la de su paternidad. ¿Hasta dónde el orden genético define en términos absolutos a un ser humano o se trata simplemente de una ficha biográfica? ¿Hasta dónde la memoria genética podría asociarlo al grito infantil de Figueras "¡Visca la Libertat!" como una marca de vida o como el grito de un náufrago, arrastrado por las resacas de la muerte? Quien le salvó fue una mujer generosa, llamada Ita, en cuyos brazos nació de nuevo: la auténtica poseedora de la historia. Al amparo de Ita, su verdadera madre, debe lo que es y como es. Sin Ita no se hubiera hecho tal como es. Las reflexiones de Líber se encadenan. Piensa que la madre que ha escrito ese Diario es todavía, y lo seguirá siendo, la dueña principal de su destino, en un vínculo irrompible de gratitud. Al hablar este lenguaje en su pronta comunicación con Ita, ésta se conmueve y le dice que para nada es un deshonor ser hijo de Durruti, dato confirmado por Silvia Mistral, después de hablar nuevamente con García Oliver. Líber lo acepta sin reparo, pero insiste en algo que le parece elemental: "Como soy, como pueda ser, es como tú me has hecho, al lado de un hombre, determinante de nuestra suerte común y sus lazos imperecederos".

Líber no borra la sensación de melancolía que le invade, ni en sus clases universitarias. Evelyne lo nota, pero Líber nada le confiesa. Le costaría entenderlo, menos en las circunstancias actuales. Líber, después de meditarlo piensa que la única persona de confianza probada, a quien contarle su historia es a su admirado y querido profesor, Roberto Mariscal. Lo encuentra en su casa rodeado de varios diccionarios —busco el origen griego de la palabra justicia, le dice— y enseguida presta oídos a sus palabras. Una mezcla de asombro y curiosidad provocan un primer comentario:

—Sin duda, ésta es una página impar en la historia del exilio español. Algo sospechaba, pero en dosis mínima ante lo que acabo de escuchar. ¡Qué éxodo tan variado en historias como la que me cuentas! Creo que es único —subraya don Roberto.

Líber se autoanaliza:

—Una mujer entre las más ricas de Hong Kong, tierra de multimillonarios, un hijo heredero de una gran fortuna y educado en los mejores colegios, profesor de la Universidad de Harvard, entre las más prestigiadas y elitistas del mundo, sí, son datos que he repasado en la memoria, entendiendo que se han hecho conciencia de mi vida, como algo natural, quizá rutinario, el mañana más poderoso que el ayer. Debiera estar contento de las revelaciones del Diario de mi madre, por lo que entraña de privilegio excepcional. Y, sin embargo, me siento anonadado, más bien entristecido. ¿Por qué?

—Es extraño —apunta don Roberto. Un profesor exiliado como yo, estaría celebrando el milagro de sobrevivir. Piensa que tu madre pudo ser fusilada por Franco y tu custodia malograda. Ser el hijo anónimo de Durruti, constituye un dato inesperado. Desde hoy tú serás para mí el hijo del héroe de la defensa de la República y de los ideales anarquistas, tras de haber sido un asaltabancos y un hombre de pistola y bomba, enfrentado a un sistema político que odiaba. Protector de los pobres, como de distinta manera lo hace vuestro Centro de Investigación y Combate contra la Pobreza. El hambre como enemigo de la humanidad. Debes imitar la actitud serena de Ita, la dueña de la historia, la dueña de tu destino tan afortunado en todo. Seguramente que no hubiese querido que conocieras este último capítulo de su Diario, pero ha tenido el valor de entregártelo, comprendiendo tu ansiedad, que ha sido también legítimamente suya.

La charla con don Roberto ha levantado el ánimo de Líber. Inquietado por las últimas noticias de su madre, ha seguido más de cerca la asesoría económica de su amigo David. Los que por recomendación suya han investigado las finanzas del Grupo, han regresado de Hong Kong con el informe de que aparentemente no han encontrado irregularidades, pero no se atreven a asegurarlo. En su dictamen previenen que por la complejidad de las empresas agrupadas se hubiesen necesitado más de seis meses para atender la tarea que han despachado en cuatro semanas. Sí advierten, sin poner en duda su eficacia, que los poderes de Tuny son excesivos en una verticalización demasiado distante de los segundos niveles ejecutivos, sujeta a riesgos difíciles de detectar, por el grado de independencia de unos poderes sólo concebibles en una delegación otorgada en los grados máximos de la confianza personal.

Ita niega con la cabeza y, al fin, se atreve a confesarle a su hijo lo que no ha querido hacer para no interferir sus estudios, pero sus angustias y lo que las provocan terminan por vencerla. Habla con su voz dulce y clara:

—La cuestión no es tan sencilla. Lo grave es que ya no podemos contar con la lealtad de Tuny Che-Zhisnui. Primero me lo advirtió Jimmy, finalmente el propio Tuny se me ha acercado para decirme casi literalmente: "Señora, es tiempo de que le diga que renuncio al alto cargo que me confirió Lee, ateniéndome a la liquidación pactada con él. No estoy de acuerdo con los lazos y costos establecidos con China para imponer el español como lengua franca. Me consta que ha disgustado a los estadunidenses y que pronto conoceremos sus efectos. Pero antes me han encomendado una oferta: la de comprar todos sus negocios por un poderoso consorcio estadunidense. Piénselo. Sería una buena solución". No te oculto, Líber, que me han llegado amenazas y anónimos, que Madame Lauron ha silenciado para no perturbarme. Medítalo y pondera las opciones. De antemano estoy de acuerdo con tu decisión. Me importa mucho que no se interrumpa tu vida universitaria tan brillante.

El parto de Evelyne se ha adelantado unos días y la criatura que llevará el nombre de Margarita, ha pesado tres kilos. Líber ha estado, inseparablemente, junto a su esposa. Con el acontecimiento ha ganado puntos el barómetro de su ánimo, en un momento de mortificantes turbaciones. Papá Howard y mamá Ruth, que eligieron el sanatorio del alumbramiento, han elegido, igualmente, el templo del bautizo católico. Ellos son los padrinos de la niña y se encargarán de todo lo demás. Es mamá Ruth la que informa por teléfono a Ita, y celebra con ella el primer abuelato. Ita se disculpa de no poder asistir al bautizo y pide hablar con Evelyne. Con acento de ternura, Ita la felicita y le anuncia que abrirá una cuenta de un millón de dólares a nombre de Margarita, donación que repetirá con los nietos sucesivos, si acuerdan tenerlos. Líber transmite su contento a su madre y le explica que la nueva Margarita es un hermoso ejemplar de pelo rubio y un parecido muy claro con su abuela Ita. El festejo es en grande. Mamá Ruth ha reunido, en su casa, a la alta sociedad de Boston. No ha faltado una pequeña orquesta y un coro infantil para entonar algunas canciones religiosas. No tarda Líber en comunicarse con Jimmy. A éste no le extraña la revelación de Ita, testigo frecuente de sus angustias y de un inocultable deterioro de salud. El grupo de empresas es demasiado diverso y la confianza otorgada a Tuny demasiado concentrada y autoritaria, por lo que Jimmy ha advertido que la maniobra de Tuny viene de largo, desde que contactamos con China. Incluso ha planeado cambiar de residencia a Estados Unidos.

–¿Por qué me lo has silenciado?

–Por respeto a las indicaciones de tu madre, tan celosa de tu carrera de Harvard. Pero además veo tan apresurado el avance chino, que nadie puede detenerle. Según mis últimas noticias, los chinos, en poco más de tres años, impresionan por haber logrado que cuatro millones hablen un español básico. En la mayor parte de las escuelas chinas es habitual cantar los dos estribillos de la campaña estadunidense, no sólo como éxito de enseñanza, sino por su música pegajosa tan española. A niveles diplomáticos han conseguido que el gobierno democrático español haya añadido 30,000 becas adicionales, aparte de las 40,000 asignadas a Brasil. El gobierno mexicano ha concedido 25,000 becas en México y 25,000 becas compartidas con Brasil. La campaña estadunidense, que ampliamos en dos millones de dólares, se ha popularizado en Estados Unidos y algunos almacenes la transmiten con sus equipos de sonido.

Don Roberto ha buscado premiosamente a Líber. Le felicita cariñosamente y sin darle tiempo a que le ponga al corriente de los últimos acontecimientos, don Roberto se apresura a informarle de los suyos:

–Como estaba previsto para los estadunidenses un universo de mil millones hablando español puede anular la dependiencia actual del inglés. Lo nuevo es que hasta ahora en los periódicos estadunidenses no había merecido un estudio a fondo, como el desplegado en primera plana de *The New York Times*, donde se habla eufóricamente de un nuevo imperio español y del nuevo rango mundial del futuro de China. En el reportaje, de larga y minuciosa elaboración, se dice que yo soy un comunista sobornado por Mao, que Líber es hijo de un anarquista peligroso. Y que su madre Ita, bella modelo de Madame Chanel en París, espía laureada del gobierno republicano español, dilapida una fastuosa herencia que hace de ella una de las mujeres más ricas de Hong Kong. Se trata de datos reveladores de una investigación que ha penetrado los secretos del Grupo Mandarín. Otros diarios, algunos europeos, abordan el tema con las distorsiones típicas del periodismo amarillo. Los cañonazos seguirán y parecen inminentes algunas medidas contra los llamados hispanos, sean en su trabajo y en su estancia en Estados Unidos...

La impaciencia difícilmente contenida de Líber interrumpe a don Roberto:

–Querido maestro: los acontecimientos han avanzado muy deprisa. El espía dentro del Grupo Mandarín es nada menos que Tuny, la cabeza principal del Grupo. Es fácil deducirlo, porque ha anunciado su retiro del cargo, con los derechos que le corresponden por contrato firmado con Lee. Y algo más. Ha anunciado que existe un poderoso consorcio estadunidense dispuesto a comprar en su totalidad el Grupo Mandarín; tenemos cuatro semanas para resolver. Me temo que la campaña "Háblame en español" ha podido molestar más de lo previsto a los estadunidenses, sobre todo por su éxito. El rótulo "Háblame en español" se encuentra en muchos establecimientos comerciales. El "Háblame en español" se repite de boca en boca y son muchos los que se saludan al ritmo de este lema, lo mismo entre mujeres y hombres. Es mensaje electrónico y repetición en el internet. A esa onda expansiva han contribuido más de 250 emisoras de radio y una cadena de televisión nacional, alrededor de 200 publicaciones en español, encabezadas por dos periódicos diarios y un mercado hispano que mueve 500 mil millones de dólares al año.

–¿Cuál será vuestra decisión? —interroga don Roberto, sin disimular su sorpresa, pese a sus vaticinios. Supongo que no abandonarás Harvard en el momento culminante de tu carrera —Líber toma del brazo a don Roberto, trata de que no se derrumbe su optimismo en el desánimo y le dice:

–Ésta es la decisión más importante de mi vida y por supuesto consultaré contigo en primer término.

Líber, después de pasar un día completo con Evelyne y la pequeña Rita —éste será su diminutivo para diferenciarla de Ita— en una jornada de disfrute hogareño y amoroso, concentra la atención en su madre y la traición de Tuny. Evelyne, al conocer la traición de Tuny, le confiesa a Líber que sus padres tampoco están de acuerdo con la campaña publicitaria desarrollada en Estados Unidos, especialmente mamá Ruth. Evelyne ha razonado las decisiones compartidas con Líber, aclarándoles que no se trata de propagar el mandarín sino el español, para convertirle en lengua franca en un mundo donde China cambiará la historia a la vuelta de unos pocos años. Evelyne deja en claro que no se separará de Líber y compartirá su destino al extremo de la ruina económica, si triunfan los conspiradores. Entre sus argumentos les cita que según los cálculos más recientes, en el año 2010 los chinos estiman que habrá más hispano-hablantes que los mil millones de los previstos. Acaso 1,500 millones. Evelyne no ha podido convencer a sus padres, abrumados por el pensamiento y actitud de su hija, la cual nunca renunciará a la dirección del museo, pronto a inaugurarse.

En la comunicación telefónica con su madre, Líber no deja de notar cierto esfuerzo de ella para aparentar una imposible tranquilidad, como si en Hong Kong todo marchara normalmente. Le habla de que el museo progresa y que Madame Lauron ya terminó el inventario detallado de la pinacoteca con un total de 850 obras. Algunas, al no caber en casa, se encontraban depositadas en la institución bancaria que pertenece al Grupo. Lee libros en español para no olvidar su idioma natal, sin dejar de repasar el cantonés y el mandarín con Madame Lauron. Elude el problema de Tuny, pero no oculta sus presiones para conocer la decisión pendiente. Líber pide a su madre que gestione una prórroga de ella por razones que le comunicaré después, a partir de su desplazamiento a Hong Kong. Ita, por su parte, no ha descuidado nada y ha enviado a su primera nieta un gran lote de juguetes diversos.

Jimmy, quien ha seguido en estrecho contacto con Líber, le llama urgentemente con la noticia de que Mao ha muerto, el día de ayer, 9 de septiembre de 1976, víctima de todos sus males. El duelo en China ha estremecido a su pueblo y durará varios días. "Me he tomado la libertad de viajar a Pekín, representando al Grupo y disculpando a Ita por su salud y a ti por tus compromisos con la Universidad. Lo han agradecido y he sido tratado con muchas deferencias, regidas por el entusiasmo de convertir el español en un idioma común. No faltó quien me denunciara que hay presiones del gobierno estadunidense sobre el gobierno chino, pretextando con la deformada idea de que los chinos e hispanos podrían ser determinantes en sus elecciones presidenciales."

Dadas las circunstancias, Líber le pide a Jimmy que se desplace inmediatamente a Boston. Ya en Boston, Líber escucha a Jimmy sin perder palabra.

—Lo que más nos inquieta es la salud de tu madre, atendida por los médicos de la Clínica Mayo, los que tenían la confianza de Lee. Se nota una pérdida de memoria, sobre todo desde que Tuny le aplicó el mazazo de la traición. Éste ha venido tramando su decisión desde hace tiempo, como lo revelan sus negociaciones secretas con el consorcio estadunidense que desea adquirir la totalidad del Grupo Mandarín. Incluso en los círculos financieros de Hong Kong se habla de una oferta de 30,000 millones de dólares. Otro indicador evidente es la baja creciente de las utilidades del Grupo, sin duda manipuladas. De no tomarse una medida adecuada, esta baja seguirá descendiendo. Tuny tiene los dados en sus manos para culminar su traición.

Líber, que piensa permanentemente en este asunto, como el más importante moral y profesional de su vida, pregunta a Jimmy:

—¿Tienes alguna sugerencia que hacerme?

—Primero que nada creo que habrás pensado en estar

al lado de tu madre, que lo desea, angustiada, sin decirlo. Comprendo lo que esto significa en un cambio de vida que te obligará a reajustar y suspender tus estudios. En lo que concierne a la venta del Grupo Mandarín quizá te conviniera la compra propuesta. En ella no debería incluirse el Centro de Investigación y Combate contra la Pobreza, sus reservas netas ascienden a 12,000 millones de dólares, más el valor en depósito de tres millones de becas alimenticias y otros enseres y compromisos externos. Sobrará dinero para nuevos impulsos del museo.

Líber ha escuchado a Jimmy, entre ensimismado y atento, con la imagen preferente de su madre.

–Gracias, Jimmy, lo que más me importa es la salud de mi madre. Estaré justo a su lado en un compromiso sagrado que sólo ella y yo entendemos... ¡Ha muerto Mao!, hay que precipitar la inauguración del Museo de Pintura Lee Cheng-Xiao, de modo que ocurra antes de la entrega a China de Hong Kong.

Mientras Evelyne duerme en su habitación con su hija, jugando con ella. Líber no ha podido dormir en toda la noche, planteándose y desechando opciones para la posible venta del Grupo y sus consecuencias. Se levanta con algunas resoluciones en firme y algunas dudas. Le falta hablar a fondo con don Roberto, con el que se reúne en la casa de él, en esa hora del atardecer, con su whisky a la mano.

Don Roberto recibe a Líber con su acostumbrado cariño. A modo de saludo, le receta un oporto de 40 años, que sabe bien que es su preferido. Adivinando el objeto de su visita, don Roberto improvisa y utiliza una libretita de apuntes. (Líber la llama el catálogo de la sabiduría.)

–Creo que lo fundamental de tu visita es el tema del chino-español, cada día más complicado, conforme avanzan sus resultados más de prisa que lo esperado. La reacción estadunidense era la prevista. Sin embargo se ha excedido hasta llegar a las amenazas y recurrir a uno de sus procedimientos habituales: la compra del negocio, contando con la complicidad de Tuny, el único que se sabe de memoria las fórmulas y secretos de la operación. Lee se equivocó con él y nosotros también. Lo suyo combina traición y soborno. Tiene las llaves de todos los candados. Una opción sería aguardar la transferencia, relativamente cercana, de Hong Kong a la China comunista. Pero no es confiable, más allá de las apariencias actuales, porque los Estados Unidos terminarán entendiéndose con China por la vía diplomática y la no diplomática. Sin embargo sería difícil que la ONU no considere al español como lengua oficial. Será la lengua franca deseada, para lo cual la alianza china ha sido esencial. Es un movimiento que demográficamente y por inmigración aumentará un millón de seres al año con la particularidad inseparable de 9% de nativos estadunidenses interesados en aprender el español. El esfuerzo oficial, con sus varios disfraces, para imponer el "spanglish" inventado por los puertorriqueños, carece de perspectivas.

–¿ Y cuál sería la suerte de Líber?

Don Roberto responde con pausa de profesor:

–Tienes dos caminos: mantener tus estudios en Harvard, donde tienes las máximas calificaciones de profesor o aceptar la venta de los negocios y dedicar sus recursos a una nueva vida intelectual.

–Has omitido, querido maestro, un elemento que condiciona todo el planteamiento. Me refiero al estado de salud de mi madre Ita, cuyo deterioro se me ha ocultado por instrucciones de ella, celosa de no perturbar mi carrera universitaria, sabiendo las ilusiones y pasiones con las cuales la he abrazado, bajo su ayuda y tutela. Es el factor con el que he concluido todos estos días de reflexión continua, por encima de todo debo estar al lado de mi madre hasta el último minuto de su vida. En lo que haga después o al mismo tiempo pienso contar contigo.

–Desde luego, no sin admirar el valor y la nobleza de tu gesto.

Líber agrega que Evelyne está enteramente de acuerdo, pese a la actitud de resistencia y yanquismo de sus padres. Éstos no sólo han desoído a su hija sino las atractivas explicaciones de su esposo.

–¡La suerte está echada don Roberto! En 72 horas estaremos volando a Hong Kong. Nos alojaremos junto al cuarto de mamá Ita, pendientes de su respiración.

En el aeropuerto de Hong Kong —todavía no se inaugura el nuevo, montado en una isla anexa que será el mayor del mundo— ya esperaban a Líber su fiel Jimmy y la discreta Madame Lauron. Ésta, dentro del Mercedes, se apresura a poner en conocimiento de Líber la situación actual de la señora Ita. Su salud era estable, a veces con las depresiones impuestas por los desfavorables resultados del Grupo y las frecuentes amenazas telefónicas. Todo lo resistía, prohibiéndome informarle a usted para no turbar sus estudios. La crisis sobrevino cuando Mister Tuny le notificó su inconformidad con la política de apoyo a la campaña del chino-español, cuyos secretos y antecedentes conocía en sus mínimos detalles, subrayó reiteradamente. Lo que era una traición cuidadosamente gestada, Mister Tuny quiso convencer a la señora Ita que gracias a él había un poderoso comprador del Grupo con sustanciales ganancias.

–Cuando salió de la entrevista la señora Ita —continúa Madame Lauron— toda compungida, a punto del desmayo, pero conteniendo sus lágrimas de mujer a la vez tierna y digna, me fue contando lo sucedido con una palabra final: ¡Miserable...! Al llegar a casa la tendí en su cama, temblorosa de manos y con algunas incoherencias de expresión. Le suministré un calmante y sin pérdida de tiempo, según las instrucciones escritas dejadas por Lee, telefoneé al doctor Hontañón, quien impuesto de la situación, no tardaría en llegar a Hong Kong en un avión de línea, dejando para el regreso el del Grupo. El doctor Hontañón examinó a Ita de pies a cabeza. Ordenó análisis de sangre y orina y varias tomas radiológicas, ante una Ita más animada por la presencia del doctor Hontañón, uno de los más famosos de la Clínica

Mayo. La opinión médica fue en síntesis: "padece una alteración nerviosa, que afecta principalmente a la memoria. No la internaremos en ningún hospital a fin de impedir cualquier contagio ambiental. Hay que procurar que haga su vida normal. Habrá de contratarse una enfermera que la vigile directamente y le suministre el medicamento recetado, una cápsula cada cuatro horas durante siete días". En unas semanas, el rostro de la señora Ita ha perdido lozanía, si bien conserva su andar majestuoso y su figura esbelta.

En el encuentro de Líber con su madre, acomodada en un espacioso sillón, los dos se enlazaron en un abrazo de "eternidad", fundido en lágrimas. Ita se puso en pie, tratando de mostrar una fortaleza que le faltaba, entre las musitaciones de la voz apagada de Líber: ¡Madre mía! ¡Madre mía!

Una Ita de mirada recuperada, invitó a Líber a su acostumbrado desayuno, a la hora de siempre, en el rincón predilecto del jardín. Puntuales los dos. Sólo los dos, según la costumbre, madre e hijo se besan con ternura. Ita le pregunta cómo ha podido lograr en la Universidad un permiso tan largo y Líber contesta simplemente, pero en tono acariciante: "Para mí, lo más importante de mi vida es un ser que lo resume todo, sin el cual mi existencia no se explicaría: Ita se llama y ahora estoy sentado a su lado y siempre vive en las pulsaciones de mi amor y en los recuerdos de mi gratitud. Aquí me tienes y no me separaré de ti". A los reparos de su madre, Líber le contesta que la Universidad más auténtica es la que enseña los pensamientos del corazón. Ita se considera responsable de no haber detectado a tiempo la larga conjura de Tuny. Le tenía tanta confianza nuestro querido Lee, que nunca puso en duda sus decisiones y relaciones. Líber la consoló. También él se sentía responsable. La plática continuó, entrando de lleno en el destino del Grupo Mandarín. Contra lo que pudiera suponer Líber, su madre es partidaria de la venta del Grupo. Odia las complicaciones en los negocios. Líber, que pensó en esta opción como la última, la pasa a primer término, fiado en el mandato de Ita: "Te delego en todas tus decisiones, sin necesidad de consultarme, tan convencida estaba de tu acuerdo, que de un momento a otro recibirás los poderes notariales". Ita ha recuperado el tono pausado de su voz y en sus ojos vuelve a brillar la mirada de "La Bella Española". Pero quedaba una alegría compensatoria. Inesperadamente aparecen en el jardín Evelyne y su hijita que apenas ha cumplido su primer año. De la mano de Evelyne gritando A-bue-li-ta, se acercan a la abuela. (Líber se ha retirado discretamente.) El júbilo de la abuela se enciende con el resplandor de mil antorchas y no cesa de besar y acariciar a su nieta, haciendo incluso un pequeño recorrido por el jardín.

Líber regresa al jardín y observa complacido el jugueteo y las ocurrencias de la abuela con su nieta. Le pide a Evelyne que siga con la primogénita mientras él habla con su madre. Ita se alegra y le dice a su hijo que la conversación interrumpida con la llegada de su nieta, le había impedido hacerle algunas preguntas.

–Quizá haya sido mejor porque he tenido oportunidad de consultar la oferta de venta del Grupo Mandarín y de su director Tuny Che-Zhisnui. Este traidor se ha comprometido con el gobierno estadunidense a quebrar la empresa si la compra no es aceptada. Luego entonces no podemos eludir lo que de hecho es una amenaza, debiendo sacar las máximas ventajas de la negociación. Por supuesto no les entregaremos el Centro de Investigación y Combate contra la Pobreza, con el anexo del Museo de Pintura Lee Cheng-Xiao y algunas otras condiciones. Sabemos que no podemos burlar el cerco impuesto. Pero ellos saben, también, que es una operación de la que no pueden prescindir. Les va a doler el dinero que han de soltar para comprar nuestro Grupo.

Ita pregunta a su hijo:

–¿Qué haremos con tanto dinero?

–Espero tus indicaciones, antes de consultarte las mías.

–Las mías —continúa Ita— son muy sencillas. Donar 50% al Centro de Investigación y Combate contra la Pobreza, que ahora carecerá de las aportaciones del Grupo Mandarín, cantidad que sumada a sus cuantiosas reservas actuales puede ayudar a constituir un fondo de intereses suficientes para dar cobijo también a los perseguidos por sus ideas libertarias. El Centro, desde luego, podrá seguir sosteniendo sus compromisos y sus gastos funcionales, atendiendo el mantenimiento del Museo de Pintura Lee Cheng-Xiao. Dejo a tu criterio, Líber, que de la herencia que queda en tus manos, destines alguna cantidad a Figueras, sede de nuestra memoria y de los momentos que estamos viviendo. Todo lo demás tú sabrás aplicarlo con el espíritu heredado, que vale tanto o más, y lo que se te ocurra, sin olvidar la carrera que abandonaste en una entrega de amor que me acompañará hasta el último minuto de mi vida.

El día, con sus apresuramientos, es otro aparte. El que reúne a Líber y a Jimmy Otegui. Éste lamenta la conducta de Tuny. Nunca sospechó de su honestidad, pese a que alguien le advirtió que, más que un hombre de empresa, era un aventurero. Pero tenía todas las bendiciones de Lee, tan sagaz y experto en el conocimiento de hombres difíciles. Pide que se practique una auditoría al Centro de Investigación y Combate contra la Pobreza. Por anticipado cuentan con su renuncia en blanco. Líber le calma y le anuncia que, al dejar la cátedra de Harvard, piensa que Jimmy será su máximo colaborador. Tenemos mucho que hacer todavía.

–Sé que nuestro tema es la salud de tu madre y el futuro del Grupo Mandarín —comprende Jimmy—, pero urge que resolvamos un pendiente ahora que Deng Xiaoping es el presidente de China y presidente del Partido Comunista, tras de una rápida sucesión de Zhou Enlai y Hua Guaofeng, confirmando que Deng Xiaoping era el verdadero candidato de Mao. Por razones del éxito del universo parlante en español y la proximidad de la transferencia de Hong Kong a la soberanía china, desea que no se demore más la inauguración del Museo de Pintura Lee Cheng-Xiao, coincidiendo con la entrega al profesor Roberto Mariscal de la Gran Orden de la República China. Es favorable a nuestros intereses porque así se cumple el protocolo convenido precisamente con Deng Xiaoping en la relación dependiente del Museo con el Centro de Investigación y Combate contra la Pobreza, no importa lo que acontezca con el Grupo Mandarín. Los chinos han propuesto la fecha de la ceremonia y a ella debemos atenernos.

—Pues a la tarea de inmediato —ordena Líber, al tiempo que se comunica telefónicamente con don Roberto, a quien expone la urgencia de su desplazamiento a Hong Kong y la buena noticia de que será Deng Xiaoping, con el que hizo amistad, quien le impondrá la gran condecoración del gobierno chino. El avión del grupo le trasladará a Hong Kong junto con su esposa y su hija. La fecha de la ceremonia será en la mañana del 11 de febrero de 1977.

—No me doy tiempo para estudiar el asunto. Más no puedo fallarte. Cuenta conmigo —es la réplica de don Roberto.

Vencida la tarde, que no era habitual de oficina de Tuny Che-Zhisnui, a Liber le pareció obligado hablar con el director general del Grupo Mandarín, a quien le indicó que no habían analizado su propuesta, en los 30 días señalados, por sus compromisos con la Universidad de Harvard, la salud de su madre y la ceremonia de inauguración del Museo de Pintura Lee Cheng-Xiao, fijada inaplazablemente por el gobierno chino.

—De manera —apunta Tuny— que a unas fechas previas de la entrega inglesa de Hong Kong al gobierno chino del museo que se escatimó a Mao, la ceremonia será presidida por Deng Xiaoping en el Centro de Investigación y Combate contra la Pobreza y sus implicaciones laterales y orgánicas. Excusarán mi ausencia de la ceremonia y nuestra negociación podría cerrarse una semana después.

Pregunta Líber: ¿Quiere confirmarme cuál es la base de la propuesta?

—Treinta mil millones de dólares al contado por la totalidad de Grupo Mandarín, sobre la base de la última auditoría y su aval profesional con todas las responsabilidades legales que correspondan —es la respuesta bien aprendida de Tuny.

–Hablaremos y avise a los compradores que la última palabra será nuestra.

Antes de despedirse, Líber quiere saber los motivos de la salida de Tuny, teniendo en cuenta los ingresos económicos que recibe y los privilegios excepcionales de que disfruta.

–Los motivos son muy claros para mí —replica Tuny—, yo he sido fiel al contrato que suscribí con Lee Cheng-Xiao, un empresario genial y un humanista de cuerpo entero. Pero los compromisos adquiridos con China son una variante que no puedo aceptar. Nos enemista con los estadunidenses, que son nuestros clientes principales y no olvido que una parte de mi familia fue asesinada por Mao. Recordaré con admiración a Lee y me llevo la más grata impresión de Ita. Usted me simpatiza por su talento y sencillez, si bien creo que comete un gran error al abandonar la Universidad de Harvard.

Puestos de acuerdo en la fecha de la inauguración, Líber se la comunica al profesor Roberto Mariscal, quien la acepta, consciente ahora de su protagonismo. Le acompañarán su esposa Rosa y su hija Lucrecia, utilizando el avión principal del Grupo Mandarín. Líber busca a Evelyne, en plena faena en el museo, celosa de que nada falle y la felicita por haber logrado un museo que, aparte del valor y singularidad de su obra artística, rodeada de vanguardismos arquitectónicos, será uno de los más atrayentes del mundo, comunión espléndida de lo clásico y lo moderno, holgado de espacio y luz. El elogio de Líber resulta contundente: "Es medido y exacto como el hexágono de una colmena". Juntos acuden a comer con Ita, a la que hallan en el jardín jugando con su nieta. Madame Lauron dice que la nieta ha venido a ser una terapia eficaz para la abuela, disminuidos sus lapsus de memoria, recuperando a ratos la brillantez de su mirada.

Durante la comida Líber y Evelyne la ponen al corriente de la inauguración del museo y la entrega a don Roberto de la Orden de la República China. Ella quedará sentada al lado derecho del Primer Ministro chino y don Roberto al izquierdo. Ita escucha atenta y, en un momento de la conversación, pregunta:

–¿Ya enviaron el jamón serrano a Mao?

Un silencio instantáneo devuelve a la realidad el exceso de optimismo. Lo rompe Líber, ocultando su dolorosa impresión.

–Mamá, Mao ya ha muerto y en su lugar vendrá Deng Xiaoping, su sucesor, un hombre que ha simpatizado con nosotros y ha prometido el renacimiento de China.

Ita se ruboriza y por educación innata pide disculpas, sin comprender enteramente los cambios del tiempo. Luego, como si tal cosa, habla del vestido que le gustará lucir en el acto y le dice a Evelyne en tono cariñoso:

–Tenemos que ponernos de acuerdo, porque no quiero competir con tu elegancia y belleza.

–Tú seguirás siendo "La Bella Española", como te bautizaron en Hong Kong las grandes señoras —le comenta Evelyne, para quien la salida de Boston ha sido un secreto deseado, acaso como liberación de las tradicionales presiones de su querida mamá Ruth. El museo es lo suyo y la colaboración con Líber un imperativo insoslayable.

Llegado el día de la ceremonia el propósito de su sencillez queda roto. Sin más invitaciones que las indispensables, la sala de actos queda desbordada por diversas autoridades y un enjambre de periodistas. No faltaban curiosos con cara de convencionistas. Presentes, por supuesto, el gobernador británico Chris Patten y quien parece que le sucederá, Tung Chee-Hwa, un naviero multimillonario, afecto a los intereses chinos. En el centro de la tribuna de honor, Deng Xiaoping, al que muchos dieron por fallecido en los atropellos de la Revolución Cultural y de quien poquísimos pudieron saber que era una carta enigmática, guardada y reivindicada por Mao. A su lado derecho, la señora Margarita Cugat, de Lee Cheng-Xiao. Del otro lado, el profesor Roberto Mariscal, Líber y Liang Kaihui, presidente del Consejo de Sabios de China, con gesto de café instantáneo. Entre bambalinas, muy discretamente, el equipo médico del sucesor de Mao. La atracción, naturalmente, es la convocada por la presencia de Deng Xiaoping. Deng empezó su discurso con alusiones a la continuidad de la China comunista, matizada por una de sus frases que daría la vuelta al mundo: "Hay que abrir las ventanas, incluso si entran moscas". Reiteró la consigna inaugurada con Taiwán, "un país con dos sistemas". Los párrafos finales de su discurso fueron dedicados al bilingüismo chino-español, mezcla de civilizaciones consagradas en las grandes páginas de la historia universal. En alusión a este tema, definió que la lengua de Cervantes, por su riqueza, era hoy "nuestro petróleo". Al entregar al profesor Roberto Mariscal la Gran Orden de la República China, aclaró que se trataba de una condecoración instituida por El Gran Timonel para premiar la genialidad del autor de una idea que revolucionará al mundo a partir de los mil millones de hispanohablantes que saludarán el nuevo siglo con la cooperación aliada de una China engrandecida y esperanzadora. El nuevo líder chino, orador de elocuencia sencilla, enlazó el origen de exiliados españoles del profesor Roberto Mariscal y Margarita Cugat, viuda del benefactor que lleva el nombre del Museo de Pintura, el cual se inaugura a continuación como uno de los más generosos regalos del cual disfrutará el Hong Kong de hoy y el de mañana, cuando este territorio se incorpore a la geografía china con su política, que reitera, será de "un país con dos sistemas". Todos aplaudieron, las autoridades inglesas con menos entusiasmo y semblantes compungidos. El aplauso a Ita se prolongó por varios minutos a instancias del propio Deng Xiaoping. Líber no quitó la vista de los ojos de su madre, resplandecientes a ratos. Evelyne se acogió emocionada a los poderosos brazos de Líber, mientras los concurrentes abandonaron la sala hasta quedar solos, con Deng Xiaoping y su comitiva, para un brindis íntimo dispuesto por Evelyne, con la ayuda de un Jimmy jubiloso, hilvanadas en su memoria las jornadas vividas tan intensamente en estos años de prueba y de acontecimientos inolvidables. Deng Xiaoping, antes de salir, entregó a Ita un cuadro laqueado, delicadamente impreso el perfil de Lee y debajo de él, escrito en mandarín y español este texto: "Homenaje de gratitud a la memoria del humanista Lee Cheng-Xiao". Al pie, el escudo comunista de la hoz y el martillo. Un honor sin precedentes. La estancia de Deng Xiaoping en Hong Kong ha durado apenas cinco horas, una de las cuales la consagró a recorrer detenidamente las obras del museo, admirándose de que entre ellas figuren las de Picasso, reconocido en China como el pintor que ha sabido explotar las debilidades del capitalismo en represalia a los años en que él fue explotado por los especuladores del capitalismo. A la pregunta sesgada de un periodista inglés que se coló en la visita, Deng le contestó con la mayor naturalidad: "Nuestra invencibilidad depende de nosotros; la vulnerabilidad del enemigo depende de él".

No toda la comitiva china se regresó a Pekín. En Hong Kong se quedó para reunirse con Líber el nuevo ministro de Cultura, precisamente Liang Kaihui, el sabio con el que trataron el tema del bilingüismo chino-español. Reunidos en el despacho de Líber, como presidente del Grupo Mandarín, con la sola compañía de Jimmy Otegui, anotador de todas las pláticas anteriores, Liang Kaihui fue explayándose en su perfecto inglés:

–Antes de nada, debo decirles que el ascenso de Deng Xiaoping va a cambiar la historia de China, si logra vencer las oposiciones que trataron de impedir su nombramiento. Menos ideológico que Mao, el que concibió secretamente la implantación del idioma español como un factor decisivo de raíz leninista y trostkista para llegar a un mundo globalmente dominado por el comunismo, su programa es el de flexibilizar el centralismo del Estado con cierta apertura a inversiones extranjeras, de acuerdo con prioridades y condiciones pactadas. Su preocupación inmediata es acabar con la miseria de las comunidades agrícolas y que el país produzca los alimentos que necesita. La meta es que en los primeros años del siglo XXI la economía china alcance un crecimiento de 9% anual, que le permita figurar entre las cinco naciones más poderosas de la economía mundial.

Liang Kaihui entró en otros detalles y contestó preguntas de Líber y Jimmy para aclarar el futuro inmediato de China, antes de abordar la situación actual de la campaña proespañol.

–Los resultados son verdaderamente asombrosos. A siete años de iniciada, tenemos en China 200 millones de habitantes hablando español. Al éxito del chip, unido a los datos conjuntos de los aprendizajes universitarios, las becas y la colaboración de los maestros jesuitas y de otras religiones, es posible calcular que los 500 millones de chinos de habla española que se proyectaron quedará cubierta y aumentada por el efecto acumulativo del uso y sus contribuciones internacionales. Que esta realidad no es una fantasía, como se comentó en los niveles oficiales de Estados Unidos, puede medirse también por el hecho de los ciudadanos estadunidenses que aprenden el español —se asegura que un 9%— por exigencias comerciales y de destino personal. No puede ser más elocuente el dato reciente de que uno de cada cuatro universitarios de Estados Unidos estudia español, incluyendo a numerosos políticos. La minoría hispana de México y los países centroamericanos crece a ritmo imparable, pese a controles y restricciones fronterizas. Estados Unidos, al necesitar su mano de obra, facilita que se integren generaciones que antes perdían el lenguaje materno en la primera de ellas y ahora son alimentadas por la multiplicidad de medios audiotelevisivos e impresos en español, incluso con agencias de publicidad especializadas en este idioma. La transición democrática en España está dando fuerte impulso al estudio del español tanto en los cursos para extranjeros de sus colegios y universidades, como en la creación, fuera del país, de institutos dedicados a la misma tarea, con sistemas adecuados a cada caso. En el sur del continente americano, junto a Chile y Argentina, destaca singularmente la acción de Colombia con sus apasionados servicios de todo género en la enseñanza y difusión del español, culto y prototípico. A estos datos hay que agregar los millones de brasileños estudiosos del español con respaldo oficial. El movimiento es tan poderoso que hemos recibido peticiones de empresas de Japón y Singapur para el uso publicitario del jingle "Háblame en español"...

Hay una interrupción de Jimmy:

–Con la misma petición, también nuestro Centro ha declinado no sólo la de esos dos países, sino de Canadá, Australia, Portugal y el de algunas marcas comerciales de Estados Unidos.

–¡Espléndido! —exclama el sabio chino, impaciente por concluir su discurso. No he mencionado el uso de las redes de internet, porque nos falta un análisis a fondo. Pero puedo anticiparles que por su eficacia puede convertirse en el medio masivo del futuro. El Consejo de Sabios así lo piensa y estudia la conexión de un chip que sincronice fonéticamente y visualmente las palabras de mayor uso cotidiano. Este museo se inaugura en otro de los momentos históricos. Hoy le rinden homenaje nuestras banderas.

Es el tema sobre el cual pensaban insistir Líber y Jimmy. Su carácter hermético es total y dejan que Lian Kaihui termine:

–El exceso del éxito no está exento de riesgos, puede multiplicarlos. Tal es el caso de "Háblame en español". De la indiferencia inicial, el gobierno estadunidense ha pasado a una preocupación, comprensible, por los efectos logrados. Primero por canales diplomáticos y, últimamente, con la intervención directa del presidente estadunidense. Deng Xiaoping está siendo presionado, al extremo de haberse entrevistado con el Presidente Carter en el único viaje realizado al extranjero. No es tanto la defensa del inglés como idioma predominante en el mundo de hoy sino la interferencia de la campaña en la política interna de Estados Unidos y sus desequilibrios en los intereses diversos de sus enclaves internacionales. Deng Xiaoping, admirador del esplendor de la vida estadunidense, no ha adquirido ningún compromiso y ha prometido estudiar el asunto. Pero no ha ocultado la seriedad de la reclamación, recordando las intenciones de Mao en el origen de la campaña. El Comité Central ha acordado mantener ésta y profundizarla en lo posible. Sin embargo, China tiene presente su necesidad de unas buenas relaciones comerciales y científicas con Estados Unidos al recuperar próximamente la soberanía de Hong Kong. Está por verse cuándo y a cambio de qué se atenderá la preocupación estadunidense. Y algo más, Líber. Por encargo del propio Deng Xiaoping, conocedor de la traición fraudulenta de Tuny Che-Zhisnui, sin duda apoyada por Estados Unidos, ofrece al Grupo Mandarín formar otra cadena hotelera, con participación del gobierno chino, de cara al futuro de su país y la liberación de Hong Kong. De inmediato comenzaría con Shanghai, que volverá a ser el gran centro turístico de la nueva China.

El ministro de Cultura se despide, apremiado por sus obligaciones, no sin recordar que el lenguaje es la llave del mundo. Líber le promete estudiar la oferta de otra cadena hotelera. Como Jimmy, ha notado que del rostro de Lian Kaihui ha desaparecido el gesto severo de los primeros tratos, sustituido ahora por un esbozo de burgués arrepentido.

Líber y Jimmy se dan por satisfechos con la ceremonia y su trascendencia a nivel mundial. Sin mayor esfuerzo puede conocerse una operación y sus protagonistas. Estados Unidos tomará nota de ella y del ofrecimiento chino, pero a estas alturas no hay quien la detenga, menos quien la estrangule. Pueden variar algunos de los objetivos finales, dependiendo de los intereses chinos, pero no la siembra cosechada. En cuanto a la oferta de la cadena hotelera, también coinciden Líber y Jimmy en pasarla por alto, supeditados como están en reparar daños y enderezar el futuro. Como hombre de máxima confianza, Líber no oculta a Jimmy su doble proyecto con el dinero disponible de la venta de la cadena hotelera, después de haber acumulado 50% a las reservas de capital del Centro. La idea principal —le confiesa— es construir y poner en marcha en los alrededores de San Francisco un magno Centro Internacional de Estudios del Español, cuyo aval se convierta en el más prestigiado y respetado de Estados Unidos. Todas las tecnologías funcionales aplicadas en forma de talleres, incorporadas en ellos, un profesorado del mayor nivel académico. La otra parte de la idea es más secundaria, pero muy sentimental. Una filial de ese Centro, de proporciones menores y más restringidas, pero con las mismas exigencias, se instalará en Figueras con el nombre de "Margarita Cugat". Líber habla entusiasmado de su proyecto, como si en su realización quisiera rescatar una parte de la vida universitaria cancelada. No se trata de ninguna especulación económica, bastará con la autosuficiencia e incluso de algunos costos en cuanto concierne a la extensión académica de Figueras, que envuelve un homenaje a la mujer que me adoptó como hijo y forjó mi privilegiado destino. Homenaje, también, a la tierra catalana que matriculó el nacimiento de ambos. Todo esto —subraya Líber— sin descuidar el origen de mi presencia en Hong Kong y la decisión que he tomado: estar junto a mi madre hasta el último minuto de su vida.

En el suave atardecer de un día memorable, dialogan Ita y Evelyne. La niña Rita duerme recostada en un sillón arropado de cojines. Líber se incorpora a la reunión, besando cariñosamente a su madre y a su esposa. Ita tiene en sus manos el pergamino que recibió en la ceremonia inaugural del museo y le dice a Líber:

–He visto muy avejentado a Mao....

–Mao, no. Fue Deng Xiaoping —corrige Líber.

–¿Y tú quién eres?

–Tu hijo.

–No, yo sólo tengo un hijo y se llama Líber...

Evelyne pide a su esposo que disculpe a su madre. El Alzheimer ha avanzado y hoy es uno de esos días, quizá por las emociones vividas, en que la enfermedad la castiga con sus desquiciamientos.

Líber comprende, besa a su madre y le musita al oído "¡Visca la Libertat!".

Ita recupera por un instante el brillo perdido de su mirada, como si recordara algo:

–¿Y cuándo viene Líber?

–Aquí estoy, he venido a estar a tu lado por todos los días de mi vida.

Sin reconocerlo, Ita pide el brazo a su hijo para dar una vuelta al jardín y detenerse ante el olivo que plantó Lee.

Líber se pone la mano en el corazón, como si tratara de contenerlo, y abraza a Ita, repitiendo varias veces: ¡Mamá Ita...!, ¡Mamá Ita...!

Líber escucha una voz medio apagada:

–Ya es hora de dormir ¿verdad?

Es también la hora de despedir al profesor Roberto Mariscal y su familia. Líber se hace acompañar de Jimmy. Tanto uno como el otro se dan cuenta del drama interior que vive Líber, reflejado en un semblante sombrío y en una voz adelgazada por la tristeza. Es un estado de ánimo que no necesita explicarse. Nadie, como don Roberto, lo entiende y es el primero en tratar de disiparlo, forzando el optimismo, lejos de las exquisiteces gastronómicas de la comida china preparada en su honor en el restaurante Mandarín. Suya es la palabra:

–Debemos sentirnos orgullosos, no tanto por la alta condecoración del gobierno chino, que finalmente acepté sin tener que viajar a Pekín, sino por la trascendencia del acto, en vísperas de que Hong Kong se convierta en territorio chino. Un desfalleciente Deng Xiaoping ha hecho acopio de fuerzas para pronunciar un discurso verdaderamente histórico, ajeno a los dogmatismos maoístas, sin dejar de ser fieles al espíritu de la Revolución china. Confirmar la cruzada abierta para que el español pueda llegar a ser una lengua franca y de expansión económica, tiene un evidente mérito frente a las presiones crecientes del gobierno estadunidense. Nos conmovió la referencia al exilio español en lo que será una de sus más bellas páginas. Me fijé en tu mirada, Líber, y vi en ella la ráfaga de emoción que compartimos. ¡Cuánto hubiéramos dado los dos porque esa emoción traspasara la cortina insensible de la enfermedad de tu madre, acreedora principal del homenaje!

Jimmy, con su templanza acostumbrada, inquiere más de la sabiduría de don Roberto:

–¿Qué viene ahora?

–Mientras viva Deng Xiaoping, creo que la situación no variará. El heredero de Mao hará valer su compromiso, con todas las cortesías chinas. Lo que siga será difícil que detenga el movimiento iniciado, que por lo pronto ha recuperado ya el español perdido en las Islas Filipinas. Habrá que contar con España, cuyo producto más importante sigue siendo la lengua española. Su gobierno democrático, a través de 21 países de habla castellana, no se duerme y ha tomado iniciativas inteligentes, aún dentro de sus limitaciones, para mantener vivo y acrecentar el uso del español. No deja de ser ironía que Franco contemplara el idioma como un instrumento de dominio imperial y que Mao lo viera como el motor poderoso de su ideología, por más que manejara dialécticamente algunas de las previsiones cumplidas con su visionaria adopción del español como lengua franca.

En la despedida, don Roberto se abraza a Líber con cariño de padre y elogia la valentía de su decisión, que también forma parte de esta historia. Líber aprovecha el momento para exponerle la instalación del proyectado Centro Superior de Estudios Españoles en los alrededores de San Francisco y le ofrece su dirección al jubilarse el próximo año en Harvard. Don Roberto aplaude el proyecto y el acierto del lugar elegido.

–Admiro al hijo de Durruti y la gesta heroica de tu

querida madre —le dice el profesor antes de emprender el regreso a Boston.

La cita con Tuny Che-Zhisnui y sus socios estadunidenses está esperando. Líber acude a ella, en compañía de Jimmy. Escuchan a un presuroso Tuny, bajo la mirada vigilante de los altos ejecutivos del consorcio que quiere comprar el Grupo Mandarín. Han fijado la cantidad de la operación en 40,000 millones de dólares para ahorrar tiempo en discusiones, convencidos documentalmente de que es un precio más que justo.

Líber abrevia por su parte:

–Tampoco nosotros queremos perder el tiempo y hemos estudiado nuestros condicionamientos, al margen de una serie de valores tangibles que la operación representa para los compradores. Por supuesto en ésta no entra el Centro de Investigación y Combate contra la Pobreza, dada la cuantía de sus recursos y compromisos. Igualmente se excluyen los dos edificios, propiedad personal, compartida con el Grupo, en Park Avenue, ni tampoco el yate que lleva el nombre de "Ita" y que está al servicio de las tareas culturales del Centro de Investigación y Combate contra la Pobreza.

Tal parece que la contrapropuesta no ha impresionado a los socios estadunidenses. Tratan de modificarla con otras concesiones y contracesiones, pero la actitud de Líber es la de un hombre poderoso, y no la del intelectual pregonado por Tuny, por lo que nada hay que discutir. Los abogados de ambas partes quedan encargados de documentar la operación a la mayor brevedad posible.

Después de una jornada de tantas intensidades, Evelyne y Líber se confunden en un estrecho abrazo, más amoroso que nunca. El cariño y la solidaridad en incontenible fusión de sentimientos. Unidos en la confluencia del dolor y la pasión generosa. Ita, como marca indeleble de un destino común, vencedor de acechanzas y amenazas. La memoria perdida de una noble madre, recuperada y bendecida por su hijo cada instante de su vida.

Mientras Evelyne y Madame Lauron atienden los problemas de la casa, de los médicos y enfermeras, Líber les dice:

–Yo me dedicaré por entero a mi madre, aparte de mis entrevistas íntimas con los médicos. Pasearé con ella por el jardín, a mañana y tarde, con nuestros recorridos por los rincones más entrañables de la casa, que conozco al dedillo, como si la felicidad vivida en el recuerdo no se hubiera extinguido. Plantaré en el jardín, en honor suyo, rosas de Damasco y claveles de Sevilla, sus flores preferidas. Ya tengo la mejor grabación que se ha hecho del *Bolero* de Ravel para repetirla en los instantes más privilegiados. Y le musitaré al oído mi "¡Visca la Libertat!". No importa que me vea como su acompañante y no como su hijo. Bastarán los segundos de una leve identificación o de una comunión de nuestras miradas para sentirme feliz.

15

Sí, los saltos del tiempo son incontenibles, todo lo abrevian y lo convierten en olvido, marca frágil impresa en el nacimiento a la vida. Del olvido se salvan muy pocos, más allá de los santorales religiosos. Los que se salvan tienen el pasaporte intransferible de la transcendencia humana, sin confundir los medios con los fines. La virtud, elevada al reino de la creación y la sabiduría; de la bondad amorosa y la firmeza de las convicciones. A veces se cuelan héroes guerreros y dictadores crueles, hijos del despotismo del poder y de sus contagios. Son sombras que no oscurecen el camino luminoso de la gloria en sus ámbitos más puros.

La historia que comenzó un día de febrero en el pueblecito catalán de Figueras, y que culmina en las lejanías de Hong Kong, en los días finales del siglo XX, es una huella imborrable en las páginas del exilio español, tan rico en ejemplos y hazañas. Seguramente perdurará en los anales privilegiados del tiempo con su indeleble permanencia.

–Lástima —piensa Líber— que yo no sea el escritor que sepa narrar esta insólita aventura.

Busca Líber a su madre, perdida en los abismos del Alzheimer, y la encuentra en el rincón predilecto de Lee, en el Salón Hexagonal. A su lado, pendiente de todo, la fiel Madame Lauron y el doctor Johnson, en su turno de servicio. Líber contempla conmovido cómo su madre aprieta contra su pecho, acariciándola, la urna de caoba, con filetes de oro, que conservan las cenizas de su esposo.

Una mirada de serena tristeza, desprendida de unos

ojos más bellos que nunca, seguramente colmados por un gesto de infinito amor, perfilan su rostro, el cuerpo disminuido como acurrucado en el sillón de piel oscura de Lee. La atención se quiebra cuando, de las manos temblorosas de Ita se ha desprendido la urna, la que también guardará sus cenizas en un nuevo matrimonio, el del fin de la vida. Los doctores Hontañón y Johnson confirman la muerte de una esposa y una madre forjada en los dolores y placeres de una aventura singularmente generosa. El silencio impuesto por las lágrimas del dolor, se convierte en llanto increíble de un hombrón derrumbado, un Líber inconsolabe abrazado a su esposa Evelyne.

Madame Lauron, se acerca conmovida a Líber y le dice:

–Tranquilícese, Líber. Entre las horas de sueño, moviendo los labios como si quisiera besarlos, su madre ha querido mencionar, entre largos suspiros, los nombres de Lee y Líber. Su lenguaje ya no es el nuestro; es el lenguaje misterioso de un alma bendecida por los luceros del amor. Que ellos le iluminen de firmeza y bondad, honrando al niño que conquistó a su futura madre con un grito que quedó en la memoria perdurable de una vida comprometida, signo emblemático de su destino: "¡Visca la libertat!".

La libertad es una conquista incompleta mientras haya pobres y no llegue a ellos la justicia social, piensa Líber, el hijo de Durruti, al que no abruma la riqueza heredada como si fuera el eco de una paradoja humana, indesprendible de su origen y de su insólita aventura.

Esta obra fue impresa en octubre de 2007
en los talleres de Edamsa Impresiones, S.A. de C.V.,
que se localizan en la Av. Hidalgo (antes Catarroja) 111,
colonia Fracc. San Nicolás Tolentino, en la ciudad de México, D.F.
La encuadernación de los ejemplares se hizo
en los mismos talleres.